Ilona Si Moussa

Himmelsleiter

Mein Weg nach Hause

Die Autorin verzichtet bewusst auf die Einhaltung
vorgeschriebener Grammatik- und Rechtschreibregeln,
um an den Ursprung der Sprache und
die Lebendigkeit der Worte zu er innern.

Ilona Si Moussa
Cover: Frank Seffner
ISBN 978-3-944990-27-9
1. Auflage
Verlag Andrea Schröder, Bernau
www.verlag-andreaschroeder.de

Für meinen Sohn Frank,
den ich aus ganzem Herzen liebe

Einschwingung

Inspiriert von Donald Nil Walsch „Gespräche mit Gott“, begann ich im Jahr 2000 meine ureigensten Dialoge mit Gott Göttin. Ich begab mich in das aufregende Abenteuer einer ungewöhnlichen Kommunikations-Reise.

Als ich das „Niemandsland“ betrat, ahnte ich, dass ich einen Weg in längst vergessene Gefilde einschlug. Das war zu einer Zeit, als ich wieder einmal durch mein Leben streifte, auf der Suche nach dem Sinn meines „Hier Seins“, auf diesem Planeten namens Erde.

So manches Mal, wenn sich eine Situation auftat, die mich in eine Krise zu stürzen drohte, wenn Unverständnis mich überfraute, griff ich zu Stift und Block und richtete mein Augenmerk gen Himmel, fragend. Ich hatte jede Menge Fragen im Bauch und suchte Antworten. Nun, ich sollte sie bekommen.

Allerdings glaube ich schon, dass ein klitzekleines bisschen Mut dazu gehört, Gott Göttin Fragen zu stellen und Antwort zu erbitten.

Jedes Kind hatte bereits mit der Muttermilch eingesogen, dass Gott Göttin im Himmel sind, was bedeutete, dass sie sich in ferne Gefilde verkrümelt hatten, erreichbar nur für einige wenige „Auserwählte“.

Weit gefehlt!

Die Freude, mit der ich und meine Fragen empfangen wurden, war fühlbar, und die Möglichkeiten die sich auftaten schier grenzenlos. Es schien, als hätten „Alle“ nur darauf gewartet, mich mit universellem Wissen zu beglücken und mir mit ihrer Präsens mein „Erden Da Sein“ zu erleichtern.

Alles in allem war dies der wichtigste Schritt in meinem Leben, um endlich herauszufinden, warum ich auf diesem wundersamen blauen Planeten, auf Mutter Erde, gelandet bin.

Fragen und Antworten schwangen durch den Äther. Und so geschah es, dass diese Schöpfung göttlicher Dialoge sich mittlerweile auf vielen hundert Seiten Raum nimmt.

Auch heute, sieben Jahre später, bin ich immer wieder überrascht von der außergewöhnlichen Intensität, die unsere Gespräche beseelt und bereichert.

Oft entringt sich mir während des Schreibens ein erkennendes „Ahhh“, „Aha, so ist das also“, „Wow“, „Ohhh“, Äußerungen, die unsichtbare Präsenzen mit Sicherheit zum Feixen bringen.
Nun, zumindest vernehme ich hin und wieder ein leises Kichern, was allerdings auch meiner kindlichen Phantasie geschuldet sein kann.
Die meisten Antworten waren und sind sehr eindrucksvoll und versetzen mich immer wieder in tiefes Erstaunen. Es sind wahre Schatztruhen, gefüllt mit göttlichem Wissen. Erkenntnis, Weisheit und Übungen.
Das, was uns Menschen als sogenannte Bildung, Schule, Wissen... beigebracht wird, fühlt sich hohl und leer an, angesichts der unendlichen Fülle, die ich durch die Gnade dieser Kommunikation erfahre.
Mir wurde klar, dass die meisten Menschen vorsätzlich und bewusst, unterfordert, abgelenkt und manipuliert werden, dass das menschliche Potential nur zu einem winzigen Bruchteil ausgeschöpft wird und dass es dem Interesse einiger Weniger dient, diesen Schleier der Unwissenheit auf der Menschheit liegen zu lassen.
Ansonsten würden sich wahrscheinlich unsere grauen Zellen in einer Geschwindigkeit entwickeln, die zur Folge hätte, dass jenen, die uns dumm halten wollen, ganz schwindlig wird und sie sich schnell wie der Wind von dannen machen.
Im Laufe der Zeit und angesichts dessen, was sich mir offenbarte, wuchs der Impuls, aus all diesen Informationen, Fragen, Antworten, Anregungen, Ideen... ein Buch zu erschaffen.
Es war das innewohnende göttliche Wissen, das mich immer wieder in die Bereiche des Er Innerns führte und mich aus meiner koma- ähnlichen Erstarrung befreite.
Seither habe ich viele Blätter beschrieben, die wundersame, erkenntnisreiche, göttliche Kostbarkeiten in sich bergen. Diese Gespräche wurden für mich zu wichtigen Lebensbegleitern, die ich nicht mehr missen mag.
Der Prozess von der Idee zur wirklichen fassbaren Form zu gelangen dauerte einige Jahre. Er fühlte sich an wie eine Schwangerschaft. Und als der Zeitpunkt der Geburt nahte, platzte ich fast aus den Nähten meines Seins, so gefüllt war ich mit geistigen Erkenntnissen.

Es war hohe Zeit für die Geburt dieses wunderbaren Buches, welches meinem Geist entsprang.
Es war die Geburt meiner Wahrheit und meines Ursprungs.
Mit jedem Wort, das ich aufschrieb und aufschreibe, wächst mein geistiges Kind, es reift sozusagen im Gewand der Sprache, eingebettet in göttliche Energien.
Mitten im Prozess dieser Formgebung überkam mich die Erkenntnis, dass aufgrund der Fülle des geistigen „Materiales“ noch Jahre ins Land gehen würden, bevor „besagtes Buch“ sich gen Ende neigen würde.
Außerdem wurde mir bewusst, dass unsere Gespräche ja „Unendliche Gespräche“ sind, da sie die Urklänge der Ewigkeit in sich tragen. Diese Tatsache stimmte mich sehr nachdenklich. Zu jener Zeit wusste ich bereits um die gigantischen Veränderungen, die mit unserer Zeit einhergehen. Ich beobachtete zunehmende Orientierungslosigkeit und Ängste aller Couleur. Ich begegnete viel Unwissenheit und Ignoranz. Ich erkannte den Zweck mangelnder Information und gezielter Fehlinformation.
Immer wieder erhielt ich die Botschaft, dass es wichtig sei, dieses göttliche Wissen in die Welt zu senden, diesen Schatz, der sowohl den Zeitgeist verständlich macht, als auch den phantastischen Reichtum unseres „Da Seins“ auf eine sehr eigenwillige Weise offenbart. Ich ahnte die Notwendigkeit, diese Botschaften im JETZT auszusenden und nicht erst in einigen Jahren.
Also wandte ich mich mit meinen Überlegungen an Gott Göttin:
Aufgrund der Raum-Zeit-Qualität" und des Zustandes sowohl der Menschheit, als auch unsrer Mutter Erde, mit „ALLEM WAS IST“, so teilten mir Gott Göttin in großer Eindringlichkeit mit, sei es hohe Zeit, diese Botschaften in die Welt zu geben.
Für viele Menschen sei es von enormer Bedeutung, Information und Impulse bezüglich der aktuellen und kommenden Ereignisse auf Mutter Erde zu erhalten.
Es sei wichtig, Bücher zu erschaffen, die in einer „allgemein verständlichen Sprache“ auch für jene Menschen zugänglich sind, die sich mit Spiritualität nicht bewusst beschäftigen.

Vor allem jedoch geht es darum, Verständnis für die besondere Zeitqualität zu öffnen, die „Schwarzmalerei“ zu entschärfen und das Weltgeschehen in einen nachvollziehbaren Kontext zu bringen. Diese Botschaften bieten die Möglichkeit des tieferen Erkennens und Begreifens der Zusammenhänge des „All-täglichen Geschehens“ und seiner Auswirkungen.
Sie sind eine bedeutungsvolle Liebesgabe im Zeitalter einer weltweiten Umgestaltung, die mittlerweile alle Ebenen unseres Seins betrifft. Außerdem beinhalten sie Anregungen und Methoden für einen freieren Umgang mit aktuellen Ereignissen.
Mir wurde angeraten, die Bücher im Rhythmus des Mayakalenders zu ordnen und so zu gewährleisten, dass sie in gewissem Sinne, einer kosmischen Ordnung entsprechend, in die Form und damit in die Welt gebracht werden. Diese klare Antwort befähigt mich, die Zyklen zu erkennen, nach denen ich unsere Gespräche in Folge gestalten werde.
2005 führte mich ein Freund zu Johann Kössner, der für mich einen hohen Kenner und Lehrer des „Mayanischen Zeitwissens“ verkörpert. Dieser bemerkenswerte Mensch trägt dieses „wieder ent deckte“ Wissen, mit seinen Vorträgen, Seminaren und Sommer- und Winterschulen, sehr authentisch in die Welt.
Er nimmt in seiner Lehrtätigkeit Bezug auf Jose Arguelles „Der Maya Code“, der den Mayakalender, für westlich geprägte Menschen verständlich „entschlüsselte und gestaltete“.
Die „Maya Zeitrechnung“, die aus meiner Sicht der wahren kosmischen Zeit entspringt, beginnt am 26. Juli eines jeden Jahres und endet am 24. Juli des kommenden Jahres. Der 25. Juli wird als „Grüner Tag“ bezeichnet und erfüllt die „Zwischenzeit“ des Übergangs zwischen den Jahres-Zeit-Räumen.
Seit 2005 nutze ich den Mayakalender, diesen wundersamen „Zeitnavigator“, bewusst und erfahre eine überaus positive Bewegung, die sich seitdem in meinem Leben Raum nimmt.
Ich werde davon zu gegebener „Zeit“ berichten.
Das Bewusst Sein, dass eine fließende, sich ständig bewegende Energie ist, die einer kosmischen Ordnung unterliegt, ist eine wunder-

bare Triebfeder, den Zeitraum jeweils eines Mayajahres, im Rhythmus der 13 Monde, für den Zyklus der Dialoge mit Gott Göttin, zu nutzen.
Nun, dieses erste Buch endet mit dem Mayajahr am 24.07.2001.
Es werden weitere Bücher folgen, denn der Dialog mit Gott Göttin, wird mich mein ganzes Leben lang begleiten. Fabelhafte Aussichten, wie ich finde.
Eines Tages, dessen bin ich mir gewiss, wird es ein Genre geben, welches vielgestaltige Dialoge mit Gott Göttin, der Quelle, ALLEM WAS IST beinhaltet.
Immer mehr Menschen werden sich ihres göttlichen Ursprungs erinnern und ihre Erfahrungen mit diesen „göttlichen Energien und Wesen“ in vielfältigsten Gestalten in die Welt geben.
Das Wissen um unsere Herkunft, um die Wahrheit unseres Seins wird zunehmend ans Tageslicht treten und uns erkennen lassen, wer wir wirklich sind.
Voll Freude und Liebe wird uns die „geistige Welt des Lichtes “ zur Seite stehen, jedem Menschen, der dies wünscht und darum bittet.
Mehr und mehr Menschen werden das Geschenk der Dialoge mit Gott Göttin entdecken und sie für ihre Entfaltung nutzen, jeder auf seine ureigenste Weise.
Es ist mir eine große Ehre, all jene die daran teilhaben wollen, mit diesen wunderbaren Dialogen zu erquicken und zum Nachdenken, Erkennen und Handeln anzuregen.
Seit dem Beginn meiner Gespräche mit Gott Göttin hat sich meine Realität gravierend verändert. Sie ist von einer Intensität, von Bewegung und Kraft beseelt, die mich erstaunt und mit tiefer Freude erfüllt. Natürlich erfahre ich Höhen und Tiefen, nur geschieht dies in einer neuen Qualität, fernab von jener Berg- und Talfahrt, die ich über Jahrzehnte lebte und die oft in gefährlichen Abstürzen endete. Ich bin eine Lernende und dank göttlicher Unterstützung gelingt es mir Lernaufgaben zu lösen, die mir noch vor wenigen Jahren unlösbar schienen. Ein Phänomen auf das ich immer wieder stoße, vor allem im Verlauf des Schreibens, ist der Prozess der „Erkenntnis Reife“, die sich auf der Spur der Zeit bewegt und sich Raum nimmt.

Johann Kössner beschreibt das wunderbar mit dem Bild der Wiederkäuer. Nun, ich bin eine Wiederkäuerin, eine Wiederkäuerin geistiger Nahrung. Manches Wissen verdaue ich sofort und es setzt sich in mein Bewusst Sein, meine Lebensenergie, meine Realität um.
Mancherlei Nahrung, die sich aus Wissen, Erkenntnissen, Einsichten und vielen anderen „Zutaten“ zusammensetzt, muss ich viele Male wiederkäuen, bis sie endlich verdaut, in die Lebensströme meines Seins einfließen kann.
Ein anderes Bild verdeutlichte mir ebenfalls sehr „einleuchtend“, warum ich viele Wahrheiten, die ich erkannte, erst Jahre später in mein Leben integrieren konnte. Es ist das Bild der Synchronisation.
Vieles, was in diesem Buch bereits „schwarz auf weiß“ steht, konnte ich erst Jahre später „synchronisieren“. Ich habe in vielen meiner Erdenleben so „a-synchron“ „dis harmonisch“ zur Schöpfung gelebt, dass es mitunter schwierig war und ist, mich wieder auf die göttlichen Frequenzen der Liebe und des Lichtes „ein zu schwingen“, mich sozusagen mit der Schöpfung zu synchronisieren.
Es ist die Synchronisation von Sein und göttlichem Bewusst Sein.
In diesem Prozess tauchen immer wieder Zwischen Töne auf, die sich ein mischen und den Gleichklang, der bereits in der Entfaltung ist, hemmen, so dass wir manches Mal in der Synchronisation zurückgehen müssen, um Unstimmigkeiten heraus zu filtern und zu beheben, um uns dann erneut der Stimmigkeit hinzugeben.
Das sind die sogenannten „Rück Schritte“. Auch sie gehören zum Prozess und verdienen besondere Beachtung und Gnade, denn sie weisen am deutlichsten auf noch vorhandene Missklänge hin.
Tagtäglich sitze ich am Mischpult meines Lebens und arbeite am Einklang mit meinem Da Sein. Dieses ständige Erkennen und die damit einhergehende Integration spiritueller Erkenntnisse in unser Bewusstsein und in einen konkreten „Handlungs-Spiel-Raum“ erfordert Arbeit, Geduld und Achtsamkeit.
Die Gestaltung meines Lebens in Liebe, indem ich meinen Focus auf positive, freundliche Sichtweisen lenke und immer wieder in die liebevolle Betrachtung allen Seins trete, sind echte Herausforderungen für mein „Zeitgeistgeprägtes Ich“.

Ich fühle eine große Dankbarkeit, dass ich mich diesen Herausforderungen friedvoll stellen kann, sie erkenne und an ihnen lerne, dass mir Raum und Zeit zur Verfügung stehen und ich mich so ausgiebig meiner Menschwerdung, meiner Seelenevolution widmen kann.
Jede Stufe, die ich in dieses Erden Da Sein hinab gestiegen bin, in die tiefsten Tiefen materiellen Seins, jede dieser Stufen erklimme ich jetzt im Aufstieg zu genau jenem Ausgangspunkt, von dem aus ich gestartet bin, der göttlichen Quelle, dem Ursprung Allen Seins.
Das ist der Prozess der Bewusst Werdung, unserer Seelenevolution als menschliche Wesen.
Und aus diesem kosmisch göttlichen Prozess des Abstieges und des damit einhergehenden Aufstieges wurde dieses Buch geboren.
Es ist eine Beschreibung meines Weges hin zu meinem göttlichen Ursprung, zu der, „Die Ich Wirklich Bin", ein spirituelles Wesen, das zurzeit irdische Erfahrungen macht.
Nun, aus meiner Sicht ist das der tiefere Sinn einer Himmelsleiter, der Aufstieg in die Reiche des Himmels.

Stufen

Wie jede Blüte welkt und jede Jugend
dem Alter weicht, blüht jede Lebensstufe,
blüht jede Weisheit auch und jede Tugend
zu ihrer Zeit und darf nicht ewig dauern.
Es muss das Herz bei jedem Lebensrufe
bereit zum Abschied sein und Neubeginne,
um sich in Tapferkeit und ohne Trauern
in andre, neue Bindungen zu geben.
Und jedem Anfang wohnt ein Zauber inne,
der uns beschützt und der uns hilft zu leben.
Wir sollen heiter Raum um Raum durchschreiten,
an keinem wie an einer Heimat hängen,
der Weltgeist will nicht fesseln uns und engen,
er will uns Stuf' um Stufe heben, weiten.
Kaum sind wir heimisch einem Lebenskreise

und traulich eingewohnt, so droht Erschlaffen.
Nur wer bereit zu Aufbruch ist und Reise,
mag lähmender Gewöhnung sich entraffen.
Es wird vielleicht auch noch die Todesstunde
uns neuen Räumen jung entgegensenden,
des Lebens Ruf an uns wird niemals enden...
Wohlan denn, Herz, nimm Abschied und gesunde.

Herrmann Hesse

Heute befinde ich mich mitten im Prozess des Schreibens, steige Stufe um Stufe auf, spüre die gravierenden Veränderungen, die jedes Wort, das aus mir herausfließt, erschafft.
Ich erkenne das Netzwerk, in das meine Worte strömen, Zusammenhänge, die mir bislang verborgen waren, Gespinste, in welche die Wahrheit eingewoben ist, wie seltene Perlen in eine unscheinbare Muschel.
Es ist ein Organismus, der hier wächst, ein Worte atmendes Wesen.
Voller Dankbarkeit knüpfe ich die Fäden zu allen Mitspielern und Protagonisten, seien sie Menschen, Tier, Pflanze, Stein oder Energien für die ich noch keinen Namen fand.
Jeder von uns spielt seine Rolle, in diesem spannenden Spiel der Schöpfung, auf einem Stern namens Gaya, Mutter Erde, blauer Planet.
Allerdings ist die Freude am Spiel des Lebens in den letzten Jahrtausendenden, aufgrund zunehmender Dramen, vielen Mitspielern verloren gegangen. Bedauerlicherweise, wie ich finde, ist es doch gerade die Leichtigkeit des Spielens, die uns unbegrenzte Spielmöglichkeiten erschafft und uns mal zum Lachen und mal zum Weinen bringt.
Nun, in dieser Zeit der Auflösung alter Spielregeln, erheben wir uns aus der Gefangenschaft Jahrtausende alter Spielgewohnheiten und Zwänge.
Dieser Akt der Befreiung ist vergleichbar mit „Mensch, ärger dich nicht" und dem Umwerfen aller Figuren auf dem Brett, weil Mensch sich doch ärgert.

Natürlich gibt es auch dramatische und sogar tödliche Spiele. Das gehört zum Erdenspiel, einem Spiel das sich innerhalb von Raum und Zeit bewegt. Der schöpferischen Kreativität wird in diesem Prozess keinerlei Einhalt geboten, denn eine der unabänderbaren Spielregeln lautet „Freier Wille", was sowohl eine wundervolle Bereicherung, als auch eine Missachtung der Spielregeln beinhalten kann.
Zeit tat ich mich schwer damit, „Spiel" und „Wortspiel" in mein Da Sein einzulassen und es in seiner ganzen Erhabenheit und Vielgestaltigkeit zu erkennen.
Meine Dialoge mit Gott Göttin lehren mich, besagtem Spiel mit der Achtung und Wertschätzung zu begegnen, die ihm gebührt und sie machen mich vertraut mit jenen Spielregeln, welche im höchsten Einklang mit der Schöpfung existieren.
Dieses Spiel heißt „Spiel der Illusionen".
Wir alle, jeder einzelne Mensch, sind Gast auf Mutter Erde, die sich mit ihrer gütigen Wesenheit zur Verfügung gestellt hat, um uns genau diese Erfahrungen der Mensch Werdung zu ermöglichen.
Sei bedankt, Mutter Erde, sei bedankt!
Aus meiner Sicht dient dieses Spiel der Entwicklung des menschlichen Bewusst Seins und der individuellen Seelenevolution.
Im Kern geht es darum, die Illusion zu durchschauen, sich zu entwickeln, die göttliche Wahrheit zu erkennen, um dann zum Ursprung zurückzukehren, zu jenem Punkt, an dem Alles begann und an dem Alles endet.
Nun, es gibt eine Vielzahl von Namen für das Unbegreifliche. Es ist nicht von Bedeutung, welchen Namen Mensch wählt, wichtig ist, welcher Geist ihm innewohnt.
Ich nenne diese Energie absolute Quelle Allen Seins, Gott Göttin, „ALLES WAS IST", Liebeslicht…
Jeder Mensch hat die Freiheit, seine ureigenste Wortschöpfung mit dem Geist der göttlichen Quelle zu verbinden und sich daran zu erfreuen, denn das wichtigste Anliegen dieses Buches ist es, menschliche Begrenzungen aufzuheben und den Horizont zu erweitern.

Mögen diese Worte eure Herzen erreichen
und mit Liebe und Licht erfüllen.

Ilona Si Moussa

Erstes Buch „Himmelsleiter“

Ich weiß nicht, wann ich begann, den ersten Band von Neal Donald Walschs „Gespräche mit Gott“ zu lesen.
Ich vermute, es war Ende 1999 oder Anfang 2000.
Bevor dieses wundersame Buch zu mir kam, hatte ich bereits seit geraumer Zeit eine tiefe innere Verbindung zu dem, was ich damals Göttin oder göttliches Wesen nannte.
In jener Phase meiner Entwicklung sträubt ich mich beharrlich den Namen Gott auszusprechen.
Vor Jahren, insbesondere nach der Wende 1989, ich stamme aus der ehemaligen DDR, begann ich, mich mit Mutterreligionen und dem Matriarchat zu beschäftigen. Ich tauchte ein in die „Alte Zeit“ und in das tiefe „Wissen der Frauen“. Dabei wurde mir immer bewusster, in welch einer patriarchalen seltsamen Welt ich lebe.
Ich begann zu erkennen, was wir Menschen im Namen Gottes anderen Menschen und allen Wesen von Mutter Erde antaten, wie ganze Urvölker, altes Wissen und Rituale vergewaltigt und ausgerottet wurden.
Kraftorte wurden von der Kirche besetzt oder verteufelt. Es schien mir, als sei die Verbindung zur Natur, zu Gott, zu unserem Mensch-Sein gekappt worden. Oft war ich verzweifelt angesichts dessen, was ich sah. Damals begriff ich die Zusammenhänge noch nicht und erkannte nicht, wie tief ich in dieses schöpfungswidrige Verhalten verstrickt war.
Da ich mich zu keiner der vorhandenen Religionen zugehörig fühlte, erschuf ich mir meine eigene Religion, die sich aus verschiedensten Aspekten entfaltete.
Immer wieder begegnete mir der Sinnspruch der Hopi-Indianer

> *Erst wenn der letzte Baum gerodet,*
> *der letzte Fisch gefangen,*
> *der letzte Fluss vergiftet ist,*
> *werdet ihr feststellen,*
> *dass man Geld nicht essen kann.*

Seit ich denken kann, bewegen mich viele Fragen und nur selten erhielt ich Antworten, die mich befriedeten.
Das Buch „Gespräche mit Gott“ von Donald Nil Walsch, hat einige dieser Fragen beantwortet und mir den Weg zu einem Glauben eröffnet, der nichts mit dem zu tun hat, was die Kirche uns seit über zwei Jahrtausenden „Glauben“ machen will.
Heute lese ich bereits Band 4 „Freundschaft mit Gott“ und ich bin immer wieder dankbar für das Geschenk dieser wunderbaren Bücher.
Vor einiger Zeit begann ich nun meine ureigensten Gespräche mit Gott zu suchen, zu finden und aufzuschreiben. Es sind wunderbare, mitunter seltsam oder zusammenhangslos anmutende Gespräche, die mich seitdem begleiten und unterstützen auf meinem Weg nach Hause ins Licht.
Ich habe das Bedürfnis, diese Gespräche weiterzugeben, mitzuteilen, in die Welt zu schicken.
Vielleicht gelingt es mir, mit diesem Buch anzuregen, sich ebenfalls zu erinnern und zu erfahren, wer wir nicht sind und wer wir wirklich sind.
Und jetzt, da ich endlich begonnen habe, diese Gespräche in meinen Computer zu tippen, spüre ich, wie voll an Gedanken, Gefühlen, Worten ich bin. Und diese Fülle drängt förmlich nach außen. Also werde ich einfach beginnen.
Es gab viele Begebenheiten in diesem, meinem jetzigen Leben, die mich stets mit einem tiefen Erstaunen erfüllten.
Am nächsten ist mir ein Erlebnis, das ich vor ungefähr 10 Jahren mit einer Freundin hatte. Wir waren in einem Kaffee und sprachen über Nähe und Einsamkeit, über allein wohnen, über das entmenschlichte Single Da Sein in Berlin.
Plötzlich überkam mich ein tiefes nahendes Ohnmachtsgefühl. Ich sagte meiner Freundin, dass ich gleich umfalle und bat sie den Kellner zu fragen, wo ich mich für einen Augenblick hinlegen könnte. Dann rutschte ich in Zeitlupe unter den Tisch.

Ich spürte eine sehr angenehme Geborgenheit, wunderschönes helles Licht und tiefen Frieden, eingehüllt in eine sanfte Leichtigkeit, weit

weg von der mir wohlbekannten Erdenschwere.
Ich war an einem Ort, der nicht von dieser Welt war. Ich war zu Hause.
Aber plötzlich gab es eine Störung, ich musste weg von diesem Ort.
Ich wollte nicht.
Ich wollte in diesem Licht und Frieden verweilen.
Warum durfte ich damals nicht dort bleiben?
Meine Freundin, eine Krankenschwester, holte mich nach wenigen Sekunden, in denen ich „weg gewesen war“ zurück. Ich hatte jegliche Orientierung verloren, in die Hosen gemacht und Gleichgewichtsstörungen.
Weder meine Freundin noch ich ahnten damals, dass ich meinen Körper verlassen hatte.
Nach diesem Erlebnis war ich völlig verwirrt und begriff erst viele Jahre später, welch ein Geschenk diese „Reise“ war und dass ich die Wahl getroffen hatte zurückzukehren. Ich werde diesen Augenblick nie vergessen und ich bin dankbar für diese Erfahrung, die ich machen durfte, denn sie war mein erster bewusster Kontakt mit Gott.
Es sollte noch viele „Wunder“ in meinem Leben geben.

Ein weiteres Geschenk war jene Zeit in Portugal, 1999, Monte de Clerigo, wo ich allabendlich am Strand ins Universum schaute, todtraurig.
Immer wieder war in mir der stille Wunsch, ich will nach Hause.
In all den Jahren, die ich bereits auf dieser Erde weilte, stellte ich mir wieder und wieder die Frage, was mach ich hier auf dieser Erde, warum bin ich hier? Hier ist nicht mein Zuhause.
Ich fühlte mich oft gnadenlos einsam und fremd in dieser Welt.
Eines Abends als ich mich wieder in die Sterne und in die Unendlichkeit sehnte, kam ein tiefes Schluchzen aus meiner Seele und ich schrie gen Himmel: „Ich will nach Hause, ich will hier nicht sein. Oh Gott, was mache ich hier?“
„Was mach ich hier auf diesem Planeten, warum bin ich hier?“
Völlig unerwartet sprach eine Stimme zu mir:
- „Du bist hier, um zu lieben!“ -
Augenblicklich verstummte ich. Ich war sozusagen sprachlos.
Das war die Antwort auf meine verzweifelte Frage. Plötzlich bekam

mein Hier Sein einen Sinn.
Zwar konnte mein Verstand nicht erfassen, was soeben geschehen war, aber mein Herz, meine Seele verstanden diese Botschaft sehr wohl.
Augenblicklich durchströmte mich tiefer Frieden und Gelassenheit.
„Ich bin hier um zu lieben, um lieben zu lernen."
Noch nie in diesem Leben hatte ich eine so friedliche Zeit, wie nach meinem ersten Kontakt mit Gott. Es war nur ein Satz, bestehend aus sechs Worten, ein Satz, der mein gesamtes Leben veränderte, auch wenn diese Veränderungen erst viel später sichtbar werden sollten.
Nun, ein jegliches hat seine Zeit, das ist eine der göttlichen Wahrheiten, der ich noch oft begegnen sollte und das, obwohl Geduld nicht unbedingt meine Stärke ist oder sollte ich besser sagen, „gerade weil..."

Kind Gottes

Gott, weißt du noch
damals in Portugal,
als meine Seele gen Himmel schrie
in jener dunklen Nacht
und ich Dich fragte:
„Warum bin ich hier?"
Gott, weißt du noch
damals in Portugal
in jener dunklen Nacht,
als Du mir jenen Lichtstrahl schicktest,
auf dem geschrieben stand:
„Ilona, mein Kind,
Du bist hier um zu lieben!"
Da füllte sich meine Seele mit Licht
und es ward Frieden
in meinem verwirrten Herzen.
Gott, dafür danke ich Dir!

Nun, ich erinnere immer mehr Erlebnissen, Begegnungen, Fügungen, die ich erfahren durfte, auch wenn sich mir der tiefere Sinn oft erst Jahre später erschloss.
Im Verlauf meines Erzählens und Erinnerns werde ich immer wieder von Episoden, Fügungen, Begegnungen berichten und sie mitunter auch spontan einweben, da sie mir sonst ent fleuchen könnten.
Sie sind wesentliche Sinnknüpfer, wenn es darum geht das Mosaik meines Lebens, meines „Da Seins" zusammen zu fügen.
Seit meiner ersten „persönlichen" Begegnung mit Gott, habe ich immer wieder konkrete Fragen, die mir im wahrsten Sinn des Wortes „auf der Seele liegen".
Zum Beispiel:
Gott, warum kommen deine Botschafter fast immer aus Amerika oder zumindest aus westlichen Ländern?
Ich bin in der DDR aufgewachsen, in tiefstem Atheismus und Götterverachtung. Für mich gab es keine Göttin, weil mir jeglicher Zugang zu diesem Glauben verwehrt war.
Warum schickst du nicht auch Boten aus unserer Ecke in die Welt?
Sozialismus, wie auch immer, dahinter stehen Millionen von Menschen. Welche Aufgabe haben wir auf dieser Erde, mit unserer Erfahrung der Diktatur und des Eingesperrt seins, des Unglaubens und der Irrrationalität?
Oder:
Wer sind diese Wesenheiten, die in mir leben, deren Existenz ich spüre und nicht deuten kann, die andere Menschen jedoch oft in Angst und Schrecken versetzen?
Gott, ich weiß, dass in mir ein tiefes Wissen ist, dass etwas in mir schlummert, was erweckt werden will, eine große Kraft. Ich weiß auch Gott, dass mich meine Drogen Alkohol und Nikotin auf meinem göttlichen Weg behindern, dass sie dazu dienen, mich unter Kontrolle zu halten.
Aber warum hilfst du mir nicht dabei, mich zu befreien?
Meinst du, ich müsste es aus eigenen Kräften schaffen?
Warum unterstützt mich meine Seele nicht, mich aus diesen Fangnetzen zu befreien?

Damals spürte ich bereits intuitiv die Macht, die mir als menschliches Wesen innewohnt.
Ich suchte Antworten auf all jene Fragen, die mich beschäftigten und bedrängten.
Und so bat ich Gott Göttin um Schutz und Führung in einem Prozess, der schon längst begonnen hatte. Ich bat aus ganzem Herzen um Antworten und ich sollte sie erhalten.
Seid bedankt Gott Göttin!
Bereits mit 12 Jahren schrieb ich Tagebuch. Sprache ist mein Freund und Begleiter, sowohl in Zeiten der Not als auch in Zeiten der Freude. Mein ganzes Leben besteht aus einer innigen Verbindung zur Sprache, als Botschafterin meiner Seele und meines Seins. Es ist ein Geschenk, im Schreiben zu erzählen, und ich weiß, dass der Tanz der Buchstaben eine ganz eigene Dynamik besitzt.
Ich finde die Worte und die Worte finden mich.
Daher werde ich hin und wieder Gedichte und Geschichten einfließen lassen, die von all der Schönheit und all dem Leid erzählen, die mir bisher begegneten.
Mein erstes bewusstes Gespräch mit Gott führte ich am 16.05.2000. Vorher gab es Fragmente, einzelne Wortfetzen, Buchstaben, die noch nicht wussten wohin sie gehörten. Es war ein spannender Prozess, der sich Bahn brach.
Ich trat aus der Zeit der Monologe in die Zeit der Dialoge mit Gott. Anfänglich waren die Gespräche verworren, scheinbar ohne Zusammenhang.
Es war mir nicht vertraut, meine Gedanken zu teilen und Resonanz zu erfahren. Es schien, als müssten wir einen Faden, eine Kommunikationsebene finden.
Je mehr ich lernte, zuzuhören und „am Ball“ zu bleiben, desto tiefer durfte ich in die Materie der Schöpfung eintauchen.
Im Verlauf der Zeit wurden die Gespräche klarer und ineinander übergreifend und sie erreichten eine Intensität und Vertrautheit, die mich jedes Mal tief in meinem Herzen berührt.

Zum besseren Verständnis der Gespräche werde ich bestimmte Formen verwenden, die Sinn gebend wirken wollen.
Aktuelle Kommentare oder Erinnerungen, die ich als bedeutsam empfinde, füge ich in kursiver Schrift ein, wozu auch Gedichte, Zitate, Geschichten gehören.
Antworten der „göttlichen Energie“, wie ich sie bezeichnen möchte, sind in die Zeichen -...- eingewoben.

Und nun möchte ich mit den Gesprächen beginnen und alle teilhaben lassen an jener spannenden Reise durch Raum und Zeit, die Lust haben, mich auf diesem außergewöhnlichen Abenteuer zu begleiten.

Das erste Buch der Himmelsleiter beginnt am **16.05.2000** und endet mit dem **24.07.2001**.

16.05.2000

Warum haben Menschen, die solche Bücher wie „Gespräche mit Gott“ schreiben, oft eine glückliche Kindheit und liebende Eltern gehabt?

- Woher weißt du, dass diese Menschen eine glückliche Kindheit hatten? -

Warum habe ich es so schwer, Gott?

- Weil du erst deine Leere erleben musst, um deine Fülle zu erfahren. -

Wie das? Ich fühle mich voll und begnadet.

- Nicht wirklich. -

Was heißt das?

- Du bist voller Angst, deinem wirklichen Selbst zu begegnen. -

Warum bin ich so?

- Begib dich auf den Weg, dann wirst du es erfahren. -

Heißt das, meine Süchte loszulassen.

- Wie viel willst du noch erfahren? -

Das berührt mich. Danke Gott!

Oh Gott, wird das jetzt so weitergehen?

- Ja! -

Woher soll ich die Kraft und die Zeit nehmen? Ich arbeite.

- Du wirst sie haben. -

So ein Geschenk habe ich vor Jahren schon mal erlebt.

- Hast du? -

Du bist tatsächlich ein Witzbold. Das weiß ich seit „Gespräche mit Gott“ von Donald Nil Walsch.

Ich habe das Gefühl, es ist anmaßend, was ich jetzt tue?

- Wer sagt das? -

Eine Wiederholung dessen, was Donald Nil Walsch geschrieben hat?

- Es gibt keine Wiederholung. Du schreibst auf deine dir ganz eigene Art und Weise, aus einem Erfahrungsbereich heraus, der ein völlig anders Spektrum umfasst. -

Was geschieht mit mir?

- Das, worauf du so lange gewartet hast. -

Ich habe Angst, dass ich vieles nicht verstehen werde.

- Dann ist es so, das ist OK. -

19.05.2000

Gott, ich glaube an dich.

- Wirklich? -

Na ja, manchmal weiß ich nicht, wie sich das anfühlt zu glauben. Schließlich bin ich in einer atheistischen, Gott verneinenden Gesellschaft aufgewachsen.

- Ich werde dich führen. -

Verstehst du nicht. In meiner Realität existierst du erst seit ein paar Jahren.

- Erklär mir das näher. -

Gott gab es nicht und in die Kirche gingen „nur“ Abtrünnige, dem Sozialismus feindlich Gesinnte. Es gab keine Wiedergeburt, kein Leben nach dem Tod, keinen Glauben. Tabu.

Jetzt ist alles möglich. Das ist für mich das größte Geschenk des Mauerfalls.

Sag mal Gott, du suchst dir oft oder fast immer Boten aus dem Westen. Das irritiert mich. Ich komme aus der DDR, zumindest in diesem Leben. Ich kenne die Bibel kaum, weiß wenig über das Christentum.

All das was ich jetzt erlebe, erfahre ist so neu für mich.

In gewisser Hinsicht begegne ich dir unbefleckt, unschuldig, unwissend, unbedarft.

- Das ist gut so. -

Was ist daran gut?

- Du bist wie ein neugieriges Kind, welches die Welt, welches Gott ent deckt! -

Aber ich fühle oft keine Verbindung zu Dir, bin traurig.

- Sei gewiss mein Kind, das wird sich ändern. -

Spannend war zu jener Zeit, dass ich vieles von dem, was „gesagt“ wurde, kaum verstand. Es war als sprächen wir in einer Fremdsprache miteinander, deren Worte ich zwar aussprechen konnte, deren tiefer Sinn mir jedoch noch verborgen blieb.

Oft fühlte ich Widerstände und eine regelrechte Abwehr gegen bestimmte Fragen und Aussagen, wie z.B. ich solle erst mir dienen, bevor ich anderen dienen könne.

Aber egal, wie hoch die Hürden auch waren, ich nahm sie. Ich wollte den tieferen Sinn ergründen, der sich so offensichtlich in diesen göttlichen Gesprächen verbarg.
Ich war neugierig und das kam mir zugute.
Und so legte ich meinen Verstand beiseite und ließ mich auf diese unbekannte, faszinierende Form der Kommunikation ein.

22.05.2000
Ich bin hier, um Gott zu dienen?
- In erster Linie bist du hier, um dir zu dienen, denn dann dienst du Gott. -
Gott, was hast du mit mir vor?
- Viel mein Kind, viel. -
Was, sag mir was?
- Du weißt es bereits, nur willst du es noch nicht sehen. -
Das macht mich traurig, Gott. Ich sehe die Wolken ziehen und fühle mich wie eine Wolke.
- Du bist eine Wolke. -
Warum?
- Weil du deine Bestimmung suchst. -
Wie finde ich meine Bestimmung?
- Nicht indem du Bier trinkst. -
Gott, ich will nach Hause.
- Ich weiß. -
Du bist grausam. Ich will hier nicht sein, in dieser abartigen Welt.
- Es war deine „frei willige" Entscheidung. -
Gott, das kannst du mit mir nicht machen.
- Du machst das mit dir. -

Seit 1998 arbeitete ich in einer schulischen Einrichtung mit sogenannten „Schulversagern", sprich Kindern und Jugendlichen, die nicht dem entsprechen, was man sich in dieser Gesellschaft unter „ordentlichen, disziplinierten, domestizierten Schülern" vorstellt.
Diese Arbeit war für mich eine echte Herausforderung. Von Anfang an kämpfte ich gegen den Leiter, den leitenden Erzieher, meinen Er-

zieherkollegen und die Sekretärin. Es gab ständig Situationen in denen ich mich hilflos fühlte, nicht wusste, wie ich damit umgehen solle, in denen ich verurteilte, mich über andere Menschen stellte.
Oft geschah es, dass die Situation eskalierte. In den folgenden Jahren gab es viele Gespräche mit Gott zu diesem „ein schneidenden“ Thema.
Damals war ich noch gefangen in der Zwangsvorstellung, ich müsse vollkommen sein, dürfe keine Fehler machen, ich sei die „Gute“ und die anderen die „Bösen“.
Natürlich bewirkte dieses Verhalten genau das Gegenteil. Ich machte jede Menge Fehler, fühlte mich vollkommen unvollkommen und erschuf mir jede Menge Feindseligkeiten und Unverständnis.
Tiefer und tiefer verbiss ich mich in meine Vorstellungen von Gerechtigkeit und Liebe.
Die Sekretärin Karin und mein verheirateter Kollege Rolf turtelten ständig miteinander, was mich „höllisch“ anpiepte. Mein Chef war grob und bösartig zu den Kindern und aggressiv und herrisch zu den Mitarbeitern. Und ich hielt mich für die einzig Gute in diesem Verein.
Es wurden sehr schwierige Jahre, die ich mir selbst erschuf. Alles in allem waren sie Lehrjahre vom Feinsten und ich wäre heute nicht auf dieser Stufe, wenn ich diesen Reifeprozess nicht durchlaufen hätte. Dankbarkeit für das, was mir da widerfuhr, war ein Gefühl, von dem ich zu jener Zeit noch meilenweit entfernt war.

30.05.2000

Gott, was würde die Liebe zu meinen Problemen mit meinem Chef sagen?
- Lass ihn. Sei warmherzig. Er ist wie er ist und er kann sich noch nicht ändern. Zuviel Schmerz ist in ihm, der ihn hart und böse scheinen lässt. Zuviel hat er erlebt, was ihn ungerecht und lieblos machte und sein Herz versteinerte.
Beobachte ihn, aber urteile nicht über ihn. Sei freundlich zu ihm und gib etwas von deiner Wärme und Energie ab. Es gibt einiges, was es zwischen euch zu klären gilt.

Keine Begegnung ist ohne Bedeutung, sei es in der Arbeit, in der Beziehung, auf der Straße…
Lass deine Kollegen ihren Reigen tanzen. Sie sind nicht glücklich. Deshalb ist Karin immer hungrig. Noch sind sie unwissend und wollen nicht sehen. Lass sie ihren Weg gehen.
Stelle dich nicht dazwischen, sondern werde dir klar, was du für dich anders haben willst. Arbeite daran. Deine Schwierigkeiten und jeder in diesem Spiel „Beteiligte" hat mit dir zu tun, ist eine Chance „etwas Altes" aufzulösen.
Du bist gemeint und nicht gemeint. Es wird schwieriger, wenn du dich ständig verteidigst, rechtfertigst, zermarterst. Wichtig ist, dass du dir anschaust, was dich verletzt und warum. Nur so wird es dir möglich, diese Verstrickungen aufzulösen und neutral zu werden.
Nimm deine Energie zusammen und schau was geschieht. -
Danke.

Wie ich bereits erwähnte, werde ich zum besseren Verständnis hin und wieder aus meinem Leben plaudern. Ich werde mitunter überaus ergötzliche Geschichten einflechten, die sowohl amüsant als auch berührend die Tragik meines koma-ähnlichen Lebenszustandes beschreiben.
Wie viele suchende Menschen, die nicht wissen, dass sie suchen und was sie suchen, nahm ich Zuflucht zu Drogen aller Art. Dazu gehörten Männer, Zigaretten, Alkohol, Exzesse… Als ich noch sehr jung war, gab es auch Tabletten und Spritzen.
In tiefsten DDR-Zeiten war ich mit einer Zahnärztin befreundet, eine verrückte Nudel. Fast jedes Wochenende gaben wir uns regelmäßig „die Kante". Da sie eine eigene Praxis hatte, war es kein Problem an bestimmte Aufputschmittel heranzukommen.
Tja, wenn ich etwas tue, dann richtig. Also, trank ich täglich mindestens eine Flasche Rotwein, rauchte drei Schachteln „Alte Juwel" und holte mir öfter mal den falschen Mann ins Bett.
Am Abend vor diesem Gespräch waren es, glaube ich, zwei Flaschen Rotwein, drei Schachteln Zigaretten und ein sehr falscher Mann.
Zu jenen Zeiten hatten meine Schutzengel alle Hände voll zu tun.

Danke, Ihr lieben Engelfreunde!

14.06.2000

Gott, kannst du mir mal sagen, warum ich nicht gut mit mir sein kann?

- Du trägst viel Not mit dir herum. Aber die Lösung und damit ein besseres Sein liegt im Los lassen deines „Unbewussten Tuns", sprich deiner Süchte. Erst wenn du diesen Schritt gehst, wirst du frei und eins werden. Solange du dich noch betäubst tust du weder dir noch anderen nicht gut. -

Ich weiß.

- Warum handelst du dann wider besseren Wissens?

Ilona, es ist nichts passiert. Hör auf dich zu zermartern, auch wenn dich deine „Blackouts" immer wieder aus der Bahn werfen, so ist es nicht sonderlich hilfreich, mit Schuldgefühlen und schlechtem Gewissen noch eins oben drauf zu setzen. Im Leiden und dir Leid zufügen bist du wirklich geübt.

Über diese Erfahrung erlebst du sehr deutlich, wer du im Kern deines Wesens nicht bist.

Wobei du noch nicht im Bewusst Sein hast, wer du wirklich bist. Das ist übrigens einer der Hauptgründe für menschliches Leid, dieses „Nicht- Gewahr Sein" eurer Herkunft. -

Warum ist so viel Angst in mir?

- Du hast Angst davor, dich dem Leben voll und ganz zu geben. Du hast Angst, zu lieben und geliebt zu werden. Diese Angst frisst dich auf und hindert dich, deine wahre Bestimmung zu erkennen und ihr zu folgen.

Ilona, wach auf und sieh dich an. Du bist ein wunderbarer Mensch. Du bist MEIN Geschöpf.

Habe ein bisschen mehr Leichtigkeit und Vertrauen ins Universum und in Mich. Genieße dein Leben mit allen Für und Wider und denke daran, du bist vollkommen und hier um Erfahrungen zu machen, um zu lernen, und dazu gehören auch Irr tümer. -

Danke, Gott!

- Du bist beschützt mein Kind. Glaube es endlich. Wie viele Zeichen soll ich dir noch senden, bevor du wirklich glaubst?

Dein Leben liegt in deiner und meiner Hand und eine deiner wichtigsten Erfahrungen wird es sein, freundlich und liebevoll zu dir und anderen zu sein.
Sei gnädig mit dir. Ich bin es auch. -

Durch meine Arbeit „musste“ ich jedes Jahr zu einer Ferienfahrt. Die Kinder, Karin, Rolf, eine andere Kollegin und ich reisten für eine Woche an die Ostsee. Es war eine Zeit, in der wir Tag und Nacht miteinander verbrachten. Aufgrund der Unausweichlichkeiten brauten sich viele Spannungen zusammen, die im Alltag nicht so sichtbar wurden. Karin und Rolf bewegten sich als Paar und waren mehr an sich als an den Kindern interessiert.
Meine Kollegin klinkte sich auf bewundernswerte Weise aus und widmete sich vordergründig den Kindern. Und ich regte mich über Rolfs Sturheit und Karins Egoismus permanent auf. Ich butterte all meine Energie rein, die Gute zu sein und die anderen abzustempeln.
Eines Tages, als Karin sich mal wieder darin übte, erst sich zu versorgen und dann an den Rest der Welt zu denken, platzte mir die Hutschnur, allerdings nur in meinem Inneren, leider.
Ich stieß an eine Grenze und wusste nicht mehr weiter.
Die Situation war folgende:
Auf dem Frühstückstisch standen frische Erdbeeren, die wir am Vortag gekauft hatten. Ich bat Karin, sie mir zu reichen. Sie weigerte sich, da sie erst sich bedienen wollte.
Als die Früchtchen schließlich bei mir landeten, waren kaum noch welche im Korb.
Dieses Erlebnis beschreibt wunderbar, welche Spiele zwischen uns liefen, vor allem über Essen.

30.07.2000
Gott, was läuft hier? Welche Erfahrung soll ich jetzt machen? Was ist real, was meine Wahrnehmung?
Es ist seltsam, wie viel über Nahrung abläuft. Ich fühle mich wie von einem anderen Stern, nicht dazu gebeten, ausgeschlossen.
Ich habe andere Vorstellungen von der Arbeit mit Kindern. Ich kann

mich in diese Gesellschaft nicht anpassen und einfach so mitmachen. Mir ist eine gewisse Leichtigkeit verloren gegangen. Ich bin ratlos Karin und Rolf gegenüber. Ich kann mit diesem Egoismus und mit dieser Habgier schwer umgehen. Jede Form der Toleranz geht mir montan ab.
Es ist unmöglich gemeinsame Planungen vorzunehmen oder wichtige Entscheidungen zu treffen, da alles schon feststeht, ohne Rücksprache mit mir. Es geht ausschließlich darum, dass die beiden Urlaub haben, am Strand liegen und alles nach ihren Bedürfnissen gestalten. Mein Herz ist schwer. Ich fühle mich in die Ecke gestellt und ohnmächtig.
Gott, was ist hier meine Aufgabe?
- Sei für die Kinder da, mein Kind. Lass sie erfahren, dass es Menschen gibt, denen sie wichtig sind, die zumindest versuchen, auf ihre Bedürfnisse einzugehen, sie ernst nehmen. -
Aber wie verhalte ich mich meinen Kollegen gegenüber? Ich fühle mich so anders.
- Du bist anders, du gehst einen anderen Weg. Erfahre, wie es ist, sie so zu akzeptieren, wie sie sind. Höre auf deine innere Stimme und versuche, kooperativ und souverän zu bleiben. -
Ich kann nicht. In meinem Kopf laufen ständig Wertungen und Urteile ab. Dabei weiß ich, dass sie ihren Weg gehen und ich meinen. Für mich fühlt sich das Alles an wie eine Sackgasse. Ich finde keinen Konsens.
- Ich schätze deine Ehrlichkeit, aber das hilft dir nicht weiter. -
Was hilft mir weiter?
- Lass los! Löse dich von deinen Vor Urteilen. Das Verhalten anderer Menschen ist oft eine unbewusste Reaktion auf Disharmonien, die häufig nicht ans Tageslicht gehoben werden, auf unausgesprochenen Ärger, auf Ungehaltensein, auf Verdammung.
Sie schwelen im Untergrund und erzeugen Reaktion um Reaktion, so lange, bis sich eine Lösung auftut. -
Wie?
- Suche nicht nach Vor- und Nachteil. Verleih deinem Ärger Ausdruck. Suche nach Möglichkeiten, dich verständlich zu machen mit deinen

Vorstellungen der Zeitgestaltung.
Beobachte und nimm dir, was gut für dich ist. Mit dem Salat heute, das war doch schon ganz OK.-

Sowohl die Kinder, als auch meine Kollegen waren Mac-Donalds-Fans. Deshalb gingen wir oft dort essen. Ich war die Einzige, die dieses „Essen“ ablehnte. Aus meiner Sicht war „Fast Food“ voll eklig. Mich würgte es jedes Mal, wenn ich dieses Zeug sah, das alle mit wachsender Begeisterung hinunterschlangen.
Also blieb ich meistens hungrig. Diesmal jedoch erquickte ich mich an einem köstlichen Salat. Ich lernte erst sehr spät zu akzeptieren, dass „Fast Food“ einer Menge Menschen schmeckt und dass das sogar deren gutes Recht ist.

01.08.2000
Ich mag Karins Art nicht. Sie sorgt ausschließlich für sich, trampelt ständig über andere Menschen hinweg und ist in ihrem Egoismus kaum zu übertreffen.
Ich ertrage kaum dieses sich Alles nehmen, Essen, Trinken, Geld, Rolf, die Kinder. Diese Situation, als sie alle Erdbeeren ganz allein fressen wollte, war absolute Grenze.
Nur die eigenen Bedürfnisse zählen.
Das regt mich auf, macht mich neidisch, ne neidisch nicht, böse. So ein Miststück.
Wie oft weiß ich nicht, welche Bedürfnisse ich habe.
Karin nimmt und nimmt und nimmt.
Gott, wie kann ich diesen Konflikt lösen?
Ich kann und will diese Frau nicht ändern, aber ich spüre meine Grenzen. Sie bringt mich so auf.
- Ganz ruhig, mein Kind, geh spazieren und sprich mit Mir. -
Gut, mach ich. Wie geht man mit solch einem egoistischen Geschöpf um?
- Indem du bei dir bleibst und sagst, was dir nicht behagt. -
Ich weiß nicht wie. Entweder bin ich aggressiv oder ratlos. Dieses Kind spielt mit anderen Menschen.

- Sie reflektiert dir etwas, möglicherweise eine Erfahrung, die auch du gemacht hast, etwas, dass dir vertraut ist. Immer wenn solch eine massive Abwehr auftaucht, sei es gegenüber Menschen, Situationen, ..., verbirgt sich dahinter in der Regel eine wunderbare Lernaufgabe, die es zu lösen gilt.
Es ist ein Spiegel, der dir vorgehalten wird, ein Spiegel deines eigenen „Un heils".
Es gibt so eine Art göttlicher Faustregel, die dir noch öfter begegnen wird:
Alles, was sich schwer anfühlt, was Widerstände erzeugt, was du nicht „unter Kontrolle" hast, birgt wichtige Aufgaben, Themen in sich, die du in diesem Leben erledigen kannst.
Alles, was sich leicht anfühlt, was sich in deinem Leben mühelos gestalten lässt, hast du bereits zu einem großen Teil gelöst und kannst es genießen.
Erkenne die wunderbaren Zeichen und Signale auf deinem Erdenweg, sei aufmerksam und beobachte dich und deine Umgebung.
Dazu gehören vor allem die „Zu fälle", das, was euch zu fällt, was euch quasi vor die Füße geworfen wird, das sind wichtige Hinweise, so wie deine jetzige Arbeit und die damit verbundenen Herausforderungen. -
Gut gesagt. Aber was mach ich damit?
- Erkenne das Geschenk, dass sich hinter diesen vermeintlichen Provokationen verbirgt, auch wenn dir ein gelassener Umgang damit vorerst als unlösbare Bürde erscheint. Nimm wahr, aber nicht im Groll, denn dann erschaffst du ein Feld, das du beackern kannst. Groll legt riesige Feldsteine in den Weg, an dem sich nicht nur „Maschinen" die Zähne ausbeißen.
Abscheu, Ärger, Wut, Hass, ... sind Gefühle, die binden. Sie hindern dich am freien Handeln und lenken dein Tun in negative Energiefelder.
Das bedeutet jedoch nicht, dass du diese Gefühle verdrängen sollst. Es geht darum, sie zu beobachten und in die Bahnen zu lenken, wo du sie beherrschst und nicht sie dich.
Geh in den Wald und schrei deine Wut heraus, hacke Holz, aber zügle dich, wenn die Kinder dabei sind.

Lerne, dich in Verständnis, Gelassenheit, irgendwann sogar in heiterer Gelassenheit zu üben.
Beobachte, reflektiere, was es mit dir zu tun haben könnte, beleuchte Möglichkeiten der Veränderung dich bindender Situationen.
Zu dieser Wahrnehmung gehört z.B., dass Karin ist, wie sie isst. Und das, was sie isst, ist nicht unbedingt der Spiegel für einen glücklichen ausgeglichenen Menschen. -
Gut, ich werde mich im Üben üben. Aber kaum hat das eine „Problem" aufgehört, tut sich das nächste auf. Jetzt mach ich mir auch noch viele Gedanken über sie und Rolf.
- Genau das ist der Punkt. Du kennst ja meine Meinung zu Gedanken. Was hältst du davon, dass du durch sie die Erfahrung machst, wer du nicht sein willst. -
Eine schöne Idee!
- Dann suche nach Wegen, wie du sie umsetzen kannst.
Was Karin und Rolf machen, ist deren ureigenste Erfahrung, deren Weg. Das hat mit dir wenig zu tun. Möchtest du so sein, so leben wie Karin und Rolf? -
Nein!
- Du hast immer die Wahl. Auch du kannst dich bereichern und du hast es auch schon getan, kannst versuchen den menschlichen Hunger zu stillen, die Leere. Auch du kannst Spielchen spielen, um der Wahrhaftigkeit, der Liebe zu entfliehen.
Vielleicht kannst du von den beiden aber auch etwas Spielerisches lernen, denn ich weiß, dass spielen dir ernst fällt. -
Gott, das ist ganz schön harter Tabak und es tut gut.
- Du hast dich darauf eingelassen, zu erfahren, wer du bist und wer du nicht bist. Warum regst du dich über Dinge auf, die andere tun. Das ist nicht dein Bier und meins übrigens auch nicht.
Lehn dich zurück und betrachte es mit Gelassenheit und einem Schmunzeln und verabschiede dich von Gefühlen des „zu kurz gekommen Seins". Du bist reich beschenkt mit diesem Leben. So, und jetzt genieße meine Gaben. -
Hallo Gott, ich möchte noch ein wenig mit dir plaudern.
Übrigens, sei bedankt für deine Gaben.

- Übrigens mein Kind, lass sie spielen, denn sie sind wie Kinder. -
Ich finde, es sind böse egoistische Kinder.
- Das steht weder dir noch mir zu.
Jeder sollte so leben, wie er das will. Jeder hat die freie Wahl, auch Karin und Rolf. Nimm sie voller Liebe wahr. Urteile nicht, werte nicht. Es ist nicht wichtig, was sie tun.
Geh deinen Weg und behalte die Gelassenheit, mit der du bereits Bekanntschaft geschlossen hast. -

Ich habe einen wunderbaren Sohn, von dem später noch die Rede sein wird. Er ist heute 30 Jahre und ich liebe ihn aus ganzem Herzen. Auch wir haben unsere ganz eigenen Verstrickungen, die es zu lösen gilt.
Mein Sohn ist einer meiner größten „Lernhelfer" in diesem Leben.
So manches Mal war auch er in Heerscharen von Schutzengeln eingebettet, nur dass er es noch nicht weiß oder besser wissen will.
Von der Ostsee aus rief ich meinen Sohn zu Hause an, um zu hören, wie es ihm geht.
Mir wurde ganz elend als er mir folgendes berichtete:
In der vorangegangenen Nacht hatte er mit zwei Hanteln seinen Vorhang auf dem Fensterbrett befestigt. Plötzlich wachte er von einem Knall auf und spürte einen stechenden Schmerz in der Nase und etwas feuchtes Warmes im Gesicht. Völlig betäubt stand er auf und sah sein blutüberströmtes Gesicht. Er stillte die Blutung und langsam drang in sein Bewusstsein, dass ihm eine der Hanteln auf die Nase geknallt war und ihm das Nasenbein gebrochen hatte. „Natürlich" war er nicht beim Arzt.
Als er mir dieses Erlebnis am Telefon erzählte, wollte ich sofort zu ihm fahren, aber das war unmöglich.
Ich bat ihn, schnellstens einen Arzt aufzusuchen und sich wenigstens untersuchen zu lassen, und betete, dass es ihm gut gehen möge.
Nein, er ging nicht zum Arzt und der Nasenbeinbruch verheilte wunderbar.

02.08.2000

Spannend! Dieses Gespräch gestern hat in mir eine ganze Menge geklärt.

Gott, ich mach mir Sorgen um meinen Sohn. Ich danke dir, dass ihm nichts Schlimmeres widerfahren ist.

- Ich war bei ihm. -

Warum ist ihm diese Hantel auf die Nase gefallen, warum dieser Schmerz?

- Vielleicht musste er zur Besinnung gebracht werden. Manchmal ist Schmerz notwendig und sei es für eine Umkehr, ein Innehalten, ein Erkennen. -

Ich mache mir solche Sorgen, dass er innere Verletzungen hat.

- Das brauchst du nicht. Es geht ihm gut. Das war ein Zeichen. -

Wofür?

- Das muss dein Sohn herausfinden. Du kannst ihm dabei helfen, wenn er es wünscht. -

In diesem ereignisreichen Sommer verbrachte ich zum ersten Mal seit langer Zeit wieder Urlaub an meinem geliebten Stechlinsee, einem magischen Ort, den ich seit vielen Jahren besuche.

Diesmal fuhr ich jedoch gemeinsam mit einer Frau aus meiner Frauengruppe.

Nun, es gab unglaubliche Auseinandersetzungen zwischen uns. Ich war im Umgang und Zusammen Sein mit anderen Menschen sehr ungeübt und unsicher. Normalerweise fuhr ich allein, denn das war mir vertraut. Ich liebe es, allein durch die Wälder zu streifen, im See zu baden, mich auf niemanden einstellen zu müssen.

Zwar sehnte ich mich immer nach gemeinsamen Reisen, aber wenn es konkret wurde, kniff ich, oft unbewusst. Auf diese Art und Weise hatte ich mir schon mehrere wunderbare Reisen durch die Lappen gehen lassen.

Das wollte ich nun ändern.

22.08.2000

Gott, was ist das, was jetzt mit dieser Frau abläuft?

- Finde es heraus. -

Einige Zeit später fand ich es heraus. Diese Frau war ein wunderbarer Spiegel für mich. Ebenso wie ich beharrte auch sie immer auf ihrem Recht, wollte alles bis zum letzten Punkt geklärt haben, konnte schwer etwas im Raum stehen lassen.
Durch Sie lernte ich, dass Recht haben müssen eine Frage der Sicht ist.
Mir fiel auf, wie oft ich auf meinem Recht beharrte oder mich ins Un recht gesetzt fühlte, ein Zustand, der mich schon sehr lange begleitete und es mir immer wieder schwer machte loszulassen. In dieser Zeit erfuhr ich, dass es Recht oder Un Recht in diesem Sinne gar nicht gibt.
Jeder Mensch entscheidet für sich, was er als Recht oder Un Recht empfindet. Ich erlebte, wie befreiend es sein kann, nicht auf seinem Recht beharren zu müssen.
Seitdem ist der Satz: „Ich habe recht." aus meinem Wortschatz fast verschwunden. Und das ist ein wunderbares Gefühl.

23.08.2000

„Die Erde ist meine Mutter.
Der Himmel ist mein Vater."

Diese Botschaft ereilte mich in einem der wenigen Augenblicke, als ich nüchtern war. Es waren noch Ferien, ich war einsam und trank viel Alkohol.
Bereits mit 15 trank ich Alkohol, um den Schmerz in mir zu betäuben, rauchte Zigaretten, um wie alle zu sein, „schlief" mit Männern, um ihnen heimzuzahlen, was mir widerfuhr.
Es war ein absurder Spiegel meiner Ratlosigkeit und Orientierungslosigkeit.
Konsequent richtete ich mich gegen mich und andere. Statt Heilung erlebte ich nur noch mehr Verwirrung. Solange ich denken kann, habe ich mich damit beschäftigt mich selbst zu zerstören.

Vulkan
Ich fühle Grauen
und ich habe Angst,
wenn wild das Unbekannte
in mir tanzt.
Es tobt,
es zerrt,
es kann nicht raus.
Manchmal ist's still,
dann halt ich's mit mir aus.

Ich hatte also Urlaub und zum tausendsten Mal nahm ich Anlauf, mich meinem Alkoholproblem zu stellen. Damals trank ich täglich eine Flasche Rotwein und mehrere Flaschen Bier.
Mittlerweile begann ich an meinen freien Tagen bereits vormittags zu trinken, so dass ich mitunter am späten Nachmittag schon volltrunken ins Bett fiel und oft erst am nächsten Tag erwachte.
Mein Energielevel sank beständig und ich fühlte mich oft hoffnungslos und einsam.
Vor einigen Tagen hatte ich mich in meiner damaligen Frauengruppe mit meiner Sucht offenbart und so wurde die Idee geboren, an zwei Tagen in der Woche nicht zu trinken.
Ich hatte Angst vor dieser Zeit, vor allem aber vor den Nächten. Nur war mein Trinken in den letzten Jahren so exzessiv geworden, dass ich vor der Wahl stand, mich tot zu saufen und weiterhin un bewusst durch viele Tage zu dümpeln oder mich dem zu stellen, was hinter dem Alkohol auf mich wartete.
Und das war ziemlich unheimlich, hatte mich doch „König Alkohol" gut im Griff.
Ich begann also mit den besagten zwei Tagen ohne Alkohol am 06.09.2000.
In meiner ersten nüchternen Nacht geschahen unheimliche Begebenheiten. Ich erzähle dieses Erlebnis so ausführlich, weil ich urplötzlich mit Geistern, Dämonen und andere Wesenheiten konfrontiert wurde, die ich bis dato nur aus Büchern und vom „Hörensagen" kannte.

Es war mein erster bewusster Kontakt mit Dämonen, die in meiner Wohnung lebten. Nur war ich ihnen damals noch recht feindlich gesonnen.
Als ich an diesem Abend ins Bett ging, diesmal ohne die Betäubung meines über allem geliebt gehassten Rotweins, passierten seltsame Dinge.
Bereits damals hatte ich die tiefe Gewissheit, wenn ich nicht mehr trinke, dann werden sich meine Gaben offenbaren. Allerdings hatte ich keine Ahnung, wie diese „Offenbarung" aussehen könnte.
Aber genau das war es auch, wovor ich Angst hatte, diese Dinge, Phänomene, Begegnungen, die ich ohne den „schützenden" Alkohol haben würde, dieses unbekannte Land, das ich dann betreten würde.
Jede Wohnung in der ich bisher gelebt hatte, strahlte eine gewisse Magie aus.
Aber die Wohnung, in der ich zu jener Zeit hauste, übertraf alles. Ich fand sie wunderschön.
Das Zentrum, mein Hauptraum, war eine merkwürdige Ansammlung von Federn, Knochen, Tierköpfen und anderen Gegenständen, die auf manche Menschen unheimlich wirkten. An den Wänden hingen Bilder, die ich gemalt hatte, und kluge Sprüche von klugen Menschen. Es gab gemütliche Schaffellecken zum Kuscheln, einen roten Teppich und gelbe Wände. Dieser Raum strahlte Wärme und Originalität in die Welt.
Mein Hexenzimmer, mein blauer Salon, mein Dschungel, der Raum, in dem ich auch schlief, hatte schon immer eine sehr eigenwillige Atmosphäre. Ein großes Bett zierte die Mitte, umgeben von riesigen Pflanzen, die den Raum mit Grün fluteten. An den Wänden hingen Mondkalender, Kräuter und Bilder. Alles war in einem tiefen Dunkelblau gehalten. Es waren starke Energien, die diesen Raum beseelten. Wenn ich unter „Strom" stand, nahm ich sie nicht wahr, zumindest nicht bewusst.
An besagtem Abend jedoch spürte ich sie in ihrer ganzen Dimension. Als ich in meinem Bett lag, erfasste mich eine große Unruhe. Überall krabbelte es. Plötzlich saß etwas auf meinem Gesicht. Ich versuchte es hastig wegzuwischen und hörte das Summen einer Mücke oder

eines anderen Insektes. Es war kalt im Raum und in diesem kalten Sommer hatte ich außer Bienen und Fliegen kein Insekt in meiner Wohnung gesichtet.

Ich fühlte mich unbehaglich, aber schließlich fiel ich in eine Art Dämmerschlaf, aus dem ich urplötzlich aufschreckte. Ich spürte, wie meine rechte Lippe auf einmal anschwoll. Es war ein seltsames und auch beängstigendes Gefühl.

Meine Lippe wurde immer dicker und in mir stieg der Satz auf: „Ich habe gestern eine dicke Lippe riskiert."

Gestern hatte ich in einem Telefonat mit einer Freundin großspurig über die Gegenwart von Dämonen palaverte, gerade so als wäre ich die größte Dämonenzähmerin aller Zeiten. Unser Gespräch wurde von seltsamen Geräuschen begleitet, die uns unheimlich waren. Auch zu diesem Zeitpunkt war seltsamerweise eine Mücke im Raum.

Später berichtete mir diese Freundin, dass unmittelbar nach unserem Gespräch eine Mücke in der Nähe ihres Telefons saß und sie beobachtete, die dann auf Nimmerwiedersehen verschwand. Im Scherz hatte ich erwähnt: „Pass auf, dass Abdu Ro Sche (so hatte ich einen Haus-Dämon getauft) nicht durchs Telefon kommt."

Dieses Gespräch kam mir in den Sinn, als meine Lippe wie nach einer frischen Schönheits-OP in wulstiger Pracht erblühte. Ich tappte in meine Küche, besah mir das Resultat und betupfte die schmerzende Haut mit Kräuteröl. Den Chirurgen hätte ich auf der Stelle verklagt. Das war kein Stich von einer Mücke.

Irgendetwas hatte mich gebissen. Und in meiner Wahrnehmung war es keine Mücke, sondern mein Dämon oder ein anderer Geist.

Als ich in meinen Raum zurückkehrte, empfing mich eine sehr seltsame Energie. Ich kann sie nicht beschreiben. Ich weiß nur, dass mir diese Energie bekannt vorkam und ich sie bereits bei anderen unerklärlichen Erlebnissen gespürt hatte.

Ich legte mich ins Bett und unternahm erneut den Versuch zu schlafen. Aber die unbekannten Kräfte gönnten mir keine Ruhe. Ich bekam heftige Ohrenschmerzen im rechten Ohr.

Dann fielen in der rechten Niere Schmerzen über mich her. Ich versuchte, mein aufgeregtes Herz durch ruhiges Atmen im Zaum zu hal-

ten, und irgendwann fiel ich in einen kurzen tiefen Schlaf.
Am nächsten Morgen erwachte ich und fühlte mich gut. Ich weiß noch, dass ich dachte: „Ich werde diese Dämonen davon jagen. Sie haben in meinem Leben nichts zu suchen. Sie stehlen und rauben mir mein Licht.“
Ich begann den neuen Tag mit dem Gefühl: „Es wird alles gut und ich werde das Licht empfangen!“
Seltsamerweise war Max, meine Katze, die sonst immer bei mir schläft weder in dieser Nacht noch am Morgen aufzufinden. Der „Biss“ begleitete mich noch recht schmerzhaft über einige Tage, was mir bestätigte, dass es keine Mücke war.
Bis zu diesem Zeitpunkt gab es bereits mehrere Begegnungen mit Dämonen, die meine Freundinnen, die zu diesem Zeitpunkt „zu fällig“ in meiner Nähe waren, in Angst und Schrecken versetzten.
Noch nie hatte ich jedoch diese Erfahrung nüchtern gemacht.
Fünf Tage später sollte mich noch eine dunkle Erfahrung ereilen.
Und wieder war es eine Nacht, in die ich ohne einen Tropfen Alkohol ging.
Ich ahnte nicht, dass mich die Dämonen so schnell wieder besuchen würden. Ich hatte die Fenster geschlossen, da mich der Lärm der Autos nervte, und lag unruhig in meinem Bett.
Plötzlich roch es im ganzen Raum nach faulen Eiern und Schweißfüssen. Dieser Geruch war so eindringlich, dass ich kaum atmen konnte. Ich konnte mir den „Gestank“ nicht erklären, da die Tür zu meinem anderen Raum geöffnet war und durch die dort offenen Fenster frische Luft herein zog. Und obwohl ich die Fenster in diesem Raum auch öffnete, zog der Geruch nur sehr schwer ab.
Es sollten noch zwei weitere seltsame Ereignisse folgen, die ich ebenfalls rational nicht erklären kann, die letzten dieser bedrohlichen Art.
In dieser Zeit fuhr ich viel in den Wald, um meine geliebten Kräuter zu sammeln.
Als ich eines Abends nach Hause zurückkehrte, stellte ich fest, dass mein ganzer Körper voller Zecken war. Behutsam sammelte ich die Biester ab und versenkte sie in der Badewanne.
Mich überkam das starke Gefühl, dass sich da einer meiner neuen

Freunde einen Streich erlaubt hatte. Denn obwohl ich damals fast täglich im Wald war, waren Zecken nicht unbedingt die Begleiter, die ich mit nach Hause brachte.
Mittlerweile hatte ich mich mit meiner Situation, soweit es mir möglich war, angefreundet und auch die Angst saß mir nicht mehr so tief im Nacken.
So ergriff mich eher ein tiefes Erstaunen, als ich eines Morgens aufwachte und der Teppich in meinem Flur klitschnass war. Unerklärlich! Hatte ich doch eine trockene Nacht ohne Alkohol hinter mir.
Aber da hatte ich bereits einen Punkt erreicht, wo ich begriff, dass es im Universum Dinge und Ereignisse gibt, die unerklärlich sind. Und so trocknete ich den Teppich mit einer ziemlichen Gelassenheit und harrte der Dinge, die da noch kommen würden.
Warum erzähle ich diese Begebenheiten?
Weil sie der Anfang von einer Reihe unglaublicher Ereignisse und Begegnungen sind, deren Ursprung für mich in meiner Begegnung mit Gott zu suchen ist.
Oder anders gesagt, meine Begegnung mit Gott machte die Wahrnehmung dieser Ereignisse erst möglich.
Jene Nächte waren mein erster bewusster Kontakt zu den unsichtbaren Energien.
Seitdem eröffnen sich mir Dimensionen und Möglichkeiten, deren Existenz ich bislang nur erahnte.
Ich möchte auf keines dieser Erlebnisse verzichten und bin dankbar dafür, dass ich sie empfangen habe.
Ich fühle mich, als ob sich täglich neue Türen öffnen, und jedes Mal stehe ich vor der Wahl, sie zu öffnen und hineinzugehen oder auch nicht.

- Das ist gut gesagt, Iona, und jetzt kannst du mit unseren Gesprächen fortfahren.
Der Satz: „In meinem Haus gibt es viele Türen und du hast immer die Wahl, sie zu öffnen oder nicht." ist ein guter Übergang für das, was jetzt folgt. -

In jenem Herbst hatte mich meine damalige Freundin Mone auf einen Bauernhof eingeladen.
Leider hatte sie mit dem damals für mich heiklen Satz: „Es hat jemand abgesagt und jetzt ist noch ein Platz frei." jenen wunden Punkt in mir erwischt, der bewirkte, dass der Platz auch wirklich frei blieb.
Ich fuhr nicht mit, denn ich fühlte mich nicht gemeint. Eine Reaktion, durch die ich mir bereits viele schöne Stunden mit Freunden verwehrt hatte und die mir nur allzu bekannt war. So organisierte ich z.B. wunderbare Treffen, an denen ich dann nicht teilnahm.
Die Gabe mich auf einen freien Platz zu setzen und ihn zu genießen, sollte mir erst einige Monate später beschieden sein. Allerdings nicht mit Mone.

01.10.2000
Gott, kannst du mir mal sagen, warum ich mich so einsam fühle?
- Du bist nicht einsam. Du machst dich einsam. -
Ich fühle mich von Mone nicht gemeint. Von dir übrigens auch nicht. Warum beschenkst du immer andere? Ich habe keine Familie.
- Du hast einen phantastischen Sohn, Frauen die dich umgeben, Freunde.
Weine, mein Kind, weine. Der Wind wird deine Tränen trocknen. -
Warum, Gott, mache ich es mir in diesem Leben so schwer wider besseren Wissens?
- Du hast dir diesen Platz gewünscht, frei. Ich habe dir deine Bitte erfüllt. Mit deiner Entscheidung, gestern Alkohol zu trinken, wolltest du vor noch mehr Schmerz flüchten. Akzeptiere diese Entscheidung. Sieh dir das traurige, verletzte Kind in dir genauer an. Suche Wege um es zu heilen, statt es weiter zu zerstören. Vertrau mir! -
Ich will dir vertrauen, aber warum fühle ich mich so oft unglücklich?
- Du weißt die Antwort. -
Aber ohne Alkohol grüble ich so viel, habe Angst.
- Wo Angst ist, kann die Liebe nicht sein, wie du ja bereits weißt -
Gott, ich möchte der Anderen begegnen.
- Lass dir Zeit, gehe in dich, fühle was du brauchst, um der begegnen zu können, die du wirklich bist.

Ilona, die Leuchtende,
die aus den Flammen steigt
und durch ihre Güte
die Herzen anderer öffnet.

Vorerst aber sei gütig zu dir und öffne dein eigenes Herz. Es ist egal, ob Mone dich in ihr Leben einbezieht oder nicht, das ist einzig und allein ihre Entscheidung. Ich weiß, du liebst Mone und es schmerzt dich, sie mit anderen Frauen zu erleben. Deshalb bist du nicht mit zu diesem Bauernhof gefahren.
Lerne, bedingungslos zu lieben, und dein Herz wird keine Eifersucht und keinen Neid mehr kennen.
Beginne, selbst zu lieben, statt auf die Liebe anderer zu warten und zu hoffen. Blicke in dein Herz. Was siehst du? -

Licht, Gott, ich sehe Licht!

- Lass dieses Licht sich ausbreiten, lass es strömen, lass nicht zu, dass Unglücklichsein dich verschlingt. -
Gott, danke für die Feder und den Platz.

Vor lauter Kummer über mein typisch ilonaisches Verhalten war ich zu meinem Zaubersee gefahren und hatte dort eine wunderschöne Feder von einem Eisvogel gefunden.

- Ilona, du hast meinen Segen. Nimm ihn endlich an. Dein Leben ist nicht trist und langweilig. Du hast dich entschieden, einen spirituellen Weg zu gehen. Also hör auf, dich selbst zu vernichten. Und jetzt geh und lass es dir gut gehen. Nimm diesen Tag als mein Geschenk an. Wir hören uns später. -

Aus „heiterem Himmel“ hatte ich eine 5-tägige Reise nach Italien gewonnen. Erstaunlicherweise gewährte mir der Leiter unseres Hauses zwei Tage Urlaub, die später allerdings als Bumerang zurückkehrten. Von Anfang an hatte ich das Gefühl, dass diese Reise eine ganz be-

sondere Bedeutung für mich haben würde und dass sie etwas mit meiner Beziehung zu Gott zu tun hätte.
Die Menschen, mit denen ich reiste, waren damals für mich noch sogenannte „normale Bürger" und ich betrachtete sie mit einer gewissen Arroganz und mich als etwas Außergewöhnliches.
Während der Fahrt erhielten wir die Information, dass wir in einem winzigen Bergdorf untergebracht seien. Da ich es nicht geschafft hatte, vor der Abreise Geld zu tauschen, bekam ich Panik, dass es in diesem Ort keine Bank oder Geldautomaten gäbe.
Im Verlauf der Fahrt schob ich mich kraft meiner Kraft in die Position einer Reiseleiterin. Ich verkaufte Getränke, saß auf dem Reiseleiterplatz und genoss die phantastische Landschaft. Auf mein Drängen, machten wir einen Umweg durch eine Stadt, in der alle, vor allem aber ich, Geld abheben konnten.
Dadurch verlängerte sich unsere eh schon 13-stündige Fahrt um zwei weitere Stunden.
Die Quintessenz war eine erschöpfte streitsüchtige Gruppe, die ihre Wut am Personal des Hotels ausließ. Mir wurde deutlich, dass ich erheblich zu diesem Ausbruch beigetragen hatte.
Mit der mir eigenen Beharrlichkeit schaffte ich es dann auch noch, mir statt eines Zweifrauzimmers ein Einfrauzimmer zu ergattern, frei von der Zuzahlung von 220,- DM. Ohne es bewusst wahrzunehmen, war ich zu einer Anführerin aufgestiegen. Eine Erfahrung, die ich bereits mehrfach in meinem Leben gemacht hatte.
Am nächsten Morgen begab ich mich auf den Weg in die Berge, ohne Ziel und Ahnung, wohin es mich verschlagen würde. Der Tag war trüb, traurig und es regnete ununterbrochen.
Als ich einen steilen Weg hinaufstieg, blieb ich plötzlich wie angewurzelt stehen. Tränen schossen mir in die Augen und ein tiefes Schluchzen stieg aus meinem Herzen. Vor meinen Augen sah ich eine in den Felsen geschlagene Grotte, in deren Mitte die Jungfrau Maria stand. Ich kniete nieder und weinte, weinte, weinte. Sie war wunderschön und strahlte eine eigentümliche Kraft und Lebendigkeit aus. Überall standen Blumen und Kerzen. Und ich wusste, dass ich an einem heiligen Ort, an einem Kraftort angekommen war.

Ich fühlte mich zu Hause und all die Sorgen und Nöte, all die Ängste und die Verzweiflung fielen von mir ab.

- Ich erinnere mich gut, Ilona. -

Ich sprach mit der Jungfrau, ich betete, ich dankte, dass Gott mich an diesen Ort geführt hatte, ich dankte für die Fügung dieser Reise. Ich war aufgewühlt und total berührt von dieser Begegnung mit Gott.

Heute glaube ich, dass ich noch nie in meinem Leben so geweint habe wie an jenen Tagen.

Es war eine Erlösung.

Als ich später um mich blickte, sah ich in einiger Entfernung eine weitere Grotte. Ich näherte mich ihr und sah zu meinem Erstaunen eine Jesusstatur. Erneut überrollte mich ein Gefühlssturm.

Ich weiß nicht, wie lange ich bei Maria und Jesus verweilte. Ich weiß nur, dass ich ununterbrochen weinte, betete und dankte. Ich bin noch viele Male zu den beiden Grotten aufgestiegen, habe Blumen und Kerzen dargebracht und im Gewahr Sein von Maria, Jesus und Gott viel Zeit in Ruhe, Innehalten und tiefem Frieden verbracht.

Bevor ich diese Reise antrat, hatte ich das Gefühl, dass ich an einen Ort fahre, an dem ich Gott begegnen würde. Und genau das war geschehen. Es war unfassbar. Gott hatte mich erhört.

Ich befand mich damals in einem Zustand heftiger Zerrissenheit. Ich fühlte mich einsam und unsicher und wusste nicht, wie mein Leben weiter gehen würde. Ich war unzufrieden mit meiner Arbeit, mit meiner Beziehung, mit mir.

Ich war auf der Suche nach mir, nach meiner Bestimmung, nach Gott. Ich glaube, zu diesem Zeitpunkt begann ich zum ersten Mal wirklich an die Existenz Gottes zu glauben und auf sie zu vertrauen.

Es war, als ob etwas tief in meinem Innersten erwacht wäre, was viele Jahre, vielleicht auch viele Leben geschlafen hatte. Ich fühlte Dankbarkeit und Demut.

Und an jenem wundersamen Ort begab sich das folgende Gespräch, in dem auch zum ersten Mal der Name Kamel auftauchte. Kamel ist mein „Exmann“, ein Mensch arabischer Herkunft, der eine wichtige Rolle in meinem Leben und auf meinem Weg ins Licht spielte. Es wird später noch öfter die Rede von ihm sein.

19.10.2000
Gott, ich habe gestern meine Macht und Überheblichkeit erfahren. Ich bin erschrocken, wie ich manipulieren kann. Sicher, ich weiß das schon lange, dennoch habe ich es noch nie so deutlich und eindringlich erlebt. Warum konnte ich es nicht auf mich zukommen lassen?
Ich brauchte kein Geld und ich habe eine schlechte Energie in die Gruppe gebracht.
- Nun hör aber auf, alles an dich zu ziehen! Du hast es mit erwachsenen Menschen zu tun. Jeder einzelne in dieser Gruppe trägt Verantwortung und hätte sein „Veto" einlegen können.
Allerdings geben die meisten Menschen ihre Verantwortung ab bzw. übernehmen sie gar nicht erst und lassen „die da Oben" entscheiden. Wenn sich dann die Konsequenzen dieser Entscheidungen auftun, sind sie unzufrieden und vergessen völlig, dass auch sie beteiligt waren. Das ist eine menschliche Handlungsweise, die Unmündigkeit und Erstarrung hervorbringt.
Also, in jedem Tun trägt jeder Beteiligte seinen Teil an Verantwortung, spielt seinen ganz individuellen Part. Dadurch, dass dir deine Manipulation bewusst wird, übernimmst du die Verantwortung dafür. Dieses „Erkennen" befähigt dich, diese „Untugend" zu verändern. -
Danke. Wieso führst du mich an diesen Ort?
- Weil ich mit dir reden will. Weil ich spüre, wie betroffen du von deiner Überheblichkeit bist und weil ich spüre, dass du wirklich Demut und Gnade suchst. -
Kannst du mir vergeben?
- Vergibst du dir? -
Nein!
- Ich habe dir bereits vergeben. Nun ist es an der Zeit, dass auch du lernst, dir zu vergeben und anderen Menschen ihre Erfahrungen zuzugestehen. Du kannst für andere da sein, wenn sie es wollen. Aber du kannst nicht in ihr Leben, in ihren Weg eingreifen.
Was du gestern erlebt hast, war eine wichtige Erfahrung für dich. Vertrau Mir, du kannst die Dinge geschehen lassen. -
Gott, ich will dir vertrauen. Ich vertraue dir ja bereits mit unseren Gesprächen.

- Und du glaubst noch nicht wirklich. Noch bewegst du dich sehr angehaftet auf der materiellen irdischen Ebene. Lass das Geld los und dein ständiges Denken. Gestern hast du dich der Arroganz der Menge angeschlossen und bist einer kollektiven Energie gefolgt. Gemeinsam habt ihr euren Frust über die Mitarbeiter des Hotels ausgeschüttet. So wird Karma erschaffen. Das nächste Mal kannst du in Liebe und Demut sein. Du hast es nicht mehr nötig, mit Macht zu spielen. Du brauchst keine Macht, übrigens auch Kamel gegenüber nicht.
Begib dich zu Mir und du wirst deinen Frieden finden. Der Ort ist egal. Ob in Berlin oder hier.
Wie du weißt, bin ich überall. Die Welt und ihre Ordnung ist in dir.
Geh dir das Gesicht waschen, dann reden wir weiter. -
OK.
Ich ging zu einer Quelle, die zwischen beiden Grotten lag und wusch mir das Gesicht.
Gott, was bedeuten die Tränen?
- Mein Kind, du bist sehr berührt, weil du dich erinnerst, während ein anderer Teil in dir noch un gläubig ist. Es sind Tränen des Verstehens und der Verzweiflung und du suchst nach Erklärungen, wo es keine gibt.
Ich habe deinen Schmerz gesehen und deine Tränen. -
Gehst du jetzt?
- Nein, ich bin immer da, aber deine Gedanken schweifen ab, darum gehe ich jetzt aus unserem Gespräch. Es ist gut so. Bis später. -
Gott, ich traf dich auf dem Weg in die Berge. Hast du mich geleitet?
- Ja, es gab einen „Beweggrund", warum ich dich an diesen Ort führe. -
Ich fühle mich dankbar und reich.

Wie so oft entstand das folgende Gespräch mit Gott aus einer Situation, die mich vieles lehrte. Auf der von mir beschriebenen Reise nach Italien lernte ich einen unsicheren, zumindest nahm ich ihn so wahr, schwulen jungen Mann kennen, Step.
Im Chaos der Anreise oder warum auch immer war er mit einem sehr alten, sehr eigenwilligen Mann in ein winziges Hotelzimmer gepfercht

worden. Dieser unerträglichen Situation wollte er entfliehen, indem er sich ein Einzelzimmer nahm.
Da er zwar ein Zweibettzimmer gebucht hatte, jedoch nicht mit diesem Menschen, bestand er darauf keinen Einzelzimmerzuschlag zahlen zu müssen.
Es entstand ein heftiger Streit zwischen ihm und einer Hotelmitarbeiterin.
Auf meine damals noch sehr suggestive Art und Weise bestärkte ich Step, auf seinem Recht zu beharren und das Geld nicht zu bezahlen.
Zu seinem und meinem Glück blieb Step jedoch bei sich und als die Situation eskalierte und keine Klärung in Sicht war, gab er nach und erklärte sich bereit, das Geld zu zahlen.
Inzwischen hatten sich in der Kneipe etliche Einheimische angesammelte, die gern bereit waren, den zahlungsunwilligen Fremden gehörig zu verprügeln und ihm so zu zeigen, wer die Herren im Haus sind.
Unglücklicherweise hatte Step nicht ausreichend Bargeld bei sich und so bat er mich ängstlich, ihn auf dem Weg zum Bankautomaten zu begleiten. Selbstverständlich sagte ich zu.
Zum einen schmeichelte es meiner Eitelkeit, zum anderen nahmen die Gesichter im Raum mittlerweile ziemlich bedrohliche Züge an.
So zogen wir los. Step, voll Angst, der Automat könnte nicht funktionieren und er müsse, wie angedroht, ab dieser Nacht vor dem Hotel schlafen. Ich siegesgewiss, der Männermeute trotzend, meine starken Frauenarme um Step gelegt.
Glücklicherweise spuckte der Automat das Geld aus und Step blieb die Nacht im Freien erspart.
Heute glaube ich, wenn Step sich hätte vor meinen Karren spannen lassen, wäre er bei weitem nicht so glimpflich davon gekommen.
Sein Sieg war, dass er nachgeben konnte und seine Grenzen in diesem „Kampf der Geschlechter, Deutsche gegen Italiener, Arm gegen Reich“ sehr realistisch wahrnahm.
Er beendete das Ganze mit dem schlichten und lehrreichen Satz: „Das ist das Geld nicht wert“

21.10.2000
- Sei behutsamer mit anderen Menschen, Ilona. Versuche nicht, sie von deinem Denken, Fühlen und Wissen zu überzeugen. Lass ihnen ihr Denken, Fühlen, Wissen. Lass sie ihre Erfahrungen machen. -
Mit Step gestern, war das OK?
- Willst du jetzt meinen Segen? -
Ja und Nein, ich bin mir einfach nur unsicher. Ich unterstelle anderen oft so viel Boshaftigkeit und stelle hinterher fest, zu Unrecht.
- Du bist in Not, mein Kind. Die Boshaftigkeit ist ein Stück von dir, deshalb musst du sie noch über andere Menschen austragen. Du willst diese Schatten deines Selbst noch nicht wahrnehmen.
Auch du bist egoistisch, geldgierig und manchmal ausgesprochen manipulativ. Das ist keine Wertung, sondern eine Antwort auf deine Fragen. Wie du weißt, gibt es für mich kein Gut und Böse. Ich erfahre mich durch euch.
Ich weiß, dass du ein liebender demütiger Mensch werden willst und diesen Weg gewählt hast. Viele vor dir sind ihn schon gegangen. Er ist mühselig und mitunter sehr einsam. Lass dich führen und vertraue Mir. Dein Leben liegt in deiner und meiner Hand.
Gib dich nicht mit Kleinlichkeiten zufrieden. Schau nach dem Ganzen, erfahre Zusammenhänge.
Übrigens, du rauchst zu viel. -

Seit ich schreiben kann, fließt immer wieder Sprache aus mir heraus. Im Jahr 1993 erlebte ich allerdings eine sehr außergewöhnliche Sprachbegegnung, die mich vier Wochen in ihrem Bann hielt.
Urplötzlich, von einem Tag auf den anderen, fiel Sprache über mich her, völlig unerwartet.
Auf Schritt und Tritt stolperte ich über Worte, Gespinste, aus denen sich innerhalb von Minuten vollendete Gedichte woben, vorausgesetzt, ich konnte innehalten und sie aufschreiben. Schaffte ich es nicht, sie „fest zu halten“, verschwanden sie auf Nimmerwiedersehen.
Da diese Sprachimpulse plötzlich und unberechenbar vor meinem geistigen Auge erschienen, hatte ich mir angewöhnt, Stift und Block in jeder erdenklichen Lebenslage bereit zu halten, so dass mir kaum

ein Wort durch die Lappen gehen konnte. Es war ein Schaffensprozess, wie ich ihn noch nie erlebt hatte. Ich fühlte mich, als wäre ich lediglich ein Werkzeug, das den Stift führt. Ich stand völlig neben mir und war sozusagen nicht bei Bewusst Sein.
Sonst hätte ich es wohl kaum gewagt, derartige Hasstiraden in die Welt zu schleudern.
Es war unglaublich und es war gigantisch.
All das fühlte sich an, als würde mein ganzes „verdammtes“ Leben aus mir heraus auf das Papier fließen. Diese Gedichte waren zum größten Teil gefüllt mit Wut, Hass, Feindseligkeit, Bitterkeit, Elend, Leid und Schmerz. Ich hasste mich, meine Mutter, meinen unbekannten Vater, Männer, Frauen, Gott, die ganze Welt, ich hasste, was es nur zu hassen gab.
Ich schrie in Worte, was mich verletzt und verwundet hatte. Alles, was auf mir lastete, nahm wortgewaltige Gestalt an. Ich schrie und schrie. Das vermeintliche Elend meiner Kindheit, meine Eltern, die Gesellschaft, mein Hier Sein und meine unglaublich ausgeprägte Zerstörungswut, alles floss und floss und floss, bis sich das letzte Wort aus mir gequetscht hatte.
Es war, als fließe eine schwarze Brühe aus mir, die mich am Leben hinderte und durch das „Abfließen“ Raum für etwas Neues erschuf.
Ich suhlte mich in meinen finsteren Ergüssen, die vor teuflischer Genialität nur so strotzten. Es gab Leute, die nannten mich Bukowskowina, wenn ich in Kneipen diese Sprache über sie ergoss.
So mancher Mann bekam Angst vor der Gewalt und den unverhohlenen Drohungen, die ich gen Himmel stieß und flüchtete.
Ich tat etwas, was all die Therapien, die ich erlebte hatte, nicht bewirken konnten.
Ich kotzte mein ganzes Elend in die Welt und befreite mich davon. Ich war Hass pur, ich war eine tobende Furie, eine rasende Wildsau, ich war eine hungrige Wölfin und hätte ich damals jemanden in die Fänge bekommen, nun?
Aber die Menschen nahmen vor mir Reißaus und das war gut so.
Ich erinnere mich an einen Frühlingstag, als mich die große grüne Wut gepackt hatte und sie war unglaublich groß und unglaublich grün.

Ich dachte nur noch, wenn mir jetzt jemand in die Quere kommt, dann gnade ihm Gott. Ich lief durch eine Menschenmenge, aber die Menschen stoben vor mir auseinander, wie ein Fischschwarm, der versucht, einem Räuber zu entrinnen.
Es war, als trüge ich meine Wut wie einen Schild vor mir her, auf dem geschrieben stand: „Aus dem Weg! Kommt mir nicht in die Quere, sonst weiß ich nicht, was passiert."
Ich hatte jegliche Kontrolle verloren und fühlte Wut, Wut, Wut. Ich lief durch einen Park, stampfte wie ein Rhinozeros durch Berlin. Ich bebte vor Zorn. Es fühlte sich so gewalttätig an, was da in mir tobte und raus wollte. In meinem Kopf war ein enormer Druck, der sich erst Stunden später auflöste. Urplötzlich konnte ich Mörder verstehen. Ich war mir egal.
Es war schon eine etwas ungewöhnliche Art, sich von destruktiven dunklen Energien zu befreien, das kann ich nicht verhehlen. Doch für mich war sie sehr heilsam, auch wenn ich diesen „Hintergrund" damals noch nicht sehen konnte.
Nun, nach diesen vier Wochen, in denen ich 500 Gedichte geschrieben hatte, wurde ich krank. Ich war so erschöpft, dass ich mich zurückzog und immer wieder staunend und weinend betrachtete, was ich da geschrieben hatte.
Es gelang mir nie wieder, derart böse und finstere Gedichte zu verfassen und das ist auch gut so.
Heute fühlt sich diese Zeit wie eine „Teufelsaustreibung" an. Ich war damals besessen davon, mich und die Welt zu hassen, meine Eltern, die gesamte Menschheit.
In diesen vier Wochen jedoch, die ich heute als eine Phase der Läuterung wahrnehme, konnte sich all mein angestauter Hass endlich Raum nehmen. Ich glaube, das war die einzige Chance, mich von dieser gigantischen destruktiven tödlichen Energie, die in mir pulsierte, zu verabschieden.
In nur einem Monat hatte ich einen Wandel erlebt, der mich und mein Leben veränderte.
Natürlich erkannte ich dieses Geschenk erst Jahre später, wie sollte es auch anders sein.

2001, bevor ich in meine jetzige Lichtwohnung zog, verbrannte ich all diese Gedichte, ich übergab sie der göttlichen, reinigenden violetten Flamme, denn sie entsprachen mir nicht mehr. Einige wenige, die sich damals bereits in lichtvoller Gestalt Raum genommen hatten, behielt ich.
Nun, diese Sprachwesen werden euch an so mancher Stelle begegnen.

Gott, als du mir damals die Gedichte schenktest, was bezwecktest du damit?
- Du warst in höchster Not, dabei dich zu verlieren. Immer wieder hülltest du dich in Todessehnsucht und wolltest diese Erde verlassen. Es reichte dir nicht mehr, dich selbst zu verletzten, auch andere bekamen deine Aggressivität hautnah mit. Ich spürte deine Verzweiflung, die Fragen, die dich quälten, die Aussichtslosigkeit, die dich gefangen hielt. Auch deine Umgebung, vor allem dein Sohn, litt unter dir. Diese Gedichte sollten ein Stein des Anstoßes sein, was sie ja auch waren. -
Bin ich deshalb noch in Berlin?
- Vielleicht. -
Das ist also eine meiner Aufgaben, schreiben?
- Vielleicht. -
Ich bin so inkonsequent, fange viele Dinge an und lebe sie nicht.
- Dann ändere diesen Zustand. Du bist ein starker Mensch. -
Weißt du, Gott, das stimmt mich hoffnungsvoll.
Manche meiner Gedichte und Geschichten sind wahrhaft himmlische Geschöpfe.
- Das sind sie, Ilona. Du hast den Mut sie aufzuschreiben. -

Jene Gedichte, von denen hier die Rede ist, und all meine Tagebücher, die ich bis zum Jahr 2000 geschrieben hatte, verabschiedete und verbrannte ich in einem Ritual. Damals glaubte ich, wenn ich die dunklen sichtbaren Aspekte meines Seins vernichte bzw. um Transformation bitte, dann entwickle ich mich schneller.
Es war eine sehr absolute Ent scheidung und all diese Seiten sind

unwiederbringlich verloren, zumindest auf der materiellen Ebene. Inzwischen weiß ich, dass es darum geht, die „Schatten" zu integrieren und zu transformieren.
Mitunter bedaure ich die Endgültigkeit meiner damaligen Aktion.
Nun, es ist, wie es ist, und wie es ist, ist es gut.
Anderseits kann ich jetzt Themen, die schon einmal „fest geschrieben" standen, in einer neuen und anderen Sprache weben. Es ist mir nicht mehr möglich, am „Alten" zu klammern. Allerdings bedeutete das damals, dass ich mich in ein Niemandsland begab.
Oft war mein Sein geprägt von:

„Das Alte kann ich nicht mehr und das Neue kann ich noch nicht."

Nun, inzwischen wachsen Geschichten und Gedichte wie Blumen aus meiner Seele. Und ich begreife, was es bedeutet, dass jedes Ende einen Anfang in sich birgt.

Bitte langsamer, Gott.
- OK. Übrigens, dass du Step gestern zur Bank begleitet hast, war gut und richtig. Er war voller Angst und er war wirklich in Gefahr. Was er getan hat, war gut. Es bringt nichts, für Geld sein Leben aufs Spiel zu setzen. Du kannst viel von ihm lernen.
Step glaubt nur noch nicht, dass es mich wirklich gibt und dass ich liebevoll, gütig und vergebend bin, ganz das Gegenteil von dem Gott, der ihn in seiner Kindheit eingebläut wurde.
Kinder haben einen natürlichen Glauben an Gott und an all die Wunder, die es im Universum gibt. Sie sehen Engel, „das blaue Volk, andere, für Erwachsene" meist unsichtbare Energien. Kinder sind „noch" sehend.
Leider wird dieser wunderbare kindliche Glaube, diese Unschuld, von jenen Menschen gebrochen und vernichtet, die glauben, ihre Kinder zu lieben.
Und so wachsen viele Menschen heran, denen das Leben in einem Mauserad als „unabwendbar" erscheint und die andere Da Seins For-

men gar nicht in ihr Sichtfeld ziehen.
Es sei denn, sie wenden sich ab, von dem, was ihnen als Glauben „Glauben“ gemacht wurde und begeben sich auf die Suche nach ihrer wahren Religion, nach ihrer wahren Bestimmung, auf die Suche danach, wer sie sind und wer sie nicht sind. Religion bedeutet ja im Ursprung Rückanbindung an die Quelle allen Seins.
All die Gebote, Verbote, Lieblosigkeiten der Menschen, eine Moral, die an Fragwürdigkeit kaum noch zu überbieten ist, und Scheinheiligkeit erzeugen Prägungen, die oft Lebens begleitend wirken und destruktive Gefangenschaft als Lebens Sinn verfälschen.
So entstand ein Kreislauf, der über die Dynamik und Dramatik des Atheismus zum auflösenden aktuellen Kristallisationspunkt führt.
Zwar ist der Umweg gigantisch und mit viel Leid verbunden, aber letztlich führen alle Wege zu Gott. -
Gott, ich fühle mich jetzt friedlich und eins.
- Das freut mich mein Kind. -

In künftigen Gesprächen wird hin und wieder der Name Gerd auftauchen. Gerd ist ein Mann, mit dem ich in den 70-er Jahren verheiratet war. Wir lernten uns in der Bluesszene kennen. Es war eine wilde, verrückte, ausgeflippte Zeit. Ich war eine Tramperin und zog mit meinem Sohn, wenn es meine Zeit erlaubte, durch die Landen. Damals kannte ich unglaublich viele Menschen. Unsere Wohnung war gut besucht und Gerd ein Mann, den ich wollte. Es war ein reichlich egoistischer Akt zu heiraten, da ich diesen Mann nie liebte. Wahrscheinlich wusste ich nicht einmal, wie die Liebe sich anfühlt.
Ich wollte „mal“ verheiratet sein und ich wollte einen anderen Nachnamen.
Kurze Zeit nach unserer „Hoch Zeit“ trennten wir uns, und wie ich so bin, behielt ich seinen Namen.
Gerd heiratete wieder, zeugte zwei Töchter und lebte 16 Jahre in einer bürgerlichen Ehe.
In der Zwischenzeit trafen wir uns hin und wieder, hatten kurze Affären und verloren uns erneut aus den Augen.
Vor einiger Zeit zog Gerd, auf mir unerfindlichen Wegen, in mein Haus

und wohnt seitdem schräg unter mir. Nun, ich habe mich wieder in eine Beziehung verwickelt und es ist schon merkwürdig, wie ich mich in Wiederholung übe.

23.10.2000

Diese Erfahrung gestern mit Gerd, jede Erfahrung, die ich mache, ist wichtig.

Ich fülle mich immer noch mit anderen Menschen.

Statt mich in meine Wohnung zu setzen, aus Italien anzukommen, einen guten Wein zu trinken und die Tage in Capedaniano nachzufühlen, ziehe ich mir Gerd rein, den es nicht im Geringsten interessierte, was bei mir war.

Mit der mir eigenen „schlafwandlerischen Sicherheit" entferne ich mich wieder von meiner inneren Gelassenheit und meinem Wohlbefinden, um bei einem anderen zu landen. Und jetzt sitze ich hier, bei einem Mann, der mir die Ohren voll heult von der wundervollsten Frau seines Lebens, die er jedoch nicht kriegen kann. Das habe ich nun davon, dass ich nicht bei mir blieb.

Oh mein Gott, wann endlich lerne ich, mich um mich zu kümmern?

- Du bist gerade dabei. Wie gesagt, der Weg ist mühsam und schwer. Voraussetzung dafür, andere Menschen reich zu machen ist, den eigenen Reichtum zu entdecken. Nur ein Mensch, der Selbst erfüllt ist, kann von seiner Fülle abgeben.

„Liebe deine Nächsten wie dich selbst, denn so wie du dich selbst liebst, wirst du deine Nächsten lieben."

Das ist ein wichtiger Schlüssel, den Jesus euch in die Hände legte. Erst wenn du dich liebst, wirst du fähig sein, andere Menschen zu lieben. Es ist ein Trugschluss zu glauben, dass, wenn du andere liebst, du auch „zwangsläufig" zurück geliebt wirst. Ihr nennt so etwas eine „Milchmädchenrechnung". Ich gebe dir etwas und dafür musst du mir etwas geben.

So funktioniert das nicht! Dieses Spiel hat mit bedingungsloser Liebe im göttlichen Sinne nichts zu tun.

Mein Kind, du wirst erfahren, dass wenn dein Kelch erst einmal gefüllt ist, er nie wieder leer wird.
Widme dich dem Füllen deines Kelches und lass ab von deinen Eitelkeiten.
Suche dich und deinen Namen und nicht die Namen anderer. -
Solche Gespräche am frühen Morgen? Das ist ja wie ein Morgengebet.
- Das ist es und noch mehr. -
Du kommst mir immer näher, jetzt sogar schon am Morgen.
Ich träumte heute Nacht, ich sei schwanger. Ich hatte einen wunderschönen kleinen runden Bauch und wusste nicht, ob ich abtreiben soll oder nicht. Ich schien zu alt für ein Kind und für die Verantwortung. Der Traum war ausgesprochen real.
- Das ist er, Ilona. Du bist schwanger und du bist bereit, dich zu gebären. Abtreiben war in deinem Traum nicht das Thema. Es war eher die Angst vor der Verantwortung. Weil, wenn du dich selbst gebärst, übernimmst du die Verantwortung für jede deiner Handlungen und gibst deine Macht, die du bei unserer vorletzten Begegnung so deutlich gespürt hast, ab. Lässt sie los.
Mir kommt da eine Idee, Iona, mach ein Ritual zu etwas, was du loswerden willst. Verbrenn es oder schick es auf dem Wasser auf die Reise. Wiederhole dieses Ritual immer wieder mit der, die du nicht bist, und du wirst sehen, dass du allmählich zum Kern derjenigen, die du wirklich bist, vordringst. -
Was mache ich mit Gerd?
- Noch übst du ihm gegenüber Macht aus. Du meinst nicht Gerd, du meinst die Sehnsucht, endlich als Frau anerkannt zu werden, die Neugier auf dich, Iona, dein Wesen. Nur Gerd wird dir diese Erwartungen nicht erfüllen. Keiner kann das, solange du darauf von außen wartest. Anerkenne du dich, sei neugierig auf dich, stelle du dir Fragen, von mir aus auch im Gespräch mit mir. -
Das tut mir gut. Aber sage mir Gott, ich schreibe jetzt 30 Minuten und die Zeit rast nur so dahin. Wie kommt das?
- Die Intensität Iona, die Intensität. -
Es tut gut, am Morgen zu schreiben.

- Siehst du Iona, das ist der positive Aspekt von gestern. Auch wenn Gerd sehr bei sich war und wenig mit dir, hat er dich doch indirekt angeregt, dich wieder dem Schreiben zu widmen. -
Ich möchte von Gerd auch mal hören, dass ich schön bin.
- Iona, hör auf mit diesen Eitelkeiten. Du weißt, dass du schön und lebendig bist. Die Frauen haben's dir oft gesagt. Hör auf, derartig absurde Forderungen in die Welt zu schicken. -
Gott, ich danke dir für dieses wunderbare Gespräch. Möge Klarheit in mich kommen und dieses kleine Licht, dieses Pflänzchen wachsen lassen. Ich bete, dass mein Glaube zu dir wächst und ich Eins werde mit dem Universum, glücklich über jeden Tag, den ich auf dieser Erde erlebe. Ich danke dir dafür, dass du mich begleitest, mich erfahren lässt, wer ich wirklich bin und wer ich nicht bin.
Gott, ich danke dir aus tiefstem Herzen, dass ich jetzt hier bin. Dein Wille geschehe!
Amen!

Mein Gebet wurde erhört. Und heute, wo ich diese Zeilen schreibe, fällt mir auf, dass sich meine Tage tatsächlich verändert haben. Oft ergreift mich bereits am Morgen ein tiefes Gefühl der Dankbarkeit für das, was dieser Tag mir bringt, und mitunter, wenn mir grau und trist ist, ändert sich dieses Befinden im Lauf des Tages und spätestens am Nachmittag fühle ich mich glücklich.
Und noch etwas Seltsames ist in diesem Gespräch passiert. Gott Göttin hat mich IONA genannt, meines Wissens mein göttlicher Name.
Es ist ein wunderbarer Name „Iona".
In genau diesem Gespräch sagte sie mir, ich solle nicht für andere einen Namen suchen, sondern für mich. Am Abend zuvor, mit Gerd war mir nämlich in den Sinn gekommen, dass Gerd eigentlich „der mit dem Wind geht" heißt. Es kam sozusagen über mich. Warum weiß ich bis heute nicht, aber das ist in der letzten Zeit mit vielen Dingen so. Und ich gewöhne mir immer mehr ab, verstehen zu müssen.
Heute habe ich eine sehr tiefe innige Beziehung zu diesem Namen „Iona".

Vor drei Jahren erfuhr ich, dass es in den Hybriden eine heilige Insel gibt, die „Iona“ heißt. Als ich diese Information erhielt, musste ich bitterlich weinen, denn es fühlte sich an, als würde ich von einem vertrauten Ort hören, einem Raum, den ich aus uralten Zeiten kenne. Nun, eines Tage werde ich die Insel Iona besuchen, das ist gewiss.

Dieser Name scheint verwoben mit vielen Leben, die ich hier auf Mutter Erde verbrachte. Kurz nach meiner „Namensgebung“ hörte ich ein indianisches Lied, in dem laut und deutlich „Hejo hehe Iona“ gesungen wird. In einem anderen Leben, vielleicht auch in mehreren, war ich eine Indianerin. Es gab Augenblicke, in denen ich in einer mir unbekannten Sprache redete. Intuitiv nahm ich dieses Gespräch auf Kassette auf. Es klingt indianisch.

Als ich in Portugal, mitten im Sturm am Atlantik stand, drängte sich aus mir eine mir unbekannte Stimme und Sprache und ich sang mit einer unglaublichen Kraft und Inbrunst indianische Lieder.

Einmal, vor vielen Jahren, kurz nach der Wende, war ich in einer Ausstellung aus Peru. Damals wusste ich nichts von Reinkarnation und Karma. Ich stand vor einer Vitrine mit Tongefäßen und urplötzlich schossen mir die Tränen in die Augen. Ich verstand nicht, was mir da geschah. Ich hatte das Gefühl, dort gewesen zu sein, an jenem Ort gelebt zu haben, wo diese Gefäße erschaffen wurden. Ich hatte das Gefühl, einige dieser Gefäße seien aus der Arbeit meiner Hände entstanden. Es war eine überwältigende Er innerung.

Auch heute erfüllt es mich immer wieder mit Er staunen, welche Bereiche sich mir erschließen, wenn ich mein Herz öffne.

Vieles ist inzwischen aus dem Vergessen aufgetaucht.

Es gibt Zeiten, in denen sich mir alte längst vergangene Leben zeigen, mit denen ich verwoben bin.

Sie steigen auf, aus den Gemächern des Vergessens und helfen mir, das Mosaik meines Lebens zusammenzufügen.

Mir wird immer klarer, dass all diese Leben mich zu der geformt haben, die ich heute bin und dass mein heutiges Leben die Quintessenz all meiner bisher auf der Erde gelebten Leben ist.

Ich bin hier, um mich als bewusstes göttlich menschliches Wesen zu gebären, das ist der Prozess der Evolution und jedes meiner Leben,

einschließlich der Mitspieler, ist an diesem schöpferischen Akt beteiligt.
Mein Hier Sein dient einzig und allein meiner Bewusst Werdung und meiner Höher Entwicklung.
Wie lange dieser Prozess dauert, steht in den Sternen und in mir.

24.10.2000
Tja, jeden Morgen schreiben, die Idee finde ich wunderbar. Mir gehen so viele Sachen durch den Sinn. Mein Gott, was habe ich schon alles gelebt.
Vorhin auf dem Weg zur Arbeit fiel mir die Situation mit meinem Freund Martin wieder ein.
Damals, in den 80-ern, als wir auf dem Dach saßen und Weinbrand tranken, am frühen Morgen mitten in Berlin Friedrichshain. Ein aufmerksamer Bürgerwürger hatte die Polizei gerufen, weil er dachte, wir wollten uns umbringen.
Wie habe ich mich doch verändert. Die Resignation verschwindet langsam und an ihre Stelle tritt Erstaunen und Neugier über das, was ich hier auf dieser Erde erlebe.
Ich spüre, wie ich wachse, Fehler mache, nicht mehr daran zerbreche und mein Leben lebe. Dieses verzweifelte Wesen in mir verabschiedet sich langsam und an seine Stelle tritt ein Wesen des Lichtes.
Gott, weißt du, was für mich das größte Geschenk der Wende ist?
Warte mal, es gibt ja keinen Zu fall. Da sitze ich in der S- Bahn und schreibe und justament treffe ich Reinhard, einen Mann, den ich vor vielen Jahren in mein Leben gelassen hatte und der mir alles andere als gut tat. Ich fragte mich ernsthaft besorgt, ob ich damals noch bei Sinnen war. Sein Vater war Offizier und hatte seine Kinder mit Disziplin, Ordnung und Gehorsam gebrochen. In Reinhard wohnt noch immer viel Wut und Hass. Letztlich fühle ich Mitgefühl, angesichts der Armseligkeit und Begrenzung, die sich im Leben dieses Menschen noch immer Raum nimmt und die mir deutlich spiegelt, welchen Weg auch ich noch vor wenigen Jahren eingeschlagen hatte.
Nun, ich habe diesen Pfad verlassen und mir einen anderen Weg ge-

sucht. Die Begegnung mit der Vergangenheit kann ein guter Hinweis auf Bewegung und Veränderung sein.
Aber zurück zu meiner Frage. Gott, weißt du, was für mich das größte Geschenk der Wende ist?
Sag mal, kannst du mit meiner Frage etwas anfangen?
- Klar, aber sag du's mir. -
Das größte Geschenk der Wende ist für mich die Begegnung mit Dir. Als Kind habe ich immer unter einer wundersamen Rotbuche gelegen und in den Himmel geschaut. Vielleicht ahnte ich damals bereits, dass es dich gibt. Es hat mich immer wieder zu Kindern hingezogen, die etwas mit der Kirche zu tun hatten. Später ging ich zu Orgelkonzerten und hörte mit Begeisterung Bach, Beethoven und viele heilige Musiker. In gewisser Hinsicht hat mich schon damals Heiligkeit berührt. Das kommt von „Heil", nicht wahr, Gott?
- Erzähl weiter Iona. -
Ich habe die Menschen beneidet, die in der „Jungen Gemeinde" waren, die in der Kirche Zuflucht fanden, die einen Glauben hatten.
- Du hättest auch hingehen können. -
Meine Eltern hatten es verboten. Sie untersagten mir auch, weiterhin zu den Konzerten nach Leipzig zu fahren, in denen ich meine geliebten alten Meister hören konnte. Es lag eine gewisse Verzweiflung in ihrem Versuch, mich von jeder Form „göttlicher Einflussnahme" abzuhalten Denn gerade diese Konzerte, insbesondere Beethoven und Bach, öffneten mein Herz und ließen mich ahnen, dass es außerhalb meiner winzig kleinen Welt noch etwas anderes, etwas sehr Erhabenes gab.
Mein Kontakt zu dir war anders.
Obschon ich genau das damals noch nicht wusste. Ich erinnere mich, als ich während einer Tramptour bei einem Pfarrer schlief und mir die Offenheit dieses Hauses imponierte. Oder später, als ich mich entschloss, meine erste Therapie zu machen, eine Zeit in der mir etliche Pfarrer begegneten, die sich dem Heilen der Menschen verschrieben hatten, in welcher Form auch immer.
Aber auch das war nicht mein Weg, dir zu begegnen.
Von jeher hatte ich ein seltsames Gefühl, wenn ich die Glaubens-

dogmen der Kirche vernahm. Oft, wenn ich Predigten hörte, spürte ich ein Unwohlsein. Irgendetwas stimmte hier nicht. Heute weiß ich, was mich damals abstieß. Es waren und sind die Absolutismen, mit denen die Kirche ihren Glauben und ihre scheinbaren Wahrheiten verkündet. Diese „du musst dies, du sollst das, du darfst jenes nicht tun".
Absolutismen gehörten noch nie zu mir und selbst heute mag ich es nicht, wenn mir eine Meinung „übergeholfen" wird. Obschon auch ich manchmal dazu neige, etwas sehr vehement zu vertreten und auch zu verteidigen.
Gott, ich muss erst mal los, ich werde später weiter erzählen, vielleicht auch erst morgen früh, mal sehen. Also dann, mach's gut.
- Du auch, Iona. -

Da bin ich wieder.
Ich bete für Klarheit in meinem Leben, in meinem Beruf.
Ich bete, dass mich die Macht der Resignation nicht mehr so tief in ihre Dunkelheit zieht.
Ich bete für Licht in meinem Leben und für das Wohl aller Menschen und Wesen.
Ich bete, dass ich die Kraft habe, an der Heilung der Erde mitzuwirken, in Liebe.
Ich bete, dass ich die Klarsicht besitze, mich von Urteilen und Wertungen zu befreien und von Besitzgier und Geldgier.
Ich möchte auf meinem Weg wachsen und nicht in Starrheit und Gewohnheit verfallen.
Ich will lernen, meine Fehler zu lieben und meine Erfahrungen zu achten, egal in welcher Gestalt sie einher kommen.
Ich will die Ursachen meines Leides erkennen, um zu lernen, sie zu ändern, um mein Leid zu beenden.
Dies alles will ich in Liebe tun.
Dein Wille geschehe! Amen!
Das ist ganz schön viel, Gott?
- Das ist OK, Iona. Wenn du deine Gedanken auf Papier fließen lässt, werden sie klarer. Sie verfitzen sich nicht so leicht. Und du wirst merken, wie sie sich allmählich mit deiner Seele, deinem Geist und selbst

deinem Körper verbinden, wie du mit deinen Gedanken und Ideen eins wirst und sie umzusetzen vermagst. Ganz allmählich werden Veränderungen eintreten und du wirst dich deiner Ganzheit nähern. Folge diesem Weg konsequent, denn Beharrlichkeit und Geduld sind ein wesentlicher Bestandteil menschlicher Entwicklung.
Übrigens, was ich dir noch sagen will, mein Kind, hab keine Angst vor der Einsamkeit und Dunkelheit. Sprich mit mir. Ich bin bei dir. -

In diesem Zeitraum, von 1999 - 2000 hatte ich mich in die Hände einer Psychotherapeutin begeben. Diese Frau begegnete mir und meinen zahlreichen Problemen mit einer Warmherzigkeit und einem Einfühlungsvermögen, das mich mitunter ziemlich in die Prädulie brachte. Zu ungewohnt war ehrliche Zuwendung und Aufmerksamkeit für mein gebeuteltes Sein. Sie war eine wichtige Begleiterin auf meinem Weg zu mir. Sie hörte mir zu, nahm mich ernst und gemeinsam fanden wir Lösungen, die ich in meinem Leben umsetzen konnte.

25.10.2000

Ich bete dafür, dass sich Licht in mir und um mich ausbreiten möge, dass ich mir und anderen den Raum geben kann, der ihnen und mir gebührt. Möge sich der Kelch meines Lebens füllen und mit ihm die Kelche aller Menschen
Gott, lass mich zu einem gütigen und liebevollen Menschen wachsen.
Es werde Licht. Dein Wille geschehe!
Amen.
Guten Morgen, Gott! Hast du gut geschlafen?
- Guten Morgen, Witzboldin. Dir geht es wohl gut? Übrigens, ein schönes Gebet. Ich merk schon, bei dir bewegt sich eine ganze Menge. -
Mit so einer liebevollen Therapeutin an der Seite, ein Katzenspiel.
Bewegung ist schon was Feines. Aber auch Unbewegt sein, ist OK.
- Ach, bewegst du dich wieder im „Sowohl Als Auch". Es ist gut abzuwägen, nicht nur für dich, auch anderen gegenüber. Beobachte dich, was ist zumutbar, wo sind die Grenzen, wo hast du Grenzen?
Iona, ich schätze den Mut, mit dem du dich durch dein Leben auf dieser Erde bewegst. -

26.10.2000

Hallo, Gott, guten Morgen!

- Guten Morgen, Iona. -

Ich weiß gar nicht, was ich heute erzählen könnte.

- Das ist OK. Dann lass es. Schweigen ist auch gut. -

28.10.2000

Hallo Gott, was sind das für Prüfungen, die ich zu bestehen habe. Es geht mir schlecht. Das ist nicht das Leben, das ich mir vorstelle.

- Was stellst du dir vor? -

Ich möchte ein spirituelles Leben in einer Gemeinschaft zum Wohle aller Wesen dieser Erde.

- Hohe Ansprüche. Hast du es denn schon einmal probiert z.B. im Sommercamp in ZEGG (Gemeinschaft Bad Belzig)? Iona, mein Kind, ich glaube dein Problem, als auch das vieler anderer Menschen aus dem „Westen" besteht darin, dass du über unendlich viele Möglichkeiten verfügst.

Die Palette an Ablenkung von der „Wahrheit" ist enorm. Auch du bist dagegen nicht gefeit und schweifst immer wieder ab.

Täglich kommen neue Möglichkeiten dazu. Tausende Angebote in einem Überfluss, der jeden Sinn entbehrt, verführen zu einem lebensfeindlichen Konsumieren. Das wiederum erzeugt, dass noch mehr „Konsumierbares" erschaffen wird, denn Gier ist der Zwilling, der mit dieser Form der Anhaftung einhergeht. Und so sind in der Welt „Dinge" manifestiert worden, die nur einen Zweck erfüllen, zu bereichern und zu verführen.

Deshalb ist es insbesondere in westlichen Gefilden, zunehmend aber auch im östlichen Bereich, sehr schwierig geworden, sich auf den ursprünglich angedachten Sinn eures Da Seins zu fokussieren, denn es werden euch tausende Einflüsse vor die Nase gehalten.

All das dient lediglich dazu, euch vom Erkennen eures Selbst und der höheren Zusammenhänge eures Hier Seins fern zu halten. Offensichtlich gelingt das am besten über materielle Güter.

Dass Problem ist, dass du keine deiner Gaben, Möglichkeiten konsequent ausschöpfst, im Sinne des Wortes, mit deren wirklicher Schöp-

fung beginnst. Noch lässt du dich zu stark im Außen ab lenken, verstrickst dich in den Fangnetzen der Illusion. Das gilt es als erstes zu lösen. -
Ich weiß nicht wie ich mein Sicherheitsdenken aufgeben kann. Ich bin hier geboren, damit aufgewachsen. Gott, ich fühle mich so zerrissen zwischen dem, was ich ahne und dem was ich lebe.
Es fällt mir manchmal schwer, in all dieser Überflutung den Blick für das Wesentliche zu behalten.
- Diese Überflutung dient einzig und allein der Ablenkung und Anhaftung an die Materie. Richte deinen Blick nach innen, auf das Wesentliche, auf deinen Seelenkern. -

30.10.2000
Gott, ich grüße dich. Du warst am Wochenende zwar bei mir, aber ich habe mir keine Zeit genommen, dir zu schreiben.
- Das ist OK, Iona. Ich habe deine Freude und deine Fülle gesehen und mich an diesem Anblick erfreut. -
Gott, du weißt, dass ich manchmal zu viel rede, agiere?
- Das empfindest du so. Es gibt aber auch Momente, in denen du genau das richtige Maß hast. Gestern habe ich dich so erlebt. -
Ich weiß nicht. Bei mir stockt es heute, jetzt.
- Das ist OK. Dann hören wir jetzt auf. Es ist offenbar nicht der richtige Zeitpunkt. -

02.11.2000
Hallo, Gott, ich sollte offenbar doch jeden Morgen mit dir reden. Das tut mir gut und ist wichtig.
- Guten Morgen. Wohl wahr. Worüber möchtest du heute mit mir reden? -
Über meine Arbeit und warum ich mich selbst in den Morgenstunden damit beschäftige, warum sie mich permanent beschäftigt. Ich liebe die Arbeit mit den Kindern, aber mit dem Umfeld, der Energie des Hauses kann ich noch immer nicht umgehen.
- Dann such dir eine andere Arbeit, verändere dich, wie du es schon so oft in deinem Leben getan hast. -

Das ist ja mein Problem. Ich habe Angst, mich zu verändern. Es ist so schön sicher in diesem Job.
- Was meinst du, könnte dir passieren? -
Weniger Geld, keine Arbeit, Armut, Veränderung.
- Und? -
Ich könnte auf offenere Leute treffen, glücklicher mit der Arbeit sein, mich ent wickeln.
- Siehst du. Nichts hat nur einen negativen Aspekt. Jede Veränderung ist gut, egal in welche Richtung. Du hast die Wahl, Iona. Du hast auch die Wahl, das, was dich quält, zu beenden. -
Ich scheue das Risiko.
- Kommt dir das irgendwie bekannt vor? -
Ja, Sicherheit ist ein großes Thema in diesem Leben. Mir scheint, es hat viel mit los lassen zu tun?
- Was kann dir auf deiner jetzigen Arbeit passieren, wenn du wahrhaftig bist? -
Gute Frage.
- Iona, du liebst und akzeptierst die Kinder. Warum nicht auch deine Kollegen? -
Gott, die Kinder sind un schuldig. Die Erwachsenen tragen die Verantwortung für ihr Tun.
- Du auch. -
Das ist richtig und das weiß ich auch. Aber ich fühle mich mit dem, was dort „gelehrt" oder besser aufgedrückt wird, nicht wohl, mit dieser ständigen Abwertung der Kinder und unserer Arbeit.
Gott, ich verliere mich in diesem Job. Aber weißt du, was mir auffällt, ich war schon immer in der Position der Außenseiterin. Eigentlich in allen Jobs. Das macht mich betroffen.

Das ist ein wichtiger Aspekt, der mir erst jetzt deutlich wird. Auf jeder Arbeitsstelle, die ich „besetzte", hatte ich massive Probleme. Ich kollidierte mit allen Vorgesetzen, ohne Ausnahme, vor allem mit meinen Vorstellungen von einer liebevollen, respektvollen Begleitung der Kinder. Es gelang mir nie, mich anzupassen und mich in ein „Kollektiv" einzufügen. Bis heute tue ich mich schwer damit, die Meinung anderer

zu übernehmen, wenn sie sich für mich unwahr oder nicht richtig anfühlt.
Ich war anders und das machte es mir schwer, sowohl im System des Sozialismus, als auch im System des Kapitalismus. Beide Gesellschaften sind letztlich nur auf ihren Vorteil und das Zurechtbiegen der Kinder bedacht. Ein Umstand, mit dem ich nie wirklich umgehen konnte, nur verstand ich damals nicht, warum.

- Iona, hast du eine Idee, warum sich das bei dir immer wieder wiederholt? -
Ich weiß nicht, manchmal beneide ich meine Kolleginnen, die mit jedem umgehen können und keinerlei Stress haben.
- Wie war das mit dem sich Raum nehmen und anderen Raum geben? -
Manchmal habe ich das Gefühl eines unglaublichen Un vermögens.
- Du hast alles, was du brauchst. Es ist nur noch verborgen. Noch bedeckst du dein wahres Wesen mit Alkohol und Nikotin. Kannst du dir vorstellen, dass deine exzessive Art zu leben, andere Menschen erschreckt und ängstigt, Menschen die dich lieben und die damit nicht umgehen können? -
Ja.
- Kannst du dir vorstellen, wie viel mehr du wahr nimmst, siehst, kontaktierst, wenn du dich von diesen Drogen los löst? -
Ja, aber Gott, ich habe Angst davor, was dann passiert. Seit Jahren decke ich meine Seele mit Drogen zu. Ich mache mir ständig Sorgen ums Geld. Dabei gebe ich im Monat ca. 700,- DM nur für Zigaretten und Alkohol aus.
- Das ist ziemlich viel Geld, mein Kind. Glaubst du nicht, dass es bessere Formen gibt um die Materie umzuwandeln? -
Na ja, ich hoffe, ich lerne sie noch in diesem Leben kennen. Danke.

06.11.2000
Guten Morgen, Gott.
- Guten Morgen mein Kind. Wie ich sehe, bist du ziemlich gut ge-

launt? -
Oh ja. Gestern war ein wunderbarer Tag.
Und weißt du, was toll ist?
- Na? -
Mir schmeckt Alkohol nicht mehr. Ich konnte gestern nicht weiter trinken.
Weißt du, diese Bemerkung einer Schülerin aus meiner Schule „Mandy hat gesagt, dass Sie trinken." hat mich sehr betroffen gemacht.
- Zu Recht, Iona, das ist nicht dein Weg und das weißt du.
Dein Satz von der Apokalypse gefällt mir übrigens. -

Ich hatte zu dieser Zeit in meiner Küche diesen Satz an die Wand geschrieben:
„Es ist meine Apokalypse und ich habe die Wahl."

- Du hast die Wahl, weiterhin apokalyptisch zu leben oder liebend und glücklich auf diesem Planeten zu sein. -
Ich weiß, Gott, aber ohne Alkohol kann ich „verdammt" schlecht schlafen.
- Aber ohne Alkohol wachst du morgens ganz anders auf. Du hast deinen Körper über viele Jahre vergiftet. Deine Seele übrigens auch. Es braucht Zeit, sich zu reinigen und zu läutern. -
Gott, das Wort „läutern" verstehe ich nicht?
- Aus meiner Sicht bedeutet Läuterung, durch Reinigung und Erkenntnis Einklang, Gleichklang mit sich und der Welt zu erwirken. Erinnerst du dich an jenen Sonntagmorgen, als du den Gleichklang, Einklang der Kirchenglocken empfunden hast? -
Ja.
- Ähnlich ist es mit Körper, Seele und Geist. Wenn du rauchst und trinkst, vergiftest du nicht nur einen Teil in dir, sondern schwächst gleichermaßen alle. -
Hilfe, Gott, bitte etwas langsamer. Ich komme nicht nach.
- OK -
Bedeutet das etwa, dass du mich in diesem Prozess weg von Alkohol und Zigaretten unterstützt, begleitest?

- Selbstverständlich, mein Kind, ich bin bei dir. Nur hast du es bisher noch nie wirklich gewollt. Immer und immer wieder hast du dich an Ausreden festgehalten.
„Ein jegliches hat seine Zeit."
Iona, du hast dir dein Leben oft sehr schwer gemacht. Das hat seine Bedeutung. Aber es ist an der Zeit, auch die Leichtigkeit zu leben, frei von Selbst zerstörung. Auch wenn es mich schmerzt, zu erleben, wie viele Menschen auf eurem Planeten sich zerstören, dich eingeschlossen, es ist eure Wahl.
Es ist das Unvermögen, die Einfachheit Gottes und der Liebe zu sehen. Ihr macht die einfachsten Dinge kompliziert und un lösbar. Glaube mir, mein Kind. Es gibt für alles eine Lösung, nichts ist un lösbar. -
Das glaub ich dir. Das bedeutet aber auch, ich kann endlich aufhören, mich immer zu rechtfertigen und mir den Kopf zu zermartern. Ich will mir nicht immer Probleme machen, wo keine sind, und ich will die Probleme lösen, die real existieren. Weißt du, Gott, all das, was ich bisher erlebte, scheint mir wie eine Vorbereitung auf das, was jetzt kommt.
- Genauso ist es, mein Kind. Du kennst deine Euphorie. Geduld und Glauben sind weisere Ratgeberinnen. Ich mag deine Euphorie und Emotionalität.
Allerdings wird es immer wichtiger, „inne zu halten" und eine Ent scheidung geduldig und weise zu überdenken, zu fühlen, bevor du sie fällst. -
Gott, ich verstehe, was du meinst. Aber es gibt Momente, da fühle ich mich wie ein junges Füllen, das durchs Leben prescht.
- Wenn du zu schnell durch die Welt jagst, bemerkst du weder die Schönheit der Landschaft noch die anderen Füllen. Dir würde etwas sehr Wesentliches ent gehen.
Deshalb ist es wichtig, mitunter eine etwas langsamere Bewegung einzulegen. -
Ich verstehe. Danke, bis bald.
- Bis bald, Iona. -
Übrigens, was ich noch loswerden möchte.
Das Matriarchat und das Patriarchat müssen untergehen und was

dann entsteht, wird ein Menschriarchat sein.
Matriarchat + Patriarchat = Menschriarchat
Nicht „Frau gegen Mann“ und „Mann gegen Frau“, sondern „Frau mit Mann“ und „Mann mit Frau“ und „Frau mit Frau“ und „Mann mit Mann“, sprich „Mensch mit Mensch“ ist die Basis für unsere Menschwerdung im evolutiven Sinne.
Ich glaube, dass wir beide Extreme lebten und leben, um zu der Erkenntnis zu gelangen, dass weder das eine noch das andere ausgewogen ist.
Nur in Einheit, im Einklang unserer zwei göttlichen Seins Formen „Frau und Mann“, sowohl im Außen, als auch im Innen, kann es uns gelingen, unserer wahren göttlichen Bestimmung als menschliche Wesen zu folgen.

08.11.2000
Gott, ich will das nicht mehr. Morgens aufwachen und mich nicht gut fühlen. Gerd benutzen, von Gerd benutzt werden, viel Alkohol, viele Zigaretten, wenig Gefühl. Es geht mir einfach nicht gut damit.
Warum gebe ich mir das immer wieder? „Eigentlich“ will ich nichts von Gerd und gestern und vorgestern war ich sehr bei mir, eins mit mir.
- Vielleicht war dir das zu viel und du musstest schnell noch mal drei Schritte zurückgehen. Iona, mein Kind, ich weiß, dass du diese Form des „in den Tag Stolperns“ nicht mehr willst, dass du leben und lieben willst. Aber bitte sei gnädig mit dir in diesem Prozess.
Ein Jegliches braucht seine Zeit! Es bedarf vieler Erfahrungen, um glücklich zu sein, und du bist auf dem Weg.
Du darfst Fehler machen, ausprobieren, solange du dich nicht verlierst. Obschon du dich auch verlieren kannst. Aber ich weiß, dass du an dieser Weggabelung vorübergegangen bist.
Ich weiß, dass du Klarheit suchst und diesen Weg gehen willst. Iona, das, was gestern mit Gerd war, gehört dazu. Nimm es liebevoll an. Es ist ein wichtiger Bestandteil deines Weges. Und sei nicht so ungeduldig mit dir.
Das nächst Mal wird es dir anders gelingen, wirst du wahrhaftiger sein, bei dir bleiben können und dich nicht vom Gefühl der Sehn sucht

einlullen lassen. Es ist nicht Gerd, den du meinst. -
Ich weiß und genau das erschreckt mich. Ich will die Menschen meinen, mit denen ich es zu tun habe.
Danke für dieses Gespräch.

In diesen Tagen hatte ich relativ wenig Stress mit meinem Chef, was mich in gewisser Hinsicht beunruhigte. Er fühlte sich an wie ein ruhender Vulkan, der kurz vor einer heftigen Eruption stand.
Ich erklärte mir die außergewöhnliche Ruhe, in der ich natürlich schwelgte so:
In den Wochen vor Weihnachten waren „Alle" so in familiäre Geschenkzwänge verwoben, dass jeder genug mit sich zu tun hatte. Das bewegende Thema „Was schenke ich wem?" nahm sich Raum und kaum jemand konnte sich diesem Strudel entziehen.
Für mich brach eine Art „Schonzeit" an. Ich war mir jedoch bewusst, dass diese „Waffenruhe" trügerisch und nur von kurzer Dauer war.
Zu jenem Zeitpunkt hatte ich bereits einen gewissen Grad an Niedergeschlagenheit erreicht, der mich mitunter erschreckte. Dennoch genoss ich die Augenblicke, in denen ich unbehelligt meiner Arbeit frönen konnte. Ich fühlte mich privilegiert und frei, was in gewisser Hinsicht ja stimmte.
Ich war frei vom Rummel der Einkäufe für das Fest der Liebe und des Lichtes, das in Wahrheit mit Liebe und Licht kaum noch etwas zu tun hatte. Sowohl mein Sohn, als auch ich hatten uns vom neuzeitlichen Weihnachten emanzipiert und unsere Familie hatte aufgeben, uns einzuladen.
Dessen ungeachtet ist Weihnachten für mich ein wunderbarer Spiegel, wie es um uns Menschen und die Botschaften, die mit der Geburt Christi in unsere Welt kamen, bestellt ist.
Ich erlebe zunehmend gestresste, gebeutelte und aggressive Menschen, die durch die Geschäfte hetzen, um „Liebeszeugnisse" zu ergattern, die mit Liebe wenig zu tun haben. Für mich birgt dieser ganze Trubel eine gewisse Tragik und auch Komik in sich. Weihnachten hat etwas von einer ansteckenden Krankheit, die jedes Jahr um die gleiche Zeit ausbricht.

Der Erreger heißt „Kaufen, kaufen, kaufen".
Nach dem „Fest" brechen die Menschen regelmäßig vor Erschöpfung und Geldnot zusammen. Eine seltsame Art, das Fest der Liebe zu würdigen.
Ich glaube, viele Menschen unterliegen dem Irrtum, dass es an „Christmas" möglich sei, mit materiellen Werten zu kaschieren, was bereits offensichtlich ist: lieblose Beziehungen, kaputte Familien, einsame Kinder und Alte, eine Welt, die alles andere als heil und schön ist.
Statt uns dem zu widmen, was unserer Heilung und unserem Glück dient, lassen wir uns zunehmend von der Materie, die wir erschaffen haben, auffressen.
Dieses Dilemma offenbart sich um Weihnachten mehr denn je.

Damals erhielten alle Mitarbeiter noch ein erquickliches Weihnachtsgeld, eine Tatsache, die mein Chef zum Anlass nahm, mir und meinem Versicherungsbedürfnis auf den Zahn zu fühlen.
In ungewohnt gönnerhaftem, väterlichem Ton fragte er mich, ob ich denn auch ausreichend versichert sei. Seine buschigen Augenbrauen hoben sich in Weihnachtsmannmanier gen Himmel.
Es war ein wohlgestaltetes, informatives Gespräch über Versicherungen, Altersvorsorge, Sozialismus, Kapitalismus, zukünftige Rentenabstürze.
Alsbald wand sich der Verlauf unsere Unterredung hin zu der aufschlussreichen Frage, ob ich denn schon eine Berufsrentenversicherung mit allen Vorteilen dieser Erde abgeschlossen hätte.
Die Augen meines Brotherrn wurden spiegelblank vor Entsetzen, als ich verneinte. Ihm stand die Frage, wie ich ihm all die Jahre hatte entfleuchen können, buchstäblich ins Gesicht geschrieben.
Vorwurfsvollen Blickes und mit donnernder Stimme teilte er mir mit, dass sich längst alle Kollegen im sicheren Verbund befänden und ich die einzige „Abtrünnige" sei. Aber das könne man ja ändern.
Der fürsorgliche Ton und die Eindringlichkeit, mit der er mir seine Sorge um mein späteres Leben beteuerte, fühlten sich für mich recht ungewohnt und merkwürdig an. Nun, ich glaubte sogar, einen drohen-

den Unterton herauszuhören.
Aber sei's, wie es sei, offensichtlich gab es für meinen Chef nicht den leisesten Zweifel, dass er mich unter seine Fittiche nehmen müsse, und so geschah es, dass er mir in gönnerhaftem Ton das Für und Für einer Berufsrente verklickerte.
Meinen Einwand, dass ich vielleicht gar nicht bis zur Rente in diesem Betrieb sein könne, wischte er mit einer ungeduldigen Handbewegung aus meinem Gedankenfeld, sie verhallten ungehört im Raum der Nichtmöglichkeiten. Eine solch nihilistische Sicht war undenkbar, zumal ich über das Privileg eines unbefristeten Arbeitsvertrages, sogenannten Goldstaub, verfügte.
Damals war mir noch nicht bewusst, dass er mich für seine Spielchen benötigte und daher ein großes Interesse bestand, mich zu binden.
Und so trieb er mich an, diesen wundersamen Pakt abzuschließen, einem Araber und seinem Pferd im Wüstensturm nicht unähnlich.
Gott sei Dank hatte die Versicherung noch einige seltsame Fragen bezüglich meiner derzeitigen Psychotherapie. Offensichtlich kamen sie zu dem weisen Schluss, dass eine Frau, die solch eine Therapie macht, eine ziemlich hohe Lebenserwartung haben könne, ein gefährlicher Aspekt für eine Ver Sicherung.
Also kürzten sie konsequenterweise die Leistung, die ich, sollte ich es bis zur Rente schaffen, erhalten hätte.
Welch ein Geschenk, denn schlagartig wurden meine grauen Zellen aktiviert und mein gesunder Menschenverstand erwachte. „Gott sei Dank" ereilte mich die aufschlussreiche Erkenntnis, dass ich das Geld wohl besser sofort ausgeben sollte, als es „anzulegen", denn die wichtigste Frage, wohin das Geld gelegt wird, konnte mir niemand beantworten.
Nun, dieser Pakt war wohl echtes „Teufelswerk", aber ein wenig kannte ich mich ja nun mit diesem ganzen „Blendzeugs" aus, was mich zu der ausgesprochen sinnreichen Frage führte, was ich da eigentlich sichern will.
Mich ereilte eine Vision meiner Zukunft, die sich fern von meinem derzeitigen Arbeitsplatz gestalten würde, weitab von Versicherungen und Betriebsrenten und so weiter. Also sagte ich laut und deutlich „Nein"

zu diesem Supersparangebot.
Welch eine Panik bei meinen Arbeitgebern. So etwas war ihnen ja noch nie ins Nest gekrochen. Eine Unversicherte.
Und auch die Versicherung reagierte umgehend. In langen Telefonaten teilten sie mir mit, dass ich ja eigentlich ein genauso wertvoller Mensch sei wie alle anderen und ihre Entscheidung mich versicherungstechnisch „niedriger" einzustufen, eine Fehlentscheidung gewesen sei.
Flugs schickten sie mir ein neues Angebot, in dem ich Konditionen erhielt, die eigentlich nur Nichttherapierten zustehen, ja es gab sogar einen kleinen Sonderbonus. Welch ein Geschäft.
Nur war für mich der Versicherungszug abgefahren und ich hatte nicht einmal das Bedürfnis zu winken.
Nun, wie nicht anders zu erwarten, kehrte mein Chef sehr schnell wieder zu seinem Offiziersgehabe zurück und ließ mich spüren, dass er mir die Verweigerung seines weisen Ratschlages echt übel nimmt. Schlagartig sank ich noch tiefer in den Keller der „Nicht zu Gehörigkeit".

Kurze Zeit später löste ich sämtliche Versicherungen. Auch meinen kläglichen Versuch, das Erbe meiner Großmutter in Aktien zu vergolden, beendete ich mit hohen Verlusten und Leichtigkeit im Herzen.
Offenbar sprach sich mein versicherungsfeindliches Verhalten in der Branche rum, denn die Rechtschutzversicherung, die Einzige, die ich behalten wollte, kündigte mir umgehend den Vertrag und das ohne jede Aktivität meinerseits.
Nun, ich kann nicht verhehlen, dass sich mein Leben als „Unversicherte" gut anfühlt.
Und diese Anmerkung sei mir gestattet, ich fühle mich ausgesprochen sicher.

20.11.2000

Hallo, Gott, ich habe lange nichts mehr von dir gehört?
- Hallo, Iona, nun, du warst ja auch schwer beschäftigt. Bei dir ist ja allerhand los, ganz schön Bewegung in deinem Leben, mein Kind. -

Bist du sauer, dass ich im Moment so wenig Kontakt mit dir pflege?
- Quatsch, du bist mehr in Kontakt mit mir als vorher, du bist lebendig, und wie du ja weißt, wohne ich in jedem Wesen. Also begegnen wir uns auf vielfache Weise.
Denk an diesen Satz: „Wenn es dran ist, ist es dran.“ Also quäl dich nicht zu schreiben. Es ist OK, wie es ist. -
Gott, das Leben ist freundlich zu mir.
- Prima, dass du das endlich bemerkst. Und du wirst immer freundlicher zum Leben. -

21.11.2000
Hallo Gott, ich verabschiede mich gerade von meinem Sicherheitsdenken.
- Hallo Iona, das finde ich toll.
Nackt seid ihr geboren und nackt geht ihr wieder von dieser Erde.
Ein wichtiger Schritt auf dem Weg zu Mir ist euer Umgang mit Konsum und Sicherheit. Zwei Worte, die euch glauben machen sollen, die Welt in der ihr derzeit lebt, sei von Bestand.
Welch ein fataler Irrtum und welche Folgen!
Denn auf diesem Weg beraubt ihr euch der Möglichkeiten, in die wunderbar vielfältigen Facetten der Wirklichkeiten einzutauchen, die es auf diesem Planeten Erde gibt.
Lass los, Iona, dann wird sich alles so fügen, wie es dem göttlichen Plan entspricht und dient.
Übrigens, die Träume, die dich ereilen, wenn du die Traumgeister nicht gerade ersäufst, sind ein wunderbarer Spiegel deiner Befindlichkeit. Außerdem bergen sie die „himmlische“ Chance in sich, irdische Verstrickungen zu erkennen und aufzulösen oder einen Kurzurlaub in goldigen Sphären zu erleben.
In Traumzeiten ist es möglich, mit Menschen zu arbeiten, die im Tag-Bewusst-Sein unzugänglich sind. Um einen ungewünschten Zugriff zu verhindern, ist es gut, sich vor dem Einschlafen in goldenes Licht zu hüllen und die Lichtwesen und Traumweber um Unterstützung zu bitten.
Ein Schutzgebet, so wie folgendes, kann Wunder wirken.

Kristall Wall

Wall von Kristall
Allüberall
Schließe dich rings um mich
Schließ ein mich im Sein
Überwölbe mich
Überforme mich
Lass nur herein
Das Licht allein

(„Der Mahatma-Prozess" Priska Arnold Dinkel)

Im Traum melden sich untere und obere Bereiche eures Bewusst Seins zu Wort, die ansonsten kaum eine Chance haben, da sie häufig verdrängt, vergessen, tabuisiert sind oder im Alltagstrubel untergehen.
Ihr geht sowohl mit euren niedrigsten Energiefeldern, als auch mit den höchsten göttlichen Energien in Kontakt.
Es sind wunderbare Zeiten der Zeichen, Warnsignale, Aufräumangebote... So manches Mal wird durch einen Traum Staub aufgewirbelt, der euch in Ecken und Bereiche eures Seins führt, die ihr ansonsten meidet wie die Pest.
Nun, jetzt wird sicher deutlich, warum der Schlaf ein so wichtiger „Zeit Raum" ist und warum er möglichst geschützt und ruhig gestaltet sein sollte.
Während ihr schlaft, erlebt ihr wunderbare Geschichten, Begegnungen der anderen Art, Albträume...
Es tun sich Inhalte auf, die aus der Verdrängung aufsteigen und sich Raum nehmen. Träume zeigen sehr deutlich, wo immer noch „Klärungsbedarf" besteht.
Häufig handelt es sich um „Aus Schlüsse", die im Wachbewusstsein „Jenseits" eurer Wahrnehmung „ruhen". Dafür gibt es verschiedene Ursachen, auf die wir später noch eingehen werden.

Sie wurden verschlossen in Ebenen, auf die ihr im Wachzustand nur begrenzt Zugriff habt. Zuweilen wirken sie wie Geheimschriften, die es zu enträtseln gilt. Ist der Code gefunden, offenbaren sich wahre Schatztruhen, gefüllt mit Einsichten, Erkenntnissen und Wissen.
In Träumen könnt ihr euch in andere Dimensionen bewegen, die im Wachzustand unerreichbar scheinen. Ihr reist an Orte, die bisweilen realistischer wirken, als die Illusionswelten der Materie.
Es gibt Tempel und Traumuniversitäten, in denen ihr universellem Wissen begegnen könnt, zu dem ihr im Erden-All-Tag kaum Zugang habt. Träume entziehen sich in der Regel eurer Kontrolle.
Nur wenige Menschen besitzen die Gabe, ihre Träume bewusst zu beeinflussen und so z.B. Albträume zu verändern, aufzulösen. Die meisten Menschen suchen über Traumdeutung nach dem tieferen Sinn, was bisweilen auch in Spekulationen oder Fehlinterpretationen münden kann.
Wichtig ist, dass eure Träume Raum haben, sich zu träumen. Botschaften, die euch erreichen sollen, tun dies, auch wenn ihr es nicht bewusst wahrnehmt.
Jeder von euch kennt das Gefühl, am Morgen aufzuwachen und plötzlich hat sich über Nacht etwas geklärt, mit dem ihr euch lange herumgeschlagen habt, oder plötzlich steht eine Lösung vor euren Augen, die gestern noch nicht sichtbar war. Viele Lösungsangebote, die sich urplötzlich auftun, haben ihren Ausgangspunkt in Träumen, ja sie entspringen ihnen regelrecht. In euren Träumen geschieht weitaus mehr, als Mensch sich je träumen lassen würde.
Deshalb ist es wichtig, sich auf die Traumzeiten einzuschwingen und bestimmte Klärungen, Antworten, Begegnungen zu erbitten. Denn in den Träumen stehen euch viele liebevolle Begleiter zur Seite, die während des Tages nicht zu euch durchdringen können. Ein bewusster Umgang mit Traumzeiten erweitert euren gesamten Handlungsspielraum.
Erschafft euch Traumtagebücher, in die ihr sowohl Fragen als auch Traumerinnerungen schreibt. Gestaltet eure Traumfragen so konkret wie möglich. Ein wunderbares Buch zu diesem Thema ist von Jeanne Ruland „Traum und Wirklichkeit“, Träume als Boten der Seele.

Lasst den Tag vor dem „Ein schlafen“ dankend an euch vorüber ziehen. Schwingt euch auf die Nacht ein.
Bleibt am Morgen noch einen Augenblick bei euch, um eure Träume nachklingen zu lassen. Lauscht dem Klang, den sie hinterlassen und der im sich auftuenden Tag eine wichtige Rolle spielt.
Träume sind ebenfalls Wirklichkeiten, in denen ihr lebt. In jedem Traum verbergen sich Gaben an euch. Werdet euch der Traumgeschenke bewusst. Ihr könnt mit euren Träumen arbeiten und sie in eure Entwicklung integrieren. Die Bereicherung, die ein bewusster Umgang mit Träumen in sich birgt, ist enorm.
Manche Menschen finden Träume eher lästig und tun sich schwer damit, dieses phantastische Geschenk anzunehmen. Aber weder Unwissenheit noch Ablehnung können die Träume daran hindern zu Sein.
In letzter Zeit nimmt die Intensität der Traumgestaltung enorm zu, denn auf diesem Weg werden wichtige Botschaften, auf einer anderen Ebene, als dem Wach-Bewusst-Sein, an die Menschen heran getragen.
Die Qualität der Zeit, die Unterstützung aus der geistigen Liebeslichtwelt, die zunehmende Lichteinstrahlung auf Mutter Erde ermöglichen eine „beschleunigte“ Bearbeitung karmischer Belange.
Die aktuelle Situation auf der Erde bietet die Chance, die „Erden Erfahrung, den Erden Kreis“ zu schließen und damit aus dem Rad der ewigen Wiederholung karmischer Verstrickungen auszusteigen. -
Also arbeite ich in meinen Träumen an unfertigen Themen, die noch gelöst werden müssen?
- So ist es Iona. -
Da fällt mir doch gleich mein Traum von gestern Nacht ein:

Ich ließ Punks in der Gartenlaube meiner Großmutter wohnen. In mir war zwar ein enormes Misstrauen, dass sie mich beklauen, aber ich hielt mich für einen guten Menschen, der niemandem die Tür weisen durfte. Ständig hatte ich Angst um mein Geld.
Alles endete in einem unglaublichen Chaos, was schließlich jeglichen Besitz unwichtig machte. Es ging nicht um Besitz, es ging um Verwüs-

tung, Zerstörung und Hass. Eine überaus lebensverneinende Energie nahm sich Raum, eine Energie, die geprägt war von einer Hoffnungslosigkeit, die kaum Luft zum Atmen lässt.

Und dennoch hatte ich keine Angst, ich hatte aber auch keinen Besitz mehr, um den ich fürchtete.
Es war die andere Seite der Medaille.
Und damit bin ich wieder bei meinem Verzicht auf Versicherungen gelandet. Das alles scheint mir wie eine Prüfung und es geht mir gut damit. Verzicht ist nicht gerade meine Stärke und bedarf einiger Übung.
- Die Frage ist nur, welche Form des Verzichts du wählst. Ich sehe das so, auf der einen Seite näherst du dich dem größten Reichtum, den es auf dieser Erde gibt, nämlich menschlicher Gemeinschaft, Liebe und Frieden.
Warte bitte! -
OK.
- Auf der anderen Seite bist du noch immer der Sicherheit ver haftet. Dein Vertrauen zu Mir, meiner All Gegenwart und der göttlichen Bestimmung deines Seins steht noch auf recht wackligen Beinen.
Bisher hattest du die Krücken „Sicherheit“. Du hast sie weg geworfen. Die Konsequenz deines Tuns ist, dass du jetzt laufen lernen musst. -
Ohne Krücken, das ist für mich ein heikles Thema. Solange kenne ich dich ja noch nicht.
- Du kennst Mich bereits dein ganzes Sein. -
Wohl wahr, aber ich habe dich nicht sehen wollen.
- Das kannst du ja auch nicht. -
Oh Mann, du weißt wie ich das meine. Und jetzt möchte ich in meinem Buch weiterlesen. OK?
- Tu das. Es ist ein gutes Buch. -
Wie du ja bereits weißt, da es von dir kommt.
- Musst du immer das letzte Wort haben? -
Ja, aber immer weniger.
- OK, mach’s gut Iona, im Sinne des Wortes. -

30.11.2000

Mir ist, als sei soeben ein großer Knoten geplatzt. Etwas ist geschehen heute in der Therapie. Mir war hundeelend, als ich hinging. Danach war ich nur noch traurig. Als ich nach Hause kam, musste ich kotzen. Was ist so zum Kotzen?

Meine Arbeit, das Spiel mit Karin, das Drama dahinter, das Überrumpeln, das überrumpelt werden?

Was geschieht mit mir, Gott? Warum kotze ich?

- Hallo. Iona. Es ist zum Kotzen, was du siehst und was du erkennst. Das ist die Realität der Situation, an der auch du fleißig mitgewirkt hast. -

Jetzt bist auch du hart zu mir. Das verletzt mich.

- Liebe Iona, nicht ich bin hart zu dir, du bist es. Ich antworte auf deine Fragen und du kannst es tragen. Dich interessiert das Wie und Warum, das Woher des Lebens. Du bewegst dich, willst wissen. Das ist viel.

Ist es da erstaunlich, dass nie verheilte Wunden erneut aufbrechen angesichts der Heilungschancen, die sich auftun?

Sieh dich doch nur um, was zurzeit alles Wundervolles in deinem Leben geschieht, wie du dich täglich, stündlich veränderst und eintauchst in die Zusammenhänge.

Du erkennst den Sinn der Zu fälle und erfährst, dass du dich auf deine Intuition verlassen kannst. Du lernst dein Schattenego zu durchschauen.

Es ist ein ziemlich elendes Spiel, das du mit Karin spielst. Es raubt euch die Energie und macht euch zu Feinden. Ihr müsst keine Freundinnen werden, das wäre unrealistisch, zumal zwischen euch eine sehr subtile, ungelöste Konkurrenz hin und her schwirrt.

Übrigens nutzt die Werbung diese Konkurrenz sehr profitabel aus: „Was hat die, was ich nicht hab?“ So werden Frauen „beherrscht“ und bleiben im Korsett gefangen.

Aber wie wäre es, wenn ihr euch gegenseitig Luft zufächeln könntet, ohne der Anderen gleich den Atemstillstand zu wünschen.

In einer Gesellschaft, die stark von Männern dominiert wird, ist es schon absurd, dass sich die Frauen gegenseitig bekriegen, statt sich

miteinander zu verbünden. Oder ist das vielleicht so gewollt?
Nun, Iona, dann gäbe es ja noch mehr Anlass, dieses Spiel zu beenden.
Glaub mir, nicht nur du leidest unter dieser Situation. Auch Karin geht es schlecht mit dir, auch wenn sie es noch nicht wahr nimmt. Sei gnädig zu ihr und zu dir. Ihr habt es beide verdient. Bedenke, dass Karin dir etwas über dich spiegelt. Entschlüssle die Botschaft, die noch in den Mantel der Ablenkung gehüllt, ent deckt werden möchte.
Karin schützt sich vor dir nicht aus Liebe, sondern aus Angst. Du bist ihr suspekt. Es irritiert sie, wie du dich kleidest, wie du isst, wovon du erzählst und dass du dich weder für Mode noch für Fernsehserien interessierst.
Das passt nicht in ihr Bild, entspricht nicht ihrem Lebensentwurf. Menschen wie du sind für sie eine große Unbekannte, ein X-Faktor. -
Aber sie könnte sich doch ändern?
- Warum sollte sie? Welches Recht hast du, von einem Menschen zu fordern, dass er sich ändert? -
Keines.
- Und wieso passt du dich nicht endlich an und wirst so, wie „man" es von dir erwartet? -
OK, ich habe verstanden. Das ist meine Form der Manipulation?
- Ja, und da du sehr subtil vorgehst, bemerkst du oft selbst nicht einmal, wenn du andere versuchst, zu beeinflussen, um sie in eine Richtung zu drücken, von der du meinst, dass sie gut für sie sei.
Dieses Verhalten hat dir schon viel Leid eingebracht.
Weißt du, wie oft Karin dich mit nach Hause trägt und verzweifelt versucht, dich abzuschütteln. Sie kann ihre Verwirrung und Aggressivität nicht orten. Du kannst es.
Iona, lass Karin in Ruhe, lass sie los und ihr Leben leben, wie auch immer sie es gestaltet.
Iona, schließ deinen inneren Frieden mit Karin und Rolf, lass sie in Frieden ihren Weg gehen.
Aber das habe ich dir ja bereits an der Ostsee gesagt.
Hör auf zu kämpfen und beginne zu lieben. Und damit meine ich alle Menschen, die dich umgeben, nicht nur die dir wohl gesonnenen.

Zeige deine liebevollen Seiten. Du musst andere nicht bekämpfen und in die Ecke stellen.
Niemand kann dir etwas Böses tun, es sei denn, du bist bereit, es in dich aufzunehmen.
Du allein hast entschieden, dich auf diesen sinnlosen, zermürbenden Kampf einzulassen.
Hör auf dein Herz!
Wenn du dich angegriffen fühlst, egal von wem, höre auf das, was hinter dem Angriff steht.
Sei aufmerksam und offen für die Botschaften, die Geschenke, die sich dir dann erschließen können. -
Oh Gott.
- Ja, ich weiß, mein Kind, es ist viel, was ich dir heute sage. Es sind Geschenke, Geschenke der Erkenntnis und der Ein Sicht. Du entscheidest, ob du sie annimmst. -
Das tu ich.
- Das ist gut.
Sich selbst in die Augen zu schauen und andere Menschen als Spiegel wahrzunehmen, ist ein wichtiger Schritt auf dem Weg zu der, die du bist. Und wie du ja bereits weißt, gehört dazu auch die. die du nicht bist. -
Gott ich möchte die werden, die ich bin. Die andere kenne ich ja schon all zu lange.
- Ich möchte noch einmal auf Karin zurückkommen. Ich möchte, dass du sie verstehst.
Auch Karin wurde nicht geliebt. Ihre Vorstellungen von Liebe liegen ausschließlich im materiellen Bereich. Sie war und ist Besitz ihrer Eltern. Und diese fehlende Liebe füllt sie mit materiellen Dingen, so wie du es mit deinen Süchten tust. Schau hin, schau, was sie sich tagtäglich antut, wie gefangen sie ist im Außen, im ständigen Konsumieren müssen. Sieh ihre Handlungen nicht als Angriff, sondern als Not.
Schau hin. Sie hat schon oft versucht, dir die Hand zu reichen.
Glaub mir, Iona, Karin kann ebenso wenig aus ihrer Haut wie du, obschon ich bei dir ganz schön viele Risse in deiner alten Haut ent decke.

Höre auf, ihr etwas zu neiden. Es gibt bei anderen nichts zu neiden. Suche deinen eigenen Reichtum, im Innen wie im Außen, und teile ihn in Liebe.
Liebe ist die mächtigste Kraft in diesem Universum. Sie ist die Heilerin. Nur wenn die Liebe durch dein Herz, durch jede Zelle deines Körpers fließt, kannst du heilen.
Es ist hohe Zeit, der Liebe Raum zu geben, und zwar in jedem Augenblick des Seins.
Nur die Liebe kann eine Menschheit heilen, die so an sich selbst krankt wie das heutige Menschengeschlecht. Gäbe es mehr Liebe auf eurem Planeten, wäre diese Welt nicht so, wie sie ist.
Übrigens, weißt du, wie oft du Karin, Rolf und auch andere Menschen erschreckst? -
Nein?
- Es gibt Augenblicke, da wirkst du sehr bedrohlich, auch wenn du nicht den leisesten Ton von dir gibst. Lange Zeit hast du dich darin geübt, dir andere Menschen vom Leib zu halten. Du hast eine Perfektion erreicht, die sich mittlerweile gegen dich richtet. Der Preis ist Einsamkeit. -
Und warum sagt mir das „Niemand"?
- Viele Menschen, auch Freunde haben es versucht, aber du wolltest nicht hören, was sie zu sagen hatten. Es verhallte ungehört in der Mauer, die du um dich herum aufgebaut hattest. Seit geraumer Zeit bröckelt dieser Wall und dahinter wirst du sichtbar.
Das ist sicher ungewohnt und manchmal lugst du ganz schön ängstlich hinter den Mauerresten hervor. Mit der Zeit wirst du sicherer und die Erfahrung wird dich lehren, dass Freiheit tatsächlich das höchste Gut ist und dass die Liebe ein Kind der Freiheit ist.
Ihr lebt in einer bewegten, stürmischen Zeit. Bereits vor dem Fall der Berliner Mauer begann ein Prozess, der sich unaufhaltsam seinen Weg bahnt. Die Veränderungen, die dieses Zeitalter mit sich bringt, sind gigantisch und sie schließen den Mauerfall in den Herzen und Hirnen der Menschen ein.
Zwar versuchen viele Erdenbewohner verzweifelt, den Abriss aufzuhalten oder zu verhindern, indem sie die eingestürzten Wände wieder

hoch mauern, aber „etwas“ in Ihnen weiß um die Sinnlosigkeit ihres Unterfangens.
In dieser Zeit der Wandlung wird deutlich, dass mit dem Einstürzen der „Begrenzungen“ auch Sicherheiten, Gewohnheiten, Altvertrautes, uralte schöpfungswidrige Handlungsweisen in Frage gestellt werden und dass nichts, aber auch gar nichts jemals wieder so Sein kann, wie es einmal war, auch wenn viele sich genau das inbrünstig wünschen.
Auffällig sind die Aktivitäten der Dunkelmächte, denen der Zahn der Zeit, der in diesen Jahren besonders heftig nagt, ein mächtiger Dorn im Auge ist. Sie tun alles, aber auch alles in ihrer Macht stehende, mit allen ihnen zu Verfügung stehenden Mitteln, um ihren Verfall aufzuhalten.
Ihnen ist klar, dass ihre Ära vorbei ist, aber sie wollen sie bis zum letzten Augenblick halten. Dazu gehört eine große Verunsicherung, die sie verbreiten, Ängste, vor allem im Bereich Existenz, Arbeit, Familie.
Aber egal, was sie auch tun, die Mauern werden endgültig fallen, es ist lediglich eine Frage der Zeit.
Eine Überprüfung, welche Kräfte am Werk sind, ist leicht. Stellt euch einfach die Frage:
„Wem dient diese Entscheidung, dieses Gesetz, diese Maßnahme?“
Schöpfungswidrige Entscheidungen richten sich immer gegen das Wohl aller Wesen, nicht nur Personen, auch andere Geschöpfe, Tiere, Pflanzen, Kristalle, Elemente… und dienen ausschließlich dem „Wohl“ einzelner Menschen und Gruppen.
Auch wenn ihnen oft das Mäntelchen des Allgemeinwohles umgeworfen wird, so sind sie letztendlich doch schnell durchschaubar.
Als Mensch im Focus der Schöpfung zu Sein, bedeutet, aufmerksam und ehrlich dem Wohl von ALLEM WAS IST zu dienen. Das erfordert, vor allem in diesen Zeiten immer wieder die Prüfung, welche Richtung du eingeschlagen hast.
Bist du vom Weg abgewichen, weißt du noch, wo du hinwillst, lässt du dich ablenken…?
Denn die Manöver der Schattenkräfte, dich von deinem Weg ins Licht abzubringen, sind überaus trickreich.

Manchmal mag es schwierig anmuten, in dieser Phase der Umgestaltungen das Licht zu sehen, das dieser Zeit innewohnt. Mitunter kann der Eindruck entstehen, dass alles von einer Dunkelheit geprägt sei, die die gesamte Erde überschattet.
Dem ist nicht so.
Liebe und Licht nehmen sich Raum um Raum, und wenn ihr euer Augenmerk gen Himmel richtet, dann werdet ihr an einigen Tagen erkennen, dass die Wolken in ihren Regenbogenfarben überirdisch schön sind, dass die Mondin um ihre volle Zeit von einem Regenbogenkreis umgeben ist, in dessen Mitte ein Regenbogenauge thront, ähnlich einem wunderbaren Regenbogenobsidian.
Wenn ihr euren Blick gen Erde richtet, seht ihr die Natur, die von einer Schönheit und Fülle beseelt ist, die allem menschlichen Zerstörungswahn trotzt und von der göttlichen Schöpfung und ihrer Ewigkeit kündet.
All das sind Boten der Neuen Zeit, die dem schöpferischen Sein der menschlichen Spezies dienen, im Sinne einer fruchtbaren Entwicklung auf der gesamten Erde. -
Was kann ich tun?
- Nun, dem Abriss folgt der Aufbau und der Oberton heißt Licht und Liebe.
Du entscheidest, auf welcher Seite du wirkst. -
Gott, ich danke dir. Das muss ich jetzt erst einmal verdauen. Wir hören voneinander.
- Mach‘s gut Iona, ich bin bei dir. -

Kurz nach diesem Gespräch telefonierte ich mit meiner Freundin Karen, die inzwischen nach Mecklenburg zu ihrem Liebsten gezogen war. Karen erzählte mir von einem Verzeihensgebet, welches ich immer dann sprechen kann, wenn ich in Zwiespalt oder Zwist gerate.
Selbstverständlich möchte ich dieses Gebet mitteilen, denn es ist von einer großen göttlichen Kraft beseelt.
Nach dem kosmischen Gesetz erhalte ich die Verzeihung, wenn ich zuerst verzeihe.

„Verzeihensgebet
Ich mache den ersten Schritt im vollgütigen Weg zur Höherentwicklung.
Ich verzeihe Allen, die mir seelischen oder körperlichen Schmerz zugefügt haben, denn ich habe jetzt oder in einer früheren Inkarnation Anlass dazu gegeben.
Der physische und psychische Schmerz hätte mich sonst nicht im Hier und Jetzt erreicht.
Ich bitte alle beteiligten Seelenteile ebenso um Verzeihung.
Liebe, Licht und Frieden sei mit dir.
So bitte ich Gott Göttin, meinen Verzeihenswunsch zu segnen und alte wie auch neue Karmaverbindungen aufzulösen. Dein Wille geschehe!“

Es gibt noch zwei Kurzformen des Verzeihens, die mir mittlerweile so in Fleisch und Blut übergegangen sind, dass ich nicht mal mehr über die Worte nachdenken muss.

„Ich verzeihe dir, bitte verzeih du auch mir, bitte geh ins Licht.“
„Ich verzeihe dir, bitte verzeih du auch mir, bitte geh ins Licht. Ich bitte darum, dass alles mich Belastende in Gottes Gnadenlicht genommen und aufgelöst wird.“

(„Im Licht der Feuerflammensonne“ H. Kugel, C. Jurtz)

Aus meiner heutigen Sicht ist Verzeihen eines der wesentlichsten Elemente, die mich zu der führen, die ich wirklich bin. Oft ist es ein Gefühl, als ob ich in einem dunklen Raum stünde und plötzlich das Licht anknipse und sich mir ein staunendes OHHH entringt, angesichts dieser neuen Möglichkeit in Liebe zu handeln.

- Es darf alles in deinem Leben sein, Iona.
Alle Aspekte deines Lebens, die dunklen, wie die des Lichts! -

Jene Freundin erzählte mir auch von einer Heilpraktikerin in Königs-Wusterhausen, bei der sie seit geraumer Zeit in Behandlung war. Da Karen und ich oft über meine Süchte sprachen, wuchs in mir immer mehr das Gefühl, „diese Frau schickt mir der Himmel". Und obwohl eine Heilbehandlung bei ihr für meine Verhältnisse viel Geld kosten sollte, warf ich mein materielles Denken vom Balkon und entschloss mich, endlich einen Termin zu vereinbaren.
Und wieder hatte Gott seine Finger im Spiel. Der Termin den ich gefügt bekam, war der 04.12.2000, der Tag meines 46. Geburtstages. Nun, ich muss gestehen, dass mir ganz schön mulmig war. Denn sowohl die Entgiftung als auch die Behandlung waren mit der Bedingung „keinen Alkohol" verbunden. Seit Jahren trank ich nun täglich meine Flasche Wein und mehr, die kurzen Zeiten ohne Alkohol ausgenommen. Ich hatte keine Ahnung, wie das gehen sollte. Doch es ging und wie es ging.

03.12.2000
Göttin, weißt du was? Ich werde heute schon aufhören, Alkohol zu trinken. Ich wollte mich noch einmal richtig zuschütten. Doch wozu? Es gefällt mir viel besser, klar in mein 46-tes zu gehen.
- Glückwunsch Iona, das sind ja gute Aussichten. Tja, dann werden wir uns ja noch öfter begegnen -
Wieso das?
- Weißt du, wenn du betrunken bist, habe ich keinen Zugang zu dir. Es ist dann so, als ob du dich in eine schwarze Energiekugel einschließt, die das Göttliche abweist.
Natürlich könnte ich in diese Kugel eindringen, aber dann würde ich dich auf deinem Weg beeinflussen, und das ist nicht in meinem Sinne. Denn wie du weißt, respektiere ich den „Freien Willen", den ich euch gab. -
Oh je, das macht mich jetzt traurig, alldieweil es mir zeigt, dass ich die mit Alkohol nicht bin.
- Sowohl als auch. Wenn du getrunken hast, schützt du dich vor etwas, vor dem du meinst, dich schützen zu müssen.

Nur hast du jemals bedacht, dass du dich vor etwas sehr Lichtem schützt und dass du dir deine Dunkelheit selbst erschaffst? Viele große Menschen haben sich nicht ins Licht gewagt, weil sie sich davor fürchteten, weil sie meinten es nicht verdient zu haben.
Iona, ihr habt es alle verdient. Du hast es verdient, ins Licht zu gehen. Du brauchst die Dunkelheit nicht mehr, du hast sie lange genug erlebt. Jetzt willst du die Erfahrung machen, wie es ist, im Licht zu sein.
Wenn das Dunkel an dir zerrt, dann sprich mit mir und ich werde dir Licht schicken, denn ich weiß, dass du aus dem Dunkel ins Licht treten willst.
Du wirst endlich deine Bestimmung finden, nach der du so lange und so verzweifelt gesucht hast.
Iona, mein Kind, du bist auf dem Weg! -
Es tut mir gut, das zu hören, und es macht mich traurig. Ich habe Angst vor der Veränderung, denn seit Jahren kippe ich mich zu, lasse es mir schlecht gehen.
- Hej, sei gnädig zu und mit dir und wertschätze die Veränderungen, die du bereits vollbracht hast.
Alkohol war ein Begleiter auf deinem Weg und es macht seinen Sinn. Nur so kommst du zu der, die du wirklich bist.
Du hast dir auf diesem Weg viele Schmerzen zugefügt. Heute brauchst du das nicht mehr.
Ich spüre, dass du abschweifst. Widme dich jetzt den Dingen, an die du gerade denkst. Wir hören voneinander. -
Danke, Göttin, bis später.

Und so erreichte ich nüchtern, klar und glücklich mein 46. Lebensjahr und begab mich bereits am frühen Morgen in die Praxis von Frau Kugel. Je näher ich kam, desto schlechter wurde mir.
Es schien, als zögen unsichtbare Fäden, nein Stricke an mir, die um jeden Preis verhindern wollten, dass ich diesen Ort betrat.
Ich nahm all meine Courage und mich an der Hand und betrat lebensmutig die Stätte meiner Veränderung.
Oh je, was ich erblickte, entsprach nicht gerade meinen Vorstellungen von einem spirituellen Heilort.

Ich betrat eine Praxis, die eher einer Physiotherapie ähnelte, nüchtern und einfach. Und Frau Kugel, die heilige Frau Kugel wirkte in ihrer weißen Strickjacke wie eine biedere Hausfrau und keineswegs wie eine Heilerin. Und dann war da noch Schwester Bärbel. Eine kleine gedrungene Frau mit flinken dunklen Augen hinter der Brille.
Irgendwie fühlte ich mich deplatziert und dafür sollte ich auch noch bezahlen. Aber es gab kein Zurück. Und so überließ ich mich dem, was da noch kommen sollte.
Welch ein Geschenk. Und wie ich diese „einfachen Menschen" lieben und wertschätzen lernte.
Die folgenden Tage waren Lichtbringer und ich werde nie wieder die sein, die ich vorher war.
Die Fügung hatte mich zu diesen Menschen geführt und ich fühle bis heute eine tiefe Dankbarkeit in mir, dort gelandet zu sein. Es begann ein Prozess der Heilung, der an jenem Ort eingeleitet wurde.
In der folgenden Zeit fuhr ich fast täglich in die Praxis und gemeinsam begannen wir, die aufgetürmten Felsbrocken, die mich und meine Seele erdrückten, aus dem Weg zu räumen.

05.12.2000
Göttin, ich bin total traurig. Ich bin hier, weil ich meine Lieblosigkeit anderen Menschen gegenüber Leben um Leben wiederholte, ohne sie zu erkennen und zu heilen.
Immer wieder suchte ich mir Menschen, die es mir spiegelten. Meistens Männer, selten Frauen. Ich habe diese Leben selbst gewählt, mich dafür entschieden.
Es stimmt, ich war eine Hexe, Peruanerin, Indianerin, Tibeterin, Söldner und viele andere in früheren Inkarnationen. Mir ist so, als wäre ich einmal erschossen worden oder als hätte mich ein Pfeil durchbohrt, in den Rücken von hinten durchs Herz. Mein Gott, all das, was ich anderen immer vor werfe, ist ein Spiegel meines Selbst.
Ich war mit Fernando, dem Mann, den ich 1999 in Portugal wieder traf, in einem anderen Leben verheiratet.
Ich der Mann, er die Frau, unsere beiden Kinder, Sohn und Tochter, die Armut, der Alkohol, die Schläge.

Ich erinnere mich wieder einmal an das Frühjahr 1999, als ich, aus der Not geboren, nach Portugal reiste.
Zwei Freundinnen hatten kurz vorher den gemeinsam geplanten Urlaub nach England abgesagt, weil ich ihnen zu depressiv und zu traurig sei. So könnten sie mit mir nicht verreisen.
Das war sehr hart, aber ich konnte sie gut verstehen, fand ich mich doch auch unerträglich.
Und so suchte ich mir eine Alternative, um meinen Urlaub allein zu verbringen, und das war Portugal.
Als ich mit Rucksack und Schlafsack durch das Land zog, gab es da diesen Augenblick, den ich nie vergessen werde. Ein älteres Ehepaar hatte mich per Autostop mitgenommen. Wir fuhren über einen Berg und ich sah vor mir die Bucht von Monte de Clerigo.
Völlig unerwartet stürmten Gefühle auf mich ein und Tränen schossen in meine Augen. Es war, als käme ich nach unendlich langer Zeit nach Hause, was ja in gewisser Hinsicht auch stimmte. Ab diesem Augenblick fügt sich alles.
Wir begegneten Fernando, einem Portugiesen, der deutsch sprach. Ich begann ein Verhältnis mit ihm, wohnte im Haus seines alten Vaters, der ein geiler Bock war.
Fernando, ein Junkie, der lange Heroin genommen hatte, ein menschliches Wrack, diente mir beim Kultivieren meines Unglücklich Seins. Damals war diese Begabung in mir noch sehr ausgeprägt.
Es war eine traurige Zeit, voller Tränen, Schmerz und Sehnsucht nach Liebe.
Einzig der Atlantik und die Natur waren Balsam für meine Seele.
Bis zu jenem Tag, als ich am Atlantik saß und gen Himmel schrie und als mich deine Antwort ereilte, Gott:
„Du bist hier, um zu lieben!“
Ich verbrachte den Rest meines gesamten Urlaubes an diesem wunderbaren Ort, in tiefem Frieden, auch mit Fernando.
Allerdings erkannte ich damals die Bedeutung dieser Reise für mein gesamtes weiteres Leben noch nicht.
Diese Tour war eine der wichtigsten Episoden auf meinem Weg ins Licht.

Langsam begreife ich, dass meine Bestimmung darin besteht, von mir erschaffenes Karma aufzulösen. Es geht darum, dass ich lerne zu lieben, zu verzeihen und um Verzeihung zu bitten.
Dass mir dabei viele alte Geschichten und Muster über den Weg laufen, gehört dazu. Die Frage ist nur, wie gehe ich damit um, sehe ich sie als Chance oder als Fluch.
So wie heute Nacht, als in mir viel Unruhe, Chaos und Schmerz war, unheimliche Geräusche, die ich nicht orten konnte. Nun, in meiner Wohnung leben viele fremde Wesenheiten und Geister und es ist hohe Zeit, diese „Mitbewohner" frei zu geben, sie zu bitten diesen Ort zu verlassen.
Ich glaube, dass ich meine Süchte aus anderen Leben mitgebracht habe, dass ich gewalttätig war und ein Mann, dass ich mir dieses Leben ausgesucht habe, um mich als Frau zu erfahren, und dass die Auflösung meiner Süchte eine meiner wichtigsten Seelenaufgaben ist.
Müssen wir so viele Leben leben, um in eine andere Bewusstseinsebene zu gelangen? Wenn ich mir mein aktuelles Leben anschaue, kann ich viel über meine vergangenen Leben erfahren?
Ich BIN HIER, um meine Un Taten auszugleichen, aufzulösen, loszulassen?
Ein Weg ist Vergebung, Verzeihung. Es gibt noch viel zu verzeihen.
- Vor allem dir, liebe Iona.

Erst wenn du dir verziehen hast, bist du in der Lage, anderen zu verzeihen.

Das ist ein wichtiger Aspekt. -

Von Frau Kugel erfuhr ich folgende Geschichte, die mir widerfahren war.
Ungefähr als ich 10 Jahre alt war, wurde meine Seele entweder während der Begegnung mit Heinz (diese Geschichte werde ich später offenbaren) oder kurz danach von fremdartigen Wesen entführt und gefangen genommen.

Sie besetzten mich und schützten und erhielten meinen Körper vor all den Giften, die ich mir gab. Meine Energie leiteten sie an die bisher acht entdeckten Astralwesen ab.
Auch meine 1998 verstorbene Großmutter hatte sich an mich gehaftet.
Frau Kugel befreite mich mit Gottes Hilfe von den astralen Anhaftungen, so dass viele Seelenteile zu mir heimfinden konnten.
Das war es, was ich heute Nacht gespürt habe. Der Schmerz in der Brust, der Kampf, das Gezerre, das Chaos, die relative Ruhe, die in mich einkehrte.
Ich war beseelt, unbeseelt. Jetzt ist meine Seele wieder bei mir, in mir.
Gott, Göttin, Joshua sei Dank. Gesegnet seid ihr.
Amen!

Göttliche Einheit, ich danke dir, dass du mich zu Frau Kugel geführt hast. Ich danke dir für das Geschenk der Verzeihung, dafür, dass ich mein Herz öffnen kann, dass ich nach langem Kampf und Rastlosigkeit den Weg des Lichtes beschreiten und den Weg der Dunkelheit verlassen kann.
Joshua, ich danke dir für die wunderbaren Botschaften, die du auf unsere Erde gebracht hast, und bitte dich um Verzeihung für die vielen Leiden, die du im Namen der Liebe und des Lichtes ertragen musstest.
„Denn sie wussten nicht, was sie tun."
Joshua, gib mir die Kraft, jenen zu vergeben, die mir Schmerz und Leid zufügten, und lass jene mir vergeben, denen ich Schmerz und Leid zufügte. Es waren derer nicht wenige.
Ich bitte dich um deinen Beistand in meinem Wachstum als menschliches Wesen, in Güte, Demut, Liebe, Verzeihung und Licht. Mit deiner Hilfe werde ich jene werden, die ich wirklich bin.
Ein liebender und vergebender Mensch.
- Amen, Iona! -

Nach der Entgiftung gab mir Schwester Bärbel, eine liebevolle, gütige Frau, Lichtpunktarbeit.

Urplötzlich wanderte ich durch verschiedenste Leben.
Rückerinnerung:
Mein Leben als Hexe, unter der Inquisition, mein gequälter gemarterter Körper. Man hatte mich an Armen und Beinen auf gehangen und mir die Beine gebrochen. Ich sah meine Kerkermeister und konnte ihnen verzeihen. Mein vom Volk gesteinigter, gemarterter Körper, als sie mich durch die Straßen zum Kerker trieben, und ich konnte ihnen verzeihen.
Die Lanze, die sich durch meinen Rücken bohrte, als ich Krieger war, und ich konnte dem, der sie warf, verzeihen.
Der Pfeil, der sich in früher, sehr früher Zeit durch den Oberschenkel meines rechten Beines bohrte, als ich Kräuter für mein Dorf sammelte in Afrika, und ich konnte dem Schützen verzeihen.
Meine kaputten Kniekehlen, die meine Mutter mir als Strafe zugefügt hatte und die mich unfähig machten zu laufen, ich war damals noch sehr jung und ebenfalls in Afrika, und ich konnte ihr verzeihen.
Meine Mutter und mein unbekannter Vater, die mich voll Lust und Leidenschaft in Berlin zeugten und ich konnte ihnen verzeihen und danken.

Meine Seele ist heimgekehrt.
Jetzt ist es an mir, meinen Körper zu reinigen und zu achten, meinen Geist zu nähren und meine Seele im Licht zu baden.
Ich öffne mein Herz in Liebe für die Liebe.
Amen!
Ich habe das Gefühl, dass ich immer sehr kriegerische, kämpferische Leben führte und es jetzt an der Zeit ist, mit dem Kämpfen aufzuhören.
Jetzt verstehe ich auch, warum ich immer eine enorme Abwehr gegen Burgen hatte. Die Erinnerungen, die sie an mein Sein als Hexe weckten, waren mehr als schmerzlich.

Nach diesen licht vollen Ereignissen bekam ich ein Gedicht präsentiert.
Aus heutiger Sicht ist alles, was ich in diesem Leben erfahre, ein Geschenk.

Geschenk des Himmels

Als ich den Sonnenfleck betrat,
sagten sie:
„Öffne dein Herz, mein Kind, und du wirst erhört“
und ich öffnete mein Herz
und wurde erhört.

Weit schweifte ich durch Raum und Zeit,
begreifend mein Da Sein auf dieser Welt
und begegnete meiner Seele,
noch jenseits von mir.

Als ich auf dem Sonnenfleck verweilte,
schrie meine Seele auf,
welche,
gefangen im Universum,
nach Licht sich sehnte
und nach mir.

Licht vertreibt Finsternis,
Finsternis weicht dem Glauben,
Glaube schafft Liebe,
Liebe bringt Seelen zurück.

Ich nahm meine Seele an der Hand
in Liebe,
befreite sie von ihren Fesseln
und lud sie ein
auf einen Tanz im Sonnenlicht.

(in Liebe gewidmet
Hanni Kugel und Schwester Bärbel)
Die Wiederbegegnung mit meiner Seele fand am 04.12.2000 statt.

06.12.2000
Gott, ich bin so voller Fragen. Wie war es möglich, dass Frau Kugel meine Seele zurückholen konnte?
- Mit meiner Hilfe. Ich weiß, was du wissen willst. -
Warum erst jetzt?
- Iona, vorher warst du noch nicht bereit. -
Göttin, mich verwirrt das alles. Als mich die planetaren Wesen entführten, wo warst du da?
- Ich war immer bei dir. Aber es gibt Dinge und Ereignisse im Universum, in die ich nicht eingreife. -
Nun, ich muss nicht alles verstehen oder?
- Nein. -
Danke.

07.12.2000
Gott, ich bin so traurig. Ich habe Angst, dass die Wesen mich wieder holen. Ich habe keinen Alkohol mehr als Tröster.
Quatsch, ich habe keine Angst vor den Wesen. Ich habe meine Seele wieder.
Und, ich bin nicht allein.

In der folgenden Zeit ereigneten sich viele Dinge, die sich meinem Verständnis entzogen. Seit meiner Seelenrückkehr spitzte sich die Situation auf Arbeit erneut zu und ich zog Frau Kugel zu Rate.
Während eines Gespräches erfuhr ich, dass ich mit Karin folgendes Karma habe.

14.12.2000
Rückerinnerung:
Damals war ich ein großer, steinreicher Reeder und Karin arbeitete bei mir als Kapitän. Ständig habe ich sie / ihn mit den unsinnigsten Forderungen drangsaliert. Er hat damals versucht zu mir durchzudringen, in Kontakt mit mir zu kommen. Ohne Erfolg.
Eines Tages schickte ich ihn und fünf andere Menschen, trotzt Sturm, kraft meiner Befehlsgewalt, in einem maroden Boot aufs Meer.

Auf dieser Fahrt fanden alle den Tod.
Zwischen Karin und mir steht altes Karma und ich erfahre heute die Umkehrung dessen, was damals geschah. Es ist an mir, nicht auf ihre unsinnigen Forderungen einzugehen und sie um Verzeihung zu bitten.

Interessant ist in diesem Zusammenhang, dass ich bei einer Lichtpunktmassage als Seemann gesehen wurde. Ich liebe das Meer, es macht mich glücklich.
Ganz anders Karin, die nur ungern auf dem Meer ist. Während einer Segeltour, die wir mit den Kindern auf der Ostsee machten, wurde sie seekrank und es ging ihr hundeelend.
Sie sah aus, als würde sie gleich sterben.
Damals verstand ich noch nicht warum.

1997 hatte ich eine sehr merkwürdige Begegnung mit einem jungen, schönen, arabischen Mann. Wir trafen uns auf der Straße vor meinem Haus, als er einen betrunkenen Menschen nach Hause schleppte.
Dieser Zu Fall sollte mir viele neue Türen öffnen und mir auf wunderbare Weise meine Ecken und Kanten spiegeln.
Dieser Mann war Kamel. Kurz nach dieser Begegnung, im April 1998, heirateten wir. Im Jahr 2002 wurden wir geschieden.
Unsere Beziehung hatte nichts mit einer „normalen Ehe" zu tun. Sie war spannend und lebte vom ständigen Auf und Ab, das zwischen uns pulsierte. Durch Kamel wurde ich mitunter auf sehr schmerzhafte Weise auf mich und all meine Sehnsüchte zurück geworfen und ich erfuhr, was es bedeutet, in Zweisamkeit „einsam" zu sein. Kamel, der übrigens nicht Kamel ausgesprochen wird sondern Kemel, war einer meiner besten Lehrer bezüglich meiner „gestörten Wahrnehmung".
Durch ihn erkannte ich Mechanismen, mit denen ich mir Leid zufügte und konnte sie in der Folge langsam aufgeben. Am Ende unserer Beziehung waren die karmischen Verstrickungen aufgelöst und wir trennten uns sehr friedlich. Heute ist Kamel wieder verheiratet und setzt lauter kleine süße Kamels in die Welt.

28.12.2000

Der Bann ist gebrochen. Der Bann mit meinem derzeitigen Mann Kamel ist endlich gebrochen.

Kamel hatte mich in seinen Bann geschlagen und ich habe mich bannen lassen.

Jetzt bin ich frei von Kamel. Ich bin aus seinem Bann kreis heraus getreten, als ich ihn weg schickte.

Ich bin frei, ich bin Ilona, Iona, Anoli

Ich bin wieder Ich.

Kamel kann mich nicht mehr besetzen.

Jesus Christus, Gott Göttin, ich danke dir für deinen Schutz und deine Führung.

Danke! Amen!

Durch Frau Kugel erfuhr ich, dass es eine überaus heikle Geschichte sein kann, in der Wohnung Relikte von toten Wesen aufzubewahren. Oft wohnen ihnen Geister inne, die nicht unbedingt förderlich für den „Hausfrieden" sind, zumal viele dieser Wesen keines natürlichen Todes starben.

Wie ich ja bereits beschrieb, gab es bei mir zuhauf Tierschädel- und Knochen, Federn, Felle... Ich entschied, mich von diesem Sammelsurium zu befreien, und trug jedes einzelne „Etwas" zurück in den Wald.

Das war der Auftakt meines Prozesses „Aufräumen" im Außen und im Innen.

Nun, der äußere Akt erstreckte sich über mehrere Monate, der „Innere" dauert länger.

Es schien mir, als sei ich in eine andere Welt gezogen. Meine Wohnung wirkte lichter, freier und ich konnte durch atmen.

Aus heutiger Sicht weiß ich, wie wichtig es ist, eine Wohnung nicht zuzurümpeln. Rümpelecken sind wunderbare Plätze für Geistwesen. Dort fühlen sie sich so richtig heimisch. Freie, große, helle Räume jedoch lassen sie eher von dannen sausen. Die Wahrscheinlichkeit, dass sie sich in Licht durchfluteten Orten nieder lassen, ist relativ gering, die guten Geister natürlich ausgenommen.

Die Bedeutung der Gestaltung unserer Lebensräume ist enorm und wird oft unterschätzt.
Viele Menschen gehen mit ihren äußeren Räumen ebenso lieblos um wie mit ihren Innenräumen.
Immer wieder gibt es „Dinge“, von denen ich mich verabschiede. Mit jedem Akt der Befreiung vom Ballast der Materie entsteht mehr Raum, den ich mit mir und lichten Energien füllen kann.
Eine überaus angenehme Begleiterscheinung dieses Prozesses ist die Tatsache, dass ich kaum noch neue „Dinge“ brauche, da ich alles habe, was ich brauche.
Allerdings liegt es mir fern, die Freude eines Shoppings zu schmälern. Auch ich schwelgte im Konsum und im Über Fluss. Nun, heute kaufe ich nur noch das Lebenswichtigste und das hat mich in die wunderbare Lage gebracht, mit sehr wenig Geld gut leben zu können.
Jede Wandlung findet sowohl im Außen, als auch im Innen statt.
Das ist eine wichtige Erkenntnis, die mich in den vergangen Jahren ereilte.

31.12.2000
Das alte Jahr geht. Das neue Jahr kommt.
Was es mir wohl bringen mag? Es war ein spannendes Jahr.
Die Frauengruppe, Frau Klaus (meine Therapeutin), Frau Kugel, viel Klärung, viele Erkenntnisse, meine Gespräche mit Gott, kein Alkohol.
Ich habe mich gewandelt, auch meine Wohnung verändert sich.
Ja, ich bin hier um zu lieben, um mein Herz zu öffnen.
Das alte Jahr wird ausgetrieben, das neue Jahr begrüßt. Das Leben ist ein ständiger Wandel. Zum ersten Mal in diesem Leben geht es mir mit Weihnachten und Silvester gut. Kein Absturz, keine Depression.
Viele neue Menschen sind in diesem Jahr in mein Leben getreten.
Ich habe mich verändert.

Es war mein erster Jahreswechsel, seit Jahrzehnten, den ich nüchtern erlebte. Ich war in Königs-Wusterhausen, im Trigetos Institut und verbrachte den Abend mit Menschen, die ebenfalls ins Licht streben. Wunderbar mutete mich alles an.

Wir redeten, lachten, genossen die Zeit und stießen mit Kindersekt auf das neue Jahr an. Was für ein Geschenk.
Als ich in der Nacht nach Hause fuhr, erlebte ich nur betrunkene laute Menschen, die ins neue Jahr wankten. Ich fühlte mich frisch, erholt und frei, schlief nicht, sondern fuhr im Morgengrauen in den Wald. Noch nie hatte ich so einen wunderbaren katerfreien Jahresbeginn erlebt.
Es war phantastisch.

Zum Jahresbeginn entschied ich mich, endlich dem Drängen meines Sohnes nachzugeben und mit ihm zu meinen Eltern zu fahren. Sie wohnen in einer kleinen Siedlung bei Halle, zusammen mit meiner Schwester und ihrem Mann.

Vor sieben Jahren fiel die Entscheidung, gemeinsam ein Haus zu bauen, was sehr schnell realisiert wurde. Es verletzte mich zutiefst, dass ich von diesem Vorhaben nicht informiert wurde, dass meine Eltern all ihr Geld in dieses Haus steckten und dass sie als Familie unter einem Dach wohnen würden.
Dann ging alles sehr schnell. Meine Eltern gaben ihre Wohnung in Berlin auf und zogen mit meiner Großmutter, meiner Schwester und ihrer Familie dort ein.
Urplötzlich war ich allein in Berlin, zumindest was meine Familie anbelangte.
Mein Sohn lag damals mit mir im Zwist. Er verabscheute mich und das Leben, das ich ihm beschert hatte.
Ich fühlte mich wie eine Ausgestoßene, fremd und einsam.

Jedes Mal, wenn ich nach Halle fuhr und dieses Haus betrat, musste ich weinen und stürzte in tiefste Depressionen. Ich fühlte mich abseits der familiären Gepflogenheiten. Es gab Strukturen und Rhythmen, in die ich nicht einbezogen wurde. Alle waren immer beschäftigt und hatten nie Zeit.
Ich beneidete sie um ihre Unbedarftheit und Unwissenheit. Sie hatten Geld, Haus und Familie und waren nie wirklich allein.

Zu Familienfeiern wurde ich nicht eingeladen. Die Schwangerschaft meiner Nichte erfuhr ich von meinem Sohn…
Ich fühlte mich nicht zugehörig.
Nirgendwo wurde mir mein Anders Sein so bewusst, wie bei meiner Familie.

06.01.2001
Als wir nach Halle zu meiner Familie fuhren, bekam ich heftige Herzschmerzen. Die ganze Zeit über schmerzte mein Herz.
Frank und ich fuhren nach Berlin zurück und die Herzschmerzen waren wie weg geblasen.
Meine Familie, was ist das?
Der Abend gestern, meine frustrierte Schwester, meine eingefahrenen Eltern. Leben ohne Bewegung.
Gott, warum tat mein Herz so weh?
- Es sind die Schmerzen deiner Wunden, mein Kind. Ohne Alkohol siehst du ihnen ins Auge. -
Meine Familie macht mich traurig.
- Betrachte sie als Sprungschanze ins Leben. Bist du erst mal gesprungen, kannst du nie wieder an den gleichen Punkt zurückkehren. Du entscheidest, ob du beim nächsten Mal weiter oder kürzer springst. -
Ich möchte nicht so leben, wie meine Familie lebt.
- Du lebst nicht so und es ist OK, wie sie leben. Du kennst das Prinzip der Freien Wahl. Deine Eltern und Katrin haben sich für dieses Leben ent schieden, ob es dir gefällt oder nicht. -
Weißt du was mich traurig macht, Göttin?
- Ja? -
Dass wir kaum Berührungspunkte haben. Schließlich sind sie meine Familie.
- Sie sind deine irdische Familie Iona, die du dir als Sprungbrett ausgesucht hast.
Du bist nicht mehr abhängig von deiner irdischen Familie. Du kannst sie los lassen, was du ja zu einem großen Teil bereits getan hast.
Du gehst deinen Weg. -

Aber ich bin doch mit dieser Familie auf einer höheren Ebene verbunden?
- Natürlich und du wirst noch vielen Themen begegnen, die mit deiner Familie und dem Familienthema zu tun haben.
Aber auf der äußeren, auf der irdischen Ebene, im Bereich deines realen Lebens, bist du auf sie nicht mehr angewiesen. Du hast die Freiheit, dir dein Leben selbst zu gestalten.
Dass die Familie in vielen inneren Prozessen, bei deiner inneren Arbeit eine große Rolle spielt, steht außer Frage. Du hast diese Familie gewählt, weil ihr miteinander verknüpft seid, weil es gemeinsame Inhalte gibt, weil eure „Blutsbande" euch miteinander verbinden. Jede Familie hat einen Oberton.
Jedes Familienmitglied hat die freie Wahl, zu entscheiden, welchem Thema er / sie sich zuwendet und welchem nicht. Dazu gehört auch die Entscheidung, bestimmten Themen auszuweichen, sie zu verdrängen, sich ihnen in diesem Leben nicht zu stellen.
Die Entscheidung der Seele, was sie in diesem Leben „erledigen" will, spielt ebenfalls eine große Rolle.
Du siehst, es gibt eine Menge Faktoren, die dazu beitragen, dass eine Familie so ist, wie sie ist.
Deine Erwartung, dass deine Verwandten sich auf deine Ebene begeben müssten, um dich zu verstehen, ist eine Illusion. Ihr entspringen permanente Enttäuschung und Schmerz.
Du kannst deine Familie nicht zwingen, ihr Leben und ihr Da Sein zu hinterfragen und mögliche Veränderungen in Erwägung zu ziehen. Du kannst ihnen auch nicht deine Vorstellungen von einem erfüllten göttlichen Leben aufdrücken. Das ist nicht deine Aufgabe. Jeder Mensch hat seine ureigensten Vorstellungen von dem, was er / sie unter „Leben" versteht.
Arbeite mit dir, kümmere dich um deine Obliegenheiten und hör auf deine Nase ständig in die Leben anderer zu stecken. Vertiefe dich in dich, arbeite mit dir, verändere, was du verändern willst.
Auf der unbewussten Ebene geschieht mehr als du ahnst. Jeder Schritt, den du in Richtung Heilung gehst, bedeutet auch Heilung für deine Familie.

Es ist an der Zeit, Frieden zu schließen und zu verzeihen.
Sei dankbar für Alles, was dir diese Familie ermöglichte. Du hast in ihr viel gelernt. Jetzt gilt es, sich aus diesem engen Familienbild heraus zu bewegen und deine Sicht zu erweitern.
In der letzten Zeit hast du des Öfteren Bekanntschaft mit deiner kosmischen Familie gemacht. -
Dieser Gedanke macht mich total traurig.
- Das verstehe ich. Aber deine Traurigkeit öffnet dir auch neue Türen, neue Dimensionen. Du unterliegst nicht mehr der trügerischen Illusion von der Familie.
Familie beschränkt sich nicht nur auf menschliche Wesen. Das ist eine Begrenzung, die erschaffen wurde, um euch zu beherrschen, zu kontrollieren und auf den kleinsten Nenner zu reduzieren.
Deine Familie ist viel größer. Dazu gehören auch die Bäume, Pflanzen, Tiere, Steine, die Mondin, die Sonne, die Sterne, der Himmel, die Engel und natürlich Ich. Du bist nicht allein.
Deshalb ist es wichtig, dir deine Familie genau zu betrachten, aber nicht unreflektiert, wie du es oft tust, sondern als Spiegel bestimmter Möglichkeiten, die auch dir offenstehen. Auch du hast die Freiheit zu leben, wie es deine Eltern tun, deine Schwester, das Gros der Menschheit.
Aber du hast dich aus gutem Grund für einen anderen Weg entschieden. Akzeptiere deinen Weg und vergleiche dich nicht mit anderen.
Möchtest du so leben wie deine Eltern, deine Schwester? -
Nein!
- Siehst du. Alle Vergleiche sind mühselig. Du kannst sie dir sparen. Verwende die Energie für dich und deine Träume.
Heute Nacht, als dein Herz dir sagte, dass du diese Fahrt mit deinem Sohn nicht machen willst, wie fühlte sich das an? -
So, dass ich diesem Impuls folgen wollte, was ich aber leider noch nicht tat.
- Es wird die Zeit kommen, wo es dir gelingt, auf dein Herz zu hören. Lass deinen Sohn seines Weges ziehen, auch wenn es dir weh tut. Du tust ihm keinen Gefallen, wenn du ihm zu liebe mit nach Halle fährst.

Nach 30 Jahren in diesem Leben und vielen Leben davor bist du endlich an dem Punkt angelangt, wo du die Ursachen für dein Leid erkennst. Du siehst klar, welche Rolle Alkohol in deinem Leben eingenommen hat. Du wirst mit deiner Gewalttätigkeit und deiner Manipulationsfähigkeit konfrontiert. Du erkennst, dass du keineswegs so vollkommen bist, wie du es dir gern vorgegaukelt hast.
Alles in allem hast du jetzt die wunderbare Chance, deinem wahren Selbst zu begegnen.
Deshalb bist du hier. Deshalb hast du deinen Weg beschritten und du bist bereit, ihn zu gehen.
Welch ein Geschenk. -
Ich finde das Alles ganz schön schwer.
- Das ist es. Es ist schwer und leicht zugleich. -
Göttin, ich liebe dich.
- Ich weiß, Iona, ich liebe dich auch. -

17.01.2001
Ich grüße Dich, Göttin.
Kämpfen macht hart. Ich will mein Mitgefühl wiederentdecken.
Nicht das Leben ist erbarmungslos, wir Menschen sind es.
Demut, gnadenvoll, liebevoll, mitfühlend Sein. Wenn ich diese Elemente des Seins lebe, dann ist kein Kampf mehr von Nöten.
Mir wird bewusst, wie ich mich durch den Kampf mit Karin und Rolf von meinem Weg ablenke. Wenn ich in Liebe handle, dann muss ich nicht mehr kämpfen.
Gott Göttin, warum bin ich so egoistisch und oft so hart?
Im Augenblick fallen Erinnerungen über mich und mir ist, als breche ich auseinander in zwei Teile, als breche ein starrer Panzer.
Karin will mir nichts Böses. Sie ist, wie sie ist, und sie kann nicht anders.
Mir wird meine eigene Härte bewusst und das tut weh. Es schmerzt mich, in diesen Spiegel zu schauen. Ist das der Sinn der Spiegel?
Zu erkennen, dass diese Härte und Gnadenlosigkeit ein Teil meines Selbst ist. Den Tag in Liebe zu beginnen, mit Freude den Widrigkeiten zu begegnen und nicht gegen sie zu kämpfen. Es ist, wie es ist, und

es ist gut so. Ist das der Weg?
Ich habe das Gefühl, meiner Härte in voller Wucht zu begegnen, so als ob sie mich durch viele meiner Leben begleitete und mir erst jetzt bewusst wird, von mir abfallen will.
Bin ich bisher an meiner Härte und an meiner Unnachgiebigkeit gescheitert?
Frank, Kamel, meine Eltern, meine Schwester, Jimmy, Karin, Rolf, mein Chef…
Wo ist das Licht, von dem ich immer schwatze?
- Es ist, Iona, es ist. -
Ist das mein Karma, das ich immer hart zu anderen Menschen war?
Das bedeutet ja, dass ich nicht besser oder schlechter als Karin, Rolf, mein Chef, meine Eltern oder irgendjemand bin.
Auch sie gehen ihren karmischen Weg. Grit, Simone, all die Menschen, die mir begegneten. Jeder geht seinen ganz ureigensten Weg.
Mein Ego ist ganz schön groß, gewachsen in all den Leben, in denen ich kämpfte.
Ich will endlich vertrauen und glauben.
- Geduld, Iona, ein Schritt nach dem Anderen. Was du heute so heftig ent deckst, braucht Zeit, um in deinem Bewusst Sein anzukommen. -

23.01.2001
Es ist so ungeheuerlich, wie Rolf mit mir umgeht, und ich bin nicht ausgeflippt.
Es gibt tatsächlich für alles eine Lösung.
So kann und will ich nicht mehr arbeiten.
Wie verhalte ich mich jetzt?

30.01.2001
In der Frauengruppe gestern wurde offenbar, dass auch die Probleme auf meiner Arbeit eine alte Geschichte sind.
Wo gemobbt wird, muss es auch Gemobbte geben. Die Frage ist nur, will ich mich mobben lassen?
Mobbing, was für ein merkwürdiges Wort?
Gott, ich möchte mit dir reden.

- Ich bin da, mein Kind. -
Gott, ich weiß nicht, welche Bedeutung diese Prüfung für mich hat. Ich merke, dass diese Geschichte mit Karin, Rolf und meinem Chef „unheimlich“ viel Raum in meinem Leben einnimmt.
- Zu viel Raum, mein Kind. -
Wie meinst du das?
- Am Anfang ist alles ohne Bedeutung, neutral.
Wenn du einer Sache jedoch eine solche Bedeutung zumisst wie hier, dann gewinnt die Bedeutung an Schwere, obwohl die Sache im Grunde bedeutungslos ist.
Ilona, es ist eine Illusion, dein Recht zu wollen. So etwas wie Recht oder Unrecht gibt es nicht, das existiert nur in deiner Vorstellung.
Warte!
Lass Karin und Rolf los. Wir haben schon oft darüber gesprochen. Du hast dich bereits wieder festgebissen wie so oft. Dafür hast du wirklich ein ganz besonderes Talent. -
Ich pfeif auf dieses Talent.
- Na, es hat auch sein Gutes. Du bist eine starke Frau. Nur richtest du diese Stärke oft gegen dich, statt sie effektiv zu nutzen.

Macht und Machtmissbrauch sind die Hauptgeiseln eurer Zeit.

Allerdings gehören dazu auch diejenigen, welche ihre Macht und Mächtigkeit aus der Hand geben. -
Du meinst auch mich?
- Ja, indem du in dieses Spiel einsteigst, gibst du deine Macht aus der Hand. Es ist nie gut, sich ent machten zu lassen.
Karin und Rolf sind in ziemlicher Not. Sie kennen keine anderen Mittel als die, die sie jetzt gebrauchen.
Iona, sieh die Chance für deine Entwicklung.
Es geht darum, dass du erwachsen wirst und dass du er wachst.
Nun, du lüftest den Schleier des Alkohols.
Das ist gut und es macht dich klarsichtiger und auch verletzbarer. Jetzt siehst du die Welt und die Menschen, so wie sie sind, in all ihrer Unvollkommenheit.

Du kannst ent scheiden, dagegen anzukämpfen, wie du es in so vielen anderen Leben bereits getan hast, oder einen neuen Weg zu beschreiten, den Weg der Liebe, Güte und des Verzeihens.
Und meine Liebe, Demut ist ein erheblicher Bestandteil dieses Weges. -
Aber Gott, ich habe immer das Gefühl, die beiden machen etwas mit mir. Sie machen mich krank.
- Diese Macht gibst du ihnen in die Hand. -
Wie kann ich mich verhalten?
Ich fühle mich ratlos.
- Trenne die Dinge. Sieh was für dich wichtig, zumutbar ist. Positioniere dich, ziehe Grenzen, bleib bei dir und gib nicht den andern die Schuld.
Denn sie wissen nicht, was sie tun...
Solche Reaktionen, wie Karin und Rolf sie zeigen, entspringen einem tiefen Unglücklich Sein und Unwissenheit.
Ilona, du kennst wahres Glück, du weißt, wie es sich anfühlt. -
Danke, Göttin, danke.

Die Situation auf meiner Arbeit eskalierte zunehmend. Zwar wusste ich um meinen Part in diesem „Spiel“, aber ich war nicht mehr Herrin meines Selbst. Ich hatte den Durchblick verloren, ich hatte mich verloren.
Mittlerweile war ich Dauerthema auf Dienstversammlungen, ich und meine Verfehlungen. Mit jeder neuen Idee biß ich auf härteren Granit menschlicher Versteinerung, begegnete zwanghaftem Stillstand und einer unglaublichen Angst vor der kleinsten Veränderung.
Es ging vor allem darum, wie ich mit den Kindern arbeitete und dass meine Vorstellungen nicht mit dem Konzept des Hauses konform gingen. Ständig drückte mir mein Chef neue Weisungen auf, ständig gab es Kritik an mir, an meiner Arbeit, an meinem Äußeren.
Das ging sogar soweit, dass er mir durch Karin mitteilte, ich solle mir doch endlich mal einen BH anschaffen und mich ordentlich anziehen.
In der gesamten Einrichtung regierte Angst, Kontrolle und Machtmissbrauch. Natürlich gab es therapeutische Ansätze, verstaubt und alt,

die für die jungen Menschen mit ihrer speziellen Thematik und Problematik weder Lösungsangebote noch therapeutische Unterstützung boten. Es war zum Verzweifeln.
Viele Kollegen gaben ihr Bestes, aber die Atmosphäre war vergiftet, aufgeladen mit Misstrauen und destruktiven negativen Energien. Sie war geprägt von einem Druck und einer Diktatur, die mir aus DDR-Zeiten bestens bekannt und vertraut waren.
Meine Versuche, die Kinder zu schützen, scheiterten und ich kämpfte gegen die scheinbare „Ungerechtigkeit", die uns widerfuhr.
Ich war eine Don Quichotin, die ihre ganze Kraft im Kampf gegen Windmühlen verschleudertet.
Ich hatte weder mich noch die Situation unter Kontrolle und litt. Eine Abmahnung und die mittlerweile tägliche Kritik zehrten an mir. Es war, als würde dieses Haus mir meine gesamte Lebessenergie aussaugen und nur eine leere Hülle zurücklassen.
Um es kurz zu gestalten, ich wurde krank. Ich gab auf.

Inzwischen hatte ich auch keine Kraft mehr für die Kinder, meine Ideen versickerten im Sand der Resignation. Alles nervte, alles schien ohne Sinn. Ich begann, mich auf „ungesunde" Weise anzupassen, und reihte mich ein in die Schlange jener, die mit der Arbeit „nur ihre Brötchen verdienen".
Ein Zustand, in den ich nie geraten wollte und den ich als überaus bedrohlich empfand.
Was hier geschah, fühlte sich an, wie ein Krebsgeschwür. Wenn ich nicht aus meiner Lethargie erwachte, würde es mich irgendwann auffressen.
Natürlich wusste ich um die Lernaufgaben, um den Beistand Gottes und … und … und …
Dem ungeachtet verlor ich zunehmend mein Selbst Vertrauen und mein Strahlen. Ich fühlte mich alt und leer.
Immer tiefer ging ich in den Keller des Selbstmitleides, der Abwehr, Ignoranz und Entfremdung. Ich hatte jeden Blick für die Realität verloren und damit auch für die Möglichkeit zu gehen. Nichts und Niemand hielten mich an diesem zerstörerischen Ort.

Ich war diejenige, die blieb und sich tagtäglich quälte mit einer Arbeit, die mich nur noch kranker machte. Damals sah ich den Aus Weg einer Kündigung nicht. Ich konnte die Tür einfach nicht öffnen. Es war hohe Zeit, diesen Ort zu verlassen, aber ich konnte nicht.
Es fühlte sich an, als wäre ich an diese Einrichtung gebannt. Mir ging jegliche Form der Klar Sicht ab.
Meine Vorschläge, Supervision als Arbeitsbestandteil einzuführen, schlugen allesamt fehl. Der Leiter der Einrichtung wusste nicht einmal, was das ist.
Ich fühlte mich Macht los und ausgeliefert und die einzige Chance, mich für einige Zeit zu entziehen, sah ich über Krankheit.
Es war ver rückt. Ich war ver rückt. Ich wusste nicht, wie ich diesem Elend ent fliehen konnte, obschon es Lösungen gab.
Ich war jedoch außerstande, sie zu sehen. Die Idee, dass ich ja hätte kündigen können, kam mir damals nicht einmal in den Sinn.
Nun, es liegt mir fern, an dieser Stelle vorzugreifen. Die Lösung, die sich allerdings auftat, ist wahrhaftig göttlich.

Aus heutiger Sicht weiß ich, dass diese Zeit eine meiner wichtigsten und schwierigsten Lernaufgaben war.
Karmischen Verstrickungen lassen sich nicht durch Abwehr und Widerstand auflösen. Es gilt die Ursache zu suchen und zu erkennen, die zu dieser aktuellen Wirkungs-Realität geführt haben. Das ist aus meiner Sicht die einzige Chance das Karma aufzulösen.
Wie?
Nun, da gibt es den Weg der Vergebung, des Verzeihens aus ganzem Herzen, der Bitte um Verzeihung. Es ist möglich, unerlöstes Karma frei zu lieben, durch liebendes Handeln und Heraustreten aus Vorurteilen und Wertungen los zu lassen.
Letztendlich dienen alle Gedanken, Worte, Handlungen, die in Liebe geboren und gelebt werden, der Befreiung aus dem Rad des Karmas.

Diese Erkenntnis ist der wichtigste Schatz, den ich aus dieser Zeit mitnahm. Aber bevor ich an diesen wichtigen Punkt kam, musste ich noch einige dunkle Räume durchwandern.

31.01.2001

Ich grüße dich, Gott Göttin.

Ist es wahr, dass du dich nur mit gleichberechtigten Menschen abgibst?

- Quatsch!

Guten Morgen, Iona. -

Gott, was kann ich tun? Ich fühle mich so gefangen in dieser Arbeitssituation. Ich finde weder Ruhe noch inneren Frieden. Wie kann ich mich verhalten?

- So viele Fragen auf einmal. Du kämpfst, mein Kind. Du beharrst auf deinem Recht. Du willst Recht haben. Du bist noch gefangen in dir selbst und deinen Vorstellungen davon, wie sich die Erde zu drehen hat.

Öffne dein Herz, werde Licht und stelle dich nicht über andere Menschen. Stelle dich neben sie und kläre sachlich, was es zu klären gibt, ohne dich kleiner oder größer zu machen.

Versuche, keine Spielchen zu spielen. Ich weiß, das ist schwer. Halte dir immer wieder vor Augen, dass es nicht um siegen oder verlieren geht. Es geht um dich, deine Arbeit und die Kinder.

Stelle deine Forderungen, was die Gleichstellung eurer Arbeit anbelangt, und erde dich immer wieder.

Du bist nicht besser oder schlechter als Rolf, du bist anders.

Ich möchte dir jedoch sagen, dass du dich bisher um Kompromisse wenig bemüht hast.

Noch macht es dir Spaß zu kämpfen. Lass los!

Du hast so viele Leben im Kampf verbracht, getötet, geschändet und andere Menschen verletzt.

Zum ersten Mal seit langer Zeit begibst du dich auf den Weg des Nicht Kämpfens. Das bringt natürlich neue Erfahrungen mit sich und schafft eine gewisse Unsicherheit. Das ist normal und bedarf einiger Übung.

Es wäre falsch zu glauben, dass deine Wahl, den Weg des Lichtes zu beschreiten, gleichzeitig bedeutet, „Erleuchtet zu Sein“. Das ist ein schwerwiegender Irrtum, dem so manche Esoteriker unterliegen.

Diesem Trugschluss entspringt auch die mehr als fragwürdige Behauptung: „Gott wird das schon machen.“

Mit diesem Richtungssatz im Nacken lehnt sich so mancher bequem im Lebenssessel zurück und lässt „Gott einen guten Mann sein".
Nun, so läuft das keineswegs und es ist riskant, MIR zuzuschieben, was der eigenen Mühe bedarf.
Auch wenn sich einige dieser Menschen in der Aussage „Gott macht das schon für mich" eingerichtet haben und es ihnen scheinbar gut geht, so stehen die Konsequenzen ihres Handelns schon vor der Tür und klopfen an. Gern erscheinen sie in Gestalt des Verführers, der sich diesen Leichtsinn zunutze macht, um das Zepter in die Hand zu nehmen.
Die Versprechen, die oft damit verbunden werden, sind Seelenheil, Macht, Glück, Liebe..., eine ganze Palette erstrebenswerter Zustände und das alles, ohne einen Finger „krumm" zu machen. Spätestens an diesem Punkt sollte jeder stutzig werden.
Also, Vorsicht bei Heilsversprechen, denn der Oberton, der dem innewohnt ist: „Ich bin Gott."
Zwei Worte können als Denkanstoß gute Hilfe leisten „Größenwahn" und „Demut".
Auch die Frage „Wem nutzt es?" kann schnell Licht ins Dunkel bringen.
Jeder Mensch ist für sich und seine Heilung verantwortlich. Es ist nicht möglich, die Verantwortung für das eigene Leben aus der Hand zu geben. Mensch kann zwar versuchen, sich vor der Verantwortung zu drücken, sie zu umgehen, ihr auszuweichen, aber letztendlich ist jeder für sich und sein Handeln zuständig und trägt die Konsequenzen, wie wir aus dem Gesetz von Ursache und Wirkung wissen.
Im Augenblick mag es bequem scheinen, von sich und den eigenen Aufgaben abzulenken.
Der Preis jedoch ist hoch und kann zu großen Umwegen im Prozess der Bewusst Werdung führen, zu Verhaftungen in tiefster Materie, zu komaähnlichen Zuständen. Faktoren, die für einen „Suchenden" nicht unbedingt erstrebenswert sind.
Deshalb gilt es immer gut zu prüfen, in welchem Energiefeld ihr euch bewegt, zumindest wenn ihr auf richtig und offenen Herzens den Weg des Lichtes beschreiten wollt. Die Ablenkung und Rekrutierung sei-

tens der „Dunkelmächte“ gilt es, nicht zu unterschätzen. Sie verfügen über schwarzmagisches, geheimes Wissen und können Leichtgläubigen Dunkel als Licht vor blenden.
Der wichtigste Spiegel ist dein Herz, denn es ist direkt mit Mir verbunden. Das Herz ist das Zentrum der Liebe.
Wenn du dein Herz öffnest, auf dein Herz hörst, mit dem Herzen siehst, dann wirst du sehr schnell lernen, Licht und Dunkel zu unterscheiden. Ein offenes Herz ist ein strahlendes Licht, das durchdrungen ist von bedingungsloser Liebe, und keine Macht der Welt kann diesem Herzen schaden, denn sein Licht ist nicht von dieser Welt. Dieses Licht ist ewig.
Natürlich gibt es Blendwerk, eure Welt ist voll davon.
Euer Herz ist ein Seismograph und zeigt ungeschminkt eure Befindlichkeit. All die Herzkrankheiten, die sich zunehmend Raum nehmen, sagen viel aus über den Zustand der Menschheit.
Die Liebe ist der Puls des Lebens und wenn sie erlischt, so erlischt auch der Mensch, und seht euch um, wie viele Menschen lieblos vor sich hinvegetieren, nur noch ein Schatten ihres Selbst, was für eine Vergeudung wertvoller Lebenszeit.
Nun, jeder Mensch hat die Chance, der Stimme seines Herzens zu folgen. Ob er sie hören will, entscheidet er allein, getreu dem Gesetz des „Freien Willen“.
Der Weg in die Vollkommenheit, zu innerem Frieden und bedingungsloser Liebe ist „harte Arbeit“. Jeder Mensch, der sich für den Weg ins Licht entschieden hat, steht tagtäglich neuen Herausforderungen gegenüber. Es bedarf viel Übung, dem Erwerb von Wissen, hoher Aufmerksamkeit und Achtsamkeit bei der Umsetzung der gewonnen Erkenntnisse.
Niemand behauptet, dass dieser Weg leicht sei, und noch scheuen sich viele Menschen, ihn zu betreten.
Aber jedes menschliche Wesen, das diesen Pfad betritt, trägt dazu bei, dass aus dem einst schmalen Pfad ein breiter Weg wird. Und dieser Weg führt euch nach Hause, in das Reich Gottes, das ihr vor langer Zeit verlassen habt
Also Mädchen, pass auf dich auf. Bis später. -

01.02.2001

Hej, Gott, bist du da?

- Ja -

Witzbold. Gib mir doch mal einen Tipp, wie ich mir die beiden aus dem Nacken schütteln kann. Ich muss immer an diese Scheiß-Arbeitssituation denken.

- Wie gesagt, lass los. Es ist nicht von Bedeutung, was die beiden tun. -

Gott sei Dank, waren bald Ferien. Ich hatte eine Reise in die Türkei gebucht. Für zwei Wochen wollte ich meiner Odyssee entrinnen und meinen Chef einen guten Mann sein lassen.

Ich sehnte mich einfach nur weg, weit weg.

Der Ort war fein, Kemer, direkt am Meer.

Anfangs war ich glücklich, glücklich am Meer zu sein, glücklich, glücklich zu sein.

Einige Tage gelang es mir, mir selbst zu genügen. Ich genoss den Frieden, das Meer, den Strand. Meine Begeisterung kannte keine Grenzen. Ich fühlte mich ausgesprochen wohl mit mir und strahlte wie ein Honigkuchenpferd vor mich hin. Ich war schön, ich war stark, ich war ich.

Eigentlich hätte mein ganzer Urlaub so dahin plätschern können, aber das schien nicht, der tiefere Sinn dieser Reise zu sein. Aus heiterem Himmel packte mich der Übermut am Rockzipfel, vielleicht war es auch eine Lernaufgabe, und führte mich zu einem türkischen Tauchlehrer, der mir am Strand voller Eleganz einen Tee servierte.

Dieser Mann entsprach all dem, was ich mir in diesem Leben nicht mehr antun wollte und was von jeher eine magische Anziehung auf mich ausübte.

Er war lieblos, egoistisch, Besitz ergreifend und nur auf „Triki-Traki" aus.

Kurz gesagt: er entsprach allen Klischees eines türkischen Machos. Das obligatorische Goldkettchen zierte seine behaarte Brust und an seinen Handgelenken schimmerte Gold. Er war dem Macho-Bilderbuch entsprungen und stand nun leibhaftig vor mir.

Ich fühlte mich wie ein Schaf, das dem Wolf hinterherrennt und schreit: „Friss mich, friss mich!" Und wen wundert's, der Wolf fraß mich und zwar mit Haut und Haaren.
Im Laufe der Zeit begann ich, wieder Alkohol zu trinken, und im Galopp nahten nun auch noch die Dämonen, Elend im Gepäck.
Jetzt hatte ich Dämonen, Wolf und Elend auf dem Hals, was für ein Sammelsurium fern der Heimat.
Es fühlte sich an wie ein Meisterstück im „Herbeirufen des Unglücks".
Und statt „Husch, hinfort mit euch!" zu rufen und die Geister gen Himmel zu schicken und den Tauchlehrer in die tiefsten Tiefen des Meeres, gab ich mir das, was man schlechthin die „Kante" nennt.
Und auch wenn ich Delphine sah, die sich ungewöhnlich nahe am Strand tummelten, auch wenn ich den ersten Hummer meines Lebens aß und ein Fischerboot über das offene Meer lenkte, so täuschte all das nicht darüber hinweg, dass ich meine Lektionen im „Unglücklich Sein" gut gelernt hatte.
Und um dem ganzen noch die berühmte Krone aufzusetzen, packte mir mein türkischer Tauchlehrer jeden Tag eine ordentliche Portion „Un Heiles" auf meinen Ferienteller, das ich denn auch brav wegputzte.
Zu jener Zeit hatte ich noch eine recht gestörte Wahrnehmung dessen, was gut für mich ist.
Es sollte noch einige Urlaube dauern, bis ich lernte, statt meines Elends meine Freude zu kultivieren und die Zeichen zu erkennen, die mir signalisierten, dass die Dunkelheit im Anmarsch war.

07.02.2001

Gott Göttin, ich danke dir, ich danke dir von ganzem Herzen für dieses wunderbare Geschenk, das du mir gemacht hast.
Es ist so viel Glück in mir, soviel Licht und die Dunkelheit geht.
Ich bin ein Geschenk, die Sonne, das Meer, die Hunde, alles ist ein Geschenk.
Ich brauche „verdammt" wenig, um glücklich zu Sein.
- Liebe Iona, ich sehe, dass du vor Freude weinst und das entzückt mein Herz.

Ich sehe, wie sich dein Herz dem Licht öffnet, und freue mich mit dir. Du bist auf dem Weg und ich begleite dich.
Du kennst ja die Geschichte mit den Fußspuren Gottes. Heute muss ich dich nur noch selten tragen.
Ich bin bei dir und wir werden reden. Wenn du sagst, dass du am Meer zu Hause bist, so stimmt das, denn du hast viele Leben am Meer verbracht. Nur hörtest du damals meine Stimme nicht mehr, fühltest meine Liebe nicht und dein Herz war verschlossen wie eine Auster. -

Dieser Urlaub war beseelt von einer Intensität, die ich so nicht kannte. Auf der einen Seite waren Ertan und die Ungeheuerlichkeiten, die ich mir mit ihm antat. Auf der anderen Seite erlebte ich Momente tiefen Glücks und Harmonie.
Neben all den haarsträubenden Begebenheiten gab es auch Ereignisse, die zum Brüllen komisch waren. Eine dieser witzigen Begebenheiten ereignete sich, als Ertan mich mit einem Tretboot aufs offene Meer entführte. Gemeinsam strampelten wir einer phantastischen Höhle entgegen, die nur vom Wasser aus zu erreichen war. Nun, es hatte schon gewisse Vorteile, einen „Eingeborenen“ zu kennen.
Wir kamen also an und die Ansage „Triki-Traki“ hallte durch die traumhaft schöne Höhle und trübte augenblicklich meine Abenteuerlust. Nun wurde mir klar, warum ich an diesen Ort fern jeder menschlichen Regung gestrampelt war. Einzig und allein, um die sexuellen Bedürfnisse eines türkischen Tauchlehrers zu befriedigen.
Nun, da ich damals noch ziemlich in meiner „Ich bin ein Opfer“-Rolle verhaftet war, gab ich mich widerwillig dem altbekannten Spiel hin. Der Genuss in der Höhle hielt sich in Grenzen. Als wir jedoch zurückfuhren, wusste ich, dass alles im Leben zwei Seiten hat.
Wir begegneten Delphinen und zum ersten Mal in diesem Leben konnte ich mich an meinen Delphingeschwistern erfreuen. Es war einfach nur schön, und nachdem sich die ganze Bande von dannen gemacht hatte, paddelten wir gen Kemer. Aber welch ein Schreck, das Boot begann zu sinken. Es war nämlich eine merkwürdige Konstruktion aus Luftkissenboot und Tretboot. Zunehmend neigte es sich den Wellen zu. Da saß ich nun mit meinem Rucksack, in dem alle

Papiere steckten, und einem Fotoapparat, der mich einige Hunderter gekostet hatte, in einem Boot, das dem Untergang geweiht war.
Die Komik dieser Situation war kaum zu übersehen. Mein geiler türkischer Tauchlehrer paddelte was das Zeug hergab, während ich krampfhaft meinen materiellen Besitz festhielt und mich in Verzweiflung übte. Ich bin eine ausgezeichnete Schwimmerin, das war also nicht das Problem.
Vor meinem geistigen Auge spielten sich dramatische Szenen ab, von einer Ausreise, die mir wegen fehlender Dokumente verweigert wurde, bis hin zur Strafarbeit, da ich meine Rechnungen nicht bezahlen konnte, denn mein ganzes Hab und Gut hatte sich in den Fluten des Meeres in „Nichts" aufgelöst.
Aber Ertan war ein pfiffiger Türke. Als Land in Sicht kam, strampelte er mit der Kraft der Verzweiflung in Richtung Mole, die sich ihren steinigen Weg in die Weite des Ozeans bahnte. Erst verstand ich seine Eingebung nicht, aber dann begann eine Lampe nach der anderen zu leuchten. Dieser geniale Mensch wollte mich samt meinem Hab und Gut an der Spitze der Mole aussetzen, um mich zu retten und sich den letzten Minuten des Untergangs allein zu stellen. Was für ein Bravourstück männlicher Intelligenz.
Das Boot neigte sich bereits gefährlich nach rechts, mich eingeschlossen, aber dank der Muskelkraft meines türkischen Helden erreichten wir sicher die Spitze. Mein Rucksack, mein Fotoapparat und ich verließen das sinkende Schiff.
Sicher und trocken stand ich am rettenden Ufer und beobachtete Ertan, der mit der Kraft der Verzweiflung versuchte, im untergehenden Boot zu treten, um es wenigstens in Ufernähe auf Grund gehen zu lassen. Dass sich am Ufer Gaffer versammelt hatten, sowohl Türken, als auch Deutsche, die dieses Schauspiel voller Belustigung und ermutigender Rufe begleiteten, schien Ertan in seinem Kampf mit den Naturgewalten und dem sinkenden Gefährt nicht zu bemerken.
Nun, es sah schon recht komisch aus, als das Boot unterging und dieser bärenstarke Mann triefend, erschöpft und ohne Boot aus den Wellen stieg. Und ich kann nicht verhehlen, dass ein Lächeln um meine geretteten Lippen spielte.

An diesem Tag war er nicht mehr zu gebrauchen, was für mich allerdings kein Problem darstellte.

09.02.2001

Hej, Gott, ich grüße dich. Was ist los mit mir? Warum hänge ich mich schon wieder in die Leben anderer? Warum wiederhole ich immer und immer wieder die gleichen seltsamen Verhaltensweisen?
- Liebe Ilona, du darfst traurig sein, du darfst lernen und Erfahrungen machen, die nicht immer gut sind.
Ich entscheide nicht, was für dich gut ist. Du bist ein freier Mensch.
Was mir auffällt, ist, dass du wieder kämpfst, Iona.
Sei du. Du hast ein gottgegebenes Recht darauf, so zu sein, wie du bist. Höre auf, dich und andere verbiegen zu wollen. In den letzten Tagen gab es Augenblicke, in denen du dir sehr nahe warst.
Im Moment bist du jedoch wieder eher die, die du nicht bist.
Gib mir deine Sorgen und Nöte. Ich werde sie für dich aufheben. -

An dieser Stelle fällt mir die Doppeldeutigkeit vieler Worte auf, die in unserer Sprache existiert.
Ich hebe etwas vom Boden auf, so wie Gott manche meine Sorgen zu sich aufhebt, in seine Energie, wo es keine Sorgen gibt.
Ich hebe etwas auf, was ich bewahren will, so wie Briefe, was hier nicht gemeint ist.
So mir Doppelgänger wie diese übers Papier laufen, werde ich auf sie hinweisen, denn sie sind spannende Wortgeschöpfe, die einen tiefen Einblick in das Konstrukt der deutschen Sprache gewähren.
Es ist ein fabelhaftes Spiel, Worte in die Luft zu werfen und sie von allen Seiten zu betrachten.

Warum, Gott, warum willst du meine Sorgen aufheben?
- Weil du dich zu viel sorgst. Schau, was du alles schon geschafft hast. Du läufst durch den Tag und trinkst keinen Alkohol, sondern Kaffee. Erinnere dich, Iona, noch vor wenigen Monaten hättest du im Zusammensein mit anderen Menschen keinen Kaffee sondern Bier getrunken.

Siehst du die kleinen großen Schritte? -
Damit tue ich mich schwer.
- Ich weiß, Ilona, deshalb sage ich es dir. Nur, wie bereits gesagt, du darfst dich irren, du darfst Fehler machen. Nur, wenn du die gleichen Fehler ständig wiederholst, kommst du nicht wirklich weiter. -
Gott, bist du mein Freund?
- Ja, auch wenn du noch nicht daran glaubst. -
Gott, ich habe Herzklopfen.
- Das glaube ich dir gern, denn du näherst dich einem sehr wichtigen Punkt. Und es scheint eine Eigenart der Menschen zu sein, dass ihr vor Veränderung Angst habt, auch wenn sie euch vorwärtsbringt.
Oder sollte ich besser sagen, gerade weil sie euch vorwärtsbringt.
Du schaust immer noch zu sehr nach anderen Menschen.
Bleib bei dir und bleib bei dem, was du willst, und versuche nicht, andere von dem zu überzeugen, was dir dienlich ist. Denn dann besteht die Gefahr des Missionierens und das ist eine Erfahrung, die du bereits mehrfach erlebt hast. -
Oh Gott, ich fühle, wie etwas in mir aufgeht, wie ich ganz weich werde.
Ich habe mich sehr verschlossen.
- Nun, das brauchst du jetzt nicht mehr. -
Danke, Gott, danke.

Dieser Urlaub war geprägt von skurrilen Erlebnissen. So lernte ich am 14.02.2001, dem Tag der Verliebten, einen türkischen Teppichhändler kennen, der mir die türkischen Berge zeigen wollte. Dass sich diese Berge in seiner Hose befanden, schnallte ich erst Stunden später. Meine Naivität war trotz einer gewissen Lebenserfahrung himmelschreiend.
Also der Teppichhändler fragt mich, ob ich in seinem Auto eine Tour machen wolle, als er mir auf meinem Weg in die Berge begegnete. Nun, dachte ich so bei mir, mal raus aus dem Touristenort hin zu dem Einheimischen kann ja nicht verkehrt sein.
Also packte ich mich ins Auto und ließ mich kutschieren. Was mir dieser schlaue Schlawiner allerdings erst nach einer halben Stunde Fahrt mitteilte, war die Tatsache, dass er „noch“ bei seinem Teppich-Onkel

vorbeimüsse, um etwas Geschäftliches zu klären. Reingefallen, aber das wurde mir erst später klar.
Statt glücklich durch die Berge zu hopsen, saß ich auf einmal in einem türkischen Teppichgeschäft mitten in der Pampa, abhängig von einem Autofahrer, der wusste, dass ich auf ihn angewiesen war.
Nun, während er bei Tee und Familie palaverte, saß ich da und sah vor meinem geistigen Auge meine wertvolle Urlaubszeit sinnlos verrinnen. Es war zum Schreien, statt die Türkei kennen zu lernen, erfuhr ich, was es für Teppiche gibt und dass sie in alle Welt geschickt werden.
Als so in Richtung Dämmerung endlich der Aufbruch nahte, war ich so erschöpft von den vielen Teppichen, dass ich mich in jedes Schicksal gefügt hätte, in dem es keine Teppiche gab. Aber der türkische Teppichhändler fuhr mich gen Kemer, wo ich einem aufgebrachten, vergnatzten, beleidigten Ertan begegnete, denn es war ja der 14.02.2001, der Tag der Verliebten.
Nun, Ertan sollte sich bis zum Ende meiner Reise nicht mehr erholen und alle meine Versuche, eine gute Frau zu sein, schlugen fehl, denn er strafte mich mit einer Missachtung, die mein gebeuteltes Herz nur schwer ertrug. Obwohl ich wie ein Auerhahn um ihn herumbalzte, gelang es mir nie mehr, diesen türkischen Bären zu erweichen. Verletzter Mannesstolz, im Lande des Halbmondes, ist ein Delikt, das normalerweise nicht so glimpflich abgeht.
Nun, Ertan ging mir aus dem Weg und ließ mich fühlen, dass ich ihn nicht verdient hatte. Ich war ebenfalls bedient und versuchte, aus den bröckelnden Resten meines Urlaubes noch ein paar einigermaßen schöne Tage zu kneten.
Auf jeden Fall wurde ich wieder einmal mit meinem unglaublichen Talent konfrontiert, mir mit einem Mann den Urlaub gründlich zu verderben.
Eigentlich sollte doch das Gegenteil der Fall sein, oder?

14.02.2001
Hallo, Gott, ich grüße dich.
- Hallo, Iona, schön dass du wieder mit mir redest. Ich kenne deine

Fragen bereits und ich muss dir sagen, dass sie mühselig sind.
Wenn du erfahren willst, wer du bist, machst du auch die Erfahrung, wer du nicht bist.
Musst du deshalb auch immer wieder erfahren, wer du nicht bist?
Du hast auf deiner bisherigen Reise viele Geschenke erhalten, auch das, was du derzeit erfährst, ist ein Geschenk.
Sieh all die wunderbaren Möglichkeiten, dich zu verändern, die unendliche Vielfalt an Chancen. -
Gott, mein Freund, ich lese gerade in „Gespräche mit Gott" und möchte dich um etwas bitten.
- Bitte mich, mein Kind. -
Ich möchte meinen Weg klarer gehen. Ich möchte nicht angewiesen sein auf die Meinung anderer, auf das Urteil über meine Person. Noch immer versuche ich Eindruck zu schinden, Lob zu ergattern, mich in den anderen zu spiegeln.
- Iona, das ist OK. Es ist OK, wenn du in Spiegel schaust. Die Frage ist nur, wie du es tust.
Spiegelst du dich oder willst du gespiegelt werden? -
Wie meinst du das?
- Schau in den Spiegel, um in deine Seele zu blicken. Noch schaust du nur auf die Oberfläche, auf das sogenannte „Fleischliche".
Du sprachst einmal vom Blick hinter dem Blick.
Lerne, den Blick hinter dem Blick zu finden, und deine Welt wird reicher, als du es dir im Augenblick vorstellen kannst. -

Als ich diese Gespräche führte, befand ich mich noch immer in der Türkei.
Das Spiel, das ich mit Ertan und Ertan mit mir „trieb", führte dazu, dass mein Körper mir deutliche Signale schickte. Dieses autoaggressive Verhalten, mich über Sexualität selbst zu verletzten, indem ich mir Männer suchte, die mir sowohl physisch, als auch psychisch Schmerzen zufügten, war mir vertraut.
Seit Kamel begann ich zwar, mich damit auseinanderzusetzen, warum ich mich mit sexuell aggressiven Männern umgebe und warum ich liebevolle Männer nicht ertrage, aber ich litt auch an einer

Selbstüberschätzung, was den Prozess meiner Heilung anbelangte. Ich dachte, ich sei bereits kuriert. Nun, weit gefehlt. Ich brauchte die „Peitsche“ noch immer, auch wenn ich dabei blutete.
Ich verhielt mich sowohl masochistisch, im Sinne von selbstquälerisch, als auch sadistisch, im Sinne einer Quälerin. Es war eine seltsame Vereinigung dieser Polaritäten, die mich mitunter in tiefste Verzweiflung stürzte, angesichts der Handlungen, die ich hervorbrachte.
Diese Zwiespältigkeit ist aus meiner Sicht mehr Menschen zu eigen, als wir vermuten, und sie nimmt zu, wie uns mittlerweile fast täglich in den Nachrichten bestätigt wird. Natürlich spielen karmische Aspekte eine große Rolle. Aber aus meiner Sicht sind es auch Angstrufe, die mit dieser „Misshelligkeit“ einhergehen und die oft ungehört im Raum verhallen.
Ich selbst habe mich viele Jahre lang mit Rasierklingen verletzt, um den tumben Schmerz in mir zu kanalisieren. Weder auf meiner Arbeit noch von Freunden wurden diese tiefen Schnitte bemerkt.
Einzig mein Sohn bekam diese Schreie zu spüren und er litt sehr unter der Selbstzerstörung seiner Mutter. Wie sollte er auch verstehen, warum ich das tat, ich verstand es ja damals selbst nicht.
Eines war mir jedoch klar, entweder Rasierklingen und Drogen oder ich würde mich „auf der Stelle umbringen“.
„Gott sei Dank“, scheiterte jeder meiner Versuche, die Erde vor der Zeit zu verlassen.

Heute erlebe ich mehr Menschen denn je, die am liebsten vor den Herausforderungen dieses Lebens flüchten würden. Ich kann dieses Verlangen, „der Mühsal entfliehen zu wollen“, nachvollziehen, denn auch mich quälte die scheinbare Sinnlosigkeit meines Da Seins und der peinigende Schmerz in meiner Seele, der mir fast den Verstand raubte.
Meine Worte sind keine Einladung zum Freitod, im Gegenteil, sie sind eine Offerte an das Leben und all die phantastischen Chancen, sich weiterzuentwickeln. Ich behaupte nicht, dass dieser Weg leicht sei.
Das ist er nicht. Und dennoch möchte ich heute keine Sekunde

meines Seins auf diesem wunderbaren, blauen Planeten missen.
Nun, ich bin hier, um meinen Erdenkreislauf zu vollenden, die Universität Erde mit dem Diplom in der Tasche zu verlassen und mich der nächsten Stufe meiner Seelenevolution zu widmen.
Heute weiß ich, dass ein „vorzeitiger" Ausstieg aus dem Erden Da Sein, lediglich eine Verschiebung, keine Lösung bewirkt. Ich müsste diese „Klasse" wiederholen, ob mir das bewusst ist oder nicht.
Mensch wird wiederkommen, um das zu beenden, was er einst begonnen hat. Das ist ein kosmisches Gesetz.
Allerdings trägt er / sie dann auch noch all den Lernstoff im Gepäck, der dem Abbruch geschuldet ist. Alles, was ich mir in diesem Leben bereits erschaffen hatte, lösche ich quasi aus. Die nächste Inkarnation beginne ich wieder von vorn, einschließlich aller Schwierigkeiten, denen ich zu entfleuchen suchte.
Ich möchte all jene ermutigen, die mit dem Gedanken spielen, die Erde vor der Zeit zu verlassen, sich der Herausforderung Leben zu stellen, zumal unsere Entwicklungschancen, vor allem JETZT, wahre Geschenke des Himmels sind. Übrigens, so ganz am Rande bemerkt, Leben rückwärts ergibt Nebel. Spannend!
Solange ich hier noch „offene Rechnungen" habe, bringt jede Flucht lediglich eine Erhöhung meiner „Rückstände". Bevor ich die Erde „für immer" verlassen kann, gibt es einiges, was ich hier, mit Gottes Hilfe, noch zu erledigen habe.
Eine meiner „Erledigungen", die noch ausstehen, ist die Auflösung und Aussöhnung mit meinen extremen und schöpfungswidrigen Verhaltensweisen, die ich mir im Laufe vieler Leben aneignete. Dazu gehört jene Form der Selbstzerstörung, die mich letztlich in tiefe Unwissenheit und Dunkelheit führte.
Diesen Zustand bezeichne ich gern als ***„Erden Koma"****.*
Ich bin aus meinem Koma erwacht und das ist das größte Geschenk dieses Lebens.
Die meisten Zustände der heutigen Zeit sind Wirkungen, Reaktionen auf unser vorheriges Tun. Sie fanden ihre Ursache mitunter in weit zurückliegenden Leben und verdeutlichen sehr eindringlich, wie weit wir uns von unserem Ursprung entfernt haben, wie tief wir in die dichte

Materie hinabgestiegen sind.
Resultate dieses Abstieges sind sadistische und masochistische Ausprägungen. Ich erlebe sie als eine Verdrehung menschlichen Seins. Diese Züge sind aber auch eine Folge permanenter Manipulation, die uns über Tausende von Jahren suggerierte, dass Leid erstrebenswert sei.
Die Frage ist jedoch: „Wem dient es?“. Nun, mittlerweile kommen wir am Leid nicht mehr vorbei.
Der von der Kirche immer wieder gebetsmühlenartig vorgebrachte Appell „Nur wer leidet, wird ins Himmelreich eingehen“, zeigt Wirkung und scheint vielen Menschen seither in Fleisch und Blut übergegangen zu sein. Wir sind so im Leid gefangen, dass wir kaum noch wahrnehmen, wie viel Leid wir Mutter Erde, anderen Wesen und uns zufügen.
Heute befinden wir uns tatsächlich in einem sehr leidvollen Zustand und nicht nur wir, sondern unsere ganze Mutter Erde mit Allem, Was Auf Ihr Ist.
Die vielen Menschen anhaftende Gnadenlosigkeit, mit der wir uns „Materie“ untertan machen, offenbart den Zustand der Menschheit, wie weit wir uns von unserem göttlichen Ursprung entfernt haben.
Masochistisches und sadistisches Verhalten reflektiert auf sehr eindringliche Weise, wo wir in unserer Menschwerdung stehen, einschließlich unserer Beziehung anderen Erdbewohnern gegenüber.
Gerade weil Masochismus und Sadismus negativ behaftet und tabuisiert sind, ist es hohe Zeit, sich mit diesem Thema auseinanderzusetzen, sonst laufen wir Gefahr, eines Tages im Morast der Schöpfungswidrigkeiten zu versinken, die wir erschufen und erschaffen.
In der Regel werden die Begrifflichkeiten Masochismus und Sadismus ausschließlich mit sexuellen Handlungen in Verbindung gebracht. Das ist ein verhängnisvoller Irrtum mit bedenklichen Konsequenzen.
Zunehmend entwickeln Kinder und Jugendliche sadistische und masochistisch „Neigungen“, die sich in himmelschreienden Formen Ausdruck verleihen, wie z.B. das aus Amerika stammende „Spiel“, einen Jugendlichen solange zu würgen, bis er ohnmächtig zusammenbricht.
Inzwischen ist dieser “Zeitvertreib“ auch bis nach Deutschland vorge-

drungen.
Abgesehen von den Tausenden sterbender Gehirnzellen, die mit dieser sinnlosen Kraftprobe einhergehen, haben einige Jugendliche bereits ihr Leben verloren.
Es ist ein makabres Spiel und sein Name ist „Zeit und Leben totschlagen“ mit dem Oberton Selbstzerstörung.
Neue Gesetze und Zwangsmaßnahmen sind denkbar ungeeignet, um diesem Problem zu Leibe zu rücken.
Es sind verzweifelte Angstrufe, die unsere Jugend in die Welt sendet, und es schmerzt mich, dass sie oft verkannt werden.
Es sind verzweifelte „Aufschreie einer orientierungslosen, selbstverlorenen, alleingelassenen Jugend“, die das wunderbare Potential, das sie in sich tragen, nicht leben können.
Und wie reagieren wir „Erwachsenen“?
„Wegsperren“, „mit Medikamenten ruhigstellen“, „Domestizieren“. Das ist das Einzige, was uns einfällt. Abgesehen von jenen engagierten Menschen, die sich vor und neben die Jugendlichen stellen und vor denen ich respektvoll den Hut ziehe.
Die Wut, die sich inzwischen angesichts der Ignoranz Bahn bricht, ist kaum mehr zu übersehen und zu überhören.
Eine objektive Betrachtung dieser „weltweiten Selbst Zer Störung“ und eine langfristige Suche nach Lösungen, ist aus meiner Sicht die einzige Chance, diese „verlorenen Kinder“ aufzufangen.
Selbst vielen Erwachsenen fällt es in dieser Zeit schwer, Halt zu finden. Um wie viel schwieriger muss sich die Suche nach einem sinnvollen Leben für Jugendlich gestalten, die gerade erst beginnen, diesen Weg zu beschreiten.
Es geht um die Begleitung dieser jungen Menschen auf ihrem Weg durchs Leben, darum, dass wir ihnen zur Seite zu stehen und sie in diesem schweren Prozess liebevoll begleiten, statt ihre Sorgen und Nöte zu verstärken, zu bagatellisieren oder beiseite zu drücken.
Noch wird die zunehmende Kinder- und Jugendgewalt, die sich mittlerweile in vielen Ländern Raum nimmt, auf mangelnde Erziehung, Bildung, Nahrung und andere Defizite geschoben. Was für ein Armutszeugnis.

Nun, es wäre eine Möglichkeit, dass die verantwortlichen „Volksvertreter“ den Etat für militärische Ausgaben kürzen und mehr Geld für die Kinder- und Jugendarbeit zur Verfügung stellen.
Im Augenblick funktioniert es jedoch umgekehrt, was in mir den Eindruck einer „verkehrten Welt“ erweckt.
Nun, jeder Bumerang kehrt zu seinem Ausgangspunkt zurück.
Und wie so oft, beschreiten wir auch hier wieder Umwege, die sehr schmerzvoll und lang sind.
Statt der Jugend die Hand zu reichen, werden Verurteilung und Vorurteile erschaffen. Ich kann mich des Gefühls nicht erwehren, dass es einigen Regierungsmitgliedern sehr gelegen kommt, dass viele junge Menschen die einzige Chance für Veränderung in Revolten sehen. Was die einen als willkommene Ablenkung empfinden, erscheint anderen als ein gefährlicher Teufelskreis.
Jede Verurteilung, jeder Versuch, die Jugend für die Misere der Gesellschaft verantwortlich zu machen, lässt sie nur noch mehr aufschreien und führt zwangsläufig in eine ungezügelte Gewalt. Der innere Druck, auch innerhalb der Gesellschaft, wächst derart, dass er außer Kontrolle gerät und eskaliert.
Allerdings erlebe ich bei vielen Jugendlichen auch genau das Gegenteil und zwar in Gestalt von Drogen, Rückzug, Vereinsamung, was zu heftigen Implosionen führen kann. Es ähnelt einem inneren Exil, das ab einem gewissen Zeitpunkt kaum noch zu durchbrechen ist. Manchen scheint der einzige „soziale Kontakt“ der Computer zu sein, eine überaus bedenkliche Zugewandtheit, wie ich finde.
All dies sind Folgen einer zunehmenden Verwirrung und Entmenschlichung und es ist hohe Zeit, dass wir sowohl unser Verhalten als auch die Seinsbedingungen junger Menschen hinterfragen und verändern.
Auch im Umgang erwachsener Menschen spiegeln sich derzeit vielfältige sadistische und masochistische Verhaltensweisen. Da sie jedoch häufig in die Ecke der Verdrängung und Perversion geschoben werden, ist es mitunter schwierig, die Ursachen zu diagnostizieren, was die Heilung dieser „Krebsgeschwüre“ enorm erschwert. Die Menschheit schwächelt und ihr Immunsystem ist angegriffen.
Eine klare Diagnose, was mit uns los ist, eine ehrliche Bestandsauf-

nahme der Situation, in die wir uns mit unserem Streben nach materiellen „Höchstleistungen“ gebracht haben, wäre der erste Ansatz, um diesem Geflecht menschlicher Abartigkeiten zu begegnen und zum Kern des Übels vorzudringen.
Wir haben uns viele Schleichwege erschaffen, um uns vor unserer Verantwortung zu drücken und vor uns selbst davon zu laufen. Das ist eine Realität, die unserem Seelenheil keineswegs zuträglich ist.
Ursachenforschung ist ein wunderbarer Pfad, um „negative“ Folgen unseres Handelns zu erkennen, zu verändern und aufzulösen.
Das ist aus meiner Sicht der direkteste Weg, Leid zu beenden und den Erdenkreis zu schließen.
Viele Ehen und die Scheidungsquoten spiegeln in der sogenannten kleinsten Zelle der Gesellschaft, wie marode und instabil unsere gesellschaftlichen Systeme sind.
Leider wird sexuelle Gewalt und Gewalt in der Ehe immer noch verharmlost. Liebe ist in vielen Ehen schon lange nicht mehr zu Hause. Angst, Scham, der gute Ruf und andere Faktoren lassen die Ehe oft zu einem Gefängnis werden, aus dem es scheinbar kein Entrinnen gibt.
Und da wären ja auch noch die „ehelichen Pflichten“, die nur allzu oft als rechtlich fundierter Besitzanspruch auf andere Menschen verstanden werden. Aus welchem Jahrhundert stammen die noch mal?

Als ich aufhörte, mich gegen mich und andere zu richten, begann ich sehr sensibel jede Form von Schmerz wahrzunehmen. Früher war es für mich „normal“, dass Sex weh tat, dass Männer rammelten, ohne auf mich zu achten, dass ich Männern Schmerzen zufügte und sie bis an die Grenze der Erträglichkeit herausforderte. Heute will ich diese Kampfspiele in der Arena der Sexualität nicht mehr. Es sind mörderische Spiel und die Verletzten und Getöteten sind auf beiden Seiten zu beklagen.
Die Freiheit, die mit meiner Heilung im Bereich Sexualität einhergeht, ist unbeschreiblich. Kein Mann wird je mehr meinen Körper berühren, es sei denn es geschieht in Liebe. Oft werde ich gefragt, wie lange ich keinen Sex mehr hatte. Wenn ich dann antworte, so ungefähr drei

Jahre, erfolgt ein Aufschrei des Erstaunens und die Antwort „Das würde ich nie aushalten". Inzwischen habe ich zu Sexualität als höchste Form menschlicher Vereinigung eine sehr hoch achtende Sicht. Ich glaube, dass Sexualität mit eines der größten Geschenke ist, das die Menschheit erhielt.
Leider wurde es in die Massenproduktion gegeben und zu einem Produkt degradiert, das mitunter nur noch auf Profit ausgerichtet ist, egal ob auf der materiellen oder auf der emotionalen Ebene.
Nun, es gelüstet mich nicht nach Sex und diese Gier, die mich früher beherrschte und mit der ich andere beherrschte, hat sich in Wohlgefallen aufgelöst. Ich fühle mich ganz und eins.
Ich erinnere mich noch gut an diese Sehnsucht, die mich verzehrte, an die Gier, dieses brennende Verlangen zu stillen, das ich nicht orten konnte. Es waren Versuche, meine Leere mit anderen Menschen zu füllen, um nicht zu spüren, welcher Schmerz, welcher Hass, welches Un Eins Sein in mir wohnte.
Heute will ich keine anderen mehr benutzen, zumal ich um das Trügerische dieser Augenblicke weiß und darum, dass mich das Elend spätestens am nächsten Morgen wieder einholt.
Ich habe mich entschieden, den Weg der bedingungslosen Liebe zu beschreiten, und dazu gehört für mich, sowohl mit mir, als auch mit anderen Menschen respektvoll und achtsam umzugehen. Das erfordert viel Übung und Aufmerksamkeit und immer wieder ertappe ich mich dabei, dass ich von meinem Weg abweiche. Nun, das finde ich normal, denn ich bin eine Lernende. Aber jeden Tag werde ich etwas sicherer auf meinen Weg in die Spur des All-Eins-Seins, in die Verbindung mit der Quelle allen Seins, und das fühlt sich wirklich gut an.
Eine liebende, freie und beglückende Partnerschaft mit einem Mann wäre ein wunderbares Geschenk, das steht außer Frage. Allerdings bin ich in den letzten Jahren keinem Mann begegnet, mit dem diese Form eines Miteinander Seins möglich gewesen wäre. Ich vermute, es ist noch nicht an der Zeit.
Bedingungslose Liebe und Freiheit sind für mich die Basis menschlicher Beziehung, ein Thema, das noch viel Raum einnehmen wird, in meiner Arbeit mit mir selbst.

Nun, als ich damals in der Türkei weilte, befand ich mich noch an einem völlig anderen Punkt meines Selbst Verständnisses. Ich trieb die Lieblosigkeit mir selbst gegenüber extrem auf die Spitze. Auf meine Selbst zerstörung, der ich nach wie vor kaum Einhalt gebot, reagierte mein Körper mit absoluter Verweigerung.
Ich begann zu bluten. Und dieses Blut sollte mich über Wochen begleiten und lehren, was ich nicht mehr wollte, nur dass ich das damals nicht wusste.

15.02.2001
Göttin, was ist los mit meinem Körper?
- Du meinst mit deinem Blut? -
Ja.
- Wie du weißt, ist Blut der Ursprung deines Lebens. Wenn dein Blut nicht im Zyklus, im göttlichen Einklang fließt, dann bist auch du nicht im Einklang.
Frage dich, was mit dir ist, wohin das Blut geht, woher es kommt. -
Ich habe Angst. Etwas in meinem Körper scheint, kaputt zu sein.
- Iona, liebes Kind, du hast dich ziemlich aus dem Gleichgewicht gebracht. Versuche, deine innere Ruhe wieder zu finden, dein Zentrum, dann wird auch dein Zyklus wieder rhythmisch. -
Göttin, wer bin ich?
- Um das herauszufinden, bist du hier. Obschon du dich im Moment mehr damit beschäftigst, herauszufinden, wer du nicht bist.
Das ist wichtig, mein Kind, nur hast du manchmal die unglaublich ausgeprägte Neigung zur Übertreibung, wenn es darum geht, dir weh zu tun.
Ich gebe dir zu bedenken, liebe voll zu sich selbst zu sein, bedeutet auch, liebe voll zu anderen zu sein. Jedes Wesen braucht Liebe. Bei dir beobachte ich jedoch, dass du des Öfteren Liebe mit Schmerz verwechselst.
Diesen Unterschied zu begreifen und aufzuhören, euch Schmerzen zuzufügen ist eine der größten Herausforderungen, vor denen ihr steht. -

Seit vielen Jahren, mitunter tue ich es auch heute noch, bediente ich mich der keltischen Runen. Das sind uralte Zeichen, deren Bedeutung oft etwas über mich und meine aktuelle Situation aussagt, eingebunden in größere Zusammenhänge.
Neben den Runen gibt es noch andere Formen der „Weissagung" wie z.B. I-Ging und Tarot, die inzwischen in unseren Breiten vielgestaltige Formen angenommen haben.
Zunehmend taucht über diese Wege altes Wissen wieder auf und wird jenen, die wissen wollen, geschenkt.
Meine längsten und wichtigsten Begleiter sind die „Aufgestiegenen Meister" der Weißen Bruderschaft. Das Buch „Die Gegenwart der Meister" von Jeanne Ruland und Iris Merlin begleitet mich.
Es gibt viele Augenblicke, in denen ich meine geliebten Lichtfreunde um Unterstützung bitte, die mir immer gewährt wird. Ich erhalte Impulse und Botschaften, die es mir ermöglichen, schwierigen Situationen zu beleuchten und Auflösungen zu ent decken. Viele Türen, die mir für lange Zeit verschlossen waren, kann ich nun dank dieser Liebesgaben öffnen.
Ich werde mit meiner „Eng Stirnigkeit" konfrontiert, was mich nicht unbedingt in Begeisterungsstürme versetzt.
Aber wenn unsere Stirn eng ist oder wir ein Brett vor dem Kopf haben, gestaltet es sich sehr schwierig, weit-, hell- und umsichtig zu sein.

17.02.2001

Auf meine Frage: „Wer bin ich?", habe ich soeben die Rune „Fließen" gezogen.
Wenn ich Eins mit mir und Allem bin, dann muss ich den Schmerz meiner Vergangenheit nicht mehr über andere Menschen ausschütten.

Am Tag meiner Abreise aus der Türkei schrieb ich Ertan einen sehr liebevollen verzeihenden Brief. Wie so oft, seit ich mich in direkter göttlicher Obhut befinde, wurde meine Hand geführt.
Anschließend verbrachte ich viele Stunden am Meer und verabschiedete mich von all jenen Orten, die ich so liebte. Die Zeit verrann im

Zeitlupentempo.

Zum ersten Mal verstand ich diesen Satz: „Du hast alle Zeit dieser Erde.“ Nichts drängte mich, ich war friedlich und satt. Es schien als würde all der Schmerz und all die Erfahrung, die mit diesem Urlaub verbunden waren, von mir abfallen und Raum schaffen, für den nächsten Schritt.

Für eine kurze Zeit hatte ich Urlaub von meinem Urlaub und ich bekam einen Vorgeschmack, wie es sich anfühlt, in tiefstem Seelenfrieden zu sein.

Als der Bus eintrudelte, erhaschte ich den Reiseleiterplatz und ließ auf der Fahrt zum Flughafen die phantastische Landschaft der türkischen Küste an mir vorüber gleiten.

In diesem Jahr erlebte ich zum ersten Mal das Phänomen der relativen Zeit. Ich wusste zwar um den Einsteinschen Satz „Zeit ist relativ“, aber ich hatte noch nie erlebt, wie sich das im wirklichen Leben anfühlt.

Zum Phänomen Zeitverlängerung und Zeitverkürzung sollte ich noch spannende Erlebnisse haben.

Nun, heute begreife ich mehr denn je, dass Zeit relativ ist.

18.02.2001

Hallo, Gott, ich grüße dich. Sag mal, du Schlingel, hast du mir gestern diesen Brief an Ertan eingegeben und die Zeit angehalten?

- Was meinst du, wer sonst? -

Hast du die Zeit in meinem Urlaub verlängert?

- Iona, mein Kind, für dieses Geschenk hast du mir bereits gedankt. Du liest es jetzt nur noch schwarz auf weiß. Akzeptiert hast du es bereits ebenfalls, wie sich im an nehmen der Geschenke zeigt. -

Gott, ich beginne wirklich, an dich zu glauben.

- Ich weiß. Was glaubst du, weshalb wir inzwischen so miteinander reden können?

Dein Brief an Ertan ist wundervoll und ich spüre bei dir große Veränderungen. Du beginnst das, was dir als Elend oder Leid erscheint, zu akzeptieren. Du beginnst, dein Leben zu akzeptieren, und damit beginnst du, dein Leben zu ändern.

Ich gratuliere dir. -
Hej, jetzt fühle ich mich ganz aufgeregt.
- Erinnere dich an Portugal und schau dir deine Entwicklung an.-
Und mein Blut?
- Tja mein Kind, da gilt es noch eine Menge zu erfahren. Blut ist Leben. Du wirst die Bedeutung dieser Signale bald verstehen. Alles zu seiner Zeit. -
Aber es macht mir Angst!
- Das braucht es nicht. Akzeptiere, dass es so ist, wie es ist, und sorge dich nicht.
Bald wirst du verstehen, was ich meine. -

Nachdem wir Kemer verlassen hatten und der Flughafen seine Arme um mich legte, begann ich abzustürzen. Ich wollte die Türkei nicht verlassen. Mich ereilten völlig unrealistische Phantasien. Ich stellte mir vor, alle Zelte in Berlin abzubrechen und in einem Hotel zu arbeiten. Ich wollte nicht zurück nach Deutschland. Und die Vorstellung, dass ich schon morgen wieder arbeiten sollte, stürzte mich bereits auf dem Flughafen von Antalya in heftigste Tränenausbrüche. Ich flog in einem sehr desolaten Zustand nach Berlin.
In meiner Erinnerung stand ich am nächsten Morgen auf und hatte kein Gleichgewicht mehr. Ich war völlig aus meiner inneren und äußeren Balance geraten, ein Zustand, der mir in den nächsten Monaten noch des Öfteren begegnen sollte.
Mir war unendlich schlecht und zum Kotzen. Ich dachte, ich sterbe. Am liebsten hätte ich mich für Monate krankschreiben lassen.
Aus heutiger Sicht erscheint es mir wichtig, das Auftauchen körperlicher Symptome sehr aufmerksam und genau zu beleuchten.
Ich fragte mich, ob dies ein Versuch meines Schattenegos sei, mich an den anstehenden Herausforderungen zu hindern, oder ob mein Körper, Geist und Seele mir signalisierten: „Stopp!“.
Beides sind gewichtige Gründe, sich die „körperliche Weigerung zu funktionieren“ genau an zu schauen.
Nun, ich stellte mich der Arbeit und es wurde genauso grauselig, wie ich es erwartet hatte.

Als ich das erste Mal zu Frau Kugel ging, hatte ich ähnliche Symptome und wurde zusätzlich auf Irrwege geleitet, so dass ich nur „wie durch ein Wunder“ in der Praxis ankam.
Dort war dieses Phänomen bereits hinreichend bekannt.

19.02.2001
Gott Göttin, was war das heute Morgen?
- Hallo, Iona, grüß dich. Es war dein Schattenego.
Du hast es diesmal in seiner ganzen Kraft kennen gelernt. Es wollte dich hindern, dich dieser Situation zu stellen, so dass du befähigt wirst, sie aufzulösen. Du hattest weder dich noch deinen Körper unter Kontrolle, du warst nicht du selbst. Akzeptiere deine Situation. Nimm sie dankbar und liebevoll an.
Öffne dein Herz und kämpfe nicht gegen das, was geschehen wird.
Diese Arbeit ist eine harte Prüfung und sie ist auch ein Geschenk.
Das ist eine Frage der Sicht. -
Gott, ich sitze in der S-Bahn und fahre zur Arbeit.
- Das ist gut so. -
Hej, weißt du, was der Punkt ist?
- Na? -
Ich hatte heute Morgen Angst. Statt in die Liebe zu gehen, ging ich in die Angst. Ich war voller Panik. Statt dir zu vertrauen, begab ich mich in die Angst. Gott, ich vertraue dir. Ich werde jetzt in Liebe weiter gehen. Dir sei Dank, dass du mich zu Frau Kugel geleitet hast.
Nicht die Angst, sondern die Liebe möge mich führen.

21.02.2001
Hallo Gott! Ich habe alles, was ich brauche?
- Du hast alles, was du brauchst! -
Dann könnte ich ja zufrieden sein?
- Stimmt genau. -
Warum bin ich es dann nicht?
- Weil du immer noch mit dem haderst, was du hast.
Weil du dir dein Leben, aus welchen Gründen auch immer, nach wie vor sehr schwer gestaltest.

Weil du offensichtlich noch nicht genug von der hast, „die du nicht bist“, und dich scheust der zu begegnen, „die du wirklich bist“.
Weil du mit viel Schmerz aufgewachsen bist und heute offenbar die Meinung lebst, dass du Schmerz verdient hast.
Übrigens ebenfalls einer der größten Irrtümer eurer Zeit.
„Kein Geschöpf Gottes verdient Schmerz!“ -
Aber all dieses Tun geschieht nicht auf der bewussten Ebene.
- Ich weiß. Genau darum geht es in diesem Leben:
„Dein un bewusstes Sein in ein bewusstes Sein zu wandeln.“ -

Meine geliebte Freundin Jana und ich trafen uns zu jener Zeit zu sehr intensiven Gesprächen. Am Abend vor dem folgenden Dialog geschah eine sehr merkwürdige Begebenheit.
Wir redeten und redeten, doch plötzlich veränderte Jana sich vor meinen Augen. Ihr Körper nahm andere Formen an und es schien, als würde ihrem jetzigen Sein ein anderes Wesen entsteigen.
Sie verwandelte sich in eine dicke Matrone aus dem Mittelalter. Alles an ihr war anders. Ihr volles sehr rundes Gesicht war gekrönt von einer überdimensionalen, schwer wirkenden Frisur und ihre Gesichtszüge waren herrisch. Vor mir saß eine Frau aus einer anderen Zeit. Ich war fasziniert. Ich war verblüfft. Ich war sprachlos.

22.02.2001
Göttin, was war das gestern. Ich habe Jana in einem anderen Leben gesehen. Es war unglaublich.
- Das sind die Dinge, die du siehst, wenn du die bist, die du wirklich bist. -
Dieser Abend war ein Geschenk.
- Wie so viele. -
Und mein Blut hat aufgehört zu bluten. Ich versteh das nicht.
- Musst du Alles verstehen? -
Nein. Sag mal, ich bin unentschieden, ob es gut ist, wenn ich mich jetzt krankschreiben lasse, um in Ruhe zu schauen, wie es mit mir und meinem Leben weiter geht.
- Du hast die Wahl. -

Ich glaube, es ist gut.
- Dann tu es. -
Danke.

05.03.2001
Hallo, Gott, bist du da?
- Aber sicher doch. -
Ich grüße dich. Sag mal, diese Begegnung heute Nacht, im Traum, das Licht, mein Gefühl, ins Licht zu gehen, aus dem Dunkel heraus zu treten, was ist da geschehen?
- Das war ein weiter Weg, um endlich diesen Traum zu träumen. Spürst du, wie immer mehr Licht in dein Leben einfließt? -
Ja, aber Gott, warum bin ich noch immer so in Sicherheiten verhaftet?
- Du hast es so gelernt, in diesem Leben, meine ich. Es wird sich auflösen, dein Sicherheitsbedürfnis. Je mehr du mir vertraust, desto weniger wirst du nach Sicherheit suchen.
Erinnere dich an meine Worte in Portugal:
„Du bist Hier, um zu lieben!" -
Natürlich.
- Das ist deine Aufgabe. Lieben bedeutet Los lassen. In der Liebe gibt es keine Sicherheit, die Liebe Ist.
Ihr seid nicht Hier, um euch in Sicherheit zu wiegen. Ihr seid Hier, um zu erfahren, wer ihr seid und wer ihr nicht seid.
Noch willst du Eindruck schinden. Iona, mein Kind, das brauchst du nicht mehr.
Lerne, dir selbst zu genügen, dann wirst du auch den anderen genügen. Lerne, dieses Leben zu akzeptieren, mit all seinen scheinbaren Schwierigkeiten. -
Das will ich, aber manchmal weiß ich einfach nicht wie. Wo will ich hin, was will ich?
- Lass dir Zeit, Iona, sei aufmerksam, beobachte die, die du bist und die, die du nicht bist. Nur so kannst du erfahren, was deine nächste Lernaufgabe ist. -
Göttin, ich bin mir so unsicher mit meiner Arbeit. OK, ich verdiene gutes Geld, aber ich bin unglücklich.

- Iona, das ist eine Lernaufgabe, die du noch nicht gelöst hast.
Noch suchst du die Schuld für dein unglückliches Sein bei anderen. Es gibt keine Schuld. Wie wäre es stattdessen mit liebevollem Akzeptieren, glücklich Sein, Da Sein? -
Oh ne! Noch nicht.
- Nun, wir werden später noch darüber reden. -

13.03.2001
Hallo, Gott, ich brauche deine Hilfe.
- Hallo, Iona, wo brennt's denn? Ah, ich weiß schon, deine Arbeit. -
Ja, ich bin so unentschieden, mag nicht mehr hin gehen. Ich habe Angst vor dieser Arbeit, vor dem Chef, vor Karin, vor Rolf, vor der Energie in diesem Haus.
- Iona, ich gebe dir zu bedenken, dass du nichts löst, wenn du wegbleibst. Du weißt, dass diese Arbeit eine Vorbereitung ist, deine innere Stimme hat es dir bereits viele Male gesagt. Vieles in deinem Leben hat sich in den letzten Wochen verändert. Du hast die Wahl, dich zu stellen oder zu „kneifen".
Beides ist OK, aber triff eine Wahl. -
Woher kommt meine Angst?
- Deine Angst erwächst aus dem, was dir begegnet. Du hast Angst vor der, die du wirklich bist, vor deinem Karma und dessen Auflösung, vor der Liebe und dem Licht.
Iona, mein Kind, im Augenblick siehst du nur die dunklen Aspekte.
Tritt heraus! Sieh das Licht, sieh die Liebe in dir.
Sieh die kleinen Menschen, mit denen du arbeitest. Du löst nichts, wenn du dich deinen Schwierigkeiten nicht stellst, wenn du dem Konflikt ausweichst.
Bitte die Feuerflammensonne um Unterstützung. Schau, Iona, dir wurde mit dieser Arbeit eine große Gnade zu teil. Nimm diese Gnade an, nimm sie dankbar an und lass dich nicht einfangen von dunklen Mächten. Sie versuchen, dich zu umgarnen, noch sind sie bestrebt, dich von deinem Weg abzubringen.
Denk an die Liebe, die du für die Kinder fühlst. -
Warum habe ich diese Angst vor meinem Chef?

- Weil du seine Angst in dich einlässt, weil du sie übernimmst, weil du sie ihm abnimmst. Außerdem erinnert er dich an die autoritären und verletzenden Strukturen deiner Kindheit. Denk daran, du bist hier, um zu erfahren, wer du bist und wer du nicht bist.
Natürlich kannst du dich entscheiden, arbeitslos zu werden. Aber ist es das, was du jetzt, in diesem Augenblick willst? -
Nein!
- Siehst du. Betrachte die Chance, die in dieser Arbeit steckt. Und damit meine ich nicht nur deine äußere Arbeit, sondern vor allem deine innere Arbeit. Fliehe nicht oder wenn du fliehst, dann entscheide dich bewusst dafür.
Weißt du, Iona, früher in anderen Leben hast du anderen Menschen befohlen, Dinge zu tun, die sie nicht tun wollten. Das hat viel Leid erzeugt. Heute willst du das nicht mehr und suchst nach neuen Wegen. Aber manchmal fällst du in dieses alte Verhalten zurück. Sei gnädig mit dir.
Es ist ein langer Weg, sich aus diesen karmischen Verstrickungen zu befreien. Scheue die Mühsal nicht.
Je weiter du zurückweichst, desto schwieriger wird es für dich und die anderen. Ich werde bei dir sein und biete dir meinen Schutz an. -
Danke, Gott!
- Nur, dazu musst du Willens sein, dich dieser Aufgabe zu stellen.
Der Rückzug ist dir vertraut, andere vorzuschicken, zu befehlen, zu manipulieren. Es ist jedoch hohe Zeit, dass du die Wege der Liebe einschlägst und zwar der Liebe zu den Menschen.
Begegne Karin, Rolf und deinem Chef mit Liebe und nicht mit Arroganz. Das ist für sie genauso unbekannt wie für dich.
Geh in Liebe zu deiner Arbeit und nicht mit Abwehr. -
Du hast gut reden.
- Es ist eine Lernaufgabe, Iona und du bist eine starke Frau.
Schenke Rolf die Aufmerksamkeit und Liebe, die du bereit bist zu geben und erhebe dich nicht über ihn. Rolf weiß mehr, als du ahnst. Er ist sich dessen nur noch nicht bewusst. Weißt du, Iona, du wirst nicht erfahren, was ist, wenn du nicht dort bist, wenn du dich verkriechst. -
Ich danke dir Gott.

18.03.2001

Ich habe meine karmische Schuld weg getrunken.

- Es gibt keine Schuld.

Es gibt Karma und die Chance, aus dem Rad der Wiederholung durch Bewusstheit und Erkenntnis heraus zu treten. Schuld ist sehr macht voll, wenn es darum geht, Menschen zu binden und sie an ihrer Bewusstwerdung zu hindern. Nun, wer daran wohl ein Interesse hat? - Gute Frage, ich werde drüber nachsinnen. Danke.

19.03.2001

Gott, ist es OK, wenn ich dich um Beistand bitte?

- Natürlich. -

Ich habe Angst und weiß nicht wovor. Wenn ich die Situation realistisch betrachte, kann mir nichts passieren.

Etwas geschieht auf einer anderen Ebene, die mit dem Verstand „verdammt" wenig zu tun hat.

- Richtig, Iona. Überleg mal, welche Veränderungen seit dem 04.12.2000 mit dir geschehen sind. Glaubst du, die dunkle Seite lässt dich so ohne weiteres los, nachdem du ihr so viele Leben gedient hast. Du warst eine wichtige Partnerin dieser Kräfte.

Du hast dich für das Licht ent schieden. Das setzt natürlich so manches in Gang.

Iona, mein Kind, sei die, die du wirklich bist, und glaube an das Licht. Nimm jede Erfahrung als das, was sie ist, eine Er fahrung, und sei dankbar, egal wie gut oder schlecht sie auch scheinen mag.

Du befindest dich auf einem spannenden Weg.

Kürzlich erst hast du erfahren, dass du viele Leben lang Krieger warst, dass auf deinen Befehl hin getötet wurde. Du hast getötet, manipuliert, beherrscht, viele Leben lang.

Drei davon hast du bereits bewusst wieder erinnert, welch ein Geschenk. Andere werden folgen.

In diesem Leben hast du dich entschieden, nicht mehr zu kämpfen, zu töten und zu manipulieren.

Deshalb bist du als Frau eingetreten. Du hast dich für den Weg der Liebe entschieden. Nur wusstest du das lange Zeit nicht.

Deshalb hast du so verzweifelt nach dem Sinn deines Hier Seins gesucht, hast getrunken, geraucht und andere benutzt.
Diese Mittel brauchst du nicht mehr. Du hast gewählt, den Weg des Lichtes und der Liebe zu gehen. Also geh ihn. Dieser Weg ist frei von Angst und Zweifel. Du hast immer die Wahl. Und wie ich weiß, hast du dich ja bereits entschieden. -
Danke, Gott.

20.03.2001
Gott, grüß dich. Hej, weißt du, was mir heute Morgen auffiel?
- Na? -
Es ist nicht leicht, aufzuhören mit dem Kämpfen, wenn man so viele Leben wie ich gekämpft hat. Diese Erfahrung ist in mir.

21.03.2001
Guten Morgen, Gott.
- Guten Morgen, mein Kind. -
Tja, auch Bier bringt es nicht mehr. Nichts funktioniert mehr so wie vorher.
- Es ist schon erstaunlich, was sich so verändert. Nicht wahr, Iona? -

Damals hatte ich bereits begonnen, „energetisch“ zu arbeiten. Konkret ging es um Besetzungen, die sich sowohl an Menschen als auch an Räume angehaftet hatten.
Die bekannteste Form dieser „Anhaftungen“ sind Dämonen. Wobei ich keineswegs die negative Bedeutung meine.
Meine Betrachtung von „Besetzungen“ bewegt sich auf neutralem Gebiet und unterliegt keiner Wertung, Ver- oder Beurteilung. Sie sind, was sie sind, Energieformen, die aus unterschiedlichsten Gründen mit uns verwoben sind. Es sind Energieformen, die wir, warum auch immer, erschaffen oder herbeigerufen haben und die wir auch wieder liebevoll verabschieden können.
„Die Geister, die ich rief, die ward ich nicht mehr los.“
Das ist sehr wohl zutreffend, wenn ich mich als menschliches Wesen mit den Dunkelmächten verbündet habe und im geschlossenen Pakt

gefangen bin. Un wissend, dass das Licht, dass Gott, dass die absolute Quelle über Allem steht.
Meine Erfahrung ist, dass ich sehr wohl mit Gottes Hilfe ein „Gehen" oder besser eine Transformation dieser Wesenheiten bewirken kann, und zwar indem ich zulasse, dass Gott durch mich wirkt. Da ich zunehmend fühlender werde, kann ich viele dieser Wesenheiten und Energien spüren und ihren Wunsch, erlöst zu werden.
In Königs-Wusterhausen lernte ich mittels göttlicher Hilfe und Heilgebeten diese Besetzungen zu verabschieden.
In dieser Nacht hatte ich dämonische Begegnungen, was mich sehr wunderte, wähnte ich mich doch auf dem Weg ins Licht und gefeit gegen die Dunkelmächte. Nun, es gab noch viel zu lernen.

02.04.2001
Hallo, Gott, ich grüße dich.
- Hallo, Iona, wir haben lange nicht gesprochen. -
Na ja, du weißt ja, ich bin, wie ich bin. Eine meiner wesentlichen Eigenschaften derjenigen, die ich nicht bin, ist, Dinge anzufangen und nicht zu Ende zu führen.
- Auch das wird sich ändern. -
Sag mal, Gott, diese Nacht gestern, als Abdul Ro Sche, mein alt bekannter Dämon, mich mal wieder besuchte und alles so intensiv war, ich kann damit nichts anfangen. Eine Mücke am 1. April. War das vielleicht ein Aprilscherz?
- Keineswegs mein Kind. Es war ein wichtiger Hinweis.
Manchmal gehst du sehr unachtsam mit deinen Gaben um. Bevor du anderen Menschen „Antworten" gibst, frage dein Herz und mich, halte inne und schau, ob deine Antwort stimmig ist. Mir fällt auf, dass du zurzeit dein Pendel wie eine Waffe benutzt.
Denk immer daran, dass für eine solche Arbeit, unabhängig davon, ob mit Menschen oder Energien, die innere Verbindung mit dem Licht, mit Gott das Wichtigste ist.
Ich habe da so eine Ahnung von einem Hauch Scharlatanerie. -
Aber, wenn ich meiner Intuition folge, kann das doch nur gut sein?
- Beobachten, Wahrnehmen, Still-Sein, das sind noch Eigenschaften,

die du unbedingt üben solltest. Du weißt um deine manipulative Seite? -
Ja.
- Wenn du jetzt zu schnell voran gehst, wirst du keine Meisterschaft erlangen können. Eine Meisterin zu werden, braucht Zeit, Inne halten und Wach Sein.
Und du, mein Kind, bist gerade dabei zu erwachen. Also, räkle dich, reib dir den Schlaf aus den Augen, schau dich um und sieh, welche Aufgaben auf dich warten. -
Ich danke dir, Gott, aber es tut schon weh, was du sagst.
- Komm, Iona, über die Abhängigkeit von eitler Anerkennung durch Andere bist du doch schon hinaus.
Du weißt um deine Fähigkeiten, nur setzt du sie manchmal zu schnell ein, so dass ein Großteil der Energie nicht fließen kann.
Lerne aus deiner Unwissenheit. Studiere die Aufgestiegenen Meister, göttliche Schriften, suche Orte und Menschen, wo du das Wissen des Lichts findest und übe dich in Geduld.
Prüfe immer wieder, wes Geistes Kind das Wissen ist, welches dir da begegnet.
Herzklopfen, Tränen, Freude sind gute Indikatoren, denn sie können dir Erinnerung signalisieren und sie können auch Warnsignale sein. -
Danke!

03.04.2001
Hallo, Gott! Danke für diesen wunderschönen Morgen. Und ich danke dir, dass es jetzt so weit ist, dass wir öfter und regelmäßig miteinander kommunizieren.
- Bist du sicher? -
Na ja, ich glaub schon.
- Hallo, Iona, schön, dass ich dich so in diesem Morgen begrüßen kann. Gut schaust du aus. -
Sag mal Gott, ich brauche deine Hilfe.
- OK, was ist deine Frage? -
Ich bin mir nicht sicher über das Gefühl, das ich habe, wenn mir andere Menschen sagen, dass sie sich nach Gesprächen mit mir klarer

fühlen. Ist es „gebraucht werden“?
- Iona, es ist OK, gebraucht zu werden, wenn du auf dein Herz hörst, wenn du anderen Menschen ohne Gegenleistung, ohne Erwartung, ohne sie ändern zu wollen, zuhörst. Es ist OK, solange sie so Sein können, wie sie sind. In vielen Augenblicken bist du dann ein Gefäß, in das Tränen, Schmerz und Trauer fließen können. Wenn es voll ist und überläuft, wirst du es merken.
Bist du im göttlichen Einklang, kommen die „Tränensammler“ und bringen diese wunderbaren Tränen zum Ort der Transformation, wo sie gereinigt werden und anschließend in die göttliche Quelle fließen. So du nicht im Einklang bist und dein Herz sich geschlossen hat, wird deine fehlende Aufmerksamkeit, Erschöpfung und Ungeduld dich auf ein Ende hinweisen.
Jeder Mensch erwacht auf seine ureigenste Weise und in dem ihm entsprechenden Tempo. Du kannst andere Menschen im Erwachen begleiten, ihnen Tee einflössen, eine warme Decke überlegen, dem Wispern ihrer Träume lauschen.
Jedes Erwachen ist eine Geburt. Es ist die Geburt derer, die ihr wirklich seid, die Geburt eures Erkennens.
Und aller mit dieser Geburt einhergehende Schmerz, all die Trauer bedeuten lediglich, dass ihr den Geburtskanal verlassen habt und zurück lasst, was euch nicht mehr dienlich ist.
Ich kenne deinen „Zwei spalt“, deine ständige Frage, ob du wahr haftig, der Wahrheit verhaftet, bist, wenn du anderen Menschen dienst.
Nun, mein Kind, wenn du dir im Moment des Zweifels die Frage stellst: Was würde die Liebe dazu sagen? (eine Frage, die ich auch Nil Donald Walsch im Buch „Gespräche mit Gott“ stellte), dann wirst du sehr schnell differenzieren lernen. Ist dein Herz offen, so ist ein Missbrauch anderer Menschen unmöglich. Das sind die Augenblicke, in denen du Licht in die Dunkelheit bringst. Lichtblicke. Und wie du ja weißt, bist du eine Botschafterin des Lichtes. -
Das macht mich traurig, Gott.
- Weil du es noch nicht akzeptiert hast. Noch bist du voller Zweifel und Unglauben und vertraust nicht auf den Weg, den du gehst, vertraust mir nicht. -

Aber ich will dir vertrauen. Nur manchmal habe ich das Gefühl, ich weiß so wenig.
- Du weißt, dass du weißt, und du weißt, dass du nicht weißt. -
Aber da sind die Momente, in denen ich denke, es sei überaus anmaßend, was ich mache, z.B. dass ich mit dir rede. Das dürfen doch Leute wie ich nicht, eben weil ich noch viel zu wenig weiß.
- Wer hat dir denn solch einen Unsinn eingeflüstert?
Liebe Iona, du kannst deiner Intuition und deinen Gefühlen trauen. Du kannst mich um Schutz und Führung bitten und kannst darauf vertrauen, dass ich bei dir bin, wenn wichtige Entscheidungen anstehen. Du kannst deine Fragen an mich richten und mit mir sprechen. Sei unsicher, frag nach, du bist ein Menschenkind und hier, um deine Erfahrungen zu machen. -
Danke, Gott, wir reden später noch.
- OK, Iona! -

Hallo Gott, da bin ich wieder. Weißt du, Gott, die Menschen, die erwachenden Menschen erscheinen mir wie Blumen. Zuerst sind die Blütenkelche geschlossen, dann jedoch gaaaanz langsam beginnen sie, sich zu öffnen. Blatt für Blatt lugen sie in die Welt, so als müssten sie erst einmal erspähen, wo sie sich befinden und was auf sie zukommt. Und dann geschieht ein Wunder. Die Blume öffnet ihren Kelch bis in ihr Herz. Sie entfaltet sich in all ihrer göttlichen Schönheit und erfreut sich und die Welt an ihrem Sein. Es ist atemberaubend.
- Ein schönes Bild, Iona. Und weißt du, mein Kind, wenn du dieses Bild in dir trägst, in deinem Herzen, dann wirst du alle Menschen akzeptieren, lieben und achten können, unabhängig davon, ob ihr Blütenkelch noch geschlossen oder bereits geöffnet ist.
Jeder Mensch trägt in seinem Innersten diese Schönheit, ob er sich dessen bewusst ist oder auch nicht.
Irgendwann wird der Herzenskelch sich öffnen. -
Und wenn dies in Liebe geschieht, erlebe ich solche Tage wie heute.
- Du sagst es, mein Kind, du sagst es. -

04.04.2001

Göttin, guten Morgen. Hallo, Gott. Werden wir jetzt tatsächlich fast jeden Morgen miteinander reden?

- Hej, Iona, gut geschlafen? Wenn du dich dafür entscheidest, werden wir „fast“ jeden Morgen miteinander reden. -

Dich stört mein „fast“?

- Du weißt, dass mich dein „fast“ nicht stört. Ich gebe nur zu bedenken, dass „fast“ ein Wort der Hintertüren ist. Und derer hattest du in deinem Leben wahrhaftig genug geöffnet. -

Wo du Recht hast, hast du Recht! Ein echt blöder Spruch und ich liebe ihn.

Weißt du Gott, gestern fühlte ich mich toll. Ich war voller Liebe.

Heute bin ich unzufrieden. Wie geht das?

- Immer, wenn du Alkohol getrunken hast, stürzt du in Unfrieden. Selbst, wenn es das Blut Jesu sein soll, wie eure Kirchen behaupten, da sie den Symbolgehalt der Aussage gut zu nutzen wussten. -

Ich muss gerade an Kamel denken.

- Liebe Iona, Kamel hat seinen Blütenkelch noch fest geschlossen. -

Ist das eine Wertung?

- Nein, das ist, was ich sehe. Du und Kamel, ihr lebt in einer jener seltsamen Verstrickungen, die ihr Menschen in den letzten Jahrtausenden erschaffen habt. Mit Liebe, insbesondere mit bedingungsloser Liebe hat das, verzeih mir, „verdammt“ wenig zu tun. -

Ich weiß, wir führen keine liebevolle Beziehung, sonst würde ich nicht so ein seltsames Gefühl haben, auch weiterhin die Steuerklasse Drei zu nutzen. Es scheint mir, als würde ich die „Ehe“ verlängern, nur um den Steuervorteil zu erhaschen. Im Grunde verbinden uns sehr wenige Dinge und Gefühle. Wäre es konsequenter, wenn ich mich trennen und auf den finanziellen Vorteil verzichten würde?

- Das kann ich dir nicht sagen. Dein Herz ist nicht bei Kamel. Gut, du findest diesen Mann schön, aber er nervt dich auch und ist dir kein ebenbürtiger Partner. Er geht seinen Weg, du gehst deinen Weg und ihr habt wenige Querverbindungen. Ist das eine gute Basis für eine liebevolle Beziehung? -

Nein.

- Tja, Iona, es wäre konsequent, wenn du dich von dieser Beziehung trennen würdest. Nur bist du im Augenblick offensichtlich noch nicht bereit, auf deine Steuervorteile zu verzichten. Ich halte das zwar, wie ihr zu sagen pflegt, für „eine Milchmädchenrechnung“, aber aus welchem Grund auch immer, du magst auf diese Form der Sicherheit noch nicht verzichten. -

Weißt du, was mich immer wieder verblüfft, Gott?

- Sag's mir. -

Ich spreche ein Thema an und wir landen, wie so oft, ganz wo anders.

- So ist das, mein Kind, wenn sich die Dinge fügen. Und Gottes Wege sind unerforschlich. Ein Satz, der so zwar nicht ganz stimmt, mir jedoch recht gut gefällt. Aber wie ich weiß, hast du die Bibel ja nicht gelesen. -

Das habe ich auch nicht vor. Ich will mir mein eigenes Bild von dir erschaffen und nicht ein von Männern gemachtes übernehmen. Ich suche nach meiner ganz ureigensten göttlichen Wahrheit, die ich dann leben will. Du kennst ja meine „Zwei spälte“ bezüglich der Religionen. Sicher trägt die Bibel viele Informationen in sich und dennoch ist sie im Laufe der Zeit zu einem Machtinstrument geworden, das in der Regel der Beherrschung und nicht der Liebe dient.

- Wohl wahr. -

Aber ich brauche Zeit, um mich zu öffnen und meine Widerstände zu überwinden, aufzulösen. Dann werde ich die Bibel als das sehen, was sie ist, ein von Menschen erschaffenes Werk mit zum Teil göttlichem Inhalt.

Danke für dieses Gespräch.

Ich weiß nicht, wie lange ich dem Alkohol entsagte. Tage, Wochen, Monate? Seltsamerweise gibt es kaum Hinweise in unseren Gesprächen.

Ich erinnere mich, dass ich in meinem Türkeiurlaub nach der Begegnung mit Ertan begann, wieder Alkohol zu trinken, teilweise sehr exzessiv. Es gab Situationen, in denen ich morgens am Strand aufwachte und nicht wusste, wo ich mich befand. In den letzten Jahren hatte ich zunehmend Blackouts, was mich mitunter sehr ängstigte.

Meine Umwelt bekam von meinem Konsum nicht viel mit, meinte ich. Wie viele abhängige Menschen ging ich arbeiten, versorgte meinen Sohn, hatte Freunde, war vielseitig.
Da ich eine sehr gute Rhetorikerin bin, konnte ich meine Sucht gut kaschieren. Außerdem hielt mein Körper eine ganze Menge Alkohol aus. Die negativen Auswirkungen meines Konsums zeigten sich oft erst in meiner Wohnung, wenn ich allein war.
Ab einem gewissen Punkt begann ich, mich zu isolieren, meine sozialen Kontakte davon abhängig zu machen, wie sich mein Zugang zum Alkohol gestaltete. Oft war ich auch schon zu angetrunken, um aus dem Haus zu gehen. Ich schämte mich und wollte nicht, dass andere mich so erlebten, mich, die perfekte Ilona.
Mein Sohn hatte ein unglaubliches Gespür für meinen Alkoholpegel. Selbst wenn wir telefonierten, kam von ihm oft der Satz: „Na, Ilonka, bist du schon wieder angelallert.“
Das war seine Form, dieses, wie ich glaube auch für ihn sehr schwierige Thema zu neutralisieren.
Heute weiß ich, dass mein Sohn in seiner Kindheit und auch später sehr unter meiner Sucht gelitten hat. Diese Wunden brauchen Zeit, um zu heilen. Aus meiner Sicht ist es, insbesondere für unsere Kinder, enorm schwer und kaum auszuhalten, im Feld dieser aggressiven Selbstzerstörung leben zu müssen. Denn sie haben keine Chance zu fliehen.
Nun, in Selbst Betrug und Selbst Verleugnung war ich Meisterin. Die Dämonen hatten mich gut im Griff. Und auch wenn ich hin und wieder aus dem Karussell ausstieg und wochenlang keinen Alkohol anrührte, so erfolgte mein wirklicher Abschied vom Alkohol erst einige Jahre später.
Es gab so viele lebensgefährliche Situationen, dass es mir heute wie ein Wunder erscheint, dass ich noch lebe.
Ich sprang aus fahrenden Autos, hatte Alkoholvergiftungen, fand mitunter den Weg nach Hause kaum, verletzte mich mit Rasierklingen, schluckte Tabletten, es gab eine Unzahl an Erlebnissen, nach denen ich am nächsten Morgen aufwachte und mich fragte, wie es möglich sei, überhaupt wieder aufzuwachen.

Heute weiß ich, dass ich damals beschützt wurde, und dass es nicht meiner Aufgabe auf dieser Erde entsprach, „so" aus dem Leben zu gehen. Natürlich hatte ich oft daran gedacht, diese Erde freiwillig zu verlassen, und es auch versucht.
„Gott sei Dank" ist es mir nie geglückt und ich bin noch hier. Das ist ein wahrhaftig großes Geschenk.
Ich bedanke mich bei all jenen, sowohl aus dieser Welt, als auch aus den anderen Seinsebenen, die mir ihren Beistand und Schutz schenkten.
Wir nennen sie Freunde, Lehrer, Engel, Lichtwesen, Aufgestiegene Meister... Sie alle dienen unserem Wohl in einer Liebe, die der menschliche Geist kaum zu erfassen vermag.
Seid bedankt ihr geliebten irdischen Freunde, seid bedanket ihr geliebten Lichtfreunde, sei bedankt Gott Göttin, seid aus ganzem Herzen bedankt.

05.04.2001
Guten Morgen, Gott. Wie's scheint, schaff ich es ja doch jeden Tag, mit dir zu reden.
- Guten Morgen, Iona. Na, wir werden sehen oder wie Kamel immer sagt: „Schaun wir mal." -
Hej du, ich fühle mich auf dieser Erde mitunter sehr verloren und überhaupt nicht zu Hause. Als ich heute Morgen aufstand, sahen meine Augen aus wie ungeputzte Fensterscheiben. Ich konnte weder hinein noch hinausschauen und mein Kopf fühlte sich an, als würde ein Männlein ständig mit dem Hammer gegen meine Stirn schlagen.
Ich bin schlicht und ergreifend in einem jämmerlichen Zustand.
Das Ver rückte daran ist, dass ich weiß, wenn ich Alkohol trinke, und sei's auch „nur" Rotwein, dass mir am Morgen dieser erbärmliche Anblick droht. Es ist, als ob mir jemand meine Energien geraubt, mich bestohlen hat, als ob ich „Jemandem" Zugang zu meiner inneren göttliche Quelle gewährte, den ich nüchtern nie in meine Nähe lassen würde.
Gott, warum tue ich mir das wieder und wieder an?
- Liebe Iona, du weißt die Antwort. Aber nichtsdestotrotz ist es wichtig,

darüber zu reden. Bevor Frau Kugel einen Großteil deiner Besetzungen ins Licht schickte, vor genau fünf Monaten, warst du von recht vielen dunklen Mächten umgeben. Ich weiß, dass es damals für dich kaum Gründe gab, dich dem Licht zu öffnen. Die Dunkelheit war dir bekannt und vertraut und Aspekte davon beherrschen dich auch heute noch.

Zwar siehst du das Licht schon, aber du glaubst noch nicht daran.

Es ist eine Spiegelwelt. Dir erscheint das Licht wie eine Illusion und die Dunkelheit wie Realität.

Die Korrektur dieses Irrtums ist ein Prozess und der hat bei jedem Menschen seine eigene Dynamik und braucht Zeit.

Über den Alkohol fütterst du all deine Anhaftungen, die alte Ilona, jene, die du nicht wirklich bist. Dadurch verhinderst du dein Erwachen.

Du brauchst den Alkohol nicht mehr. Du weißt, wie du dich nach deinen Exzessen fühlst, und dennoch ist da diese Stimme, die da sagt: „Nur noch heute, das ist OK.“.

Geh liebevoll mit diesem Teil deines Selbst um, nimm ihn an und verdamme dich nicht dafür, dass du unvollkommen scheinst.

Auf dem Weg zur Meisterschaft begegnet ihr dem, was nicht vollkommen scheint, um es zu erfahren und in die Vollkommenheit zu führen. Das Unvollkommene wird quasi vom Vollkommenen aufgenommen und damit vollkommen. Das ist es, was ich als Transformation bezeichne.

Wenn du dir selbst genügst, wenn du satt bist, und damit meine ich zufrieden und glücklich in deinem Herzen, eins mit dir und dem ganzen Universum, dann brauchst du keinen Alkohol mehr.

Solange du ungestillt und hungrig durchs Leben gehst, greift das Verlangen der Sucht immer wieder nach dir und flüstert „Komm, berausche dich, betrinke dich, vergiss deinen Kummer. Ersäufe ihn, dann spürst du weder Schmerz noch Leid.“

Nun, mittlerweile hast du erfahren, dass dies ein großer „Trug Schluss“ ist, der dich tiefer und tiefer in Abhängigkeit und destruktiven Rückzug führt.

Erinnere dich, noch vor fünf Monaten hast du wieder regelmäßig getrunken. Oft hast du bereits am Tag begonnen, Alkohol in dich hinein

zu schütten, um damit deine Angst, Unsicherheit, Einsamkeit, Sehnsucht, dein „Verloren Sein“ zu betäuben.
Achte die Schritte, die du bis hierher gegangen bist. Wertschätze dich und deine innere Arbeit.
Danke für jeden Tag, denn es ist ein wunderbares Geschenk, auf dieser Erde zu Sein. -
Gott, ich danke dir. Ich unterbreche dieses Gespräch nur ungern, mir fliegt jedoch die Zeit davon, wenn ich mit dir rede. Meine Arbeit ruft. Wir reden später, wenn ich zurück bin. Ich werde in Gedanken weiter mit dir kommunizieren.

Nun begegnete mir einer jener Morgen, die nicht von dieser Welt waren.
Eine kleine Meise besuchte mich in meinem Zimmer und setzte sich gelassen auf eine der vielen Pflanzen. Regenbögen tanzten im Sonnenlicht und ich war dankbar, dass meine Arbeitszeit mir erlaubte, diesen Morgen zu genießen.
Bereits damals ahnte ich die immense Bedeutung eines bewussten Übergangs in die Traumrealität und aus ihr heraus.
Jeder von uns ist Weltenwanderer, ob Mensch das nun wahr nimmt oder nicht.
Seit einiger Zeit hatte ich mir angewöhnt, am Abend um gute Träume, einen „Traum Urlaub“ oder um bestimmte Erkenntnisse zu bitten, ein Ritual, das mir mittlerweile in Fleisch und Blut übergegangen ist.
Vor einiger Zeit wachte ich auf und erhielt folgende Worte:
„Gott Göttin, ich bitte dich, alle negativen Energien, die ich in meinen Träumen erschaffen habe, im Licht der violetten Flamme zu transformieren, und alle positiven Energien, die ich in meinen Träumen erschaffen habe, in mein Bewusst Sein zu integrieren.“
Das folgende Gespräch war der Beginn meiner zunehmend bewussten Wahrnehmung vieler Träume.

10.04.2001
Guten Morgen, Gott! Tja, am Wochenende schaff ich es immer noch nicht, mit dir in den Dialog zu gehen.

- Guten Morgen, Iona. Das ist OK. -
Danke für diesen wunderschönen Gruß heute Morgen.
- Gern geschehen. Es war mir ein Vergnügen, deine Freude zu sehen. -
Sag mal, mein Freund, ich versteh noch nicht ganz, was heute Nacht los war?
- Das, worum du gebeten hast. Du warst zu Besuch zu Hause. -
Schien mir deshalb die Zeit stehen geblieben?
- Ja. -
Und die Lichtpunkte, Lichtkreise, haben die mich nach Hause geleitet?
- Ja. -
Warum hast du mir meine Bitte erfüllt?
- Weil ich Bitten erfülle, die aus dem Herzen kommen und wahrhaftig sind, so sie im Einklang mit deinem Weg sind. Erinnerst du dich an Portugal, Iona, als du sterben wolltest, um nach Hause zu gehen? -
Ja.
- Heute willst du auf diesem wunderbaren Planeten Erde leben, stellst dich deinen Erfahrungen, willst wissen, wer du wirklich bist.
Du hast dich ziemlich weit vorgewagt und da fand ich es an der Zeit, dir ein extra Geschenk zu machen. Nun es ist zugleich eine Ermutigung für den Weg, den du noch vor dir hast in diesem Leben. -
Danke, Gott, nur diese Nacht war mir nicht wirklich präsent. Sie war mir sogar unheimlich.
- Das verstehe ich gut. Vor wenigen Wochen wäre eine solche Nacht überhaupt nicht möglich gewesen.
Du hättest sie nicht erleben können, weil du oft betrunken warst und dich mit all deinen Sinnen gegen die Existenz solcher Reisen gesträubt hast.
Die Dunkelmächte wissen, wie heilsam es sein kann, nachts nach Hause oder an Orte des Wissens zu reisen. Daher haben sie ein hohes Interesse daran, zu verhindern, dass du auf diese Reisen gehst.
Nun Iona, das wäre ja mit dieser Nacht geklärt.
Jetzt, da du bewusster, offener und freier wirst, nimmst du Dinge wahr, die dir früher, nicht nur in diesem Leben, entgangen sind.

Über den Alkohol, Tabletten, Zigaretten, Beziehungen hast du viele Türen geschlossen und verbarrikadiert, die du jetzt, manchmal zaghaft, manchmal sehr ungestüm öffnest. -
Dazu gehört auch meine Entscheidung, gestern nicht zum Vollmondtrommeln zu gehen, auf meinen Körper und auf meine innere Stimme zu hören, mich nicht in dem Gefühl zu verlieren, ich verpasse etwas.
- Liebe Iona, es hat dich gestern „gezogen“ und du hast die Wahl getroffen, bei dir zu bleiben, dem Rufen nicht nachzugeben. Das war eine weise Entscheidung. Auch wenn sich leise Zweifel melden, ob du nicht doch etwas verpasst hast.
Nun Iona, das war ein wichtiger Schritt. Ich werde bei dir Sein, so du das wünschst, und dich in diesem Prozess begleiten. Sprich mit mir, ich bin da.
Jetzt widme dich diesem wunderbaren Tag und all seinen Offenbarungen.
Gesegnet seist du, mein Kind. Bis später. -
Danke, Gott Göttin, danke für dieses bezaubernde Morgengespräch. Es ist eine wunderbare Bereicherung meiner bewussten Bewusst Werdung.

In den vergangenen Jahren durfte ich zunehmend Bekanntschaft machen mit Geistwesen und ihrer Vielgestaltigkeit. Jedes ist einmalig. Durch meine Arbeit mit Besetzungen erfuhr ich häufig, dass es für viele dieser Wesenheiten eine große Befreiung ist, wenn sie erlöst werden. Ich fühle Achtung vor Geistwesen und bemühe mich, ihnen aufmerksam und respektvoll zu begegnen.
Oftmals sind es Bewusstseine, die durch Schock, Traumata, unerwarteten Tod den Weg nach Hause nicht finden konnten, was sie dazu „verdammte“, in Zwischenwelten umherzuirren, und als Folge Anhaftungen in irdischen Bereichen ermöglicht.
Mir ist wichtig anzumerken, dass wir Menschen oft unbewusst und unwissend Geister erschufen und erschaffen, uns aber nie darum kümmern, was mit ihnen geschieht.
Daher ist für mich nachvollziehbar, dass sich diese Geschöpfe, mitunter auf sehr eindringliche und „geistreiche“ Art und Weise, Gehör

verschaffen. Sie lassen uns wissen, dass wir ihre Schöpfer sind und gefälligst auch die Verantwortung zu übernehmen haben. Weigern sich Menschen vehement, Geister wahrzunehmen, kann es schon zu recht eindringlichen und auch lästigen Versuchen kommen.
„Herumgeistern", „Poltern", „Spuk" in jeder Form sind für mich ein Hilferuf, die Bitte um Erlösung. Die Mär von „Bösen Geistern" mag in manchen Fällen ihre Berechtigung haben. Oft hängt sie allerdings mit dem unerlösten Zustand dieser Wesen oder mit der Ignoranz ihrer Schöpfer zusammen. Ich erlebte keinerlei Attacken von Geistern, mit denen ich „zu tun hatte". Im Gegenteil, die Erleichterung, wenn sie erkannt und damit erlöst wurden, war so deutlich, dass ich mitunter selbst tief Atem holen musste, so berührt war ich.
Es gibt viele Möglichkeiten, Geistwesen oder andere Anhaftungen zu erlösen.
Wenn dies in Liebe, mit Gottes Hilfe geschieht, müssen sie gehen, egal wie grimmig sie sich auch gebärden.
Geister sind Bestandteil der „unsichtbaren Welten", von denen wir uns im Laufe des zunehmenden Eintauchens in die dichte Materie entfernt haben. Der Begriff „Geister" beschreibt nicht einmal im Ansatz die Vielfalt des „Nicht Sichtbaren" und reduziert sich bedauerlicherweise in der Regel auf die negative Sichtweise.
Viele Menschen erinnern sich kaum noch der Naturreiche, der Elementarreiche, es sei denn in Mythen und Märchen. Nun, die Naturwesen haben sich ja auch zunehmend von uns Menschen zurückgezogen.
Manchmal jedoch treibt das „Blaue Volk" noch immer seinen Schabernack mit uns. Ich kenne einen Ort, an dem sie mich necken, so dass ich manchmal lauthals loslachen muss oder mir der Mund offen steht angesichts der Schönheit, von der ich einen Blick erhaschen durfte.
Oft lassen sie uns jedoch auch spüren, wie erbost und traurig sie sind, weil wir sie ihrer Heimat berauben und gnadenlos ihren Lebensraum zerstören. Wir Menschen sollten uns endlich von dem Wahn lösen, die grandiosesten Geschöpfe des gesamten Universums zu sein, und wir sollten aufhören, uns als Alleinherrscher aufzuspielen.

Es ist hohe Zeit, die Verantwortung zu übernehmen für unser schöpfungswidriges Tun.

Jeder von uns kann durch liebevolles, bewusstes Handeln der Zerstörung von Mutter Erde mit ALLEM WAS IST, Einhalt gebieten.
Das kann mit dem Mülleimer beginnen, der sortiert wird, mit dem Stand By, der ausgeschaltet wird, mit der „Chemie“, die wir nutzen und wie wir sie nutzen.
Es gibt unzählige Möglichkeiten, sich bewusst und aufmerksam in der Materie zu bewegen.
In den letzten Jahren lernte ich sehr bewusst, mein Lebensumfeld und meine Lebensgewohnheiten zu korrigieren. Ich bewegte mich fort von meinem schädigenden, ignoranten, unwissenden Tun und begann, sehr bewusst das zu verändern, was im Bereich meiner Möglichkeiten liegt. Ich sortiere Abfall, reduziere meinen Elektrosmog, wechselte zu Ökostrom…
In der Natur sammle ich seit Jahren Unrat auf. Das ist mein Beitrag. Kein Mensch würde in seinem Wohnzimmer solche Berge Dreck hinterlassen, wie es in der Natur oft der Fall ist.
Häufig geschieht es aus Bequemlichkeit, aber wenn jeder Mensch sein „bisschen Müll“ selbst entsorgt, ist schon eine wichtige Handlung vollbracht. Es ist so einfach. Der Anfang ist, eigene Gewohnheiten zu hinterfragen und nach Veränderung Ausschau zu halten, wo sie sich gut, wichtig und richtig anfühlt, um sie dann in die Tat umzusetzen.
Einer meiner wichtigsten Schritte war es, nach Jahren des Fleischessens meinen Konsum zu reduzieren. Ich gab meinem „Jieper“ nach, wenn er mich überfiel, und kaufte mir hin und wieder ein Hähnchen oder meine geliebte ungarische Salami.
Vormals war es üblich, dass Menschen sich für die Gaben dieser Erde bedankten, und es war keineswegs selbstverständlich, dass gebratene Broiler, Hamburger, Gänse und anderes Getier einfach in die offenen Mäuler der Menschen flogen. Diese Selbstverständlichkeiten, die Tiere losgelöst als Keule, Schnitzel, Broiler… zu betrachten, hat es überhaupt erst möglich gemacht, dass wir uns so herzlos und barbarisch allen anderen Erdbewohnern gegenüber verhalten.

Es gibt weder Rituale noch Danksagung an die Wesen, die uns als Nahrung zur Verfügung stehen.
Das Töten von Tieren ist zu einer Selbstverständlichkeit geworden, die nicht selbstverständlich ist.
Oder anders ausgedrückt, wir verhalten uns unmenschlich und a-sozial, denn uns ist jede Achtung anderen Kreaturen und ihrer Lebensberechtigung gegenüber verloren gegangen.
Wir fressen ohne Sinn und Verstand und wir fressen unsere Erde kahl wie ein Heuschreckenschwarm. Allerdings erlebe ich den Menschenschwarm wesentlich gnadenloser.
Würde jeder Mensch vor dem Lamm, Kälbchen, Hühnchen, Ferkel… stehen, das er im Laden als „Fleischbrocken“ angeboten bekommt und dem Akt des Tötens beiwohnen müssen, ich glaube so mancher würde würgend aus dem Geschäft rennen und nie wieder Fleisch anrühren.
Nun, der Profit und die Gier machen möglich, dass wir jeden Bezug zu dem, was wir Nahrung nennen, verloren haben. Wen wundert's, dass für Kinder Kühe lila sind.
Die „Schlachthöfe“ sind schon lange aus unserem Gesichtskreis und aus den Städten verschwunden. Sie wurden verbannt, um uns nicht den Appetit zu verderben, der so wichtig ist und den die Werbung in jeder Sekunde ihres Wirkens suggeriert. Hier ein Fleischklümpchen, da ein Hühnersüppchen. Die Verniedlichung dieses Mordens kennt keine Grenzen.
Das Gemetzel findet heimlich statt, weitab vom Käufer, der dann Portionen der Angst, Qual und Leichengifte auf seinem Teller vorfindet. Nun, die Verpackung macht's möglich, dass der Tod wohl portioniert in menschliche Mägen gelangt.
Wir fragen uns immer wieder, wo die unglaubliche Aggressivität vieler Menschen herkommt. Nun, eine der Ursachen sehe ich in der Todesangst, dem Leid und Schmerz, gepaart mit Medikamenten, Antibiotika und anderen Stoffen, die wir über eine Nahrung aufnehmen, die uns schon lange nicht mehr nährt.
Kein Tier dieser Erde hat es verdient, so behandelt zu werden, wie wir es tun.

Jedes Wesen, das diesen Planeten bewohnt, ist ebenso wie wir Gast auf Mutter Erde und ein Geschöpf Gottes.
Wir handeln gegen andere Lebewesen und damit gegen die Schöpfung selbst. Auch hier wirkt das Gesetz des Bumerangs, soviel ist sicher.
Im Verlaufe unserer Entmenschlichung haben wir dieses Wissen jedoch verdrängt. Nun, die Rechnung für unser schöpfungswidriges Verhalten wird uns präsentiert werden, da beißt die Maus keinen Faden ab.

Durch Frau Kugel lernte ich, dass „Dank" ein wichtiges Element der Bewusst Werdung ist. Dazu gehört auch Danksagung an Gott, Göttin, unsere Lichtfreunde, Nahrung, Geld, Blumen, einen schönen Tag, Träume…
Ich danke gern. Dankbarkeit ist für mich ein Zeichen meiner Ehrerbietung und Demut vor der Schöpfung. Oft fühle ich mich dankbar für das Geschenk dieses Lebens.

Mittlerweile habe ich mir angewöhnt, meiner Nahrung über ein Dankgebet viel Aufmerksamkeit zu widmen. Ich erwähne dieses Gebet hier, um zu veranschaulichen, wovon ich rede.
Jedes Mal danke ich den Lebewesen, dass sie mir als Nahrung dienen, und bitte um Reinigung.
Ich werde dieses Gebet an dieser Stelle einfügen, denn aus meiner Sicht sind Dankbarkeit und Reinigung wichtige Aspekte der Wertschätzung allen Lebens.
Möge dieses Beispiel als Anregung dienen, der Nahrung mehr Aufmerksamkeit und Wertschätzung zu geben. Übrigens schließe ich auch Wasser ein, aber das ist ein Thema, auf das ich an dieser Stelle nicht eingehen werde.

„Gott Göttin, Dein Wille geschehe!
Ich beziehe ein in diese Reinigung z.B. all die Nahrung, die ich heute gekauft habe, all die Nahrung, mit der ich energetisch verbunden bin, und all die Nahrung, die im göttlichen Sinne in diese Reinigung ein-

bezogen werden soll. Ich bitte Gott Göttin, alle Lichtwesen und Lichtenergien, mich bei dieser Reinigung zu unterstützen.
Ich bitte Euch, die Seelenteile und Bewusstseinsaspekte all der Tier-, Pflanzen-, Mineralien-, Elementarwesen, die noch mit dieser Nahrung verhaftet sind, im göttlichen Sinne aus all dieser Nahrung heraus zu filtern und ins Licht ihres Überbewusstseins zu geleiten.
Ich bitte Euch, die Seelenteile und Bewusstseinsaspekte all der Menschenseelen, die noch mit dieser Nahrung verhaftet sind, im göttlichen Sinne aus all dieser Nahrung heraus zu filtern und ins Licht ihres Überbewusstseins zu geleiten.
Ich bitte Euch, aus all dieser Nahrung alle Besetzungen, alle Wesenheiten, alle Seelenteile und Bewusstseinsaspekte, alle Energien, die nicht dem göttlichen Willen dienen, im göttlichen Sinne heraus zu filtern und zu dem Ort zu geleiten, der ihrer göttlichen Bestimmung dient.
Ich bitte euch, aus all dieser Nahrung mit ALLEM WAS IST, alle Gift, alle Schadstoffe, alle Fremdenergien, alle Fremdinformationen, alle Negativenergien, alle Negativinformationen, alle dunklen Energien, alle dunklen Informationen, alle kranken Energien, alle krankmachenden Energien, alle Energien, die nicht dem göttlichen Willen dienen, im göttlichen Sinne heraus zu filtern und im Licht der violetten Flamme zu transformieren.
Gesegnet, gereinigt und geheiligt seist du, geliebte Nahrung. Wir lieben dich und danken dir aus ganzem Herzen, dass du uns nährst.
Gott Göttin, Dein Wille geschehe, wir bitten dich, all diese wunderbare Nahrung mit göttlicher Liebeslichtheilvitalenergie zu füllen und sie mit ALLEM WAS IST, zu ihrem göttlichen Ursprung zu geleiten. Liebe, Licht und Frieden sei mit allem. Danke."

Jetzt mag sich mancher fragen, warum dieses Gebet so lang ist. Nun, es kam zu mir und gestaltete sich im Laufe der Zeit so, wie es jetzt ist. Für mich fühlt es sich gut an und es ist mittlerweile untrennbar mit mir verbunden. Mit ist es einfach wichtig, dass ich mein Gebet klar und detailliert gestalte. Was zu Irritationen führen kann, ist meine Formulierung „Seelenteile und Bewusstseinsaspekte". Es gibt sehr

unterschiedliche Auffassungen von Seele und Bewusstsein. Daher nutze ich beide Begriffe, da sie aus meiner Sicht der Energie der Schöpfung am nächsten kommen.
Natürlich hat jeder Mensch seine ureigenste Form des Betens, Bittens, Fragens… und das ist auch gut so. Dieses Gebet verdeutlicht, wie ich mit meiner Nahrung / Wasser / Geld… umgehe.

Seit einigen Monaten bin ich Vegetarierin, ein Schritt, der lange brauchte, um auch im Herzen vollzogen zu werden. Ich wusste, dass es keinen Sinn macht, Vegetarierin zu werden, nur weil andere das von mir erwarteten. Ich brauchte eine gewisse Bewusstseinsstufe, um diese Entscheidung zu treffen. Ich musste reif sein für den Schritt, keine Tiere, Fische, Eier… zu essen.
Es war eine große Befreiung und selbst meine Rückfälle in die „Barbarei" bestärkten mich auf meinem vegetarischen Weg. An dieser Stelle möchte ich ein Buch empfehlen, dass mir wichtige Informationen schenkte und von dem ich glaube, dass es eine wunderbare Unterstützung für all jene ist, die ebenfalls vegetarisch leben möchten: „Vegetarisch leben - Vorteile einer fleischlosen Ernährung" von Armin Risi und Ronald Zürrer

Es liegt mir fern, Menschen, die nicht vegetarisch leben, zu verurteilen oder bekehren zu wollen. Das steht mir nicht zu und ist nicht mein Anliegen.
Ich selbst habe viel Fleisch und Fisch gegessen, ohne darüber nachzudenken. Im Prozess meiner Bewusstwerdung wurde ich immer wieder auf dieses Thema hingewiesen. Es gelang mir einfach nicht, es zu ignorieren. Daher weiß ich, dass Menschen auf dem Weg in ein bewussteres Leben dieser Aufgabe früher oder später begegnen werden.
Viele „Lehrer aus der geistigen Welt" weisen uns liebevoll darauf hin, dass der Prozess der Bewusst Werdung die Auseinandersetzung mit dieser Frage und letztendlich den Verzicht auf Fleisch, Fisch… einschließt. Wann und ob, entscheidet jeder Mensch für sich.

Allerdings möchte ich auch anmerken, dass eine fleischlose Ernährung aller Menschen schlagartig eine Menge Schwierigkeiten unserer Welt lösen würde.
Nun, ich finde das ist eine lohnende Aussicht, sein Augenmerk auf dieses Thema zu lenken.

11.04.2001
Guten Morgen, Göttin.
Ich habe phantastisch geschlafen und es geht mir ausgesprochen gut. Danke.
- Guten Morgen, Iona. Schön. -
Sag mir doch, Gott Göttin, ist es Abdu Ro Sche, mein Hausgeist, der des Nächtens sein Unwesen in meinem Hexenzimmer treibt? Manchmal habe ich ein bisschen Angst. Ich habe jedoch nicht das Gefühl, dass sie bösartig sind.
- Liebe Iona, richtig ist dein „sie". Denn wie du ja weißt, gibt es die Geisterwelt bzw. eine Ebene, in der verschiedenste Formen von Geistwesen existieren. Manchmal treiben sie ihr Unwesen auf der Erde. Nun, wie der Name schon sagt, sie treiben dann ihr Unwesen, anders als Besetzungen, die sich als Energieräuber an euch anhaften können.
Die Geistwesen in deiner Wohnung sind gütig und fröhlich. Sie fühlen sich wohl bei dir und sie lieben es, sich kleine Späße zu erlauben.
Aber im Grunde behüten und beschützen sie deinen Schlaf und dich in der Nacht.
Die meisten Menschen haben unsägliche Angst vor allem Unfassbaren und Unbegreiflichen und kämpfen daher gegen „Es".
Dass du freundlich zu ihnen bist, hat sich herumgesprochen. Diese Wesen gehören zur Gilde der „guten Geister". Sie sind bezaubernde Lichtwesen. Sei liebenswürdig zu ihnen und heiße sie willkommen.
Vormals pflegten die Menschen einen intensiven Kontakt mit den lichten Wesen, die sich in ihren Behausungen oder der näheren Umgebung niedergelassen hatten.
Sie beschenkten die „guten Geister" mit Nahrung, Wasser, kleinen Gaben und hörten auf ihren Rat. Es war überaus segensreich und

schützend, diese freundlichen Geschöpfe zu behausen und ihnen mit Respekt und Achtung zu begegnen, und es war ein friedvolles, harmonisches Zusammenleben, eine Bereicherung für alle.
Du wirst noch mehr über die „unsichtbaren Welten“ erfahren und im Laufe der Zeit lernen zu differenzieren.
Heute ist es schwierig, dem „Blauen Volk“ zu begegnen. Viele dieser Wesenheiten haben die Erde verlassen oder sich zurückgezogen in Bereiche, zu denen die Menschen keinen Zugang haben. Die Gründe dafür sind so offensichtlich, dass ich darauf nicht näher eingehen werde.
Sie sind sehr scheu geworden. Denn die Angst, die von vielen Menschen Besitz ergriffen hat, führt dazu, dass diese Wesen verflucht und verabscheut werden oder dass merkwürdige Rituale stattfinden, die oft eher schaden als nützen. Häufig werden dann aus Unwissenheit Wesenheiten herbeigerufen, die tatsächlich Schaden anrichten.
Natürlich gibt es jede Menge Wesen, die den Menschen nicht wohl gesonnen sind, nur ist der Mensch selbst ja auch den Geistwesen gegenüber oft grob und bösartig. Auf die meisten Menschen wirken die „unsichtbaren Welten“ suspekt und furchterregend.
Letztlich, so du im Licht bist, so du in deinem eigenen Licht-Focus bist, ist das Einzige, was geschehen kann, dass du sie mit meiner Hilfe zu dem Ort geleitest, der ihrer göttlichen Bestimmung dient.
Nun, dazu bedarf es noch einiger Ausbildung und Übung.
Viele Geister leben in der Nacht. Sie lieben die Dunkelheit und nähren sich vom Licht der Mondin.
Es gibt Geister, die vormals verbannt wurden, Geister, die umherirren, Geister, die Energien stehlen, es gibt unendlich viele Facetten, ähnlich wie bei euch Menschen.
Wichtig ist, dass du ihnen in Liebe begegnest. Liebe kann Schmerzen lindern und heilen, auch bei Geistern.
Ilona, mein Kind, du brauchst weder Furcht noch Sorge. Wenn dich die „Quälgeister“ nicht in Ruhe lassen, hülle dich in Licht und sprich in Liebe mit ihnen. Sei gewiss, diese Geister wollen dir nichts Böses, sie wollen spielen wie Kinder. -
Ich danke dir, Gott Göttin.

In vielen Dienstversammlungen wurde über mich gesprochen. Selten offen, meistens war die Rede von „man müsste", „man sollte" mit Blickrichtung zu mir. Letztlich war jedem klar, wem die Zurechtweisung galt.
Als ein langjähriger Kollege sich für mich einsetzte und sagte, dass er mich als kreative und angenehme Mitarbeiterin erlebt, bebte mein Chef vor Wut und brüllte den gleichaltrigen Mann an wie einen Schüler unserer Einrichtung. Es war eine völlig unangemessene, unkontrollierte Reaktion.
Kurze Zeit später kündigte dieser Kollege und gründete eine eigene Firma. Er war nicht mehr bereit, sich so erniedrigend behandeln zu lassen. Seinen Mut fand ich ausgesprochen bemerkenswert.
Die meisten Mitarbeiter, mich eingeschlossen, ließen sich von der permanenten Drohung „Verlust des Arbeitsplatzes" einschüchtern und unterkriegen. Wir kuschten alle. Im Nachhinein frage ich mich, was wohl geschehen wäre, wenn ich richtig „aufgemuckt" hätte. Wäre ich dann rausgeflogen?
Nun, ich werde es nie erfahren, da ich das Spielchen brav bis zum „bitteren Ende" spielte.

12.04.2001

Guten Morgen, Gott Göttin.
- Guten Morgen, Iona. -
Ich habe mich gestern wieder tierisch über meinen Chef und seine blöden Bemerkungen zur Qualität meiner Arbeit geärgert. Es ist nicht möglich, diesen Menschen zufrieden zu stellen.
Das Heftige daran ist, dass die Arbeit jetzt in mir arbeitet und ich einfach nicht in der Lage bin, diese Gedanken abzuschalten. Es regt mich auf, es ärgert mich, es macht mich aggressiv.
- Liebe Iona, du bist ein Mensch, du hast Gefühle. Du erlebst, wie du dich fühlst, und da beginnt die Schwierigkeit. Welche Gefühle sind deine und welche übernimmst du, weil du „blind" für deine authentischen Gefühle bist?
Das ist eine Form der Wahrnehmung, die du erst noch lernen musst, eine schwierige Gratwanderung.

Diese ständigen Attacken machen etwas mit dir, es ist eine Form von Folter, wie sie tagtäglich weltweit in allen Berufssparten stattfindet.
Oft sind Menschen so außer sich, dass sie die Gefühle anderer stellvertretend erleben und die eigenen, zu ihnen gehörenden Gefühle nicht orten können. Sie fühlen fremd, sie fühlen sich ohn mächtig.
Realisiere, was Jana dir empfohlen hat, bei dir zu bleiben und darüber zu sprechen, wie es dir geht, wenn dein Chef so respektlos und unachtsam mit dir umgeht.
Frage dich, ist das jetzt tatsächlich meine Wut, die ich fühle oder ist da ein anderes Gefühl? Dann kann es z.B. geschehen, dass dich eine unendliche Traurigkeit erreicht, die vorher nicht zu dir durchdringen konnte. Es gilt, nach innen zu lauschen und sich nicht von der Lautheit des Außen ablenken zu lassen.
Das ist die schwierigste Übung. Aber nur so kannst du ent decken, ob dein Gefühl „echt" ist.
Erinnerst du dich an vorgestern Abend, als dir urplötzlich die Erkenntnis kam, dass Jesus dein Bruder ist? -
Ja.
- Nun, auch dein Chef ist dein Bruder. Du bist umgeben von Brüdern und Schwestern. Daher ist der Gedanke, dass es für dich keinen Chef, keinen Vorgesetzten gibt, gar nicht so abwegig.
Diese Rangordnungen sind menschengemachte Hierarchien, die den Irrtum erzeugen, der Eine sei besser, der Andere schlechter. Es geht jedoch um ein Neben- und Miteinander und nicht um Über- und Untergeordnete.

Die Erschaffung hierarchischer, patriarchaler Machtstrukturen ist ein Grundpfeiler eures Systems und sichert, dass eure Welt seit Jahrtausenden so ist, wie sie ist.

Um jedoch auf deine Frage zurückzukommen, warum dich diese unqualifizierten Bemerkungen so ärgern?
Ein Teil deines Selbst hat mittlerweile Verständnis und akzeptiert den Chef als das, was er ist. Nicht du ärgerst dich, es ist dein Schattenego, das sich windet und alte Strukturen aufrechterhalten will.

Es ist gekränkt und fühlt sich nicht anerkannt. Ihm entspringt deine „große grüne Wut".
Du könntest dich auch gelassen auf dem Absatz umdrehen und gehen, mit der Bemerkung: „So lasse ich mit mir nicht reden."
Ihr habt eurem Schattenego viel Macht über euch verliehen. Nun, es nährt sich ja davon, dass es Bedingungen stellt und Wege vorgibt, die eher in die Materie, denn zu Gott führen.
Du suchst die Anerkennung und Wertschätzung deiner Arbeit im Außen und machst dich abhängig von der „Bewertung" anderer. Das ist schwierig, denn wie du weißt, ist die Meinung anderer eine recht wacklige Angelegenheit, denn andere sind nun mal andere und nicht du.
Erinnere dich an unsere letzten Gespräche, dein Chef ist noch eine jener absolut geschlossenen Blütenkelche. Er schläft noch tief und wird unter Umständen noch einige Leben brauchen, um zu erwachen. Und Iona, auch er ist mein Kind, dein Bruder. Sei gnädig, verzeih ihm. -
Danke, Gott, Danke.

Die Wochenpläne für unsere Kinder gestalten wir Erzieher gemeinsam mit den Kindern. Jeder bringt seine Vorschläge ein und dann koordinieren wir. In besagter Woche hatte Rolf „Wettschießen" vorbereitet.
Als junges Mädchen liebte ich es zu schießen. Ich war stolze Besitzerin eines Luftgewehres. Bei einem Schießwettbewerb in Magdeburg war ich sogar die Beste und gewann einen Fön.
Mein Verhältnis zu diesem „Sport" und zu Waffen hatte sich inzwischen jedoch gravierend geändert, nur das diese meine Meinung auf wenig Verständnis stieß. Also fuhren wir zu einem Schießplatz. Ich hatte keine Lust zu schießen und so beobachtete ich das Treiben. Es ging mir einfach nur auf die Nerven und ich wollte nach Hause.
Ich fand absurd und lächerlich, was da ablief. Und so zog ich mich in einen grünen Winkel zurück. Ich saß da, blickte in die Bäume und hörte das ständige Knallen der Gewehre. In diesem Augenblick erinnerte ich mich an das Karma, das Rolf und mich verband.

Es war im Kriegsgeschehen 1873-1876. Ich war Hauptmann, Rolf Rekrut. Ich befahl ihm Dinge, die er nicht tun wollte. Es hat ihm nicht gefallen, Menschen zu erschießen. Auf meinen Befehl hin musste er es jedoch tun. Und es waren viele Menschen, die damals starben. Und heute, im Jahr 2001 schoss Rolf wie verrückt, er schoss schlecht und gewann den Wettbewerb. Gegen einen wütenden Erwachsenen hatte keiner unserer Schüler eine Chance. Die Kids waren ziemlich sauer über diese Form des Kampfes. Sie fanden das Alles einfach nur unfair, was es ja auch war.

18.04.2001

Hallo, Göttin, da bin ich wieder. Natürlich ist, wie sollte es auch anders sein, viel geschehen. Ich bin tatsächlich in einem ausgesprochen reichen Leben. Und ich staune immer wieder, wie viel sich zwischen unseren Gesprächen ereignet.

- Hallo, Iona, solange du offen bist, kannst du jeden Tag als Geschenk erleben. -

Göttin, ich möchte noch mal zum Thema Arbeit kommen. Ich bin nicht die Einzige, die sich fragt, ob ich an dieser Stelle, an diesem Ort richtig bin. Ich erlebe diesen Zweispalt auch bei Kollegen, Kolleginnen.

Ist es so, dass ich meiner Arbeit den Sinn gebe?

- Ja. -

Das würde ja bedeuten, dass es egal ist, was ich mache, solange ich es sinn voll erledige.

- Du sagst es, Iona. -

Na, da dämmert doch gleich irgendwo in mir was.

- Na da schau her. -

Hör auf mich zu foppen. Mir ist das Thema sehr ernst.

- Es macht mir Spaß, dich zu foppen. Dir doch auch. Ich sehe das Feixen in deinem Gesicht.

Und so ernst wie du das Thema angehst, ist es nun wiederum auch nicht.

Es gibt für alles eine Lösung, wie du weißt.

Übrigens, das ist ein guter Augenblick, um dein Gedicht über Ernst einzufügen.

Für meinen Freund Ernst

Ernst, ach Ernst,
so ernst,
wie du das Leben lebst,
hat es dein Mütterlein
wohl nie gemeint.

Wohl wahr. Nur, mich beschäftigt dieser Tag gestern mit Rolf. Was da an Energie war, hat mich förmlich sprachlos und leer gemacht. Es war so absurd.
Ich weiß doch um das Karma zwischen Rolf und mir, und dann fahre ich ausgerechnet mit diesem Menschen zum Schießen. Rolf ist tatsächlich ein ausgesprochen schlechter Schütze und ich muss ihn damals ziemlich getriezt und abgewertet haben.
- Das kann man wohl sagen. Du bist mit Rolf nie besonders freundlich umgegangen. Du hast ihn gequält, viele Male. Aber die Krönung des Ganzen war dein Schießbefehl. All diese unschuldigen Menschen, all diese Seelen.
Das war der Augenblick, in dem Rolf resignierte und diese Resignation brachte er in dieses Leben mit. Schau ihn dir an. Ein Mann wie ein Bär, 35 Jahre alt. Aber er bewegt sich gebeugt, den Kopf ständig eingezogen, als müsse er sich schützen, als bedeute das ganze Leben Gefahr. -
Und ich bin beteiligt an dem, was Rolf in diesem Leben widerfährt?
- Du bist mit ihm verbunden, deshalb seid ihr euch begegnet. -
Ich weiß nicht, wie ich das Karma auflösen kann?
- Bitte alle beteiligten Seelen und Rolf um Verzeihung.
Schicke jene, die noch anhaften, mit meiner Hilfe ins Licht. -
Aber das habe ich doch schon getan?
- Nicht wirklich, nicht mit dem Herzen. Es ist absolut wichtig, dass dein Herz offen ist, wenn du im Raum der Heilung arbeitest.
Noch verachtest du Rolf für seine scheinbare Kleinmütigkeit. Dabei übersiehst du, auch Rolf ist ein Suchender, auch er ist dein Bruder. Und glaube mir, er ist ein ausgesprochen sensibler Mensch.

Jetzt wird dir sicher deutlicher, warum du an diesem Ort bist und dass du mit dieser Arbeit wichtige Aufgaben zu lösen hast. Und mit lösen meine ich auflösen, transformieren, ins Licht schicken. -
Danke!

19.04.2001

Guten Morgen, Göttin.
- Guten Morgen, mein Kind. -
Göttin, weißt du, was mir gerade in den Sinn kam? Wenn ich dem folge, was in meinem Herzen ist, was ich in diesem Leben wahrnehme, dann müsste ich eigentlich immer segnend durch dieses Leben gehen. Denn alles, was mir begegnet, ob Lebewesen oder Dinge, ist ein Geschenk. Mein Pendel, mein Kühlschrank, Paul, mein Computer, mein Fahrrad und alles andere auch.
All das ist Schöpfung und sollte gesegnet werden. Langsam begreife ich, dass nichts schlecht oder gut ist, alles hat seine ureigenste Bedeutung.

Frieden erschaffe ich, wenn ich friedlich bin. Erhebe ich mich über andere, so handle ich im Namen meines Schattenegos. Verurteile ich, so ziehe ich Verurteilung an.

Es ist so, als wäre ich hier, um endlich zu begreifen:

„Was ich säe, ernte ich.“ Das ist das göttliche Prinzip von Ursache und Wirkung.

Ich höre auf zu denken und beginne zu fühlen. Das fühlt sich an, so als begänne ich erst jetzt zu leben. Ich muss mit nichts hadern, was mir widerfährt, ich muss nicht mehr kämpfen. Ich darf sein, einfach Sein.
Ich bin so glücklich, dass ich weine. Ich bin so eins mit dir, Göttin. Mir ist, als ob alles Leben durch mich hindurchfließt. Ich fühle Liebe, wo früher Groll und Kampf war.

Mir ist, als fühlte ich die göttliche Energie.
- Du fühlst sie, Iona, du fühlst sie. -
Es ist, als sei eine große Last von mir genommen. Stopp, es ist eine große Last von mir genommen. Es ist die Last des Kampfes, des Urteils, des Besser und Schlechter, des Siegers und Besiegten, des Freundes und Feindes.
Hier beginnt der Weg in die Freiheit.
Es tut gut, glücklich zu sein. Einfach Sein. Ich nähere mich der, die ich wirklich bin. Ich nähere mich der Wahrheit meines Ur sprungs. Ich nähere mich der göttlichen Quelle.
- Ich freue mich für dich, mein Kind. Du bist einen weiten Weg gegangen. Jetzt bist du zu Hause in dir und bei mir.
Vielleicht wirst du dich noch manches Mal verirren, wird es Augenblicke geben, in denen du zweifelst, wirst du dich allein gelassen und verloren fühlen. Vielleicht wirst du Umwege wählen auf deinem Weg. Vielleicht wirst du in alte Verhaltensweisen zurückfallen. All das ist OK.
Nun, heute hast du erkannt, dass es dieses Zuhause gibt und dass du es erreichen kannst, wenn du willst.
Alle Wege führen zu Gott! Das ist eine Wahrheit, der jeder Mensch früher oder später begegnet. -
Danke!

Meine Freundin Jana und ich haben viel gesponnen in den Stunden, die wir miteinander verbrachten. Spinnerin ist das höchste Kompliment, das mir jemand machen kann. Ich liebe es, zu spinnen und Fäden zu weben, aus denen ein Gespinst wächst.
Eines Tages gaben wir uns unseren Spinnereien hin über die Süchte, die sich bei, in und um uns niedergelassen hatten. Jana entwickelte eine phantastische Idee, logischerweise, denn Jana war damals kuchensüchtig.
Meine Süchte dagegen lagen ja im Bereich Alkohol, Zigaretten und Männer.
Sie meinte, dass es eine Suchtbäckerei geben müsste, die Süchte verkauft, nur eine einzige Suchtbäckerei. Nirgendwo anders gibt es

Süchte, nur in dieser einen Bäckerei, die sich außer auf das Backen von Kuchen auch auf das Backen von Männern, Zigaretten und hochprozentigem Alkohol spezialisiert hatte.
Und dann spannen wir rum, wie wir uns durch den Besuch in der Suchtbäckerei immer mehr von unseren Süchten befreien. Wir malten uns aus:
Wie mit jedem Besuch in der Suchtbäckerei der Geschmack der Drogen fader wurde.
Wie wir mittlerweile all unser schwer verdientes Geld in die Suchtbäckerei schleppten.
Wie es allmählich langweilig wurde, fast täglich immer wieder den gleichen Weg zu traben.
Tja, und eines Tages, wir hatten schon lange genug davon, immer nur auf dem ausgetretenen Pfad zur Suchtbäckerei zu gehen, begannen wir, andere Wege zu suchen.
Das Spannende war, dass uns seit der Suche nach neuen Wegen die Rückkehr zur Suchtbäckerei verwehrt war. Wir fanden sie einfach nicht mehr und das war auch gut so.

21.04.2001
Guten Tag, Göttin, ein schöner Tag.
Wie findest du eigentlich Janas und mein Bild von unserem Suchtbäcker, bei dem wir manchmal einkehren, um unser Stück Sucht zu kaufen. Aber unsere Suche nach neuen Wegen entfernt uns immer mehr von ihr. So wie uns geht es auch anderen Menschen und dann, eines Tages wird die Suchtbäckerei geschlossen sein, da sie keine Kunden mehr hat.
Eine sehr geschäftsschädigende Idee, nicht wahr?
- Hallo, Iona, eine sehr schöne Idee. Ich freue mich für dich und die Geschichten und Begegnungen, die du erlebst. -
Danke, Göttin, weißt du, was ich nicht verstehe?
- Ich weiß, Iona, du meinst deine Beziehung zu Mone, die vermeintlichen Verletzungen, die Nichtachtung deiner Person und andere Schwierigkeiten. -
Ja, ich sehe Beziehung als „miteinander verwoben sein“. Mit manchen

Menschen sind es stärkere Fäden und die Farben sind bunt und leuchtend. Andere hängen am hauchdünnen seidenen Faden, der jeden Augenblick zu zerreißen droht, und dann gibt es Menschen, mit denen bin ich eingesponnen, und es ist nicht klar, welche Fäden von wem und mit wem verbunden sind. Die Vielfalt und Vielgestaltigkeit ist göttlich, für mich als Mensch jedoch mitunter sehr schwierig.
- Ich finde dein Bild von den Fäden sehr interessant. Es ist tatsächlich so, dass Menschen energetisch miteinander verwoben sind.
Anders gesagt, zwischen Allem und Allen besteht eine Verbindung.
ALL EINS!
Das bedeutet, dass Mone ein Teil von dir und du ein Teil von Mone bist. Nur scheinen bei euch die Fäden heute einseitig gewoben und damit nicht in der Balance bzw. der nötigen Stabilität.
Zurzeit bist du die Weberin.
Deine Gedanken fliehen. Lass uns dieses Gespräch später fortsetzen. -
Danke, Göttin, Danke.

In all den Jahren, seit ich mich Gott und meiner Wahrheit nähere, erfuhr und erfahre ich, mitunter sehr schmerzhaft, dass Menschen mit diesem Weg und mit mir nichts zu tun haben wollten und wollen. Menschen, mit denen ich vormals befreundet war, begannen, den Kontakt mit mir zu vermeiden oder abzubrechen.
„Ich will das Alles nicht wissen.“, „Ich glaube nicht an Gott.“, „Man lebt nur einmal.“, „Lass mich mit deinem Lichtzeugs in Ruhe.“ waren Sätze, denen ich begegnete und die mich verstummen ließen.
Es gab Augenblicke, da ließ ich mich hinreißen, missionarisch zu agieren.
Doch Gott führte mir immer wieder vor Augen, dass jeder Mensch seinen ureigensten Weg geht und dass jeder dieser Wege in Ordnung ist unabhängig davon, ob ich diesen Weg gutheiße oder nicht.
Es dauerte lange, bis ich im Herzen begriff, dass letztendlich alle Wege zu Gott führen.
Inzwischen habe ich gelernt zu antworten, wenn ich gefragt werde, und zu fragen, wenn ich Antwort suche. Damals jedoch gab es Augen-

blicke, in denen ich mich unendlich einsam und unverstanden fühlte. Ich hatte kaum noch Freunde. Meine gesamte Sicht auf das Leben veränderte sich und damit auch mein soziales Umfeld.
Ich hatte das „Niemandsland" betreten und konnte nicht mehr zurück.
Es war eine Wanderung auf einsamen Pfaden. Ich zog suchend meines Weges, suchend nach dem, was wir leichthin „Sinn des Lebens" nennen.
Ich fühlte mich oft orientierungslos und verloren. Ich sehnte mich nach Gleichgesinnten.
Viele Störungen in meinen zwischenmenschlichen Kontakten und in mir traten zu Tage und schrien förmlich nach Auflösung.
So erging es mir auch mit Mone.
Meine Beziehung zu Mone hat sich immer sehr schwierig und zugleich sehr liebevoll gestaltet. Ich wollte mehr, als Mone zu geben bereit war. Immer fühlte ich mich zu kurz gekommen, zu wenig in ihr Leben einbezogen, zu wenig beachtet. Mone hatte viele Menschen, die sie umgaben, und jeder wollte mit ihr zusammen sein, ein Stück vom „Mone-Kuchen" abhaben. Ich war nicht die Einzige, die ständig darum rang, Mones engem Terminkalender eine freie Sekunde zu entlocken.
Ich verstehe bis heute nicht, welche Magie da im Spiel ist. Lange habe ich darunter gelitten, dass ich Mone nicht wirklich wichtig schien, dass ich sie nie wirklich erreichen konnte.
Nach unserem letzten Treffen, das schon einige Zeit her ist, wurde mir die Kluft zwischen uns deutlich. Ich hörte auf, um Termine oder Treffen zu betteln, und Mone signalisierte kein Interesse an mir.
Heute haben wir keinen Kontakt mehr. Hin und wieder höre ich von Jana etwas über sie.
Mone hat sich für einen Weg ent schieden, der durch die Welt der Materie führt.
Sie arbeitet sehr viel und hat kaum Zeit. Ein altes Phänomen.
Vor einiger Zeit offenbarte sich mir die karmische Verbindung zwischen Mone und mir.
Aus bestimmten Gründen werde ich darüber nicht schreiben. Seit dieser Offenbarung habe ich meinen Frieden mit Mone und das fühlt sich gut an.

22.04.2001

Guten Morgen, Göttin.

- Guten Morgen, Iona. Ich sehe, es geht dir gut. -

Das kann Frau wohl sagen. Gestern war Karma-Tag. Nach dem Gespräch mit dir ging „höllisch" die Post ab. Ich durfte das Karma mit Mone erfahren.

Ganz schön heftig, was damals so passierte.

Nun, es gibt vieles, was es zu verzeihen gilt.

Hattest du da die Finger im Spiel?

23.04.2001

Tja, unser Gespräch gestern wurde von meinen Freundinnen unterbrochen. Ich möchte es jetzt gern fortsetzen.

Guten Morgen, Göttin. Also, hattest du die Finger im Spiel?

- Guten Morgen, Iona. So eine Frage am frühen Morgen?

Nun, Iona, wir spielen dieses Spiel gemeinsam und vorerst wird es immer chaotischer. Eure Welt befindet sich derzeit in einem gigantischen Umbruch. Wie du weißt, lebt ihr in einer hochenergetischen Wandlungsphase, in einer Zeit phänomenaler Veränderungen.

Was ihr Frauen in eurem Gespräch gestern ans Tageslicht gehoben habt oder besser aus dem Vergessen ins Erinnern geholt habt, war gewaltig. Ich war genauso „baff" wie ihr.

Eine wunderbare Zeit, die da angebrochen ist. -

Was genau wir in besagtem Gespräch ent deckten, ist mir nur noch vage in Erinnerung. Es ging, so glaube ich, um die karmischen Verbindungen, die uns miteinander verwoben. An jenem Tag schafften wir es, darüber zu reden.

Es war, als wären wir vorübergehend in eine andere Welt eingetaucht, in der ein völlig neutrales Verständnis und Umgehen mit dem Erforschen der Zusammenhänge unseres Hier Seins möglich war. Urplötzlich verstanden wir, warum wir uns begegnet waren.

Wir konnten uns verzeihen und viele alte Verstrickungen lösten sich auf. Es war eine unglaubliche Energie im Raum und jede von uns fühlte sich tief berührt. Im Nachhinein konnte niemand von uns ratio-

nal erklären, was wir erlebt hatten. Es war, als hätte Gott uns einen Schutzraum gewährt, um diese wichtige Klärung zu ermöglichen.

In meinen schriftlichen Dialogen mit Gott gibt es zwischenzeitlich immer wieder Pausen. Dennoch war und bin ich in ständigem Kontakt mit der göttlichen Quelle.
Oft ist es so, dass ich mir in extrem intensiven Zeiten einfach nicht den Raum zum Schreiben nehme. Es ist mir nicht bewusst, denn unser Kontakt IST unabhängig vom Schreiben. Zumal die Zeit "seit einiger Zeit" eine zunehmende Eigendynamik entwickelt.

Die Worte, die auf das Papier fließen, sind lediglich eine Form der möglichen Manifestation unserer Gespräche. Heute weiß ich, dass jeder Gedanke, jedes Wort, jede Handlung uns und die Welt verändert. Als ich kürzlich ein Gedicht fand, welches ich 1993 schrieb, begriff ich, was gemeint ist mit „es gibt einen göttlichen Plan" und dass Gott bereits weiß, was ich in meiner menschlichen Begrenzung oft noch nicht wahrnehmen kann.

Sprache

Worte,
Retter meines Lebens,
stehn mir bei
im Kampf
ums ungeborne Licht.

Nun, mein Licht wurde geboren und es wächst und wächst.
Gott war meine Heb Amme.

In all den Jahren meiner Verweigerung Gott gegenüber, war Gott immer bei mir.

Diese Erkenntnis hat mich tief im Herzen berührt.

Gott IST und daher gibt es keinen Augenblick, den ich ohne Gott bin.

Ich ent scheide, ob ich Gott wahrnehmen will oder nicht. Das ist der „Freie Wille“, der uns als Geschenk auf diese Erdenreise mitgegeben wurde. Und das ist zugleich auch die Verantwortung, die ich als menschliches Wesen übernehme oder nicht.
Es ist nicht Gott, der Kriege führt, es ist auch nicht Gott, der Kinder verhungern lässt oder Atomwaffen erschafft.
Wir Menschen sind es und es ist hohe Zeit, nicht mehr Gott die Verantwortung in die Schuhe zu schieben, sondern die Verantwortung für unser Tun und Handeln auf Mutter Erde zu übernehmen.

Wir sind die Schöpfer unseres Seins, unserer Erde mit ALLEM WAS IST, ob uns das behagt oder nicht.

Und wir haben die Macht zu entscheiden, ob wir uns dem Licht zuwenden oder der Dunkelheit. Das ist es auch, was die Besonderheit dieses Planeten ausmacht.
Hier ist Dualität möglich, hier kann sie in allen Facetten gelebt werden bis in die höchsten Höhen, bis in die tiefsten Tiefen.
Wir haben die Wahl, jeden Tag, jede Sekunde unseres Lebens.
Gott wird uns diese Ent scheidung nicht abnehmen und Gott wird auch nicht eingreifen.
Gott und alle Lichtwesen und Lichtenergien respektieren den „Freien Willen des Menschen“.
Wenn ich jedoch um Unterstützung bete, so erhalte ich sie gewiss.
Allerdings durfte ich mittlerweile erfahren, dass mein Wille und der göttliche Wille in der Gestaltung mitunter Lichtjahre voneinander entfernt sind. So manches Mal, wenn ich vorwitzig und wagemutig mein „Gott, Dein Wille geschehe“ gen Himmel schmetterte, wurden meine Erwartungen arg enttäuscht. Oft schien es, als hätte sich mein Wille im „Gott, dein Wille geschehe“ aufgelöst, was aus meiner heutigen Sicht sogar der göttlichen Wahrheit entspricht.
Eine meiner schwierigsten Bewegungen war und ist, meinen Willen

ab und auf zu geben und Gottes Willen geschehen zu lassen. Das ist gemeint mit „Los lassen“.

Los lassen

Los lassen macht schwer,
weckt die Trauer in mir,
lässt mich mein
ALL EINS SEIN
erfahren.

Los lassen macht leicht,
weckt die Liebe in mir,
lässt mich mein
ALL EINS SEIN
erfahren.

Das ist gemeint mit „sich auf Gott Ein lassen“. Und es führt zu dem, woran es uns Menschen derzeit so mangelt, zu Gottvertrauen.
Nun, ich habe meine Ent scheidung getroffen und das hat mir die bewusste Kommunikation mit Gott geöffnet.
Woher weiß ich, dass es Gott ist, der da zu mir spricht?
Nun, Gott ist so voll Liebe und Frieden, so voll Licht und Eintracht, Gott urteilt nicht und Gott wertet nicht.
Ich glaube, ein Mensch, der Gott in seiner Liebe und Güte erfahren hat, der wird keine Zweifel haben, dass es Gott ist, dem er begegnet und der zu ihm spricht.
Dialoge mit Gott finden immer statt, in jedem Augenblick, ob wir uns dessen bewusst sind oder nicht. Wir sind nicht getrennt von Gott und Gott ist nicht getrennt von uns. Mit dieser Erkenntnis verliert sich die Bedeutung der Frage, ob es Gott ist, der da zu mir spricht im „ALL EINS SEIN“. Es ist nicht wichtig.
Wenn ich wirklich bereit bin, Gott zu hören, dem zu lauschen, was er mir offenbaren will in Liebe, dann werde ich ihn hören. Und das gilt für jeden Menschen!

06.05.2001

Ich grüße dich, Göttin. Lange habe ich mit dir nicht in Buchstaben gesprochen, in Gedanken schon.

- Hallo, Iona, schön von dir zu lesen. Die letzte Zeit war von einer großen Intensität geprägt? -

Das ist wohl wahr und wie du ja weißt, es hört nicht auf. Nachdem ich das Karma mit Mone ent deckte, musste ich erst einmal eine Atempause einlegen. Vieles ist mir seitdem deutlicher geworden.

- Was denn, Iona? -

Hej, heute stellst du die Fragen?

- Ja. -

Mir wird immer klarer, dass wir alle miteinander verwoben sind, dass wir Eins sind, dass nichts getrennt voneinander geschieht.

All diese Erlebnisse der letzten Zeit, all diese Führungen und Fügungen, all die Bücher, die mir begegneten, all diese Geschenke, jeder Tag.

Ich kann diese Intensität kaum aushalten. Zurzeit trinke ich relativ viel Alkohol. Relativ, was für ein seltsames Wort. Relativ schafft es doch tatsächlich, alles offen zu lassen. OK, ich trinke momentan viel Alkohol.

- Tja, liebe Iona, manchmal dient eine Rückkehr in die Dunkelheit auch dazu, das Licht wieder sehen zu können. Ich sehe viel Liebe in dir und dass du den Weg des Lichtes weiter gehen willst.

Ich spüre, dass du deine Identität, deine Wesenseinheit suchst.

Ich spüre, dass du dein authentisches Wesen, dein wahres Wesen suchst. Es ist wichtig diese Begriffe eindeutig wahrzunehmen. Sie werden dich auf deinem Weg begleiten. Authentisch Sein ist ein ausgesprochen wichtiger Aspekt in der Rückkehr zu der, die du wirklich bist. Der Aspekt des authentischen Seins hat absolute Priorität.

Eure Sprache hält alles bereit, um eurem Sein Ausdruck zu verleihen.

Nun zum Thema Alkohol. Dir ist ja bekannt, dass er dir sowohl den Verstand als auch die Energie raubt? -

Ja.

- Du weißt, dass der Alkohol dir den Zugang zu mir, zu deinen Träumen, zum Licht vernebelt? -

Ja.
- Gut. Noch ist diese Form der Betäubung ein Teil von dir, von dem du meinst, ihn zu brauchen. Das ist OK. Der größte Schritt war, dass du dich deinem Alkoholproblem stellst, ihm ins trübe Angesicht schaust.
Viele Jahre hast du in Dunkelheit gelebt, ohne Wurzeln, einsam, dir selbst fremd. Und dennoch gab es mitten in diesem Elend Lichtblicke. Es war die Ahnung dessen, was Leben wirklich bedeutet, die Ahnung, was dein Hier Sein wirklich bedeutet, und dessen, was sich noch dahinter verbirgt.
Du hast eine sehr gute Zeit gewählt, um dich auf den Weg nach Hause zu begeben. -
Göttin, all diese Begegnungen der letzten Zeit, die Kaninchen, die Schafe, die Walpurgisnacht, das Fühlen meiner Handenergien, sind das deine Zeichen?
- Ja, es sind meine Zeichen, die du aber nur erkennst, wenn du bereit bist. -
Ich bin bereit!
Ich bin bereit?
- Ja, du bist bereit. -
Aber ich wohne immer noch im Berliner Beton und habe das Gefühl, am falschen Ort zu Sein.
- Es gibt keinen falschen Ort, ebenso wenig wie falsche Beziehungen, eine falsche Arbeit. Du bist immer genau dort, wo du Sein sollst. -
Das ist mir zu allgemein, Gott.
- OK! Alles, was du jetzt tust, ist eine Vorbereitung auf den nächsten Schritt in deiner Erkenntnis. Wenn du bereit bist, wird die Nachtigallenwohnung, die liebevolle Beziehung, die erfüllende Arbeit zu dir kommen. Aber bevor es soweit ist, hast du noch etwas zu bearbeiten, abzuschließen. Etwas in dir hält noch fest, will nicht gehen.
Noch kannst du deine Sicherheiten nicht los lassen. Du übst, aber noch brauchst du die Sicherheitsleine, die dich vor dem freien Fall schützt. -
Vor dem freien Fall in mein Vertrauen zu dir?
- Ja, und vor dem freien Fall in dein Vertrauen zu dir.

Wertschätze dein Leben, sei dankbar, erkenne das Geschenk des Da Seins jeden Tag und übe dich in Geduld. Alles ist im Fluss und braucht seine Zeit. Alles was im Fluss ist, wird zu seiner Zeit geschehen. Alles fließt im richtigen Augenblick zu dir. Das bedeutet, sich in Geduld üben. -

„Und es werden sich öffnen die Tore deines Lebens.
Und du wirst gehen ins Licht, Iona, Lichtweberin.
Und du wirst verstehen die Tiere, Pflanzen und Steine,
jedes Wesen auf dieser Erde,
das Sein mit ALLEM WAS IST,
wie im Himmel so auch auf Erden.
Und es werden sich die Türen öffnen,
die Türen zu deiner Bestimmung.
Und du wirst Räume betreten,
die dir lange Zeit verschlossen waren,
deine Räume, deine inneren Räume.
Es sind die Räume des Wissens,
der Liebe, der Heilung,
all jene Räume, in denen das Licht sich Raum nimmt.
Und du wirst einfach Sein.
Mit deinem Sein wirst du Herzen öffnen und Heilung bringen.
Mach dich bereit, Iona.
Es ist deine Bestimmung, im Licht zu Sein,
denn du Bist das Licht."

Das ist zu groß für mich. Das finde ich anmaßend.
- Siehst du mein Kind, genau das meine ich. Anmaßend ist es, nicht an das zu glauben, was du weißt, fühlst, siehst.
Lass deine Vorstellungen los und überlasse dich dem tiefen Glauben an die Macht der Liebe.
Diese Zeit ist eine wunderbare Zeit, um auf der Erde zu Sein.
Sie birgt ein enormes Heilungspotential in sich. Nutze sie. Die Zeichen sind gesetzt.

Es liegt in eurer Macht, euch und die Welt zu heilen. Ihr seid als bewusste Mitschöpfer eine mächtige Kraft. Immer mehr Menschen wählen den Weg ins Licht.
Beginnt endlich eigenmächtig und im Namen der Liebe und des Lichtes zu handeln, beginnt bei euch. Seid segnend, vergebend und liebend zu allem, was auf dieser Erde ist. Es gibt keine Feinde.
Weißt du, Iona, als du mit Jana ihr Motorrad gereinigt hast, war mir das eine große Freude, denn es geschah voller Liebe und Hingabe.
Nun, alles, was euch umgibt ist lebendige Energie.
Deine „Eigenart", sogenannten Gebrauchsgegenständen zu danken, für ihre Dienste, sie zu segnen und zu reinigen, ist ein wichtiger Ansatz.
Es geht um die Achtung von allem, was euch umgibt, und das Wissen um den Wandel, dem Alles unterliegt. Alles löst sich auf und formt sich neu. Vielleicht war die Schlange, die dir neulich begegnete, vormals ein Stein.
Nichts ist beständig. Alles ändert seine Form, tritt ins Leben, tritt aus dem Leben, tritt wieder ins Leben…
Jedes Wort, das auf dem Papier steht, ist ein lebendiges Wesen, jeder Buchstabe, jeder Gedanke ist Schöpfung.
Nun, Iona, mein Kind, schau dir all diese Wunder an und sei dankbar, dass du an ihnen teilhaben kannst. -
Ich danke dir, Göttin.

Seit einiger Zeit nehme ich Veränderungen am Himmel und in der Natur wahr, die aus meiner Sicht Zeichen des „Neuen Zeitalters, Wassermann Zeitalters" sind. Ein wichtiger Kristallisationspunkt wird um 2012 / 2013 datiert.
Viele unserer universellen Freunde beobachten mit Spannung, was hier auf der Erde geschieht. Und wir sind mittendrin, in diesem kosmischen Ereignis, welch ein Geschenk.
Ich sehe Lichtkugeln, Regenbogenkreise, seltsame Lichterscheinungen. Es gibt trockenen Regen, Wüstentemperaturen, neue Tiere und Pflanzen. Mutter Erde reinigt sich, befreit sich, zeigt ihren Menschenkindern klare Grenzen.

Die Zeit hat ihre eigenen Pfade eingeschlagen. Die Übergänge zwischen den Dimensionen scheinen mir offener.
Sicher ist ein Teil dieser Veränderungen auf den Klimawandel zurück zu führen und Mensch gemacht.
Die „Hauptanteile“ jedoch gehörten zum Geburtszeitraum der „Neuen Erde“. Es ist eine Geburt, die so manche Komplikationen mit sich bringt, da ein Großteil der Menschheit diese Schwangerschaft noch nicht wirklich anerkennt.
Das Wissen um die Veränderungen der Erde, um den sogenannten „Aufstieg“ in eine höhere Dimension, ermöglicht, dass wir uns nicht mehr nur auf die materielle Ebene beschränken und fixieren, sondern „unseren Horizont erweitern“, im Sinne des Wortes.
In dieser höheren Dimension ist für Negativität kein Raum, da sie in einer sehr hohen göttlichen Energie schwingt, im absoluten Einklang mit der Quelle Allen Seins, in Liebe, Licht und Frieden.
Diese Erkenntnis scheint mir ein ausgesprochen wichtiger Aspekt im Verständnis der mitunter schwierigen und chaotischen Prozesse, die wir ja alle „haut nah“ erleben.
Wir befinden uns im Count Down. Zurzeit befindet sich die Erde in der Phase der Reinigung und Transformation. Wir gestalten mit unserem Sein, ob dieser Prozess sanft oder eher aufrüttelnd und schmerzvoll geschieht. Eine Tatsache, die jedoch vielen Menschen noch nicht ins Bewusst Sein „gerückt“ ist. Viele nehmen die Symptome wahr, können aber die Ursache nicht orten.
Nun, lange haben wir uns in Unwissenheit und Blindheit geübt. Jetzt ist es hohe Zeit, dass wir sehend werden und erkennen, wer wir sind und woher wir kommen. Die Zeit ist reif.
Ich habe die Wahl in jeder Sekunde meines Lebens, ob ich unbewusst Sein will oder ob ich bewusst Sein will. Das liegt in unserer Verantwortung. Wobei ich keinerlei Wertung oder Urteil vornehme, sondern lediglich auf die Besonderheit und die Chancen dieser Zeit hinweise.

In folgenden Gesprächen mit Gott taucht immer wieder das Wort „Multidimensionalität“ auf. Was bedeutet „Multidimensionalität“?
Aus meiner Sicht und Erfahrung ist es eine Bewusstseins Öffnung,

eine Bewusstseins Erweiterung, eine Bewusstseins Ausdehnung in höhere Dimensionen, Ebenen. Ich erkenne, dass die Erde ein Teil des gesamten Universums ist. Ich erkenne, dass hinter Allem ein göttlicher Plan Ist. Ich erkenne, dass ich aus der göttlichen Quelle stamme. Ich erkenne meinen göttlichen Ur sprung.

Mikrokosmos im Makrokosmos und Makrokosmos im Mikrokosmos. Oder anders ausgedrückt, wie im Kleinen so auch im Großen und wie im Großen so auch im Kleinen.

Alles, die Erde, wir, andere Planeten, Universen, Galaxien sind eingewoben in den göttlichen Plan.

Alles wird aus der göttlichen Quelle geboren und ist ein Ausdruck der absoluten Energie. Alles Ist ALL EINS.

Die meisten Menschen haben vergessen, dass die Erde in ihrem jetzigen „Zustand“ ein Resultat unserer Handlungen ist. Unwissenheit, Ignoranz, Machtstreben und einige andere Konsorten haben das Feuer der Zerstörung immer wieder angeheizt. Jetzt beginnt es zu verlöschen und aus der Asche werden wir eine andere Welt gestalten, eine Welt, die der Schöpfung dient.

Mutter Erde wird wie Phönix aus der Asche steigen, sich den Staub aus den Kleidern schütteln und strahlend ins Licht der Liebe eintauchen, für immer.

Alles folgt einem höheren göttlichen Plan, der für unseren menschlichen Verstand kaum nachvollziehbar ist.

Mutter Erde trug uns in Zeiten der Liebe, der Zerstörung, der Orientierungslosigkeit, der Erneuerung.

Sie trug uns, wie eine Mutter ihr Kind durch Zeit und Raum trägt in der Hoffnung, dass es wächst und gedeiht und eines Tages als eigenständiges Wesen durchs Leben geht.

Nun, es ist hohe Zeit, unserer Mutter zu danken für all die Liebe, mit der sie uns beschenkte, und dafür Sorge zu tragen, dass es ihr gut geht.

Sei bedankt Mutter Erde, sei bedankt für deine unendliche Geduld und Güte, für deine Liebe, mit der du uns Menschenkinder beschenktest.

Mögen Liebe, Licht und Frieden Dich umarmen und mit dir Sein.

Danke, Danke, Danke!

Ich glaube, dass der Missbrauch unserer schöpferischen Kräfte wichtige Erfahrungen in sich birgt, dass jeder Devolution eine Evolution folgt und dass wir unser Schöpfertum, das wir lange Zeit gegen uns und andere gerichtet haben, wieder darauf ausrichten, im Einklang mit der göttlichen Quelle zu Sein.
Lange Zeit erzeugten wir ein hohes Potential an Selbst zer störung. Viel Leid und Schmerz erduldeten alle Erdenbewohner. Nun ist eine Zeit angebrochen, in der sich die Liebe Raum nehmen kann, ein wahrhaft „goldenes Zeitalter“.
Noch scheint alles im Dunkel versunken, noch nehmen sich Beschränkung und Herzeleid viel Raum. Für die meisten Menschen gestaltet sich das Leben schwer wie ein zähflüssiger Brei.
Nun, das ist die Suppe, die wir uns „einbrockten“. Jetzt gilt es, genau diese Suppe auch wieder auszulöffeln. Erst dann können wir uns ein neues Erdensüppchen kochen.
Auch ich bin hier, um meine Suppe auszulöffeln. Es tut gut zu sehen, dass mein Suppenteller fast leer ist, denn ich habe die Nase voll von dieser Suppe und mag sie nicht mehr sehen.
Es verlangt mich nach einer leichteren Kost, die sich luftig und licht anfühlt. Nun, mein Leben verändert sich in allen Bereichen meines Seins und mein neues Liebessüppchen ist bereits am Köcheln.
In mir erwacht die Liebe und ich ent decke all die Gaben und Fähigkeiten, all die Schätze, die mir auf diese Reise mitgegeben wurden, die mir als menschlich göttlichem Wesen zu eigen sind.
Diese „Mitbringsel“ ermöglichen es mir, aus der dichten Materie herauszutreten und die feinstofflichen Ebenen und Energien wahrzunehmen, im Sinne dessen, was oft als „Hell sehen“ bezeichnet wird.
Spannend finde ich das Wort „Hell Sehen“, hat es doch tatsächlich viel mit Durchlässigkeit und Licht zu tun.
Nun, für mich schließt es viel mehr ein, so auch hell hören, hell fühlen und andere rational nicht verständige Wahrnehmungen, wie z.B. von Geistwesenheiten, Störungen im Energiefeld von Menschen, Störungen im Energiefeld von Mutter Erde, Reisen in andere Dimensionen, Kontakte zu unserer Lichtfamilie, Begegnungen mit Außerirdischen.
Gleichzeitig befähigen mich meine „Gnadengaben“, die göttlichen

Energien durch mich wirken zu lassen, so dass Segnung, Reinigung und Heilung geschehen können.
Letztlich ist es die direkte Verbindung zur göttlichen Quelle, die reine und wahre Verbindung mit Gott.
Jeder Mensch „besitzt" göttliche Gaben. Die Mehrheit der Menschen übt sich jedoch in Unwissenheit und ist daher „noch" außerstande, diese Kraftquellen zu nutzen.
Manche Menschen versuchen über Drogen, LSD, Pilze und andere Halluzinogene in diesen Zustand zu gelangen, nur, dass dann genau das entsteht, was das Wort Halluzination aussagt. Es ist eine künstlich hervor gerufene Situation, die in dieser Form weder nachhaltig noch beständig sein kann. Dieses Erschauen entspringt den Drogen und nicht dem bewussten Bewusst Sein. Das ist für mich ein sehr gravierender Unterschied.
Aus eigener Erfahrung weiß ich, wie es sich anfühlt, wieder in der „Realität" anzukommen.
Oft greift mich ein ziemliches Elend, da diese Reise einem Trugbild, einer Illusion entspringt. Sie fühlt sich an, wie ein Irr Licht im Moor.
Damit meine ich keineswegs den bewussten Gebrauch von stofflichen Substanzen, der vormals bei Urvölkern gebräuchlich war. In meiner Erinnerung waren diese Menschen in einem sehr hohen Bewusst Sein und in direktem Kontakt mit der göttlichen Quelle. Dadurch erhielt die Handhabung solcher Substanzen eine gänzlich andere Geistesrichtung.
Wir haben uns entschieden, den Weg der Trennung von Gott zu erleben, und das haben wir tatsächlich bis zum bitteren Ende ausgereizt. Jetzt sind wir am tiefsten Punkt niedrig schwingender Energien angelangt, auf dem Bodensatz materieller Existenz. Das ist der Preis für den „Abstieg" in die dinghafte Welt.
So ist es wohl kaum verwunderlich, dass sich viele Menschen so schwer damit tun, wieder „aufzusteigen". Ein Dilemma, das verdeutlicht, dass der Abstieg wesentlich leichter und verlockender schien als der Aufstieg, der nötig ist, um diese bleiernen Regionen zu verlassen.
Nun, ich habe mich entschieden, mich aus diesen Anhaftungen der materiellen Welt zu lösen. Der „Aufstieg" aus dem „Abstieg" ist mitun-

ter sehr mühselig. Ich kann mir jedoch nicht mehr vorstellen, wieder hinab zu steigen.
Viele meiner heutigen Erkenntnisse verdanke ich den Gesprächen mit Gott Göttin, Büchern und verschiedenen Lehrern, die mir begegneten.
Die Konsequenz meines „Wissen wollens“ ist, dass ich aus meinem Erden Koma erwachte und mit mir alle meine Sinne, dass ich nicht mehr auf die Illusion „beschränkt“ bin, sondern dass Gott Göttin durch mich wirkt.
Ich lerne „dienen“, gepaart mit dem Wort „Demut“. Eine Konstellation, die mir früher die Haare zu Berge stehen ließ und gegen die ich mich mit Händen und Füßen sträubte.
Nun, jeder kann phantasievoll ausmalen, was „in Demut dienen“ bei mir auslöste. Inzwischen habe ich meine luziferische Abwehr abgestreift. Ich habe mich ihrer entledigt und stattdessen das Gewand des „Wissen wollens“ umgelegt.
Seitdem erweitert sich mein Horizont und zunehmend sehe und fühle ich unsichtbare Energien.
Ich durfte erfahren, dass wir in mehreren Dimensionen Sein können, dass wir Weltenwanderer sind und dass ich als menschliches Wesen viel mehr wahrnehmen kann, als „man“ uns weismachen will.
Die Frage ist, bin ich bereit, diese Erfahrungen im Bereich der feinstofflichen Welten zu erleben, oder will ich weiterhin in der grobstofflichen materiellen Welt verweilen.
Beide Wege sind OK. Beide Wege sind göttlich.
Nun, ich habe mich für den Weg aus der Materie ent schieden und erlebe eine zunehmende Öffnung und Reinigung meiner Kanäle.
Wir alle sind verbunden mit dem gesamten Universum, wir stammen aus ihm und daher ist Multidimensionalität so etwas wie unser Geburtszustand, eine natürliche Sicht des Kosmos mit ALLEM WAS IST.
Seit einigen Jahren bewegen sich immer mehr Erdenbewohner in ihrem Lebenskokon.
Sie erwachen aus ihrer Erstarrung und Unwissenheit, räkeln sich und beginnen sich zu entpuppen. Die Lebensgeister oder besser die göttlichen Schöpferkräfte beginnen, sich zu entfalten und Gestalt anzunehmen.

Die Menschen, die aus dieser Entwicklung erwachsen, sind wunderschön und voller Licht. Sie sind Wesen in dieser Welt, die nicht von dieser Welt sind. Und eines Tages, wenn der große Akt der Entpuppung abgeschlossen ist, werden auch die Letzten die Hüllen ihrer Erdenkleides fallen lassen und sich auf den Weg machen, auf den Weg nach Hause, zu Gott Göttin, in die Quelle allen Seins.
Das größte Geschenk, das mit meinem „Erwachen" verbunden ist, sind für mich die Augen Blicke, in denen ich Mutter Erde als die sehe, die sie ist, ein Planet der Liebe, des Lichtes und des Friedens.
Die Bilder, die mir erscheinen, sind von einem fabelhaften Zauber beseelt und überaus realistisch. Das macht es mir leichter, der Illusion, die mich umgibt, gelassener, ja manches Mal sogar mit „heiterer Gelassenheit" zu begegnen.
Ich werde über einige dieser „Erscheinungen" später noch ausführlicher berichten.

07.05.2001
Guten Morgen, Gott Göttin.
- Guten Morgen, Iona. -
Sag mal, dieser helle Himmel gestern Nacht im Westen, waren das Nordlichter? Ich habe so etwas noch nie gesehen.
- Nein, aber es waren oder besser sind Zeichen für jene, die diese Zeit aufmerksam beobachten. -
Im Moment nehme ich fast täglich Wandlungen wahr. Was hat das zu bedeuten?
- Ihr befindet euch in einer Phase des Wandels, wie er noch nie stattgefunden hat. Nur haben das viele Menschen noch nicht begriffen. Deshalb sende ich euch Zeichen und wie ich bemerke, gibt es zunehmend Menschen, die diese Veränderungen bewusst wahrnehmen. -
Göttin, ich bin in großer Sorge, was mit unserem Planeten passiert. Die Politiker schwafeln dummes Zeug und sind dem Mammon hörig. Es gibt etliche Katastrophen und dennoch handeln wir nach wie vor gegen Mutter Erde und gegen uns.
Anderseits erwacht das alte Wissen der Urvölker und ein Bewusst Sein dessen, wer wir wirklich sind, warum wir hier sind. Worte wie

Urvölker, Ursprung, Urträume, Urwissen und Urahnen tauchen auf aus dem Sumpf des Vergessens.
Auch ich träumte neulich von meinen Ahnen.
- Liebe Iona, auch ich wünschte, dass der Mensch zum Wohl von Mutter Erde und nicht gegen sie handelt.
Nun, ich schenkte euch den „Freien Willen" und dieser „Freie Wille" bestimmt eure Handlungen und die daraus resultierenden Wirkungen. Obwohl auf der einen Seite die Bewusstheit zunimmt, versetzten sich auf der anderen Seite Menschen in einen komaähnlichen Tiefschlaf. Es ist schon „ver rückt", welche Energien die Menschen aktivieren, um ihre Augen vor dem zu verschließen, was sie in ihrer Entwicklung weiter bringen könnte.
Das Wort „De volution" aus dem „Kosmischen Erbe" von Smith und Risi trifft den Zustand auf den Punkt.
Ihr seid gerade dabei, euch eine Welt zu erschaffen, die außer Kontrolle gerät, eine Welt, die nicht ihr beherrscht, sondern die euch beherrscht. Das bedeutet Verzögerung und Stagnation, einen Umweg, der nicht nötig wäre. Nun, es ist, wie es ist, und es ist gut so. Ihr seid die Architekten, ich der Bauherr. Damit hast du ja einschlägige Erfahrungen. -

Vor wenigen Jahren arbeitete ich in einem Architektur-Statik-Büro als Sekretärin. Ich erfuhr viel darüber, dass der Architekt nicht unbedingt das tut, was der Bauherr sich vorstellt und dass der Bauherr letztendlich derjenige ist, der die Fäden des Ganzen in der Hand hält. Was ich beobachten konnte war, dass selbst irreparabel scheinende „Fehler" des Architekten korrigiert werden konnten und damit wieder dem Plan des Bauherrn entsprachen. Dazu gehörte auch, dass der Bauherr mal ein Projekt zusammenkrachen ließ. Es war eine spannende Erfahrung, die mich viel lehrte.

Das Projekt Erde, das Experiment Erde befindet sich in einer kritischen Phase. Sind deshalb Menschen aus Lemuria und Atlantis inkarniert, um genau das, nämlich die Wiederholung alter Fehler, zu verhindern?

- Liebe Iona, wie ich sehe, hast du bereits Kontakt mit anderen Boten aufgenommen.
Ja, viele Menschen sind hier, um gemeinsam daran zu wirken, dass diese Welt, die sich so weit entwickelt hat, damit meine ich nur sehr begrenzt den technischen Fort Schritt, nicht noch einmal untergeht.
Es geht vor allem um die Entwicklung des spirituellen Bewusst Seins. Ähnlich wie in Atlantis sind gleichzeitig Kräfte am Wirken, die lediglich an Macht und materiellen Werten interessiert sind, an Kontrolle und Unter drückung.
Spannenderweise gibt es in eurer Sprache keine „Über drückung".
Es existiert eine Vernetzung zwischen Atlantis, den Erinnerungen, die damit verbunden sind, und der heutigen Zeit. Oder anders ausgedrückt, ihr befindet euch in einem Energienetz, in das alles, was je auf der Erde geschehen ist, eingewoben ist.
Alle bisherigen Erfahrungen des Planeten Erde sind die Basis für diesen Dimensionswechsel. Daher ist auch das Wort „Kristallisationspunkt" so wunderbar bezeichnend für diese Zeit. Wobei der aktuelle „Zeit Raum" in einem viel größeren Kontext betrachtet wird, der sich eurer Vorstellung momentan entzieht.
Natürlich gehört auch die Aufarbeitung eurer anderen Erdenleben dazu. Wie du weißt, hast du mit jedem Leben die Chance, über dein spirituelles Erwachen, deinen Erdenkreislauf in der „niedrig schwingenden Materie" zu beenden. Darauf kommen wir später noch zurück.
Es gilt, euren Ursprung zu ent decken, und dazu gehört auch, dass ihr all die Steinhaufen beiseite räumt, die ihr im Laufe vieler Leben über euer wahres Sein getürmt habt. Ihr habt euch sozusagen bedeckt.
Liebe Iona, die Ahnen kehren zurück. Viele Zeichen werden sichtbar, altes Wissen tut sich auf. Ihr erinnert euch.
Mit dieser Erinnerung und der daraus folgenden spirituellen Arbeit geht einher, dass ihr die Chance habt, endlich nach Hause zu gehen und euch von der Illusion des „Getrennt Seins" zu verabschieden.
Sinn dieser Zeit ist, zu be greifen, dass Alles Eins Ist, und entsprechend dieser Erkenntnis zu leben und zu handeln.
Auf Mutter Erde herrschen große Unruhe und viel Chaos. Es ge-

schehen Morde und Grausamkeiten an allen Wesen, die auf diesem Planeten sind, seien es Tiere, Pflanzen, Mineralien, Elementarwesen, Menschen.
Das Ist nicht der Sinn allen Lebens. Das ist Irr Sinn.
Durch Unwissenheit, Trennung und das Abtauchen in un bewusstes Leben hat sich der Mensch sehr weit von seiner wahren Natur entfernt. Etliche Wesen, auch menschliche Bewusstseins Aspekte hängen in Zwischenwelten, da es zu Verunreinigungen durch Manipulation kam.
Ihr habt Energien und Energiefeder erschaffen, die sich ver selbst ständigten und versuchen, sich eurem Zugriff zu entziehen. Sie haben quasi eigene Formen kreiert.
Es ist an euch, die Zwischenwelten zu klären und sie zu ihrer ursprünglichen Bestimmung zu führen, Orte des Übergangs zu anderen Dimensionen. Solange jedoch der tiefe Unglaube an die Existenz der Seele Raum nimmt, ist es für viele Seelen und Wesenheiten schwierig, nach Hause zu finden.
Oft sind es verwirrte Seelen, heimatlose Seelen, die sich ihre Behausung in sogenannten Retortenbabys, Klonen und anderen Manipulationen suchen. Zwar sind das nur Notlösungen. Diesen Seelen erscheinen sie jedoch immer noch besser, als in den Zwischenwelten umherzuirren.
Alles, was sich im Erdfeld an Abartigkeiten zeigt, ist ein Spiegel menschlichen Tuns und hat immer einen Kanal zu unklaren Energiefeldern.
Die luziferischen Energien sind sehr clever im Bereich der Täuschung und Manipulation und es bedarf einiger Übung, sie zu erkennen. Also, kümmert euch um Werkzeug, das es euch ermöglicht, dem Licht und der Liebe Raum zu geben.
Es ist an euch, aufzuräumen, zu klären, zu reinigen und vor allem zu verzeihen und um Verzeihung zu bitten.
Es ist an euch, um göttlichen Beistand zu bitten, sich in göttliche Obhut zu begeben.
Es ist an euch, diese Erde wieder in einen Ort des Friedens zu verwandeln.

Ihr habt euch entschieden, diesen Weg zu gehen. Ich bin bei euch. -
Göttin, was du hier sagst, ist mir teilweise ganz schön unheimlich. Zugleich öffnet sich mir ein größeres Verständnis für all diese „Seltsamkeiten" wie Retorte, Gentechnik und anderes.
Ich muss jetzt leider erst mal eine Pause machen. Aber ich möchte dieses Gespräch auf jeden Fall fortsetzen. Ich bin ziemlich betroffen von dem, was du gesagt hast.
- Bis später, Iona, bis später. -

08.05.2001

Guten Morgen, Göttin.
- Guten Morgen, Iona. Deine Begegnung gestern mit der Mondin war sehr schön und voller Kraft. Und wie ich sehe, sammelst du augenblicklich auch kraftvolle Frauen um dich. -
Na ja, kraftvolle Männer sind nicht so reichlich gesät.
Göttin, ich möchte noch einmal auf unser Thema von gestern zurückkommen. Wenn Seelen in Retortenbabys inkarnieren, bedeutet das zwangsläufig ein negatives Leben?
Bisher habe ich Retorte und Klonen als absolut Negativ betrachtet.
- Nein, Iona! Zum einen ist die Negativität eine Illusion der Dualität, zum anderen gehören genau diese Erfahrungen zu eurem Prozess. Ihr erschafft diese Geschöpfe und die Seelen wählen sie als Behausung. Retorte oder Klon haben ihren Ursprung nicht im Akt der Vereinigung. Sie sind Mensch gemacht.
Verirrte oder verhaftete Seelen stammen aus Zwischenwelten. Das schafft gewissen Gemeinsamkeiten.
Die Seele schlüpft in eine Hülle, mit der sie eine Erfahrungsverwandschaft verbindet.
Wenn die Seele im Körper sich dessen bewusst wird, besteht die Möglichkeit, über diese Erfahrung eine Entwicklung zu vollziehen, die sie letztendlich nach Hause ins Licht führt.
Das ist eine enorme Chance und erfordert viel spirituelle Arbeit.
Seelen können diesen Weg wählen. Gleichzeitig dient er dazu, euch zu unterstützen im Prozess der Mensch Werdung, der Erkenntnis eurer Verantwortung als Mitschöpfer und eurer Verantwortung für

Mutter Erde.
Dieser doch recht ungewöhnliche Weg der Inkarnation kann einiges in Bewegung setzen und bedeutet für die Seele die Chance, im besten Falle nach Hause zu Gott zu gehen.
Eure Spezies lebt in Extremen. Wenn ihr einen Prozess in Gang gesetzt habt, dann reizt ihr ihn bis zum Letzten aus, auch wenn das Ergebnis schöpfungswidrig, bitter und gefährlich ist.
Noch ist die Erkenntnis, dass auch der Mensch in das ALL EINS SEIN Allen Seins eingewoben ist, nicht wirklich durchgedrungen. Die meisten Menschen haben sich sehr weit vom Wissen um das ALL EINS SEIN entfernt.
Der Wahn von „Unsterblichkeit“ verleugnet den Tod und versucht, ihn aus dem Gesichtskreis der Menschen zu verbannen.
Tod und Leben bedingen einander, das ist ein kosmisches Gesetz.

Wo Werden ist,
da ist auch Vergehen,
und aus dem Vergehen
wird Neues entstehen.

Diesen Kreislauf zu durchbrechen liegt nicht in der Macht der Menschen.
Jeder Versuch, Gott zu spielen, wird scheitern, auch wenn die Arroganz einiger Machthaber versucht vorzugaukeln, „er / sie“ wäre Gott. -
Nun, Gott, ich möchte in dieser Welt nicht ewig leben. Ich finde es sehr anstrengend, tagtäglich die Absurdität der von uns erschaffenen Illusion zu erleben. Natürlich habe auch ich „fleißig“ mitgewirkt, dass die Welt so ist, wie sie ist. Ich lerne daraus und eines Tages werde ich nach Hause zurückkehren, wohl wissend um die Resultate, die eine Abkehr von Gott und den göttlichen Prinzipien bewirkt.
- Momentan wuchern Eigennutz, Macht, Gier und Egoismus wie Krebsgeschwüre auf Mutter Erde. Es ist hohe Zeit diesen „Krebs“ zu heilen. Deshalb inkarnieren viele alte Seelen, um euch in diesem schwierigen Prozess der Reinigung und Heilung zu unterstützen. -
Bedeutet das, dass durch die Inkarnation von „gebundenen Seelen“

aus der Zwischenwelt eine Reinigung der Zwischenwelt geschieht? Dadurch entsteht eine höhere Durchlässigkeit der Zwischenwelt, so wie es ursprünglich war? Für auf der Erde inkarnierte Seelen wir es dadurch leichter, den direkten Übergang zu finden?
- Du sagst es, mein Kind, wenn auch in einer sehr vereinfachten Form. -
Ich sehe jetzt ein Bild von Nebeln, die sich langsam lichten und die Sonne durchlassen. Vor vielen Jahren hatte ich ein wundersames Erlebnis, das mich damals mit unbegreiflichem Staunen erfüllte.
Ich befand mich in einer Region, die Mecklenburg ähnelte. Wiesen und Felder durchzogen die Gegend. Bachläufe wurden von wundervollen Baumwesen beschützt. Der Himmel lag wie eine Decke über allem.
Mein Blick schweifte über diese bezaubernde Landschaft und landete auf einer Weide, auf der Kühe, Bullen, Kälbchen standen.
Aber es war nicht einfach eine Weide mit Rindern. Nein! Diese Tiere standen bis zum Hals im Nebel. Weder ihr Körper noch die Wiese waren zu sehen. Alles im Nebel.
Nur die Köpfe ragten aus diesem Gewaber. Körperlose Nebelkopfrindviecher.
Es war ein völlig absurdes Bild und ich musste lauthals lachen. Je weiter die Sonne aufstieg, umso mehr lösten sich die Nebel und die Konturen der Tiere wurden allmählich klarer, bis sie klar und rein das darstellten, was sie waren, schwarz-weiße Rinder auf einer grünen Weide. Übrigens, einige Bullen waren auch dabei, aber die hielten sich abseits und beobachteten misstrauisch, wie sich der Nebel hob.
Aber bevor es soweit war, durfte ich das Schauspiel noch eine ganze Weile beobachten.
Spannend waren die Kälbchen. Neugierig und unbeschwert hüpften sie umher, eifrig bemüht, aus dem Nebel heraus zu springen. Es war zum Brüllen komisch. Dann wieder verschwanden sie im Nebel oder sie versuchten, sich gegenseitig ganze Schwaden zu zuschubsen, so dass sich lustige Sonnenlöcher in die Nebel kringelten. Kaum ließen sie sich in ihrem ausgelassenen Treiben stören.
Etwas abseits vom Trubel warteten die Kühe und Bullen schwer und

behäbig darauf, dass die Sonne doch endlich zu ihnen durchdringen möge. Unermüdlich wiederkäuend ergaben sie sich in den Nebel.
Wie anders waren da doch die Kälbchen. Jeden Augenblick zeigten sie die Leichtigkeit, ins Licht zu springen.
Im Grunde brauchten sich die Kühe und Bullen nur zu bewegen und der Nebel wäre in solche Wallungen geraten, dass das Licht sich Raum genommen hätte, wären da nicht diese Trägheit und das ewige Wiederkäuen gewesen.
Nun, dieses Bild hat mich in seiner Faszination nie losgelassen.
Es gibt Augenblicke in meinem Leben, da fühle ich mich wie diese Kühe im Nebel.
Mit beiden Beinen stehe ich auf Mutter Erde. Meinen Kopf ins Licht gereckt, eingehüllt in wallende Nebelschleier. Nebel, der sich nur sehr langsam auflöst und kaum erkennen lässt, was sich dahinter verbirgt.
Mit Sicherheit bin ich nicht die einzige Kuh, die auf solcher Nebelwiese steht und den Rest ihres Selbst noch nicht klar erkennen kann.
- Eine schöne Geschichte, Iona. -
Menno, Göttin, warum muss ich jetzt arbeiten gehen? Ich möchte noch stundenlang mit dir reden.
- Weil du Geld für die Kugelschreiber brauchst.
Liebe Iona, nimm dir Zeit. Es wird immer wieder Aufgaben geben, die es noch zu erledigen gilt. Bis später Iona, bis später. -

Übrigens kaufte ich mir Jahre später ein Buch von Johann Kössner mit dem Titel „Die Schleier lichten sich“.
Wie ich bereits am Anfang dieses Buches berichtete, ist Johann Kössner einer meiner wichtigsten Lehrer.

10.05.2001
Guten Morgen, Göttin! Welch ein Geschenk das Leben doch ist. Ich bin glücklich, einfach glücklich.
- Guten Morgen, Iona. Das freut mich. -
Ich weiß gar nicht, worüber ich heute schreiben könnte. Ich fühle mich so begnadet und Eins.
- Dann genieße, mein Kind, genieße! -

Göttin, ich glaube, die Wege zwischen Mone und mir trennen sich. Lange Zeit wollte ich immer mit Mone sein, bei ihr sein, von ihr bemerkt werden. Aber seit ich um das Karma weiß, hat sich viel geändert. Ich brauche Mone nicht mehr. Ich bin frei und ungebunden. Ist es das? Karma bindet?
- Ja, liebe Iona. Du hattest mit Mone eine tiefe karmische Verhaftung, Bindung. Solange du nicht darum wusstest, konntest du sie auch nicht auflösen.
Es ging um die Mone in diesem Leben und in jenem anderen Leben. Bleibt dieses Wissen verborgen, führt das oft zu Verwirrung. Erkennst du jedoch die karmische Verstrickung, lösen sich derartige Bindungen katzenleicht. -
Danke.

11.05.2001
Guten Morgen, Göttin.
- Guten Morgen, Iona. -
Göttin, heute bin ich traurig und ich weiß nicht warum.
- Doch, Iona, du weißt es. Du willst es nur nicht wahrhaben. Es ist der Alkohol. Wir haben schon oft darüber gesprochen. Er raubt dir die Energie und macht dich dumpf.
Liebe Iona, es ist hohe Zeit, diese dunkle Macht zu verabschieden. Besinn dich auf deine Eigen Mächtigkeit, besinn dich auf dein wahres Selbst. Wofür benutzt du den Alkohol? Was willst du in dir abtöten? Du weißt, dass Alkohol dich unglücklich macht. Und trotzdem handelst du wider besseren Wissens gegen dich.
Warum sträubst du dich gegen die Macht, die dir gegeben ist?
Ist es so schwer, das Licht auszuhalten, das sich am Ende des Tunnels zeigt?
Ist es so beängstigend, sehend zu werden?
Noch bist du unentschieden, greifst auf „Vertrautes“ zurück. Auch wenn deine Erfahrung dich lehrt, dass Alkohol ein schlechter Ratgeber ist und deine Sicht vernebelt. Was also hindert dich daran endlich diese „Verführung“ aufzugeben? -
Ich weiß es noch nicht. Ich will es noch nicht wissen.

In dieser Zeit sprang ich von einem Extrem ins andere. In einem Augenblick war ich glücklich und Stunden später versank ich im Morast des absoluten Selbstmitleids und einer grimmigen Todessehnsucht. Es war, als würden meine dunklen Anteile in den letzten Zuckungen liegen und noch einmal alle Kräfte aufbieten, um mich an meinem Weg ins Licht zu hindern.

14.05.2001

Guten Morgen, Göttin.

- Guten Morgen, Iona.-

Göttin ich fühle mich so unglücklich und schwer. Ich ent decke den Anlass dafür einfach nicht.

- Du kennst die Quelle. Aber, ich helfe dir gern auf die Sprünge. Menschen haben die seltsame Angewohnheit, immer in der Ferne zu suchen, auch wenn die Erkenntnis vor euren Füßen liegt. Das erinnert mich an ein Gedicht von dir, welches du 1993 schriebst.

Irr Tun

Und
weil ich
immer
in der Ferne suchte,
bemerkte ich
die Fülle
meines Hier Seins
nicht

Zurzeit entfernst du dich wieder von dir. Du verwechselst Demut mit „Rat Schlägen". Statt bei dir zu bleiben, beschäftigst du dich ständig mit anderen Menschen. Deine Gedanken schweifen umher wie hungrige Wölfe. Iona, es ist an der Zeit, dass du dich sammelst und zu dir zurückkehrst. So am Rande bemerkt, es hat auch mit Kamel zu tun. - Weißt du, Göttin, was mit Kamel abläuft, versteh ich nicht. Ich habe kein liebevolles Gefühl für ihn. Ich langweile mich mit ihm und habe

nicht die geringste Lust, ihm zu begegnen. Aber diesen Teil in mir verleugne ich.
Seit ich das Buch „Die 10 Geheimnisse der Liebe“ gelesen habe, hat sich in mir etwas verändert.
Ich sehe keine Basis in meiner Beziehung zu Kamel, es ist mehr eine beziehungslose Beziehung. So will ich weder mit Kamel noch mit einem anderen Mann Sein.
So will ich nicht lieben und leben.
- Liebe Iona, abgesehen von eurer karmischen Verbindung hast du dir Kamel aus ziemlich egoistischen Gründen gesucht. Oft hast du ihn auch nur benutzt. Es ist keine Liebe, die euch verbindet, es ist Eitelkeit und Egoismus. Eure „Beziehung“ basiert auf Äußerlichkeiten und scheint mir sehr oberflächlich.
Das Problem dabei ist, dass du Kamel nicht meinst, genauso wenig, wie Kamel dich meint. Jeder sucht im anderen das, was er / sie bei sich selbst vermisst. Nur, so funktioniert das nicht. -
Das ist gut möglich. Ich habe immer Kamels selbstsicheren Umgang mit seinem Körper bewundert.
Nun, seine äußere Erscheinung hat mich in den Bann gezogen und manchmal war ich von seiner „Schönheit“ geblendet. Die Worte „mein arabischer Prinz“ beschreiben das sehr genau. Viele Signale und Zeichen habe ich einfach ignoriert.
Nun, es macht mich traurig, dass zwischen uns nicht möglich ist, wonach ich mich so sehne, eine liebevolle Beziehung.
Ich glaube, ich habe mir Kamel schön illusioniert und mich an seinem äußeren Erscheinungsbild festgebissen, die schwarzen Locken, die goldbraune Haut, seine exotische Ausstrahlung und sein faszinierender französischer Dialekt. Ich kann mir tatsächlich ein Bild von einem Menschen erschaffen, das mit seiner wirklichen Erscheinung, dessen wer er ist, kaum noch etwas zu tun hat.
Auch das ist eine Form, mich von mir selbst zu ent fernen. Zurzeit bin ich weit weg von mir und meine Energie fließt nicht.
- Tja, liebe Iona, im Augenblick bist du ins Stocken geraten, trittst auf der Stelle. Du läufst Gefahr in deine alte Betäubung zu fallen, dich zu verlieren.

Besinn dich auf dich, kehr zu dir zurück. Es sei denn, du wählst den gewaltigen Umweg, der dir momentan in Aussicht steht.
Das wäre zwar schade, aber es wäre auch OK. Manchmal ist so ein Umweg not wendig. Und wie du weißt, hat ja alles im Leben einen tieferen Sinn, auch Umwege. -
Göttin, ich bin so unendlich traurig. Den ganzen Tag schon ist mir nach Weinen zumute.
- Ich weiß, Iona. Etwas geht zu Ende, ein Abschied naht. Das macht dich so traurig. Dir wird bewusst, dass auch Kamel dir nicht erfüllen kann, wonach du dich so sehr sehnst. Seit langem weißt du um den Widerspruch zwischen deiner Vorstellung von Partnerschaft und dem, was mit Kamel möglich ist.
Kamel ist ein junger Mann, vor ihm liegen ganz andere Aufgaben. Lass ihn seines Weges ziehen, Iona. Er hat noch viel vor sich, was bereits hinter dir liegt. Kamel kann dir kein liebevoller Partner sein, ebenso wenig, wie du ihm Partnerin sein kannst. Ich weiß, dass du dich einsam fühlst, mein Kind. Aber denke zurück an die Zeiten mit Kamel. Wie oft hast du dich gelangweilt, wie oft warst du mit ihm einsam? Versuche nicht, ihn fest zu halten, lass ihn los. Kläre, was zu klären ist, und geh deines Weges.
Du begegnest deiner Abwehr, der Liebe, denn es ist keine Liebe, die euch verbindet. Und diese Wahrheit stimmt dich traurig. Iona, du bist ein liebevoller Mensch, kehr zu dir zurück und höre auf, dich im Außen zu vergeuden.

Auch der Brunnen der Liebe
braucht eine Quelle,
die ihn speist,
sonst vertrocknet er.

Gib weder dir noch Kamel die Schuld an eurem Scheitern. Es gibt keine Schuld. Danke für die Erfahrungen, die du machen durftest, und sieh den Anfang, der diesem Tod innewohnt. -
Danke, Göttin, danke.
Im folgenden Gespräch sollte sich das Thema „Weiblichkeit und Blut"

herauskristallisieren, ein Thema, welches mich schon immer brennend interessierte und beschäftigte.
Es liegt mir fern, Frauen als Opfer und Männer als Täter darzustellen. Jede menschliche Handlung folgt einem Axiom, dem Prinzip von Ursache und Wirkung.
Ich glaube, dass mit der Entmachtung der Frau eine Umkehrung geschah. Vielleicht gehört dieser Prozess zu unserer Evolution. Vielleicht musste der Göttin ein Gott folgen. Ich weiß es nicht, denn ich erinnere mich nicht.
Was ich allerdings weiß, ist, dass Extreme, egal wie sie sich auch gestalten mögen, keine Heilsbringer sind.
Derzeit sind wir im entweder Mann oder Frau angelangt und beides sind ungesunde, unheilvolle Sinnesrichtungen, die uns, sowohl Mann als auch Frau, nicht fruchtbringend weiterführen.
Die Entmachtung der Frau hat viel Unheil auf der Erde gezeugt. Und selbst heute, in einer sogenannten Zivilisation gilt die Frau als minderwertig. Nun, die wenigen Beispiele, die ich hier anführe, sind ein winziger Ausschnitt der Unterdrückung weiblicher Energie und sehr bezeichnend für den Zustand, in dem die Menschheit sich befindet. Ich rede von Zwangsheirat, Genitalverstümmelung, Diäten, Schönheitsoperationen, Ganzkörperschleier, Steinigung, Vergewaltigung, Arbeitsplätzen, Lohngestaltung, Mitsprache- Gestaltungsrechten…
Rechte, die für Männer gelten, gelten noch lange nicht für Frauen, und Rechte die für Frauen gelten, gelten schon lange für Männer.
Allerdings erlebe ich die Männer in einem Dilemma, das dem der Frauen nicht nachsteht. Sie verbiegen sich und verleugnen alles, was auch nur den Hauch von Weiblichkeit erschaffen könnte, um als „Mann“ zu gelten und ein echter Mann ist hart und stark und klug und Ernährer und…
Ich möchte in der heutigen Zeit mit keinem Mann tauschen, denn sie unterliegen einem enormen Erwartungsdruck, wie „Mann“ zu sein hat. „Indianer kennen keinen Schmerz!“, dieser schlichtweg falsche Satz hat viele Männer in eine Prägung gestürzt, die alles andere als authentisch ist. Auch Männer tun sich schwer mit ihrer Identität, die so viel anders ist als das, was die Gesellschaft und wir Frauen ihnen

suggerieren.
„Männer sind wie Atomreaktoren, außen gepanzert und innen hochexplosiv.“ Diese Sentenz hat mich tief beeindruckt und birgt viel Wahrheit in sich.
Es ist hohe Zeit, Männlichkeit und Weiblichkeit wieder in die Balance zu führen, denn das, was jeder Frau geschieht, geschieht gleichzeitig jedem Mann und umgekehrt. Jeder von uns trägt männlich und weiblich in sich.
Der „Kampf der Geschlechter“ zeigt uns sehr deutlich, an welcher Stelle wir uns im Prozess der Menschwerdung befinden.
Möge jeder in sein Selbst schauen, wie er / sie mit dem eigenen und jeweils anderen Geschlecht verbandelt ist.
Vor sehr langer Zeit war das Blut der Frau heilig. Ehrfürchtig wurde es an Mutter Erde geschenkt, für Heilzwecke benutzt, geehrt und geheiligt.
In vielen Gemeinschaften blieben die Frauen während ihrer Zyklen unter sich. Es gab Frauenhütten, Orte an die sie sich während ihrer Blutung zurückzogen.
Oft waren sie auf die Mondin und einen gemeinsamen Zyklus eingeschwungen. Die bewusste Wahrnehmung ihres Frau-Seins lag ihnen sozusagen im Blut. Es gab eine kosmische Ordnung, die sich Monat für Monat im Blut der Frauen spiegelte.
Dieser Zeitraum war Frauenraum, ebenso wie die Geburt eines Erdenkindes Frauensache war. Männer hatten da nichts zu suchen. Sie hatten ihre eigenen Räume und Aufgaben. Intime Räume wurden akzeptiert und es gab Grenzen, die vom Respekt und der Achtung gegenüber der Andersartigkeit der Geschlechter zeugten.
Veränderungen im Bereich menschlicher Gemeinschaften und bestimmte damit verbundene Interessen manipulierten eine Verteufelung und Entweihung des weiblichen Blutes. Gleichzeitig und oft unbemerkt begann eine Domestizierung weiblicher Urkraft. Es war die Zeit, in der die Göttin in uns, die Frau, die Weiblichkeit schleichend entmachtet wurde.
Weiblichkeit und Blut wurden an den Pranger gestellt und als „gesegnete Reinigung des weiblichen Körpers und zyklischen Ausdruck kos-

mischer Ordnung“ entweiht.
Von Stund an galt die Mensis als schmutzig, unrein, zerstörerisch, ein Bild, das zunehmend auch Frauen übergestülpt wurde. Frau-Sein bedeutete, minderwertig zu sein.
Die Frau wurde in den Status der Gebärerin erniedrigt, die einzig und allein dem Mann und der Familie zu dienen hatte. Geistige Fähigkeiten, ja sogar Gehirnzellen wurden ihr abgesprochen.
Nun, über die Zerstörung weiblicher Energie und weiblichen Wissens gibt es viel Material aus den unterschiedlichsten Zeitepochen.
Ich möchte anmerken, dass ich mit diesen Beschreibungen nicht Yin und Yang meine, das die Polarität in ihrer irdischen Ordnung beschreibt, sondern die menschgemachten Wertungen und Unterdrückungsinstrumentarien.
Auch seien hier einige Bücher erwähnt, die sich aus meiner Sicht überaus aufschlussreich mit diesem Thema auseinandersetzen:

- *Ernest Bornemann: Das Patriarchat: Ursprung und Zukunft unseres Gesellschaftssystems*
- *Julia Voss: Das Schwarzmond-Tabu. Die kulturelle Bedeutung des weiblichen Zyklus*
- *Angelika Aliti: Die wilde Frau. Rückkehr zu den Quellen weiblicher Macht und Energie*
- *Penelope Shuttle und Peter Redgrove: Die weise Wunde Menstruation*

Die uralten Rituale, die Frauen seit tausenden von Jahren begleiteten, verschwanden und mit ihnen der Zusammenhalt, die Gemeinschaft des Weiblichen, vereint im Zyklus der Mondin, blutrot.
Menstruation wurde zu Hexenwerk erklärt, ebenso wie heilerische Gaben.
Frauen wurden zu unreinen, niedrigen Wesen gedemütigt, die „Mann“ benutzt, wann er es will.
Damit wurde einer der wichtigsten Aspekte des Frau-Seins in die Dunkelheit der Ignoranz und Heimlichkeit gedrängt, ihr heiliges Blut. Die

Auswirkungen auf die Frauen waren katastrophal und die daraus wuchernden Drangsale erdulden viele Frauen heute noch weltweit.
Die Tabuisierung und Verteufelung der monatlichen Blutungen haben tiefe Wunden in die weibliche Seele und das weibliche Selbstbewusstsein geschlagen. Viele Frauen begannen, sich ihres Blutes und ihrer Weiblichkeit zu schämen Abgesehen von Schuldbewusstsein, Minderwertigkeit und einer ganzen Palette anderer unguter Gefühle, wurde ein natürlicher Vorgang als unnatürlich suggeriert. Die Auswirkungen dieser Irreführung sind bis heute mehr als deutlich zu spüren.
Die bis in die aktuelle Zeit andauernde, falsche Auslegung der Weiblichkeit trug ihre Früchte. Frauen erlebten sich nicht mehr authentisch, als machtvolle, autonome Wesen, sondern als „Besitz“ und Gebärerin, als Werkzeug des Mannes, der als Krönung der Schöpfung über allem thronte.
Aus meiner Sicht sitzt dort die Hauptwurzel für Eifersucht, Neid, Konkurrenz..., die Zwietracht zwischen Frauen säen und mit denen sich viele Frauen gegenseitig das Leben zur „Hölle“ machen.
Was erzeugte diese unglaubliche Angst vor diesem „Roten Fluss“, der sich machtvoll und unaufhaltsam seinen Weg aus dem weiblichen Leib bahnt?
War es die Tatsache, dass sich das Blut der Frau jeder männlichen Kontrolle entzog und deshalb andere Wege gesucht werden mussten, um die weibliche Energie zu schwächen?
Zu keiner Zeit jedoch war es möglich, das Blut der Frau so zu ignorieren und „wegzumachen“ wie heute, in der sogenannten modernen, zivilisierten Welt.
An dieser Stelle möchte ich einfügen, dass ich die heutige Zivilisation gern als“ Zuviel lisation“ bezeichne. Ich weiß nicht, ob ich dieses Wort aufschnappte oder ob es meinem Geist entsprang. Das ist unwichtig. Mir gefallen die Treffsicherheit und die Spitzfindigkeit, mit der es unsere aktuellen Konflikte auf den Punkt bringt.
Frauen degradieren sich zu Püppchen, die sich mit Silikon ausstopfen und fast den Hungertod sterben. Lebenssinn und Lebensunsinn sind abhängig vom Wohlwollen der männlichen Welt. Es gibt unzählige Beispiele des unglaublichen Anpassungszwangs und der Gefallsucht,

der viele Frauen anheimfallen, und die Dramatik, die damit einhergeht, ist weder zu übersehen noch zu überhören.
Im Verlauf meines Frau-Seins erfuhr ich, zu welch abartigen Mitteln Menschen greifen, wenn es darum geht, die Unterdrückung der Frau zu erhalten, und wie unkritisch Frauen z.B. der Verleugnung ihres „heiligen Flusses“ begegnen.
Inzwischen ist der Ausdruck: „Du hast wohl deine Tage…“ in die Kategorie der Schimpfsätze gerutscht.
Die Frau und ihr Blut ist heute ein Thema, das in gigantischem Maße als Tabu, negativ belegt und unrein gilt.
Werbewirksam und viel Geld einbringend wird daran gearbeitet, die Farbe „Rot“ in Verbindung mit der weiblichen Menstruation aus dem Bewusstsein der Menschheit zu tilgen.
Am besten, „man“ merkt einer Frau nie an, dass so etwas wie Monatsblutung in ihrem Körper überhaupt stattfindet.
Es gilt fast als Makel und ist für viele Frauen eher mit Peinlichkeit, denn mit Freude und Lust besetzt. „Sterilität“ ist das Zauberwort, das verhindern soll, dass auch nur das kleinste Tröpfchen Frauenblut ins Angesicht der Öffentlichkeit dringt.
Die Werbung lässt blaue Flüssigkeit auf Binden fließen, auf dass ja keine direkte Verbindung zum „Rot“ des Menstruationsblutes aufkommt. Es wird kaschiert, manipuliert und verleugnet, was das Zeug hält.
Immer weniger Frauen benutzen die „alt bewährten“ Binden, um dem Fluss ihres Blutes freien Lauf zu lassen. Tampons sind ein phantastischer Tummelplatz für Bakterien, da sie eine Art Blutrückstau erzeugen und ein Abfließen des Blutes verhindern. Ein Thema, das besonders für Gynäkologinnen interessant sein dürfte.
Ich glaube, dass die zunehmenden „barbarischen“ Schmerzen, die viele Frauen erleiden, wenn sie in die Zeit der Menstruation treten, ein Resultat der „Entweiblichung“ sind und sich auf diese Weise ein Schmerz kanalisiert, dessen Ursachen „nicht nur“ im körperlichen Bereich liegen.
Eine große Rolle spielt auch der Aspekt des Rückzuges, der heute nicht mehr gegeben ist. Kaum eine Frau kann es sich leisten, sich auf

ihre Mensis vorzubereiten, geschweige denn, sie zu begrüßen und zu würdigen oder gar sich in der Zeit der Reinigung zurückzuziehen.
Für die meisten Frauen ist es ausgesprochen schwierig und kaum vorstellbar, sich in dieser Phase intensivster Reinigung Räume zu erschaffen, in denen sie sich ausruhen können. Sie müssen funktionieren und das, obwohl jede Frau in dieser Zeit „normalerweise" viel Blut verliert und der Körper voll und ganz auf die Regenerierung ausgerichtet ist.
Diese Barbarei, auch wenn sie kaum wahrnehmbar "wirkt", ist schmerzvoll. Leider werden die Signale, die unser schreiender Körper in die Welt sendet, selten verstanden, und statt sie zu hören, werden die Ohren mit Tabletten verstopft.
Ein gesundes Verhältnis zum eigenen Blut, die Annahme unserer Weiblichkeit und Mächtigkeit könnte aus meiner Sicht wahre Wunder bewirken und heilen, was es in uns zu heilen gilt.
Das Tabu weiblichen Blutes hat inzwischen abartige Formen angenommen und geht heute so weit, dass es Spritzen / Pillen gibt, die ein Aussetzen der Mensis bewirken, auf dass die Frauen von dieser unliebsamen, monströsen Begleiterscheinung ihrer Weiblichkeit erlöst werden.
Auch das ist ein Ausdruck von Ignoranz der göttlichen Schöpfung gegenüber und dem Wunsch, „Gott zu spielen".
Was derartige Ein- und Übergriffe im weiblichen Körper, in Geist und Seele auslösen, mag sich jede selbst ausmalen.
Tragischerweise werden diese Pillen auch bei Teenagern angewandt, die ihre „Tage" sehr früh bekommen. Ich sehe das als einen überaus bedenklichen, hormonellen Eingriff in der Phase der Pubertät, der die natürliche, sowohl physische, als auch psychische Entwicklung junger Mädchenfrauen manipuliert und stört.
Inzwischen gibt es nur noch wenige Frauen, die ihre Menstruation lieben und als das wertschätzen, was sie ist, eine monatliche Reinigung und ein Zeugnis unseres Frau-Seins.
Auch ich begann meinen „Roten Fluss" erst sehr spät zu lieben, was ich bedauere. Heute weiß ich, dass Pubertät, Menstruation und Wechseljahre ausgesprochen wichtige Aspekte des Frau-Seins sind.

Jede einzelne dieser Phasen verdient höchste Aufmerksamkeit und Wertschätzung.
Pharmaindustrie, Werbung und auch Ärzte wollen uns weismachen, dass Wechseljahre wie eine Krankheit behandelt werden müssen. Es gibt eine breite Palette an Chemiekeulen, die diese irrige Annahme, z.B. in Form von Hormonpräparaten, tatkräftig unterstützt.
Statt Freude nimmt sich oft Depression Raum. In Wahrheit handeln wir mit der Meinung, Wechseljahre seien eine Krankheit, gegen uns.
Die Sicht, Wechseljahre als Weg in die Freiheit der „Weisen Alten, der Großen Mutter“ in Augenschein zu nehmen, ist eine wunderbare Möglichkeit, sich von den gängigen Klischees zu lösen. Übrigens ist Oma ein Wort, das ich noch nie leiden konnte.
Wechseljahr bedeuteten, sich ins „Inn“ zu stellen und nicht ins „Aus“.
Allerdings ist es für viele Frauen ungewohnt und fremd, nicht mehr „gebraucht“ zu werden und endlich Zeit und Raum für sich zu haben.
Ich würde auch nie behaupten, dass es leicht sei, diese Freiräume zu füllen bzw. sich selbst zu erschaffen, standen doch über viele Jahre mitunter auch Jahrzehnte die eigenen Bedürfnisse im Hintergrund.
Auch ich stolperte nach dem Auszug meines Sohnes einige Jahre durch das Tal der Sinnlosigkeit und des Lebensunmutes. Bis zu diesem Zeitpunkt war mein Sohn mein Lebensinhalt, allerdings wurde mir diese Tatsache erst bewusst, als er weg war. Wie hatte ich vorher getönt: „Wenn mein Kind aus dem Haus ist, aber dann...“.
Und dann war das „DANN“ da und ich wusste nichts, aber auch gar nichts mit mir anzufangen. Ich fühlte mich wie eine leere Hülle, was ich ja in gewisser Hinsicht auch war.
An dieser Stelle wünschte ich mir mehr Augenmerk psychotherapeutischer Ansätze auf diese Zeit des Wandels. Die Chance, die sie in sich birgt, ist phantastisch und kann eine völlig neue Sicht auf das Leben und den Sinn unseres Da Seins eröffnen. Ich habe das Glück einen männlichen! Therapeuten an meiner Seite zu wissen, der mich in wahrhaft göttlicher Weise in meinem Prozess der Selbst findung begleitet.
Ich hatte mich tatsächlich für lange Zeit verloren. Nun, was ich verloren habe, kann ich auch wiederfinden oder neu erschaffen. Ich muss

mich jedoch auf die Suche danach begeben.
Nun, es gibt natürlich auch Frauen, die sich weigern, ihren Status als Kind, Frau, Geliebte, Mutter… in Frage zu stellen. Das ist OK.
Ich spreche hier zu jenen Schwestern, die aus der Mühle des immer wieder beschworenen Frauenbildes herauswollen. Die Wechseljahre sind eine Zeit, in der wir alle die Chance haben, uns zu begegnen von Angesicht zu Angesicht, was nicht immer nur Freude mit sich bringt. Und glaubt mir, liebe Frauen, ich weiß wovon ich rede.
Dass eine hormonelle Umstellung in unserem Körper stattfindet, ist eine Tatsache. Die Frage ist, wie gehen wir damit um. Alternativen zur Hormonverabreichung sind kaum bekannt und über den positiven Aspekt der Wechseljahre wird wenig berichtet.
An dieser Stelle möchte ich das Buch von Julia Onken „Feuerzeichenfrau: Ein Bericht über die Wechseljahre" wärmstens empfehlen. Es ist eine wundervolle, schnurrige, wissende und einfühlsame Auseinandersetzung mit diesem Thema.
Aus Frauenquellen erfuhr ich, dass z.B. durch den Verzehr von Süßkartoffeln mögliche Beschwerden in der Phase des Übergangs zur „weisen Frau" erleichtert werden, da die Stoffe dieses Gemüses die hormonelle Umstellung im Körper unterstützen können.
Inzwischen erlebe ich meine Wechseljahre als ein Geschenk und eine Befreiung. Die oft beschriebenen Krisen und Körpersymptome habe ich kaum wahrgenommen, wohl aber die neue, „gereifte" Qualität meines Frau-Seins und die Freiheit, die damit einhergeht.
Ich glaube, dass die Annahme oder Ablehnung unserer Weiblichkeit alle Prozesse und Entwicklungen unseres Lebens beeinflusst, ob wir uns dessen bewusst sind oder nicht.
Heute verdienen ganze Industriezweige an der vergesellschaftlichten „Weiblichkeit". Verlierer sind oft die Frauen, die diesem Anpassungswahn nachgeben und sich selbst dabei verloren gehen.
Als ich meine BHs verabschiedete, ich war etwa 32, wurde mir schlagartig bewusst, was wir Frauen uns antun, indem wir uns einschnüren, beengen, anpassen.
Nun, ich habe in all den nachfolgenden Jahren viel Geld gespart und meine Brüste konnten in Freiheit sein.

Die scheelen Blicke, die ich mitunter ernte, zaubern ein Schmunzeln auf mein Gesicht, weiß ich doch, wie es sich anfühlt, tief und emanzipiert zu atmen.
Wie bereits gesagt, mit dem „Schnürpaket Frau“ lässt sich mittlerweile richtig gut Geld verdienen. Sogar das Korsett erlebt eine Renaissance ungeahnten Ausmaßes oder anders gesagt, das Korsett erlebt eine überaus konsumträchtige Wiedererweckung.
Nun, solche Formen der „Rückholung“ werden uns noch des Öfteren begegnen. Es sind Frauenfänger, die unterwegs sind, und die müssen sich inzwischen eine Menge einfallen lassen, um die Frauen zu kriegen.
Inzwischen sind nämlich einige von uns ganz schön pfiffig geworden und lassen sich nicht mehr so leicht einfangen und in die Einkaufstasche zwängen.
Nun, eine frei atmende, bewegungsfähige Frau wäre vermutlich eine echte Gefahr für das installierte Frauenbild, das auf Großleinwänden überall auf dieser Welt ausgesendet wird.
Allerdings überkommt mich auch die Ahnung einer Angst, die umgeht, eine Angst mit dem Oberton: „Freie Frauen nehmen sich Raum“.
Dass dieser Zeitgeist vor allem Männer in Furcht und Grausen versetzt und sie sowohl um ihre Macht als auch um „diverse andere Dinge“ bangen, wen wundert's?
Es ist schon eine starke Kraft, die da in Form von Frauenpower wie ein Orkan übers Land toben wird, ein Frauenhurrikan sozusagen. Die ersten Zeichen sind bereits am Horizont zu sehen.

Und justament scheint mir der Augenblick gekommen, in dem ich auf ein paradoxes Paradox hinweisen will.
An dieser Stelle sei mir eine kleine Ausschweifung gestattet, die uns in den Bereich der Politik führt. Es geht um die Verwobenheit zwischen Politik und Gesundheit in Gestalt von „Diäten“. So winzig und unscheinbar dieses Wörtchen „Diäten“ vor sich hin steht, der Schein trügt.
Sowohl in der Welt der Männer, als auch in der Damenwelt hinterlässt das Wörtchen „Diäten“ einen eindrucksvollen Klang, wenn auch aus

verschiedenen Gründen.
Mir ist zwar völlig schleierhaft, was Diäten in der Politik zu suchen haben. Aber durch eine genauere Betrachtung erschloss sich mir ein Sinn, der wenn auch nicht logisch, so doch wenigsten gewinnbringend ist. Vielleicht sind die vielen Burschen und die wenigen Burschinnen, die da im Bundestag sitzen einfach nur clever.
Da war in endlosen Sitzungen die Rede von „den Gürtel enger schnallen", „Maß halten", was auch immer damit gemeint ist und alle müssen „abspecken". Und kurz darauf, nachdem fast alle der Gürtel enger geschnallt war, haben sich die Abgeordneten ihre Diäten um 700,- € erhöht.
„Was des Einen Recht ist, kann den Anderen teuer zu stehen kommen."
Anscheinend begreift mein weiblicher Verstand diese pragmatische Nutzung des Wortes „Diäten" nicht, denn selbst in meinem Synonymwörterbuch konnte ich nur Sinnverwandtschaften auftreiben wie Abmagerungskur, Gesundheitsmittel, Schlankheitskur, Einschränkung, Beherrschung, Mäßigung, Enthaltsamkeit.
Worte wie Bereicherung, Habgier, Maßlosigkeit entdecke ich seltsamerweise nirgendwo, trotz intensivster Begriffssuche, ganz zu schweigen von Egoismus, Geldsucht, Menschenverachtung.
Nun, das Rätsel der Diäten und der Diäten werde ich wohl vorerst nicht lösen. Sollte ich allerdings den Unterschied der Diäten zu den anderen Diäten knacken, lass ich es euch auf jeden Fall wissen.
Vielleicht mache ich alles mal wieder zu kompliziert und es geht einfach nur darum, dass die Politik alles, was wir uns als willige Bürger vom Munde absparen, einsammelt und in den Fond der Diäten legt, wo es dann zu gegebener Zeit an gutverdienende „Volktreter" ausgeschüttet wird.
Das würde doch Sinn machen, oder?
Übrigens, da die Werbung ja bekanntermaßen mit der Politik Hand in Hand arbeitet und erfahrungsgemäß eine Hand die andere wäscht, wurde schon mal vorab mit dem Slogan „Geiz ist geil" vorgebaut. So konnte sich das gemeine Volk bereits im Vorfeld an allerhand Abartigkeiten gewöhnen, die uns jetzt in gehäufter Form entgegen

schwappen.
Mein tieferes Verständnis dafür, dass Geiz geil sein soll, hält sich zwar sehr in Grenzen. Auch ist mir der fassbare Sinn dieser drei Worte bis heute verborgen geblieben. Aber das mag wohl daran liegen, dass mir gewisse Formen menschlicher Logik einfach abgehen.
Wie anders gehen doch wir Frauen mit diesem winzigen Etwas von so existentieller Bedeutung um.
Diäten!
Welcher Frau läuft bei diesem Wort „Diäten" kein kalter Schauer über den Rücken?
Die umgehende Reaktion, der Blick in den Spiegel, der Gang auf die Waage, die Inspektion des Kleiderschrankes sind uns allen wohl bekannt.
Diäten, tausende Frauen haben schon tausende Diäten gemacht. Allerdings kenne ich keine Frau, der Diäten eine Gehaltserhöhung so ganz nebenbei eingebracht hätte. Im Gegenteil, so manche Frau bezahlte nach Diäten ein Vermögen für neue Kleidung, da sie zu ihrer Verblüffung, nach Diäten um ein Vielfaches zunahm. So gesehen kann man Diäten wohl auch als „Zunahme" verkaufen. Es ist alles eine Frage der Sicht und es ist das Synonym, was hinterherhinkt.
Na, dann haben wir das mit den Diäten ja geklärt. So einfach ist das. Wo war ich stehen geblieben, bevor mich die Diäten ereilten und in den Bann fiktiver Spekulation trieben? Ach ja, es ging um unser Frau-Sein und den hohen Preis, den wir zahlen, wenn wir uns ein Leben lang in Anpassung üben.
Es liegt mir fern, Schwestern die sich selbst fremd sind, zu verurteilen. Ich fühle eher Solidarität und Mitgefühl. Vieles was heute geschieht, geschieht aus Unwissenheit und Geistlosigkeit. Und dennoch macht es mich manchmal traurig, zu erleben, wie Frauen sich verbiegen und verleugnen, um sich in scheinbarer Sicherheit zu wähnen.
Die Gesellschaft tut das ihrige, auch in Deutschland, um Frauen auf allen Ebenen zu degradieren und die Rolle als Mutter, Köchin und Geliebte aufrecht zu erhalten.
Ich bin der Ansicht, jede Frau und jeder Mann, der Kinder großzieht, sollte ein staatliches Gehalt bekommen. Denn jedes Kind, das uns in

dieser Welt beglückt, dient letztendlich, in welcher Form auch immer, uns allen. Aus eigener Erfahrung weiß ich, dass es ein „Fulltimejob" ist, was für ein grauseliger Ausdruck, ein Kind in und durch das Leben zu führen.

Unser Staat hat ja erst kürzlich das Alter, in dem „Jugendliche" das elterliche Haus verlassen dürfen, um auf eigenen Beinen durch eigene Wohnungen zu gehen, auf 25 Jahre erhöht. Natürlich gilt das nur für die Jugend aus den „unteren Schichten", die „soziale Hilfe" benötigen.

Die tolerante Lösung, die es ermöglicht hatte, mit 18 eigene Wege einzuschlagen und sich vielleicht aus der destruktiven und hoffnungslosen Energie des Familienheimes zu lösen, wurde sehr schnell wieder abgeschafft, da es den Staat angeblich zu viel kostet.

Nun, ich glaube Jugendkriminalität, Jugendknast, Jugendcamps… kosten viel mehr, aber Milchmädchenrechnungen sind in unserem Land ein beliebtes Mittel, Steuergelder zu verschleudern, von den Auswirkungen auf die psychische Verfassung der Jugendlichen ganz zu schweigen.

„Höhere Schichten" können ihren Kindern eine eigene Wohnung kaufen und sie auch mal vor der Zeit ins Leben schubsen. Die Saufgelage unserer jungen Menschen sprechen Bände. Schichten, ob oben oder unten, spielen da keine Rolle, denn das Dilemma in dem unsere gesamte junge Generation steckt, ist kaum zu übersehen. Oder anders gesagt, was für ein Albtraum.

Ich habe da so meine Schwierigkeiten mit der ständigen Betonung, dass wir ja die erste Bundeskanzlerin Europas hätten, eine Frau, und welch ein enormer Fort Schritt damit verbunden sei. Viele Entscheidungen, die sich gegen die Kinder und Jugendlichen richten, entspringen genau dieser „Frauenführung", was demonstriert, dass das „andere Geschlecht" nicht zwangsläufig eine Staatsführung erschafft, die sich in menschlichere Gefilde bewegt.

Nun, für mich ist Frau nicht gleich Frau und auch eine Bundeskanzlerin kann sich menschenfeindlich verhalten, wie die Einsätze junger deutscher Soldaten in Kriegsgebiet, wirtschaftliche Interessenvertretung, Atomkraftwerksförderung… deutlich machen.

Frau zu sein, bedeutet keineswegs, besser als Männer zu sein oder zwangsläufig Veränderungen einzuläuten.

Wir alle tragen männliche und weibliche Aspekte in uns. Die Gewichtung hängt mit der Lebensaufgabe und der Lebensgestaltung eines jeden Menschen zusammen.

Eine wahre Frau und ein wahrer Mann dienen sowohl der Menschheit als auch Mutter Erde mit ALLEM WAS IST. Sie dienen der Schöpfung und der Evolution und lassen sich nicht von egoistischen Machtspielen und Mammon-Interessen verführen.

Dass Frauen über eine Vermännlichung versuchen, ihren Mann zu stehen, statt Frau zu sein, entspringt aus meiner Sicht auch der Unsicherheit, wie es sich überhaupt anfühlt, eine starke autonome Frau zu sein und dementsprechend zu handeln. Einige Frauen, auch in der Politik, haben uns in den letzten Jahrtausenden eine Ahnung davon geschenkt, wie sie sich anfühlt, diese authentische, selbstbewusste Frau, die weiß, was sie will und wie sie es will.

Nun, ich bin mir sicher auch da wird sich in den nächsten Jahren einiges ändern.

Frauen waren und sind mächtige Wesen.

Frauen sind ebenfalls Geschöpfe Gottes und der männlichen Spezies ebenbürtig.

Das ist einer der Gründe, warum ich die Geschichte von Adam und Eva armselig finde.

Ich bin und besitze meine eigene Rippe. Ich bin aus göttlicher Substanz gemacht und nicht aus Adam.

Das mag trotzig klingen, nur einen dauerhaften Herzensfrieden mit dem männlichen Geschlecht gilt es für mich erst noch zu schließen, und das bedarf einer gewissen Übung.

In meinem Prozess der Bewusst Werdung spielt das Erkennen meiner Weiblichkeit eine ausgesprochen wichtige Rolle. Mittlerweile bin ich in der Lage, aktuelle Strömungen zum Thema Frau kritisch zu betrachten, mir meine ur eigene Meinung zu bilden, um entsprechend zu handeln oder nicht zu handeln.

Auch wenn mein Focus sich mehr den Frauen zuwendet, möchte ich an dieser Stelle betonen, dass es mir darum geht, sowohl Frauen als

auch Männer in ihrem Menschbewusstsein zu bestärken.
Denn letztlich sitzen wir alle, Mann und Frau, im gleichen Boot und wir entscheiden, ob es untergeht oder ob wir das rettende Ufer erreichen.

15.05.2001

Guten Morgen, Göttin. Nun, meine lieblose Situation beginnt sich aufzulösen.
- Guten Morgen, Iona. Das klingt gut und freut mich für dich. -
Weißt du, Göttin, gestern wurde mir sehr deutlich, welche Geschenke ich in den letzten Jahren erhielt. So viele Menschen, denen ich begegnete und die mir Liebe spiegelten. So wie Frau Klaus, die mir als Therapeutin zeigte, was Wohlwollen und liebevolle Annahme bedeuten. Oder die Frauen aus der Frauengruppe, unser gemeinsames Wachsen, unsere Streitbarkeit. All die Freundinnen, die mich umgeben. Mit Frauen bin ich reich gesegnet.
Nur mit der Männlichkeit will's nicht so recht klappen. Was das wohl bedeutet? Aber ich muss gestehen, dass mich die Männer, die hier rum springen nicht wirklich tangieren. Mir begegnet selten ein wirklich spannender Mann. Nun, das ist ein Thema, das sich mir noch offenbaren wird. Stimmts?
- Sicher, Iona, es ist schon in Arbeit. Augenblicklich bist du jedoch dabei, Eigenmächtigkeit, Heilkraft und Frau-Sein zu entdecken. Und da ist kaum Raum für Männer.
Jetzt gilt es, dich zu suchen und zu finden, die Frau Iona.
Zurzeit hast du deine Stacheln aufgestellt und schützt dich vor allem, was nach männlicher Energie riecht. Damit meine ich die auf der Erde verkörperten Männer, nicht deine männlichen Anteile.
Du erwachst in deiner Weiblichkeit, du ent deckst die Großartigkeit deines Frau-Seins und welch ein Geschenk das ist.
Dein weibliches Energiefeld wird aktiviert. Lange hast du deine Weiblichkeit verleugnet, dich angepasst oder gekämpft. Jetzt trittst du in den Prozess, dich mit deinem Frau-Sein zu identifizieren, zu begreifen, dass es einen Grund hat, dass du als Frau inkarniert bist.

In solchen Zeiten ist es wichtig, dass Männer draußen vor der Tür bleiben. Sie haben ihre eigenen Bereiche und ihre eigene Suche zu bewältigen.
Also, liebe Tochter, widme dich ganz dir und deiner Weiblichkeit.
Du stehst in deinem Mond (Menstruation). Fühlst du den Fluss der Reinigung, siehst du das Rot deines Blutes, wie es aus deinem Körper in Mutter Erde fließt. Ich sehe dich an deinem Zaubersee hocken und Mutter Erde trinkt dein Blut.
Das ist eine der Antworten auf deine Frage, warum du mich in den letzten Tagen immer mit Göttin anredest. Du bist in deiner Mondin-Zeit, in deinem natürlichen Rückzug, in deiner Blutzeit.
Iona, spürst du die Mächtigkeit deines Frau-Seins? -
Ja!
- Nun, es ist hohe Zeit, dass sich die Frauen ihrer Eigen Macht erinnern und aus ihrer Ohn Macht heraustreten.
Es ist wichtig, dass ihr aus den Schlupfwinkeln des häuslichen Herdes auftaucht, euer Aschenbrödeldasein beendet und endlich wild mit den Füssen aufstampft.
Nehmt den Platz ein, der euch gebührt, und hört auf, euch von Männern wie gebrechliche Wesen behandeln zu lassen.
Dieser Satz: „Die Geduld der Frauen ist die Macht der Männer“, birgt eine große Wahrheit in sich. Auch der Satz: „Hinter jedem berühmten Mann, steht eine starke Frau“, beschreibt euer Dilemma auf sehr eindringliche Weise.
Es ist hohe Zeit, dass sich die Frauen zusammentun und aufhören, gegeneinander zu konkurrieren. Nur so kann es gelingen, Liebe, Licht und Frieden zu erschaffen. Dieser Prozess beginnt mitten unter euch und nicht im Außen.
Ohne das Zutun der Frauen wäre Mutter Erde heute nicht in diesem erbärmlichen Zustand. Und dabei geht es nicht um Schuldzuweisungen, es geht um das Begreifen der Zusammenhänge und darum, dass die Zeit drängt und nicht mehr viel Raum ist für die Egospielchen, in denen ihr euch seit langem tummelt.
Auch Männer sind wunderbare göttliche Geschöpfe. Aber auch sie sind überaus geübt darin, ihre eigentliche Bestimmung zu verleugnen.

Solange die Frauen noch hinter den Männern stehen und die Männer sich auf fast allen Ebenen gnadenlos Raum nehmen, wird es nur sehr verhaltene Veränderungen geben.
Stellt euch nebeneinander, reicht euch die Hände und erschafft eine Welt der Ebenbürtigen, im Namen der Liebe.
Dann wird die Wandlung eintreten, nach der sich viele Menschen, Männer wie Frauen, so sehr sehen. -
Danke, Gott Göttin, danke.

Meine Freundin Jana hat seit der Wende 1989 verschiedenste Ausbildungen absolviert und war immer bestrebt zu lernen. Ihr Ziel war, eines Tages als selbständige Heilerin zu arbeiten.
Und so nahm sie an diversen Seminaren, Weiterbildungen und Ausbildungen teil, die sie zum größten Teil selbst finanzierte. Zu jener Zeit absolvierte sie eine Ausbildung im „Body Reading“ (Körper-Lesen).
Wir sprachen oft über diese Ausbildung und über die Heilmethoden, die sie dort erlernte.
Jana fühlte sich häufig unsicher und deplatziert. Sie konnte nicht verstehen, wieso es den meisten Teilnehmern scheinbar immer gut ging, obwohl es galt, Blockierungen zu erkennen und aufzulösen. Prozesse, die nicht unbedingt nur Frohsinn und Glückseligkeit auslösen.
Aus ihrer Sicht begegnete sie strahlenden, modisch gekleideten, gut betuchten Menschen, die von einer Dauer-Happiness beseelt waren. Einige dieser „Glücklichen“ arbeiteten bereits als selbständige Heiler.
Während dieser Zeit war Jana in einen Vollzeitjob eingebunden, alleinerziehend und musste sich die Kosten für diese Ausbildung im wahrsten Sinn des Wortes „vom Munde absparen“.
Körper, Körperheilung, Körperausdruck und „idealisierte Körper“ waren ein Thema, über das wir häufig diskutierten, zumal Jana in jener Zeit zunahm, ohne es beeinflussen zu können.
Das immer schwerer werden, war ein „äußerer Umstand“, der Kummer und Scham auslöste und sich auch in den folgenden Jahren nicht änderte.
Mich ereilte die „körperliche Fülle“ ebenfalls, nachdem ich aufgehört hatte zu rauchen. Allerdings belastet es mich nicht so stark. Zwar

musste ich mein Kleidungsangebot um einige Konfektionsgrößen erweitern, aber das war im Gegensatz zu drei Schachteln Zigaretten pro Tag das kleinere Übel.
Außerdem sparte ich Geld und das investierte ich umgehend in gute Nahrung und bequeme Kleidung.

16.05.2001
Guten Morgen, Göttin. Ein neuer Tag begrüßt mich, ein Tag voller Wunder, des Erinnerns und Erkennens.
- Guten Morgen, Iona. Übrigens, die Frage, die Jana gestern stellte und die Antwort, die sie selbst gab, ist ein Thema, das viele Menschen interessiert. Ich möchte heute mit dir darüber reden. -
Gern, denn auch mich berührt dieses Thema stark.
Ihre Frage war, glaube ich, wie es möglich ist, dass viele Heiler / innen „immer strahlen“ oder zumindest so tun, als befänden sie sich bereits im ewigen Seelenfrieden? Ist das wirklich echt?
Steht ein Heiler über seinen Patienten?
Wobei mir das Wort Patienten missfällt. Ich finde „zu Heilender“ stimmiger.
- Das ist ein sehr interessantes Thema, Iona. Seit geraumer Zeit gibt es bei euch immer mehr Menschen, die sich der Notwendigkeit des Heilens bewusstwerden. Viele fahren nach Indien, Afrika, Amerika, um das alte Wissen zu erlernen, in der Annahme, dass es nur dort zu finden sei. Dabei ist den Wenigsten bewusst, dass im Außen erworbenes Wissen lediglich ein wichtiger Impuls ist, um die inneren Wissenskanäle zu öffnen und in der Folge beide Kanäle miteinander zu vereinen.
Das äußere Wissen sind die Buchstaben, erst in Kombination mit dem inneren Wissen wird es möglich, ganze Sätze zu bilden.
Die Halbwahrheit aus der Bibel: „denn sie wissen nicht, was sie tun“, vollendet sich mit „und sie tun nicht, was sie wissen“.
Das ermöglicht eine neue Sicht auf euer inneres Wissen und die Öffnung der Verbindungskanäle, um es abzurufen.
Wahrhaftige Heilung bedeutet, Gott durch dich wirken zu lassen.
Für die Dualität ist kennzeichnend, dass das Schattenego glauben

macht, es sei der Mensch, der da heilt.
Oft führt diese Form zwar zu „scheinbaren" Erfolgen, deren Preis jedoch sehr hoch ist.
Die zunehmende Vergiftung der Menschen und der Umwelt durch die Pharmaindustrie und ihre Produkte zeigt die Problematik dieser einseitigen Betrachtungsweise. Häufig entstehen durch die nicht abbaubaren chemischen Substanzen ernsthafte Schäden für Mutter Erde mit ALLEM WAS IST. Das geschieht über Abwässer, Regen, Luftverschmutzung, Substanzen, die die Erde regelrecht vergiften.
Diese Gifte gelangen dann erneut in den Kreislauf der Nahrungskette für Mensch, Tier, Pflanze. Und so entsteht ein Bumerang, der neue, selbst erzeugte Krankheiten, Allergien und Immunschwächen erschafft.
Jeder Mensch trägt die Verantwortung für seinen Körper, sein Erdenkleid, in dem Seele und Geist wohnen.
Dazu gehört auch, sehr genau zu entscheiden, welche Substanzen Mensch seinem Körper zuführt, welche Nahrung, welche Flüssigkeiten, welche Heilmittel.
Manche Menschen sind innerlich so verklebt, verkrustet, verunreinigt, dass der Geist kaum noch „klare Gedanken" fassen kann, der Verstand nicht mehr zu unterscheiden vermag und die Seele nicht begreift, was mit ihr geschieht.
Dann existiert nur noch der Wunsch, dass dieses „Unleben" doch endlich vorübergehen möge, das sogenannte Warten auf den Tod.
So manche Menschen sind schein-lebendig und toter, als sie es wahrhaben wollen.
Diese Menschen gehen oft an ihrer ureigensten Seelenaufgabe vorbei und vergeuden wertvolle Lebenszeit. Das Drama ist, dass sie es nicht einmal wissen, denn sie sind eingewoben in die Fangnetze der Unwissenheit und materiellen Verschmutzung. Die Umwege, die sie wählen, sind gigantisch.
Nun, auch hier wirkt das Gesetz des „Freien Willens", dem höchster Respekt gilt.
Wahre Heilung ist nur im Einklang mit der göttlichen Quelle möglich und bedeutet, den menschlichen Willen zur Ruhe zu bringen und

„Meinen Willen“ geschehen zu lassen.
Würden Ärzte und ihr Team vor jeder Operation aus ganzem Herzen „Gott, Dein Wille geschehe!“ gen Himmel schmettern und ihre Hände in meine Hände legen, nun, viele „Eingriffe“ und nachfolgende Heilungen würden anders verlaufen.
Die Verknüpfung zwischen materiellem Wissen und spirituellem ewigen Wissen ist der Schlüssel.
Solange jedoch nur ein Aspekt in Betracht gezogen wird, geraten Menschen, die sich der Heilung widmen, auf die „schiefe Bahn“, denn sie handeln einseitig.
Die fehlende Verbindung zum inneren Wissen, zur göttlichen Quelle hat die Schulmedizin zu dem gemacht, was sie heute ist, eine teure technisierte Körperreparaturwerkstatt, die unglaublich viel Geld und Energie verschlingt.
Gesundheit ist ein Privileg geworden und die Form der Behandlung ist abhängig vom finanziellen Hintergrund eines Menschen.
„Geld regiert die Welt“ ist ein Satz, der auch im Gesundheitsbereich zunehmend Raum greift.
Das hat eine schnell wachsende Industrialisierung des Gesundheitswesens zur Folge. In den meisten Ländern ist Geld die entscheidende Voraussetzung für eine erfolgversprechende, schulmedizinische Behandlung, aber auch alternative Methoden sind häufig mit viel Geld verbunden.
Im Vordergrund steht in vielen „Fällen“ nicht mehr der Mensch, sondern der Profit, ein Virus, das auch etliche sogenannte „Heiler“ infiziert hat.
Andererseits erkennt auch die Schulmedizin zunehmend, dass Krankheiten oft Zeichen, Signale, Hinweise auf tieferliegende Ursachen sind und dass „Symptombekämpfung“ nicht zwangsläufig Genesung bedeutet.
Immer deutlicher zeigt sich die Notwendigkeit, das Wissen um das Zusammenwirken von Körper, Geist und Seele in den Heilungsprozess einzubeziehen.
Eine Vernetzung zwischen Schulmedizin und alternativer Medizin ist unausweichlich, auch wenn etliche Regierungen versuchen, über Ge-

setze den Einfluss alternativer Heilmethoden und Heilmittel zu behindern, um ihre Pfründe in der Gesundheitsindustrie zu erhalten, wie z.B. in Deutschland das neue Arzneimittelgesetz.
Die Folge dieses Gesetzes ist, dass verschiedene uralte Rezepturen nicht mehr in Kräuterhöfen und -läden verkauft werden dürfen, da sie „apothekenpflichtig“ sind. Damit verschwinden wertvolle Heilmittelzubereitungen vom „Markt“, die sich industriell nicht umsetzen lassen, wie z.B. diverse Salben nach Maria Treben (Buch: „Kräuter aus der Apotheke Gottes“).
Eine sinnvolle Verknüpfung und Zusammenarbeit verschiedener medizinischer Richtungen ist unausweichlich. Viele Menschen besinnen sich auf uraltes Wissen und die Heilkunst der Erde.
Die Einbeziehung geistiger Heiler ist ein beachtenswerter Aspekt, der zunehmend an Bedeutung gewinnt.
Unglaube, Unwissenheit und Machtgier haben Begrenzungen erschaffen, die seit vielen Jahrhunderten die Existenz unsichtbarer Wesen leugnen. Nun, auch diese Banngrenzen öffnen sich.
Immer mehr Menschen erleben, dass es möglich ist, mit Gott, Engeln, aufgestiegenen Meistern und vielen anderen geistigen Wesenheiten zu kommunizieren und sie um Unterstützung und Beistand zu bitten. Das ist eine phantastische Chance, um aus der Abhängigkeit von pharmazeutischen Produkten auszusteigen und andere Heilmethoden- und mittel zu nutzen.
Die Zunahme von Heilpraktikern und homöopathischer Medizin ist ein Hinweis auf ein wacheres Bewusst Sein bei der Suche nach neuen, alten Wegen der Heilung. Die Rückbesinnung auf altes Wissen der Naturvölker spielt dabei eine große Rolle.
So ist z.B. die Idee, Heilkräuter der Indios zu verkaufen und von dem Geld Regenwaldgebiet zurück zu kaufen, ein wunderbarer Weg, der ja bereits praktiziert wird.
Ich will die Bedeutung der Schulmedizin keineswegs schmälern, doch sie ist außer Kontrolle geraten und hat sich verselbständigt. Geld, Gier und Unwissenheit haben zu einer Degenerierung der Gesundheitssysteme geführt, einhergehend mit einem Bürokratismus, der kaum noch zu beherrschen ist.

Eine Ausheilung von Krankheiten ist aus Kostengründen oft nicht möglich. „Arme“ Kranke werden aus „Krankenhäusern“ entlassen, weil sie nicht zahlen können, oder sie werden erst gar nicht behandelt. Zurzeit sehen viele Menschen in der Schulmedizin die einzige Möglichkeit, sich von Krankheit und Schmerz zu befreien. Das hat zu „blindem“ Vertrauen und riskanter Abhängigkeit geführt.

„Mein Arzt wird schon wissen, was gut für mich ist.“ Mit dieser Aussage wird jede Verantwortung komplett abgegeben, einschließlich des gesunden Misstrauens und des gesunden Menschenverstandes.

Profitbringende, für den Menschen tödliche Faktoren wie z.B. in bestimmten Fällen Chemotherapie, teure gefährliche Medikamente, Operationen, Handystrahlen, Mikrowellen, bestimmte Nahrungsmittel usw. werden verleugnet, verfälscht, totgeschwiegen.

„Lebenserhaltende“ Maßnahmen und Maschinen zwingen Menschen zu leidvollstem Dahinvegetieren. Weder die Wissenschaft noch die Anwender dieser Methoden haben aber auch nur die leiseste Ahnung davon, was dieses „dem Tod ein Schnippchen schlagen“ für Körper, Geist und Seele bedeutet.

Ganz zu schweigen von euren Tier- und Pflanzengeschwistern, die für die „Verwertung“ in eurer Pharmaindustrie, Lebensmittelindustrie, Wissenschaft z.B. für sogenannte „naturwissenschaftliche“ Versuche, oftmals auf qualvollste Art und Weise missbraucht und getötet werden.

Die Tatsache, dass jeder Mensch und jedes Wesen auf diesem Gestirn in seiner Erscheinung einzigartig und komplex ist, wird in der Regel ignoriert. Respekt und Achtung vor allen Erdbewohnern und vor Mutter Erde sind der einzige Weg, um wieder in Einklang mit ALLEM WAS IST zu gelangen.

Dieser Tugend gilt es, sich zu widmen und sie in Handlungen umzusetzen.

Im Bereich der Medizin ist oft die Rede von der Seele. Es gibt sogar seelische Erkrankungen. Das Netzwerk Mensch „Körper, Geist und Seele“ wird jedoch nur selten in seiner Komplexität verstanden, so dass „Behandlungen“ in der Regel losgelöst vom Gesamtsystem erfolgen.

Die „Götter in Weiß“ haben heute einen Status, der ihnen zum Teil Übermenschliches abverlangt und sie oft weit weg von ihrer ursprünglichen Aufgabe des Heilens führt.
Das hat fatale Auswirkungen, da oft nur Bruchteile, einzelne Organe, Körperteile repariert und sogar ausgewechselt werden. Daher ist es nicht verwunderlich, dass aufgrund dieser „Flickschusterei“ irgendwann das gesamte System eines Menschen zusammenbricht und ein „unerklärlicher Tod“ eintritt.
Für viele Menschen sind Krankheiten Prüfungen und Hinweise, sich ihr Leben genauer zu betrachten.
Ob eine Krankheit heilbar oder unheilbar ist, hat viel mit der Lebensaufgabe des Menschen zu tun. Dieser Aspekt hat in den letzten Jahrzehnten immer mehr an Aufmerksamkeit verloren.
Doch auch hier greift das Gesetz des Freien Willens.
Der Mensch ent scheidet sich, zu leiden oder sich aus dem Leid heraus zu bewegen.
Beide Bereiche, Schulmedizin und alternative Medizin, müssen erkennen, dass eine Zusammenarbeit unabdingbar ist. Die daraus erwachsende Vervollständigung könnte vielen Menschen innerhalb kürzester Zeit tatsächlich helfen und viel Leid mindern.
Ihr habt immer die Wahl.
Nicht Gott verdammt euch zum Leiden, ihr tut es selbst. -
Holla, das eröffnet mir völlig neue Horizonte. Danke, Göttin. Ich möchte jedoch noch einmal auf das Gespräch mit Jana zurückkommen und auf die Probleme, die sich durch diese Ausbildung auftun.
- Iona, mein Kind. Diese Gruppe Menschen, die Jana erlebt hat, ist nur eine andere Form der Elite und das meine ich keineswegs abwertend. Sie gehören jener Gruppe von Heilern an, die ihren Beruf mit Erfolg verbinden.
Das ist OK. Auf ihre ganz eigene Weise haben auch sie sich dem Heilen verschrieben.
Ob ihr Anliegen echt ist, ob sie ständig strahlen, ob sie vor Vollkommenheit nur so strotzen, ist nebensächlich. Jeder Einzelne in dieser Gruppe hat sein Motiv und wirkt auf eine Weise, die seinem Weg und seinem Bewusstseinsstand entspricht. Jeder dieser Menschen lernt,

was er gerade zu lernen hat.
Für euch ist es wichtig, aus jeder Form des Urteils und der Bewertung herauszutreten. Diese Menschen sind ebenfalls Teil des Prozesses auf der Erde und auch sie tragen zur Veränderung bei, ebenso wie ihr.
Also, liebe Iona, die Beweggründe, als Heiler zu arbeiten, sind so vielfältig wie die Menschen, die diesem Ruf folgen, und es steht weder dir noch Jana zu, diese Gründe in Frage zu stellen.
Tritt aus der Kritik und frag Jana, ob sie so sein möchte wie diese Menschen oder ob sie ihren eigenen Weg gehen will. Nun, ich glaube, dann hat sich jede weitere Frage erübrigt.
Der machtvollste Weg ist, das Wissen, das ihr im Außen erwerbt, mit dem alten Wissen, das ihr in euch tragt, zu vereinigen und in heilendes Handeln umzusetzen.
Die Kenntnis von der Einheit Körper, Geist und Seele ist Voraussetzung für eine erfolgreiche Heilung.
Sein und Wirken in bedingungsloser Liebe ist für jeden wahren Heiler Gesetz.
Das ist gemeint mit „Ich bin ein Werkzeug Gottes". Im Zustand der bedingungslosen Liebe ist es mir möglich, durch euch zu wirken. Denn dort, wo die bedingungslose Liebe zu Hause ist, eine Behausung gefunden hat, ist ein allmächtiger Heilungsraum, der wahrhaft göttlich Ist.
Erstaunlich und berührend ist immer wieder die Hinwendung von zu Heilenden zum Gebet, was ihrer Umgebung häufig verborgen bleibt. Manche Menschen schämen sich und beten daher nur, wenn sie sich allein wähnen. Verständlicherweise, da Beten in der heutigen Zeit oft belächelt und abgewertete wird.
Viele Menschen, die in Leid und Schmerz gefangen sind, beginnen manchmal auch unbewusst zu beten und um Heilung zu bitten, was eine tatsächliche Heilung zur Folge haben kann.
Oft ist es so, dass sie an einen Punkt gelangen, an dem sie sich in ihren Gebeten der göttlichen Führung überlassen, an dem sie aufgeben, an sich und ihren Vorstellungen fest zu halten.
Jana, du und andere haben den Weg der Liebe gewählt. Es ist ein

steiniger Weg, zumindest am Anfang.
Wer ihn in aller Konsequenz geht, dem erlischt mitunter das Strahlen, angesichts dessen, was er / sie entdeckt. Denn dieser Weg offenbart sowohl eigenen Schmerz und Leid, als auch Schmerz und Leid anderer.
Je weiter du auf dem Weg der Bewusstwerdung voranschreitest, desto mehr werden sich Schmerz und Leid auflösen und heilen.
Jeder Weg ist ein Weg und bedarf deshalb keiner Wertung.
Mitgefühl, Respekt, bedingungslose Liebe für jedes Wesen, egal ob es zwei, vier oder 3000 Beine hat, sind Voraussetzung, um herauszutreten aus dem Getrennt Sein und einzutauchen in das Bewusst Sein des ALL EINS SEINs. Nur so kann es euch gelingen, die ständige Wiederholung eures Erdenkreislaufes zu beenden.
Es gibt kein besser oder schlechter, es gibt nur verschiedene Wege. Und wie du weißt, führen alle zu mir.
Das Erinnern eures Ursprunges öffnet Tür und Tor ins Himmelreich auf Erden. Du gestaltest und erschaffst, Jana ebenso, jeder Mensch, jedes Wesen auf dieser Erde ist Mitschöpfer im göttlichen Spiel der Illusion der Materie.
Nur spielt sich das Spiel leichter, wenn du um die Spielregeln weißt, dir ihrer bewusst bist. -
Oh Gott, davon bin ich aber noch weit entfernt.
- Liebe Iona, du hast alle Zeit dieser Erde. Seit du eingetreten bist in deine Erinnerung, öffnen sich dir täglich neue Türen. Du ahnst, wie viel mehr es gibt als das, was zu sein scheint. Du ahnst das grenzenlose Sein des Universums und die Existenz deiner Lichtfamilie. Noch ist dir das Alles recht unheimlich, suspekt.
Nun, liebe Iona, eure Medien, Schulen, Eltern berichten ja auch nicht täglich von der Weite des Kosmos und von der Ewigkeit der Seele. Sie erzählen euch nichts von anderen Zivilisationen, die gleich um die Ecke auf anderen Planeten ihre Erfahrungen machen. Und es gibt auch keine Ausflüge zu Orten in anderen Galaxien. All das gilt als „nicht bewiesen“ und damit tabu.
Es ist tatsächlich ein Puzzle, ein sogenanntes Wahrheitspuzzle. Und mit jedem Teilchen erkennst du mehr und mehr die, die du wirklich

bist, Iona, Sternenkind. Es war jedoch nie die Rede davon, dass dieses Puzzlespiel zu den einfachen Varianten gehört. -
Gut zu wissen. Das ist echt toll und überaus beruhigend. Danke!
Nun will ich noch mal zu meinem Arbeitspuzzle schwenken, was da nach wie vor an mir nagt.
Heute hatte ich einen heftigen Gefühlsausbruch, als mein Chef mir mal wieder eine absolut abartige Anweisung „aufdrückte“. Ich habe mich einfach nicht unter Kontrolle. Dabei fände ich es wichtig, gelassener zu reagieren.
Was ist das und wie kann ich mein Verhalten ändern?
- Nun, Iona, nach wie vor kämpfst du. Du glaubst nicht, dass alles einem höheren Sinn folgt. Du glaubst nicht, was du bereits weißt, und du vertraust mir nicht wirklich.
Ich spüre ein immenses Misstrauen und Verdruss gegenüber deinem Hier Sein.
All das ist nur möglich, weil du voller Angst steckst. Du bist so mit dieser Angst verwoben, dass sie sich mitunter verselbständigt und das Ruder an sich reißt.
Dein Chef kann nicht anders. Wenn er seine Macht abgäbe, müsste er seine Ohn Macht eingestehen. Diesem Weg gegenüber verschließt er sich. Auch er ist voller Angst vor dem, was er nicht wissen will. -
Wie kann ich ihn erreichen?
- Es geht nicht darum, wie du ihn erreichen kannst, sondern darum, dass es hilfreich wäre, wenn du ihm mit mehr Liebe, Verständnis und Akzeptanz begegnen könntest.
Dein Chef spürt, dass du ihn nicht ernst nimmst, dass du ihn nicht achtest und dass du seinen Weg falsch findest. Gib ihm eine Chance. Wertschätze, was er im Rahmen seiner Möglichkeiten tut. Begegne ihm achtsam. -
Danke!

Am Abend vor dem folgenden Gespräch traf ich mich mit Jana in meiner Wohnung. Unser intensiver Austausch führte uns in ein anderes Leben von Jana. Schon immer hatte sie eine besondere Beziehung zu Ägypten.

An diesem Abend begegneten wir Jana in einer anderen Zeit, an einem anderen Ort. Es war in Ägypten. Die Zeit konnte ich nicht klar erkennen. Uns schien es wie eine Zeitreise in eine existierende Parallelwelt. Unglaublich, unfassbar.
Mitunter hören sich meine Erlebnisse aus anderen Zeiten und Welten wie Märchen an und dennoch entspringen sie meiner Wahrheit, meinem Sein.
Wem es jedoch schwer fällt, diese Begebenheiten als wahr hinzunehmen, der möge sie als Märchen betrachten.
Jeder Mensch hat ein Recht auf seine Sicht der Dinge!

21.05.2001
Guten Morgen, Göttin.
- Guten Morgen, Iona. -
Ich bin ziemlich aufgewühlt von dem, was ich gestern mit Jana erlebte.
- Das glaub ich dir gern, mein Kind. Ihr habt euch gestern ganz schön weit vorgewagt. -
Wie meinst du das?
- Was ihr gestern erlebt habt, war nicht aus dieser Zeit. -
Ich glaube, ich verstehe, und dennoch zweifle ich.
- Ihr seid Spinnerinnen. Ihr webt die Muster eures Lebensnetzes und es wird immer vollkommener. Iona, ein Spinnennetz ist gleichzeitig ein vom Licht durchwirktes Wunder.
Unwillkommenen Eindringlingen verwehrt es den Zutritt zum Reich der Spinnerinnen. -
Mir schien alles so unwirklich. Die Begegnung mit Sophie und Hussein, die Erkenntnisse, mein Fühlen der Energien. Göttin, das alles schien in einer anderen Welt, einer anderen Zeit passierend.
- Iona, mein Kind, je mehr ihr euch entwickelt, desto mehr Türen öffnen sich euch. Das, was ihr gestern erlebt habt, war eine Lebensphase in einer anderen Zeit eurer Ent wicklung.
Wie ein Schmetterling, der sich ent puppt, ent deckt ihr die Vielfalt eurer Leben auf Mutter Erde. -
Göttin, diese Bilder aus anderen Leben, Jana, die Königin, ich, das weise Mädchen, das Alles sind Bestandteile unserer Ent wicklung?

- Iona, deine Frage ist doch eher, ob diese Bilder wahr sind. Ja, sie sind wahr, sowohl Janas als auch deine Wahrnehmungen.
Ihr befindet euch auf dem Weg zu eurem Ursprung. Erst, wenn ihr eurem wahren Selbst von Angesicht zu Angesicht gegenübersteht, werdet ihr fähig sein, als Mitschöpfer im göttlichen Sinne zu wirken.
Nun, es ist schon recht ungewöhnlich, solche klaren eindeutigen Bilder „einfach so" zu erhalten.
Allerdings sträuben sich viele Menschen auf der Erde, diesem Teil ihres Selbsts zu begegnen, was eine hemmende Selbst Verleugnung erzeugt. Ein überaus energieraubender Akt. -
Was ist mit dem weisen Mädchen, das auf der anderen Seite lief?
- Iona, deine Mutter war damals eine weiße Priesterin und dunkle Mächte versuchten, sie zu vernichten. Du bist diesem Komplott zufällig auf die Spur gekommen. Die dunklen Mönche haben dich entdeckt und da du in ihrem Energiefeld warst, konnten sie dich mit einem Bann belegen, der dich daran hinderte, der weißen Macht zu dienen.
In deinen folgenden Leben hast du alles getan, um nicht im Dienst der weißen Macht zu stehen. Du hast gemordet, getrunken, andere gedemütigt und verletzt.
Deine Mutter war damals sehr traurig über die Veränderung, die mit dir geschehen war.
Aber da du den Boden der dunklen Macht freiwillig betreten hattest, lag es nicht in ihrer Macht, dich von diesem Bann zu befreien. Obwohl sie und die Priesterinnen dir alle Liebe gaben, wurdest du nie wieder die, die du vorher warst. -
War meine Mutter deshalb immer so traurig, wenn ich mir im jetzigen Leben Schmerzen zufügte und mich wieder und wieder mit dunklen Mächten einließ?
- Ja, obschon es ihr nicht bewusst ist. -
Damals war eine Zeit, in der viele Frauen ent machtet wurden, um die weiße Macht der Frau zu schwächen.
Jetzt ist eine Zeit, in der die weiße Macht der Weiblichkeit wiedererwacht.
Deshalb hast du dieses Leben gewählt. Ein Teil in dir, dem du zunehmend begegnest, weiß, dass nur die Liebe heilen kann. Der andere

Teil weiß um die zerstörenden Kräfte, die in dir schlummern.
Integriere deine dunkle Seite, nimm sie liebevoll an, bitte um Verzeihung für all das durch dich verursachte Leid. Nur so kann sich der Bann lösen.
Es ist hohe Zeit, dass du eigenmächtig und bewusst auflöst und transformierst, was dich daran hindert, in Liebe und Licht zu sein.
Du bist es, die den dunklen Mächten Raum gibt. Deine Süchte Alkohol, Zigaretten, Tabletten, Männer…, haben diesen Zugriff der Dunkelheit enorm verstärkt.
Du bist dabei, dich aus deinem „Teufelskreis“ heraus zu bewegen. Auf diese Weise hast du die Chance, deinen Erdenkreislauf zu beenden und nach Hause zu gehen. Das ist wunderbar und ganz im Sinne deiner Seelen ent wicklung oder wie du sagst Seelen evolution.
In der aktuellen Phase der Erdenentwicklung wird die Macht der dunklen Kräfte immer schwächer.
Das lässt sie mitunter ziemlich aggressiv und gnadenlos werden. Schließlich verlieren sie ihre Macht. Es sind die letzten Atemzüge einer Kraft, die bald jeglicher Existenz entbehrt.
Zurzeit strömen viel Liebe und Licht auf die Erde. Das ist die Chance, alte karmische Verbindungen, Bannsprüche, Flüche… aufzulösen und zu transformieren.
Ihr seid mittendrin, im Zeitalter der Rückkehr zur göttlichen Quelle, zu dem, was ihr wirklich seid, Kinder Gottes, Kinder des Universums, Seelen, die Erdenerfahrungen machten und machen. -
Göttin, ich habe so viele Fragen. Gerade jetzt muss ich arbeiten gehen. Schade.
- Wir haben Zeit, mein Kind. Was du wissen sollst, wirst du erfahren. Bis später. -
Danke, Göttin, danke!

Nun, zu jener Zeit hatten Jana und ich beschlossen, ein Ritual zu zelebrieren, mit dem ich mich vom Bann durch Alkohol und Zigaretten befreien wollte. Für einige Zeit sollte ich auch befreit sein.
Nur, wie bei allen Erfahrungen auf Mutter Erde, habe ich die Wahl. Ich wurde rückfällig.

Ein Spiel, das ich noch viele Jahre spielte bis zu dem Zeit Punkt, an dem ich endlich reif war für diesen gigantischen Schritt, heraus zu treten aus meinem selbst zerstörerischen Tun.
Tja, ein jegliches hat eben seine Zeit.

22.05.2001
Guten Morgen, Göttin. Ich fühl mich ziemlich mies.
- Guten Morgen, Iona. Das glaube ich dir gern, denn du hast eine ziemlich wichtige Aufgabe vor dir. Lass dich nicht von deinem Weg abbringen. Morgen ist ein guter Zeitpunkt, um dich aus dem Bann des Alkohols und der Zigaretten zu befreien.
Bereite dich innerlich und äußerlich auf dieses Ritual vor.
Wir reden noch darüber, später. Komm erst einmal in diesem Tag an. Bis dann, Iona. -
Ich danke dir, Göttin, bis später.
Hallo Göttin, was bedeutet mein plötzliches Blut?
- Liebe Iona, was du jetzt erlebst, ist eine Geburt, deine Geburt. Lass dich leiten und führen. Du stehst unter meinem höchsten Schutz. -
Wie können Jana und ich das Ritual morgen gestalten?
- Erschafft Liebe und Licht. Nutzt eure Frauenkraft und eure Eigenmächtigkeit. Erschafft ein Energiefeld der Liebe und des Lichtes. Verabschiedet den Alkohol und die Zigaretten in Frieden.
Es geht nicht darum, diese Süchte zu verbannen, sondern sie liebevoll zu verabschieden und zu transformieren.
Füllt die entstehende Leere mit göttlicher Liebeslichtheilvitalenergie auf.
Es fordert viel Kraft, dich von diesen Begleitern zu trennen. Es gab Zeiten, da waren sie deine einzigen „Freunde“. Heute jedoch gibt es viele Gründe, dass du dich von ihnen trennst. Iona, mein Kind, du wirst viel Kraft brauchen, um den dunklen Kräften zu widerstehen. -

„Göttin, ich bitte dich,
steh mir bei auf meinem Weg ins Licht,
begleite mich mit deiner Kraft und Liebe
im Kampf mit den dunklen Mächten.

Göttin, ich bete dafür,
dass ich zu meiner weisen Macht heimfinde
und klarsichtig werde,
frei vom Schleier des Vergessens."

„Ich bitte meine Mutter und all jene Schwestern und Brüder um Verzeihung, denen ich Schmerz und Leid zufügte. Ich bitte alle Seelen um Verzeihung, denen ich Schmerz und Leid zufügte.
Ich bitte um Verzeihung für alle Befehle, mit denen ich Menschen zwang, zu morden und zu vernichten.
Ich bitte Dich, Christus, alle Seelenteile und Bewusstseinsaspekte, die durch mein Handeln ins Umherirren geraten sind, diese aus den „Zwischenwelten", in denen sie gefangen sind, herauszuführen und sie zu ihrer Überseele und dem ihnen entsprechenden Paradies zu geleiten."

Ischta ena schawa neja ek te nu.
Es möge Licht über uns kommen.

Nun, ich werde noch oft um Verzeihung bitten. Neue Taten und Handlungen aus anderen Leben werden sich auftun und um Auflösung bitten. Mit jedem Schritt, mit dem ich mich meinem göttlichen Ursprung nähere, wird mehr und mehr von meiner materiellen Kruste abfallen und die Lichtgestalt wird sichtbarer.
All das ist ein Prozess und ich bin mittendrin.
- Wohl wahr, mein Kind, viel Glück, und jetzt bereite dich auf euer Ritual vor. Ich bin bei dir. -

24.05.2001
Guten Morgen, göttliches Wesen.
- Guten Morgen, Iona. Gut schaust du aus. -
Göttin, es scheint mir wie ein Wunder, ich habe heute noch nicht geraucht. Aber es zieht ganz schön.
- Was zieht? -
Das Nikotin.

- Iona, noch bist du auf unsicheren Füßen. Ich erlebe dich zweifelnd angesichts deiner Entscheidung. Geh in dich, schau, welche Erfahrungen du mit dem Herzen machst und welche über dein Schattenego kommen. -
Danke.

25.05.2001

Guten Morgen, Göttin. Was für ein wunderschöner Tag. Er ist ein Geschenk, ich weiß, aber im Moment vermag ich ihn nicht gebührend zu begrüßen. Es will mir einfach nicht gelingen, meinen inneren und äußeren Frieden zu finden.
- Guten Morgen, Iona. Sei geduldig mit dir und sei demütig. Es wird genauso kommen, wie du es brauchst. Im Augenblick beschäftigst du dich sehr mit weltlichen Dingen, zu sehr. Dadurch versperrt sich dein Zugang zum Göttlichen. Du vertraust mir nicht und willst alles selbst in die Hand nehmen.
Iona, mein Kind, vertraue mir in Liebe. Ich weiß, dass du Angst vor dem hast, was sich dir offenbart, wenn du deine Süchte in aller Konsequenz loslässt. Und nur du allein entscheidest, ob du das wirklich willst. Du hast die Wahl, du hast den freien Willen. -
Dein Wille geschehe!
Das fällt mir jetzt ein und es fühlt sich ironisch an.
- Noch sträubst du dich mit Händen und Füßen, dein Gefängnis zu verlassen. Nun, auch das gehört zu deinem Weg.
Erinnere dich, in vielen deiner Gedichte, die du verbrannt hast, war die Rede von Gefängnis und Gefangenschaft. Du sprachst häufig davon, dass die Tür deines Gefängnisses offensteht und du einfach nicht in der Lage bist, durch sie hindurch in die Freiheit zu gehen. Das hat dich damals oft traurig gemacht. Du warst gelähmt, gefangen in dir selbst.
Heute ist das nicht mehr so. Du bist aus deinem Gefängnis herausgetreten und das Licht der Freiheit blendet dich. Die Frage ist, wie gehst du mit deiner wieder gewonnenen Freiheit um. Das gilt es zu lernen und es ist ein Prozess, der dir viel abverlangt. Noch bist du voller Widerstände.

Erinnerst du dich an den sehr treffenden Satz von Frau Kugel: „Ilona, du bist eine Verdrängerin vor dem Herrn."
Alkohol und Zigaretten sind Werkzeuge des Verdrängens und Vergessens. Sie dienen dazu, dich in der Anhaftung zu halten. Sie sind deine Gefängniswärter.
Löse diese Anhaftungen und Verstrickungen. Knüpfe dir ein vom Licht durchwirktes Lebenstuch, spinne deine Lichtfäden.
Deine alten Verstrickungen mit ihren dunklen Knoten binden dein Licht, in dem du so gern baden möchtest. Es steht in deiner Macht, dich aus diesen Verstrickungen zu lösen, die Knoten aufzuknüpfen und im Licht zu baden. Anerkenne deine Macht, Iona. Sei endlich bereit sie anzunehmen.
Und jetzt fahre zu deinem Termin bei Frau Kugel und lass dich nicht vom Weg abbringen. Bis später Iona, bis später. -
Ich danke dir, göttliches Wesen.

Da bin ich wieder. Gott, ich danke dir aus ganzem Herzen, dass du mich zu Frau Kugel geführt hast.
Was für ein Geschenk. Sie ist die erste Heilpraktikerin und Heilerin, die ich als wahrhaftig erlebe, in ein Gottvertrauen gewoben, das mich sehr berührt und das überaus heilend wirkt.
Als ich vorhin zur Behandlung war, stellte sich heraus, dass meine Aura Kopf stand und zur Seite gedriftet. Nun, da du durch diese wunderbare Heilerin wirktest, weißt du ja, wie verdreht ich war.
Langsam ahne ich, was Demut und Glaube bedeuten. Ich kann mich vertrauensvoll in deine Hände begeben, ich kann mich deiner Führung anvertrauen.
Und ich glaube, das alles muss ich noch ein wenig üben, denn es ist mir schon noch recht unvertraut.
Dein Wille geschehe!
In mir steigt Demut und Ehrerbietung auf, vor deiner Größe und deiner Liebe. Ich danke dir aus ganzem Herzen für deine Liebe und Güte, mit der du mich beschenkst. Allmählich ereilt mich die Gewissheit, dass ich meiner inneren Stimme, unseren Dialogen vertrauen kann.
Ich erfahre, wie es sich anfühlt, wenn ich auf meine innere Stimme

höre und ihr folge. Und ich erfahre, wie es sich anfühlt, wenn ich sie verleugne und im Schattenego handle.
Alles ist vom „Dir“ beseelt, Alles.
Ich darf Christus um Unterstützung bitten, die Geistführer sind bei mir, du bist bei mir.
Das ist alles so groß, ich vermag es kaum zu fassen.
Ich kann dir mein Schattenego übergeben, ich brauch es nicht mehr, obschon es mich hin und wieder greifen wird.
- Liebe Iona, Vorsicht mit den jungen Pferden. Halte ein und gestatte dir Raum und Zeit. Du kannst nicht dein gesamtes Sein auf einmal ändern. Das würde dich und auch dein Umfeld völlig überfordern.
Gemach, gemach, lass dir Zeit und schau dir genau an, was du tust und was du nicht tust.
Sei behutsam und beobachte dein Schattenego, verurteile es nicht. Es geht nicht darum, dass du es mir übergibst. Das ist nicht Sinn der Erdenschule. Dein Schattenego hat eine wichtige Funktion. Es kann dir spiegeln, was Unheil ist. Es gehört zu dir, es ist ein Teil von dir.
Wenn du zu schnell rennst, kannst du leicht stolpern und fallen.
Bei allem Verständnis für deine Begeisterung, mein Kind, inne zu halten ist ausgesprochen wichtig.
Sei achtsam beim Beschreiten deines Weges, sieh die Zeichen, verweile, sprich mit Mir.
Setz dich hin und betrachte immer wieder, in welcher Umgebung du dich befindest, was sich verändert hat, wie der Weg aussieht, der vor dir liegt. Werde ruhig und gelassen!
Du wirst zunehmend lernen zu differenzieren, was deinen lichten Weg befördert und was dich daran hindern will. -
Danke.

Immer wieder setzte ich mich mit dem Thema Alkohol, Süchte und zwanghaftes Verhalten auseinander.
Ich war ungeduldig und begriff nicht, dass „ein jegliches seine Zeit braucht“.

Alles hat seine Zeit

Geborenwerden hat seine Zeit,
Sterben hat seine Zeit,
Pflanzen hat seine Zeit,
ausreißen, was gepflanzt ist, hat seine Zeit,
Töten hat seine Zeit,
Heilen hat seine Zeit,
Abbrechen hat seine Zeit,
Bauen hat seine Zeit,

Weinen hat seine Zeit,
Lachen hat seine Zeit,
Klagen hat seine Zeit,
Tanzen hat seine Zeit,
Steine wegwerfen hat seine Zeit,
Steine sammeln hat seine Zeit,
Herzen hat seine Zeit,
Aufhören zu Herzen hat seine Zeit,

Suchen hat seine Zeit,
Verlieren hat seine Zeit,
Behalten hat seine Zeit,
Wegwerfen hat seine Zeit,
Zerreisen hat seine Zeit,
Zunähen hat seine Zeit,
Schweigen hat seine Zeit,
Reden hat seine Zeit,

Lieben hat seine Zeit,
Hassen hat seine Zeit,
Streit hat seine Zeit,
Friede hat seine Zeit,

Ein Jegliches hat seine Zeit
und alles Vorhaben unter dem Himmel
hat seine Stunde

(Aus der Bibel)

Lange wollte ich dieses Wissen nicht akzeptieren. Ich dachte, wenn ich schon auf dem Weg ins Licht bin, dann muss ich sofort alle negativen Aspekte meines Seins „beseitigen".
Weit gefehlt.
Wieder und wieder lehrte mich Gott Göttin, dass es wichtig ist, gnädig, liebevoll und geduldig mit mir und anderen zu sein, und dass „alles zu seiner Zeit geschieht".
Verzweifelt suchte ich nach den Gründen für meine Abhängigkeiten. Damit meine ich nicht nur die körperliche Abhängigkeit und eine „verkorkste Kindheit". Ich ahnte, dass dieses Thema älter war als meine jetzige Inkarnation.
In mein Bewusstsein drang, dass meine Süchte auch einen karmischen Hintergrund haben. Meine innere Bereitschaft, mich mit den tieferen Ursachen auseinanderzusetzen, wuchs ständig und in mir reifte der Wunsch, diese Fußfesseln endgültig abzustreifen und in die Freiheit zu stapfen.
Im Außen verkündete ich seit Jahren, dass ich aufhöre, zu trinken und zu rauchen. Aber das alles waren nur Worte. Immer wieder erlebte ich Rückfälle.
Worte in Taten, in konkretes Handeln umzusetzen, ist eine andere Geschichte. Dieser Prozess braucht Zeit und Raum.
Erst als Gott Göttin in mir Raum nahm, mir innewohnte, wurde es möglich, meine Süchte real aufzugeben.
Urplötzlich begriff ich, dass mein Abschied von Drogen Bestandteil meiner Entwicklung, meiner Seelenaufgabe war.
Ich brauchte eine gewisse „Bewusst Seins Reife", um mit dem „Verlust" dieser Drogen umgehen zu können, die damit einhergehende Leere nicht mit etwas anderem zu füllen, sondern sie auszuhalten und zu heilen.

Ich befreite mich von Alkohol, Zigaretten, Tabletten und anderen Selbst-Zerstörern, die uns unsere Gesellschaft teuer und gewinnbringend verkauft.
Das Gefühl, weder Alkohol noch Zigaretten zu brauchen, ist unbeschreiblich. Ich genieße diese Freiheit und spüre kein Verlangen nach meiner alten Abhängigkeit.
Es war ein weiter Weg und er hat sich gelohnt.
Aber bis ich an diesen Punkt kam, sollte ich noch etliche Sucht-Erfahrungen sammeln.

26.05.2001

Gott, ich weiß ja, dass Alkohol mir nicht gut tut, dass er mich in meiner gesamten Entwicklung hemmt.
- Warum trinkst du dann? -
Ich weiß nicht.
- Doch, Iona, du weißt, du weißt sehr genau, dass Alkohol ein Werkzeug der Dunkelmächte ist. Du weißt, dass er dazu dient, deinen Weg ins Licht zu blockieren. Übrigens gilt das Gleiche für Zigaretten.
Und du weißt, dass du nicht weißt.
Du weißt auch, dass du, wenn du trinkst den „Funkkontakt“ mit mir störst, dass du zwischen uns Barrieren errichtest, dass meine Stimme nicht zu dir durchdringen kann.
So wie jetzt, du bist nicht wirklich hier und willst heute nicht wirklich wissen. Wir reden ein andermal. -

Als ich nach Königs-Wusterhausen in die Praxis von Frau Kugel kam, erfuhr ich, dass sie auch Ausbildungen anbot.
Sofort fühlte ich starke Resonanz und den Wunsch zu lernen. Ich meldete mich für verschiedene Kurse an und absolvierte innerhalb einiger Jahre „Lehei“ (Lebensenergie heilen), „Entblockierung“ und den Umgang mit Pendeln.
Frau Kugel bezieht sich in ihren Lehren immer wieder auf Daskalos, einen zypriotischen Heiler, welcher sich, neben anderem, mit Geistwesen und Besetzungen aller Art und Couleur beschäftigte und überaus interessante Bücher verfasst hat.

Einer seiner Schüler, Kyriacos C. Markides, hat dieses Wissen ebenfalls in Sprache gekleidet und uns wunderbare aufschlussreiche Bücher geschenkt.
Weiterführend vermitteln H. Kugel und C. Jurtz in ihrem Lehrbuch „Im Licht der Feuerflammensonne“ Methoden und Techniken, welche eine himmlische Basis für heilende Arbeit und insbesondere auch für die Arbeit mit „Besetzungen“ bieten.
Ich werde hier nicht näher darauf eingehen, jeder interessierte Leser kann die Bücher erwerben.
Ich erlebte Frau Kugel während ihrer Wissensvermittlung immer in Verbindung mit der göttlichen Quelle. Das Wissen, das sie in vielen Stunden an uns weitergab, ist für mich von hoher göttlicher Reinheit und Wahrheit beseelt.
Nun, noch befinden wir uns auf der Erde und daher finde ich es nur allzu „menschlich“, dass sich unter die Informationen aus der geistigen Welt auch persönliche Zwischentöne mischen können.
Aus meiner Sicht und Erfahrung gibt es jedoch einen klaren Unterschied in der Wiedergabe von direktem Quell-Wissen und subjektivem Wissen, der klar wahrgenommen werden kann. Es ist die Präsenz der göttlichen Wahrheit, die diesen Aussagen innewohnt.
Mitunter war ich mir nicht sicher, welcher Quelle sogenannte „Wahrheiten“ entsprangen. Die einfache Frage „Wem dient es?“ kann da sehr hilfreich sein.
Ich lernte zunehmend, zwischen „Egotrip“ und göttlicher Wahrheit zu unterscheiden, was mich vor vielen fragwürdigen Treffen und Seminaren bewahrte.
Mittlerweile existieren unglaublich viele Veranstaltungen, in denen verkündet wird, dass hier ein Mensch spricht, der das göttliche Wissen gepachtet hat.
In Berlin erlebte ich einmal eine stark menschlich eingefärbte, verzerrte Wiedergabe, bei der sich mir die Haare sträubten. In meiner Wahrnehmung ging es dabei eher darum, Menschen Geld aus der Tasche zu ziehen, als göttliche Wahrheit zu vermitteln.
Deshalb ist es wichtig, auf mein Herz und meine innere Stimme zu hören. Sie sind meine Ratgeber, wenn es um Wahrhaftigkeit geht.

Je mehr ich in das göttliche Wissen eintauche, umso deutlicher lerne ich zu unterscheiden, wann die Versuchung nach mir greift.
Frau Kugel wird nie müde, zu betonen, dass es in jedem Augenblick gilt zu prüfen, ob wir tatsächlich in höchster göttlicher Anbindung sind, ein Thema, das später noch ausführlicher beschrieben wird.
Bereits während der Ausbildung begann ich, meine Aufmerksamkeit auf die Anwesenheit von Besetzungen zu richten und mit den Heilgebeten, die ich lernte, zu arbeiten. Ich war und bin eine sehr wissbegierige Schülerin und mir kam meine Experimentierfreude zugute.
Im Laufe der Jahre verwob ich das Erlernte mit meinen Erfahrungen und schuf so meinen ureigensten Umgang mit Besetzungen, Blockierungen und anderen energetischen Störungen. Heute sind mir viele Gebete, Worte und Formeln in Fleisch und Blut übergegangen. Ich bin geführt von Gott Göttin und spüre, wie sie durch mich wirkt.
Natürlich bin ich Mensch und fehlbar, was sich in den kommenden Gesprächen deutlich zeigen wird.
Was sich jedoch gravierend verändert hat ist meine Lebensqualität und mein Lebens Sinn. Ich wandere nicht mehr ständig auf dem Rand der Klippe entlang und mein „Entweder - Oder“ verwandelt sich in „Sowohl - Als auch“.
Mit jedem Tag kommen neue Erkenntnisse und Erfahrungen dazu. Inzwischen habe ich gelernt, meiner göttlichen Führung zu vertrauen, und wenn mein Schattenego quengelt oder andere Energien sich einmischen, erhalte ich mittlerweile klare Signale, die mich prüfen lassen, wer da gerade das Zepter ergreifen will. In der Regel kann ich solche Einmischungen schnell klären und weiterarbeiten.
Es ist ein überaus erhebendes Gefühl, wenn Gott Göttin durch mich wirkt, wenn ich Gottes Werkzeug bin und mich ganz dem göttlichen Willen hingebe, in seinem Dienst stehe. Oft ist es so, dass mich nach diesen göttlichen Heilungen, Reinigungen, Freude und Beschwingtheit ereilen. Ich singe und hüpfe, oftmals sehr zum Erstaunen meiner Mitmenschen.
Natürlich kann ich mich auch irren, ich bin ein menschliches Wesen. Diese Irrtümer können jedoch niemandem Schaden zufügen, da sie keiner negativen Quelle entspringen.

Oder anders ausgedrückt: dadurch, dass ich meine Irrtümer bemerke, kann ich vermeiden, anderen Schaden zuzufügen.
Woher ich das alles weiß?
Nun, alles was in bedingungsloser Liebe, Mitgefühl und offenen Herzens geschieht, ist von göttlichem Bewusst Sein geprägt und göttliches Bewusst Sein ist einfach nicht darauf ausgerichtet zu schaden, denn es ist die personifizierte Liebe.
Es gibt noch ein bedeutungsvolles Prinzip, dass Frau Kugel an uns weitergab und das aus meiner Sicht in der Heilungsarbeit oberste Priorität haben sollte:
Wenn eine Heilerin / ein Heiler in höchster göttlicher Anbindung handelt und Gott Göttin durch sie / ihn wirkt, dann ist dieser Mensch nach der Heilung in der Regel nicht erschöpft, sondern in einer guten Balance, mitunter sogar freudig erregt und glücklich.
Wenn sich Heiler nach der Behandlung erschöpft, kraftlos, krank fühlen, dann ist es in der Regel so, dass der eigene Wille, gepaart mit seinem Schattenego und anderen Energien versuchten, durch ihn zu wirken.
Eine Folge kann sein, dass die kranken Energien sich nicht auflösten, sondern an den Heiler anhafteten.
Ich kenne Menschen, die sich Heiler nennen, selbst jedoch sehr „un heil“ wirken. In ihrem Begehren zu helfen, „gut zu sein“, kümmern sie sich ausschließlich um Andere. Das eigene „Ich“ jedoch verkümmert zunehmend. Diesen Ansatz empfinde ich eher schädigend, denn heilend.
„Liebe deinen Nächsten wie dich selbst.“, ist eine der großartigsten Wahrheiten, die uns Jesus schenkte.
Wie kann ich andere lieben, wenn es mir schlecht geht, wenn ich selbst krank und un heil bin. Dann gilt es, für mich und meine Genesung zu sorgen, die Ursache ausfindig zu machen und zu heilen. Obschon ich gestehen muss, dass genau das mir oft schwerfällt. Ist es doch überaus schmeichelhaft, um „Hilfe“ gebeten und gebraucht zu werden.
Es ist ausgesprochen wichtig, die eigene Befindlichkeit vor und nach einer Heilbehandlung wahrzunehmen und zu beobachten.

Dazu gehört vor allem die Prüfung der göttlichen Anbindung, die Bitte um göttlichen Schutz und Führung „Gott Göttin, Dein Wille geschehe!“ und der abschließende Dank an alle Mitwirkenden.

28.05.2001

Guten Morgen, Gott.

- Guten Morgen, Iona. -

Gott, ist es tatsächlich so, dass der Alkohol mehr Raum für Besetzungen schafft?

- Ja, Iona. Wenn du Alkohol trinkst, öffnest du jede deiner Poren für die dunklen Mächte. Du bist dann für sie, was die Blume für die Biene ist.

Es gibt so viele Dinge, die du bereits siehst. Du erkennst das Ringen der dunklen Mächte. Du weißt, dass dein Weg der Weg ins Licht ist. Und dennoch drehst du dich immer wieder um und kehrst zurück in die vertraute Dunkelheit. Mit jeder Zigarette, mit jedem Schluck Alkohol begibst du dich erneut in die Hand der Dunkelmächte.

Gestern Nacht hast du „einige Geistwesen“ herbeigerufen. -

Dann stimmte also meine Wahrnehmung.

Als ich in der Nacht, nach Mitternacht die Fenster öffnete und mich in mein Bett legte, strich ein sehr eigenartiger Windzug über mich. Er zog in den Flur, durch alle Räume und wieder hinaus. Ich hatte das Gefühl, dass mich etwas streifte, sich über mich beugte. Es schien wie eine Wolke. Ich spürte deutlich, dass ich nicht allein im Raum war. Ich erinnerte mich an das wundervolle Buch „Wie ich eine Medizinfrau wurde“ von Heyoka Panto.

Es war viel die Rede von Windgeistern und dass sie ungeschützte Menschen auch krank machen können, vor allem die Winde der Dunkelheit. Deshalb empfahl Panto, Türen und Fenster nachts immer gut zu verschließen. Einige zu Heilende, die zu ihr kamen, waren von Windgeistern besessen und die Heilung gestaltete sich mitunter schwierig.

Also schloss ich die Fenster wieder. Sofort spürte ich die Präsenz der Geistwesen. Aus den Ecken drangen eigenartige Geräusche. Meine Weidenkörbe knirschten und der Raum strahlte eine seltsame Ener-

gie aus. Ich fühlte, wie die Windgeister durch den Dachboden über mir streiften. Es war unheimlich.
An Einschlafen war überhaupt nicht zu denken. Also rappelte ich mich auf, wankte schlaftrunken in meine Küche und begann zu pendeln, welche Besetzungen mich zurzeit besuchten. Nun, das Pendel bestätigte mir, was ich bereits wusste. In meiner Wohnung beherbergte ich einige Geistwesen, die mir nicht unbedingt wohl gesonnen waren.
In einem mir neuen Vertrauen nahm ich Kontakt mit Jesus auf und bat um Schutz und Führung. Dann begann ich, die Heilgebete zu sprechen. Nach einiger Zeit waren die Besetzungen fort. Sie gingen mit göttlicher Unterstützung ins Licht oder zu einem Ort, der ihrer Weiterentwicklung dient.
Die Geister, die ich rief, die ward ich mit göttlicher Hilfe wieder los.
Ich legte mich in mein Bett und hatte eine ruhige erholsame Nacht.
- Liebe Iona, mein Kind, in den letzten Tagen hattest du verschiedenste Begegnungen, sowohl mit lichten, als auch mit dunklen Mächten. Dämonen lieben die Zeit nach Mitternacht bis zur Morgendämmerung. Dann verfügen sie über ihre größte Macht. Dort wo die Liebe wohnt, wo Licht und Frieden sind, schwindet ihre Kraft und sie können kaum noch schaden. Das ist eine sehr wichtige Wahrheit.
Wirkliche Heilung kann nur in Liebe geschehen. Deshalb ist es so wichtig, dass du dich jetzt, da du um die dir innewohnenden Kräfte und Gaben weißt, deiner Selbst-Heilung widmest. Erst, wenn du ein bestimmtes Stadium des Heil-Seins erreicht hast, wirst du voll mächtig handeln können.
Solange du dich noch mit dunkeln Kräften einlässt, der Versuchung nachgibst, begrenzt du dich und dein göttliches Potential.
Ihr habt den „Freien Willen“, euch den dunklen Mächten zuzuwenden, und ihr habt den „Freien Willen“, euch dem Licht zu widmen.
Es brachte euch Begrenzung, als ihr den dunklen Mächte Einlass in euer Sein gewährtet, als ihr begannt, mit ihnen zu kooperieren, eine Entscheidung geboren aus dem „Freien Willen“, den Ich euch gab.
Als ihr den dunklen Mächten Tür und Tor aufgemacht habt, erschuft ihr die Basis für den derart desolaten Zustand, in dem sich eure Welt befindet.

Ihr habt den „Freien Willen“, euch dem Licht oder der Dunkelheit zuzuwenden, heil oder unheil zu sein, zur göttlichen Quelle zurückzukehren oder immer wieder in den Erdenkreislauf zu inkarnieren. Wobei es natürlich kein „entweder oder“ gibt, da überall Zwischentöne schwingen und sich der Focus der persönlichen Entwicklung entsprechend verändert.
Jeder Mensch lernt auf seine ureigenste Weise und auch wenn viele Menschen es nicht glauben, es gibt keine Trennung, denn Alles, und damit meine ich wirklich Alles, ist „ALL EINS“.
Die „Trennung“ in Licht und Dunkel gaukelt euch die Illusion vor, ihr wärt allein und verlassen. Dem ist nicht so. Um jedoch nach Hause zu gelangen, gilt es, die Dunkelheit hinter sich zu lassen, denn sie findet keinen Eintritt in mein Reich.
Es ist hohe Zeit, dass ihr die Verantwortung für euer Tun übernehmt und aufhört, mir die Schuld am Zustand eurer Welt in die Schuhe zu schieben.
Und genau das ist es, liebe Iona, was auch für dich absolute Priorität hat: Übernimm die Verantwortung für jeden deiner Gedanken, für dein Tun, für dein gesamtes Sein und stell dich in den Dienst der göttlichen Quelle, freiwillig.
Das ist übrigens ein Hauptmerkmal eurer Zeit, dass ihr euch bewusst werdet, dass ihr einen „Freien Willen“ besitzt. Ihr könnt euch für oder gegen Gott entscheiden. Das ist eine neue Qualität in eurem Spiel der Illusionen.
Menschen, die sich in gänzlicher Unwissenheit üben, werden diese Zusammenhänge wohl noch einige Zeit verborgen, verschleiert bleiben. Letztendlich kehrt jeder Mensch zur Quelle zurück, jeder.
So ist es im höchsten göttlichen Plan vorgesehen. -
Gott, ich erlebe, dass zunehmend Menschen aller Altersgruppen zu Drogen greifen. Vielen scheinen, ihr Leben nicht mehr im Griff zu haben und es so, wie es ist, kaum noch ertragen zu können. Drogen werden immer gefährlicher und in immensen Mengen konsumiert.
Der Geist des Rituals ging schon vor langer Zeit verloren. Für mich ist das ein Zeichen, dass sich viel Verzweiflung und Angst Raum nimmt angesichts dessen, was wir heute als „Leben“ bezeichnen.

Der Staat, der an diesem Zuwachs an Unsicherheit und Hilflosigkeit enorm verdient, übt sich in Beschwichtigung und Scheinheiligkeit. Zunehmend sterben Menschen an ihrem Lebens un sinn.
Der Geist wird vernebelt, die Seele gebannt. Ich spüre viel Ohnmacht und all das, worüber ich hier schreibe, ist mir zutiefst vertraut, lebe ich es doch selbst.
Die Form der Droge ist relativ egal. Ob es sich um Arbeit, Alkohol, Essen, Zigaretten, Sport… handelt, maßgeblich ist, wer die Zügel in der Hand hält.
Wenn die Droge bereits die Führung übernommen hat, habe ich die Zügel meines Lebens aus der Hand gegeben und bin nicht mehr Herrin meines Selbst. Das ist eine Situation, die mir wohl vertraut ist.
Nur wenn mir dieser „ver rückte Zustand" bewusst wird, bin ich in der Lage, mein Leben realistisch zu betrachten und Veränderung einzuläuten.
Letztlich haben wir uns alle von unserer ureigensten Bestimmung entfernt. Deshalb sind wir hier.
Natürlich gibt es einige wenige Ausnahmen, Avatare, Meister und andere Wesenheiten, die unter uns weilen, um uns zu unterstützen.
Ich rede hier jedoch von der Mehrzahl der Menschen, von den Suchenden, auch wenn es ihnen oft nicht bewusst ist.
„Warum bin ich hier?" „Was mache ich hier auf diesem Stern?"
Eine Frage, die sich unzählige Menschen wieder und wieder stellen bis zu jenem Zeitpunkt, an dem sie die Antwort finden.
- Nun jetzt ist eine Zeit angebrochen, in der ihr euerer Bestimmung immer näherkommt. Jeder Mensch spürt die Veränderungen, den Wandel.
Die Schwierigkeit besteht für die Meisten darin, dass sie diese Veränderungen nicht orten können, dass sie die Ursache nicht erkennen, sondern nur die Wirkung. Und das verwirrt und verunsichert sie.
Nach der Ursache zu forschen, ist nur über den Weg des Wissens und der Erkenntnis möglich.
Nun, um zu Wissen zu gelangen, gibt es unzählige Wege.
Daher ist es notwendig, sich für einen Weg zu entscheiden und sich Lehrer zu suchen, die das Wissen der Wahrheit vermitteln. Eine wun-

derbare Lehrerin ist Mutter Natur. Sie lehrt euch Werden und Vergehen, Stille, das Innewohnen des Göttlichen in ALLEM WAS IST. Menschliche Lehrer sind ebenfalls wichtig, allerdings sind sie mit Bedacht zu wählen. -
Wie erkenne ich einen Wahrheitslehrer?
- Lehrer, durch die ich wirke, zeichnen sich durch Güte, Barmherzigkeit, bedingungslose Liebe und tiefe innere Harmonie aus. Sie sind frei von Wertung und Beurteilung und verfügen oftmals über den direkten Zugang zum universellen göttlichen Wissen. Du wirst es fühlen. Ein wirklicher Lehrer berührt dein Herz. Vielleicht musst du weinen, weil dich die Begegnung stark berührt, oder du hast das Gefühl, an einem wichtigen Punkt deiner Entwicklung angelangt zu sein.
Es kann sich so anfühlen, als ob du eine Universität betrittst, eine Universität des Geistes. Selten ist es nur ein Lehrer, dem du begegnest. Dir werden in diesem Leben noch einige Lehrer begegnen, liebe Iona. Frau Kugel ist die erste Lehrerin, die du bewusst wahrnimmst.
Vorher gab es andere Lehrer, zu denen auch deine Eltern gehören. Auf welchem Niveau du die Erdenschule durchläufst, hängt von deiner Bewusst seins entwicklung ab, was wiederum bestimmt, welchen Lehrern du begegnest und welche Lehren dich auf deinem Weg begleiten. -
Wie ist das mit dem Schulgeld, das ich für diesen Unterricht zahle?
- Nun, liebe Iona. Du wirst spüren, wo die Gier sich Raum nimmt. Vielleicht wirst du auch Lehrgeld zahlen, bis du gelernt hast, zu differenzieren.
Auch Lehrer und Heiler leben in dieser Welt und haben materielle Bedürfnisse. Gut ist, wenn es sich die Waage hält, wie z.B. ein Teil ist auf Spendenbasis, ein anderer Teil, wie Einzelstunden oder Behandlungen, haben einen festen Preis oder es wird ein Energieausgleich gewünscht.
Formen, mit dem materiellen Aspekt umzugehen, gibt es viele. Letztlich ist das Geld „sekundär“.
Wenn der Lehrer „stimmt“, wird das Geld da sein oder es wird sich eine andere Möglichkeit des Ausgleiches finden, um am „Unterricht teilzunehmen“. -

Ich erlebe in Berlin mitunter gigantische Preise für sogenannte spirituelle Heilung.
- Liebe Iona, es ist nicht gut, so viel Energie in die Suche nach Lehrern zu investieren.
Vertraue auf deine Führung und lasse bei deiner Wahl dein Herz sprechen. Das ist alles, was ich dir dazu sagen will.
Und nun lass uns zurückkehren zu unserem eigentlichen Thema, die Schwierigkeiten der Menschen mit dieser Zeit und die Suche nach dem Verstehen dessen, was geschieht.
Viele Menschen spüren die Veränderung und dass ihr so wie bisher nicht weiter machen könnt. Allerdings haben die Meisten ihren Ursprung vergessen und üben sich weiterhin in Unwissenheit.
Sie weigern sich, den Weg der dichten Materie zu verlassen und den Weg des Lichtes zu beschreiten. Das ist OK. Widerstände haben oft ihre Ursachen in kollektiven Verstrickungen und Karma.
Was diese Menschen jedoch nicht wissen, ist, dass die gegenwärtige Zeit eine unglaubliche Chance bietet, menschliches Bewusstsein zu entwickeln und zu erkennen, wer ihr wirklich seid.
Diese Zeit ist ein Weg in die Freiheit und jeder entscheidet für sich, ob er ihn gehen will oder ob er weiterhin in der Dualität sein will. Ihr habt die Wahl.
Im Augenblick herrscht auf der Erde viel Verwirrung und Chaos.
Nach den universellen Gesetzen folgt jedem Chaos eine Neuordnung.
Mutter Erde erreicht allmählich eine Grenze, was die Ausbeutung ihres Leibes durch euch Menschenkinder anbelangt. Sie ist krank, sie hat Schmerzen und ist nicht mehr bereit, ihre Kinder weiterhin so gnadenlos gewähren zu lassen.
Mutter Erde bäumt sich auf, denn sie hat sich ent schieden, in eine höhere Dimension auf zu steigen. Sie will die dichte Materie verlassen und ins Licht gehen. Es ist genug.
Daher ist dieser Prozess, den ihr momentan erlebt, eine Form der Reinigung und Grenzsetzung eurer Mutter Erde.
Sie zeigt euch die Grenzen eures Tuns und gibt wieder und wieder Impulse, euer Verhalten ihr gegenüber zu ändern und eurem Raubbau Einhalt zu gebieten.

Es ist an der Zeit, dass sich die Menschheit auf die nächst höhere Bewusstseinsstufe begibt.
Dazu gehört die Erkenntnis, dass Alles Eins ist. Nichts ist los gelöst vom Anderen, Alles steht in einer Wechselwirkung miteinander. Jeder Gedanke, den ihr denkt, erschafft eure Welt. Was euch jetzt widerfährt, ist das Resultat, der Spiegel eures Tuns.
Seit tausenden von Jahren handelt ihr gegen euch, gegen die universellen Gesetze, gefangen in Macht und Gier.
Was jetzt auf Mutter Erde geschieht, gehört nicht zu Naturereignissen wie z.B. die Eiszeit. Es ist das Resultat jahrtausendelanger Missachtung der Schöpfung.
Ihr erlebt in nie da gewesenem Ausmaß, dass Tiere und Pflanzen diese Erde verlassen.
Einige Urvölker, die im höchsten Einklang mit ALLEM WAS IST lebten, wurden ausgerottet oder verließen diesen Planeten freiwillig.
Ihr habt Orte der Qual und des Leides für eure Geschwister aus dem Tier- Pflanzen und Mineralreich erschaffen.
In Tier- und Pflanzengefängnissen vegetieren Wesen auf unwürdigste Art und Weise dahin.
Es ist viel Gedankenlosigkeit in eurer Welt.
Sinnloses Konsumieren, alle Aspekte des Lebens ausschließlich materiell bewerten, egoistisch nur auf den eigenen „Wohlstand" schielen, all das sind Auswüchse der Materie, die ihr erschaffen habt.
Der Leib von Mutter Erde wird zerstört, um ihr voller Besessenheit und Selbst-Sucht alles zu entreißen, was Profit bringt. Diese unglaubliche Gier wird sich gegen euch richten und sie tut es ja bereits. Es ist ein hoher Preis, den ihr für die Illusion des „materiellen Gewinns" zu zahlen bereit seid.
Folgenschwer ist, dass ein großer Teil der Menschheit im Prozess des Abstieges in die materielle Dichte, jeglichen Respekt vor allem Leben verloren hat.
Graduell wächst die Einsicht, dass jede Handlung, mit der ihr anderen (Tiere, Pflanzen, Mineralien, Menschen, ...) Schaden zufügt, auf euch zurückfällt. Jeder Ursache folgt eine Wirkung. Jedes Tun zieht eine

unvermeidliche Folge von Reaktionen, Resultaten nach sich, genannt Karma!
Allmählich offenbart sich das Ausmaß der Zerstörung des Planeten Erde durch die Menschen.
Ihr seid nicht allein im Universum, auch wenn so mancher das gern glauben würde.
Das Ziel der Entwicklung des Menschen auf der Erde war nicht, dass ihr satt und zufrieden in eurem Wohlstand hockt oder hungernd und frierend dahinvegetiert. Der ursprüngliche Plan war Frieden, Einklang, Liebe und nicht endloses Leid.
Inzwischen mutiert die Erde zu einem Planeten, der mit dem göttlichen Verständnis von Tod im Sinne „Werden und Vergehen, Vergehen und Werden“ nichts mehr zu tun hat.
Selbst der Tod wird manipuliert, was unbeschreibliche Qualen mit sich bringt, nicht nur für die betroffenen Menschen.
Das was ihr Fort Schritt nennt, ist in Wahrheit Rück Schritt.
Die letzten Jahrtausende der Menschheit sind geprägt von einem Fortschreiten von ihrem ursprünglichen göttlichen Sein, vom Einklang mit ALLEM WAS IST.
Es ist hohe Zeit, die Phase der Devolution zu beenden und sich wieder der Evolution zu widmen.
Viele höherentwickelte Wesen beobachten diese Entwicklung sehr aufmerksam. Unentwegt inkarnieren hohe Wesen auf der Erde, die wieder und wieder Hinweise geben, wie ihr das Tal der Unwissenheit verlassen könnt.
Zum Glück gibt es zunehmend Menschen, die Botschafter erkennen, die Botschaften wahrnehmen und sie in die Welt tragen. Die alte Zeit beendet sich und es bricht eine neue Zeit an, eine Zeit, die von Liebe geprägt sein wird. Viele von euch sind in dieser Zeit inkarniert, um mitzuwirken an diesem Netzwerk des Lichtes und der Liebe. Jede Handlung, die in Liebe und Mitgefühl geschieht, wird Früchte tragen.
Also, an die Arbeit, Iona. -
Danke Gott, jetzt muss ich erst mal zur Arbeit. Es ist so viel, was da an Informationen kommt.
Danke, bis später.

Da bin ich wieder. Gott, ich bin total erschüttert. Soeben las ich einen Artikel über mögliche Zellveränderungen und die Veränderung der DNS. Dort wurde vieles, worüber auch wir sprachen, noch einmal auf den Punkt gebracht.
- Nun, liebe Iona, wie ich bereits sagte, befindet ihr euch in einer Phase größter Veränderungen. Jeder Mensch auf der Erde ist Teil dieses Prozesses und hat sich entschieden in genau diese Zeit zu inkarnieren. -
Oh Gott, das muss ich erst einmal alles verdauen. Es entspricht genau meinem Gefühl. Erinnerst du dich, als ich vor einigen Wochen völlig erschöpft war?
- Ja. -
Aus Gesprächen mit anderen Menschen erfuhr ich, dass es ihnen ähnlich ging. Mir fällt auf, dass sich die Energie auf der Erde wandelt. Vieles begreife ich jedoch nicht, sondern nehme es vorerst nur wahr. Dazu gehören auch die Naturphänomene wie:

- Wolkengebirgen in ungekannter Dimension
- der Sonnenstand verändert sich
- die Kreise um die Vollmondin werden intensiver
- viele Doppelregenbögen
- trockener Regen
- beschleunigtes und paralleles Pflanzenwachstum (die Jahreszeiten laufen mehrzeitig)
- neue Tiere und Pflanzen, die ich noch nie sah

All dies sind Hinweise auf die Veränderungen? Wir stecken bereits mittendrin? Es ist sehr wichtig, aufmerksam und liebevoll zu sein?
- Genau darum geht es, Iona. Je ernster du dich und deine Wahrnehmung nimmst, desto eher gelingt es dir, Verständnis für die aktuellen Geschehnisse zu erlangen und Zusammenhänge zu erkennen.
Das bringt mit sich, dass du dir zunehmend deiner Verantwortung in diesem Prozess bewusstwirst und durch aktives liebevolles Handeln unterstützend wirkst. -

Gott, mir klingelt's in den Ohren. Das ist so viel. Mein Verstand kann das kaum erfassen.
Manchmal habe ich das Gefühl, von all diesen Informationen erschlagen zu werden.
- Nun, Iona, das mag dir im Augenblick so erscheinen. Es ist vergleichbar mit einem Computer, der mit neuen Daten gefüttert wird, die alle auf der Festplatte abgespeichert werden.
Noch sammelst du Informationen, denn du bewegst dich aus dem Tal der Unwissenheit in die Gebirge des Wissens.
Wenn du all diese Informationen, Impulse miteinander verknüpfst, so entsteht ein energetisches Gebilde, das dir einen Einblick gewähren kann, welche gigantischen Gestaltungsprozesse sich auf Mutter Erde Raum nehmen. -
Es ist Licht, nicht wahr Gott, reines Licht, reine Liebe?
- Ja, mein Kind. Es ist eine Vision, die bereits Gestalt angenommen hat.
Wie du weißt, erschafft jeder Gedanke.
Nun, inzwischen leben viele Visionäre auf der Erde, die sehr klare Bilder von der zukünftigen Erde und ihren Bewohnern haben.
Das ist gemeint mit dem Weltaufgang. Natürlich muss die alte Welt untergehen. Daher ist die allgemeine Weltuntergangsstimmung nachvollziehbar.
Die Frage ist jedoch, welchem Energiefeld du deine Aufmerksamkeit widmen willst, der Neugestaltung, Erschaffung, Geburt oder dem Sterben und dem unvermeidlichen Tod des Alten?
Wissend in dieser Zeit zu sein, ist ein großes Geschenk, und du hast die Möglichkeit, als Mitschöpferin einer neuen wundervollen Erde mit zu wirken. -
Das erweitert mein gesamtes Blickfeld und relativiert die „allgemeine Untergangsstimmung". Es ist alles eine Frage der Sicht.
- So ist es, Iona, so ist es. Aber hier machen wir erst mal Schluss, Iona. Sonst kippst du mir noch aus den Latschen, bei diesen gigantischen Erdleben-Aussichten.
Machs gut und denk daran, wir sind alle Eins. -
Danke Gott, bis zum nächsten Gespräch. Uff!

29.05.2001

Guten Morgen, Gott.

- Guten Morgen, Iona. -

Ich kann im Augenblick nicht schreiben.

- Das ist völlig OK. Mach eine Pause, Kind. Unser Gespräch gestern war von einer enormen Intensität geprägt. -

Oh Gott, jetzt kann ich plötzlich wieder schreiben.

Heute Nacht erfuhr ich am eigenen Leibe, wie es sich anfühlt, dir frei von Alkohol zu begegnen.

Ich war klar und bei mir. Sehr bewusst öffnete ich mein Kronenchakra (etwa in der Mitte des Scheitels). Ich befand mich in einem Lichttunnel und meine Hände waren mit purer Energie gefüllt. Die Wesenheiten, die mir begegneten oder denen ich begegnete, waren mir wohl gesonnen und freundlich. Ich mochte sie. Wo war ich Gott?

- Liebe Iona, ich freue mich für dich. Du hast heute Nacht etwas sehr Wesentliches erfahren. Du hast begriffen, dass Alkohol tatsächlich deine Verbindung ins Licht kappt. Gleichzeitig hast du die tiefe Freude der Begegnung mit Lichtwesen erlebt. Das ist ein großes Geschenk. -

Das ist es. Danke!

30.05.2001

Guten Morgen, Gott. Ich bin völlig durch den Wind, im wahrsten Sinne des Wortes.

- Guten Morgen, Iona. Nun, erzähl, denn wie du weißt, erfahre ich mich durch dich. -

Du erinnerst dich, hier ist seit Tagen viel Wind. In diesem Zusammenhang hatten wir auch das Gespräch über Panto Heyoka aus Mexiko und das Wissen über die Macht der Windgeister.

Auch in „Stimmen der Steine“ von Lynn Andrews, ist immer wieder die Rede vom Wind des Ostens, Wind des Westens, Wind des Nordens, Wind des Südens und von der Macht, die den Winden zu eigen ist.

Es wird mit dem Windgeist kommuniziert, gearbeitet und zu ihm gebetet.

Seit einiger Zeit spüre ich die Winde und fühle mich mit ihnen verbunden.

Gestern begegnete ich dem Wind des Westens, des weißen Mannes. Sag mal Gott, spinne ich oder werde ich verrückt?
- Ja, Iona, du spinnst! Du bist eine Spinnerin in liebevollem Sinnen. Und du wirst nicht verrückt. Es ist gut so. Erzähle einfach weiter. -
Seit Tagen spüre ich Energien.
Es fühlt sich an, als ob sich in einem großen Becken Wasser ansammelt, zusammenbraut. Vor allem in den Nächten sind diese Energien da.
Ist es deshalb wichtig, vor Mitternacht schlafen zu gehen, weil in der Zeit danach dunkle Mächte überaus aktiv sind? Es ist eine Zeit der Dunkelheit und auch ihr Raum.
Wenn ich in dieser Zeit schlafe, bin ich relativ geschützt.
Deshalb ist es auch bedenklich, dass der Mensch die Nacht, auch im Außen, zunehmend zum Tag macht.
Ich tue mich schwer damit, in der Dunkelheit meine Wohnung zu verlassen, es fühlt sich für mich nicht gut an. Und es stört mich, dass die Dunkelheit zunehmend von Elektrizität und Laserstrahlen gebrochen wird.
Menschliche Eingriffe stören aus meiner Sicht auch den Rhythmus vieler Nachtwesen. Die Beleuchtung der Nacht stiftet Verwirrung, vor allem bei Pflanzen, Tieren, Wesenheiten.
Wir stellen tatsächlich die natürlichen Gegebenheiten auf den Kopf und finden das alles ganz normal.
Nun, wie auch immer, der Tag dient dem Licht und die Nacht dient dem Dunkel.
Es gibt kaum eine klarere Beschreibung der Polarität auf der Erde.
Aber um zum Wind zurückzukehren, jedes Mal, wenn ich in den letzten drei Tagen auf meinem Balkon war, fühlte ich mächtige, heftige Windenergien, manchmal recht unheimlich.
Oft beobachte ich diese Winde, nehme sie wahr, und sie verheißen mir nichts Gutes. Mit einer unglaublichen Kraft fegen sie über das junge Grün der Bäume, über die Dächer der Hauser, durch die Straßen der Stadt, irgendwie unbeugsam und gnadenlos.
Gestern wirkten die Winde extrem und ich betrat weder meinen Balkon, noch setzte ich mich ihnen aus. Ich versuchte ihnen aus dem

Weg zu gehen. Nun, Windwesen kann man nicht entfleuchen.
Oh Gott, wenn diese sensible, geschärfte Wahrnehmung die Quintessenz meiner Nüchternheit ist, dann sauf ich mir für den Rest des Lebens lieber die Hucke voll, denn ich weiß nicht, ob ich das Alles wirklich wissen will.
- Quatsch, Iona, erzähl weiter. -
Ich erledigte den ganzen Abend lauter irdische Dinge, telefonierte viel und wollte „eigentlich" mit Dir reden. Die Zeit verging in „Windeseile". Währenddessen beobachtete ich aus den Augenwinkeln die Winde und meine innere Unruhe stieg. Um 23.45 Uhr tappelte ich in mein Bett und verschloss gut alle Fenster und Türen in meinem Hexenzimmer.
Im Raum herrschte eine sehr merkwürdige Energie.
Plötzlich schrak ich zusammen. Es klopfte an mein Fenster, so als ob jemand um Einlass bat. Nun, das Bemerkenswerte ist, ich wohne im 5. Stock. Die Blätter meiner Pflanzen bewegten sich, als ob sie sich im Hauch des Windes wiegen.
Ich sprang entsetzt auf, rannte durch meine Wohnung und verschloss alles, was verschließbar war. Auf meiner Brust fühlte ich einen immensen Druck und ich konnte kaum atmen. Schweißgebadet schaute ich auf die Uhr. Es war fünf Minuten nach Mitternacht.
Ich rief Jana an und bat sie, fraglos alle ihre Fenster zu schließen.
Mein Eindruck war, dass diese Winde Reinigungswinde sind, die alles wegfegen, auch Gift, Unrat und andere Unreinheiten. Alles wurde vom Sog der Winde mitgezogen, einiges versuchte auszubrechen und sich über die Fenster Einlass zu verschaffen. Insofern war mein Impuls mehr als natürlich und schützend.
Diese Winde sind weder schlecht noch böse.
Sie wirken tatkräftig am Reinigungsprozess von Mutter Erde mit, wie ein Sog, der Gifte und negative Energien unausweichlich mit sich zieht, fortzieht.
Es war eine gewaltige Kraft, die da über alles hinwegfegte, und sie hatte etwas Reinigendes und Unheimliches zugleich.
Nun, mir wird immer bewusster, dass wir uns in einer unglaublich intensiven Phase der Reinigung befinden. Und wenn wir Menschen un-

serem lieblosen Treiben keinen Einhalt gebieten, werden uns noch einige windige Überraschungen ereilen.
Als ich in meinem Bett lag, hörte ich Geräusche auf dem Boden, die mir bestätigten, dass es einige Wesenheiten geschafft hatten, aus dem Windsog auszubrechen und unters Gebälk zu flüchten. In dieser Nacht bat ich viel um Schutz und Führung, sprach Heilgebete und bekam eine Ahnung von dem, was unter Umständen noch auf uns zukommen könnte.
„Beklemmung“ ist das Wort, das meine Verfassung am klarsten beschreibt.
Nach und nach beruhigte ich mich und fühlte mich geborgen und beschützt.
- Nun, liebe Iona, das war ein kleiner Vorgeschmack dessen, was geschieht, wenn sich die Menschheit nicht besinnt und weiterhin so tut, als wäre sie der Alleinherrscher auf diesem Planeten.
Es sollte dir jedoch keine Angst machen. Im Gegenteil, es ist ausgesprochen wichtig, dass du deiner Angst ins Auge siehst und sie auflöst.
Nicht „Augen zu und durch“, sondern „Augen auf und durch“.
Du entscheidest, wie du an diesem Prozess der Reinigung und Veränderung mitwirkst, mit jedem Gedanken, mit jeder Handlung, mit jedem Wunsch, den du erschaffst.
Je bewusster du wirst, je mehr du im Einklang mit ALLEM WAS IST lebst und handelst, desto mehr wirst du die Zusammenhänge verstehen und feststellen, dass alles, was geschieht, seinen Sinn hat.
Erkenne den göttlichen Plan, der sich hinter all diesem Geschehen zeigt, vertraue und verstehe den Schöpfergeist dieser Zeit.

Die Erde befindet sich im Umbruch und sie wird aufsteigen, in die Dimension der Liebe und des Lichtes.
Wie sich dieser Umbruch jedoch gestaltet, ob sanft, behutsam, gewaltig, einschneidend..., das entscheidet der Bewusstseinszustand der menschlichen Spezies, sowohl das kollektive Bewusstsein, als auch das individuelle Bewusstsein.

Lasst ihr ab von eurem „mehr, mehr, mehr“ und besinnt euch darauf, dass Mutter Erde ein lebendiges Wesen ist, so kann dieser Prozess überaus friedvoll ablaufen. So der Mensch aber weiterhin in gnadenloser, zerstörerischer, egoistischer Manier Mutter Erde ausbeutet und malträtiert, werden die Reinigungsprozesse auf diesem Planeten zunehmend härter, gewaltiger, zerstörerischer.
Du hast dich entschieden, in genau dieser Zeit auf der Erde zu sein und mitzuwirken im Umbruch und Durchbruch zu einem liebevolleren Sein.
Viele alte Völker, die auch heute noch zutiefst mit Mutter Erde verbunden sind, wissen seit tausenden von Jahren um die gegenwärtige Zeitqualität und die damit einhergehenden Veränderungen.
Ein wunderbares Zeugnis davon gibt das Buch „Der Phoenix erwacht“ von Mary Summer Rain.
Das große Erstaunen vieler Menschen des Westens über aktuelle „Erscheinungen“, „Katastrophen“ und andere „Raum-Zeit-Veränderungen“ beruht auf Unwissenheit und Ignoranz und der daraus resultierenden Begrenztheit und Einschränkung.
Übrigens sind die meisten Politiker über das Zeit-Raum-Geschehen besser informiert, als sie vorgeben. Viele Kriege, politische Entscheidungen und derzeitige Themen haben das Ziel, die Menschen zu spalten und sie von der gegenwärtigen Zeit-Raum-Qualität abzulenken.
Angst, Mangel, Sorgen und Bürden sind bestens geeignet, um in alten Mustern zu verharren.
Sie sind die Basis für manipulative, dunkle, negative Energien und erzeugen ein überaus destruktives Feld.
Nur wenigen Menschen ist bewusst, dass wir „Gäste“ auf Mutter Erde sind, und oft mangelt es an gebührender Achtung und Respekt gegenüber der Gastgeberin.
Das hat fatale Folgen, deren Auswirkungen wir jetzt in allen Einflussgebieten und Reichweiten der Erde erfahren. Es wird enorme Zeitbeschleunigungen und Veränderungen geben, die der menschliche Verstand kaum erfassen kann. -
Was kann ich tun?

- Bleib gelassen, Iona, beobachte das Geschehen aufmerksam und informiere jene, die wissen wollen.
Prüfe deine Gedanken, Handlungen und Wünsche auf das Motiv, das sich dahinter verbirgt.
Erwäge das Resultat, dass du möglicherweise hervorrufst.
Sei achtsam und aufmerksam in deinem Tun.
Vermeide Handlungen, durch die du anderen schadest.
Lerne dem göttlichen Plan und Mir zu vertrauen.
Erkenne das Geschenk dieser Zeit und die Chance zu wachsen.
Und vor allem: rede mit mir. -
Danke Gott, danke.

In der folgenden Zeit sollte ich lernen, wie es sich anfühlt, „Schaden anzurichten“, auch wenn er sich in Grenzen hielt. Es war eine meiner wichtigsten Erfahrungen bezüglich meiner Achtsamkeit und Aufmerksamkeit, wann mein Schattenego seine Finger im Spiel hat oder mit anderen Schattenegos in Resonanz geht.
Der Oberton, der diese Zeit prägte, hieß „Versuchung“ und ich erfuhr „hautnah“, wie es sich anfühlt, wenn ich mich verliere.

Damals verspürte ich den starken Wunsch, meine Freundin Eva und ihren Mann zu besuchen. Eva war jene Freundin, die mir von Frau Kugel erzählt hatte. Sie war aus Berlin weggezogen, um mit ihrem Mann auf dem Land zu leben, und absolvierte gerade ihre Ausbildung als Heilpraktikerin. Ebenso wie ich hatte sie verschiedene „Lehei- Kurse“ in Königs-Wusterhausen abgeschlossen und übte sich in der praktischen Anwendung des erworbenen Wissens.
Ich rief sie also an und wir vereinbarten, dass ich zu Pfingsten vorbeikommen würde.
Eva lebte in einem Haus, sehr einsam, abgeschieden und wunderschön, umgeben von Feldern und Wäldern. Es wirkte alles sehr anheimelnd.
Zu jener Zeit hatte sie Krebs und war sehr mit der Ursachenfindung und Heilung beschäftigt.
Wir wollten gemeinsam zu diesem Thema arbeiten. Außerdem hatten

wir vor, ihren Garten und die nähere Umgebung energetisch zu klären und zu reinigen.
Ich mochte Eva und dennoch beneidete ich sie um ihr begehrenswertes Wesen und die Aufmerksamkeit, die ihr oft geschenkt wurde, darum, dass sie so ein idyllisches Zuhause und eine Familie hatte.
In diesen Tagen lernte ich viel über die Wahrnehmung der Energien, die an Kraftplätzen herrschen, über die mit ihnen verbundenen Vorwelten und über die diesen Stätten innewohnende Kräfte.
Auch heute, da ich diese Worte schreibe, berühren mich wieder jener Zauber und jene Kraft, die ich spürte und erfuhr.
Jedes Mal, wenn ich diese Gespräche lese, muss ich weinen und es ist ein tiefer Schmerz in meinem Herzen, der sich sehr alt anfühlt.

01.06.2001
Guten Morgen Göttin. Nun bin ich hier bei Eva und Kai. Etwas geschieht mit mir, ich kann es einfach nicht fassen. Ich bin total traurig. Es ist dieser Ort, er berührt mich zutiefst. Ich war in anderen Leben schon mal hier. Alles ist so vertraut und bekannt.
- Guten Morgen, Iona. Ja, du warst schon einmal hier, vor uralter Zeit. Du erinnerst dich. Damals war dieser Ort ein Teil der Energie von Avalon.
Iona, vertrau mir und dem, was ich dir jetzt erzähle.
Damals war hier ein machtvoller Frauenort. Es ist lange Zeit her, als Europa noch nichts mit dem heutigen Kontinent gemeinsam hatte.
Die Frauen, die hier lebten, befanden sich in tiefem Einklang mit Mutter Erde und waren sich ihrer Eigen-Mächtigkeit sehr bewusst. -
Göttin, ich versteh das nicht. Meines Wissens war Avalon sehr weit weg von hier?
- Iona, mein Kind, wie du bereits erfahren hast, gibt es Bereiche, in denen es weder Raum noch Zeit gibt. Alles ist eins, verbunden und verwoben.
In späterer Zeit wurde dieser Ort entweiht, die Frauen entmachtet und umgebracht. -
Liegt deshalb die Dunkelheit wie ein Schleier über allem?
- Ja. -

Ist das der Grund für unsere Rückkehr? Geht es darum, dass wir mit unserem Wissen und Deiner Hilfe diesen Ort wieder ins Licht führen, in die Heiligkeit, die ihm gebührt?
- Ja. -
Sind wir hier, um diesen Ort wieder zu erwecken?
- Ja. -
Ich weiß nicht wie.
- Du weißt es, Iona, Eva weiß es und Kai weiß es auch. -
Es ist das Licht, nicht wahr?
- Ja. Es ist an der Zeit, dass diese Plätze gereinigt werden, so dass sie wieder Orte der Kraft sein können. Deshalb treffen sich zurzeit überall spirituelle Menschen, um Energiefelder zu erschaffen, die bestimmte Orte wieder zu ihrer ursprünglichen Kraft führen. Es ist wichtig, sie zu reinigen und Raum zu erschaffen, in dem heilende Energien wirken können.
Menschen kehren zurück an Plätze, an denen sie vor unzähligen Leben lebten und wirkten.
Es fügt sich zusammen, was in den vergangenen Jahrtausenden auseinandergerissen wurde. Immer mehr Menschen begreifen, dass, wenn sie Mutter Erde zerreißen, ihr Schmerz zufügen, das Gleiche auch mit ihnen geschieht.
Die Spezies Mensch hat der Großen Mutter in den letzten Jahrtausenden viele Verletzungen zugefügt an allen Stellen ihres Leibes. Einige dieser Wunden heilen sehr schwer. -
Mutter, haben wir eine Chance? Ich erlebe sowohl bei mir, als auch bei anderen viel Unachtsamkeit.
- Iona, du bist hier, um genau das zu lernen und eines Tages weiterzugeben.

Es geht um die Achtung vor Mutter Erde, vor dem gesamten Universum, darum zu begreifen, dass ihr alle Schwestern und Brüder, dass ihr ALL EINS seid, und zu erkennen, dass Liebe und Licht euch und alle Wesen auf diesem Planeten heilen können.

Diese Zeit ist von einer großen Kraft und Macht beseelt und es ist an

euch, Mutter Erde zu beschützen und zu hüten, an ihrer Heilung mitzuwirken.
Damals wart ihr Hüterinnen des Lebens und heute seid ihr es ebenfalls.
Die Frage ist, ob ihr euch als Hüterinnen erkennt? -
Ich spüre so viel Kummer in mir.
- Liebe Iona, jedes menschliche Wesen, das erwacht, begegnet alter Erfahrung, die voller Schmerz ist. Jetzt geht es allerdings darum, diesen „alten“ Schmerz zu erkennen und zu heilen und Raum für Liebe, Licht und Frieden zu erschaffen.
Nur auf diesem Weg wird es euch möglich, die nächste Stufe zu erreichen. -
Ich danke dir, Göttin, ich danke dir aus ganzem Herzen für dieses Gespräch.
- Gern geschehen, Iona, denn es ist deutlich spürbar, dass du dich erinnern willst, dass du bereit bist, wieder eigenmächtig zu handeln, und dass du in die Verantwortung für dein Sein und das von Mutter Erde trittst. Wandle in Licht und Liebe, Iona und du wirst heilen. -
Danke, Göttin, danke.

03.06.2001
Guten Morgen, Gott.
- Guten Morgen, Iona. -
Gott, was ist das? Soviel hat sich mir, Eva und Anderen in den letzten Tagen offenbart. Diese Zeit ist von einer Intensität geprägt, die mich erstaunt. Mich erschüttert die Weisheit, die wir in uns tragen, die jeder Mensch in sich trägt.
- Was nicht bedeutet, dass diese Weisheit auch ans Tageslicht tritt. Es ist der göttliche Teil eures Selbsts, jener Teil eures Wesens, der eurer göttlichen Natur entspricht. -
Und warum pustest du uns im Augenblick so viel Wind um die Ohren? Es ist richtig kalt und ungemütlich.
- Nun, Iona, du kennst die Antwort. Es sind aufrüttelnde, reinigende und klärende Winde, die über das Land fegen. Außerdem macht Wärme bisweilen träge, ein Zustand der euch derzeit in keinster Weise

dienlich ist. Zu dieser Zeit des Wandels gehört auch, dass bestimmte Energien hinweggefegt, im wahrsten Sinne des Wortes „von der Erde gefegt“ werden. Du hast ja schon einige Stürme erlebt und die Klarheit und Reinheit danach genossen. Die Größe und Macht der Winde sind wichtige Helfer im Prozess der Reinigung und Heilung. -
Ich achte und respektiere die Winde und ich verneige mich vor ihnen. Ich weiß nur nicht so recht, wie ich sie um Unterstützung bitten kann. Mir ist, als sei eine alte Windsprache in mir verschüttet, als sei mir der Zugang verwehrt. Ich kenne ja nicht einmal mehr die Himmelsrichtungen.
- Liebe Iona, suche diese Erinnerungen, bitte die Winde, dass sie dir helfen, bitte all deine Naturgeschwister um Beistand. Du wirst genau die Informationen erhalten, für die du bereit bist. -
Gott, ich danke dir für alles, was ich hier erleben darf, für die Bilder aus uralten Zeiten, als Frauen und Männer noch in ihrer Macht standen und wir mit Mutter Erde im Einklang lebten.
Jetzt verstehe ich, warum ich heute hier bin. Ich danke dir für jeden Tag, den ich auf dieser Erde erlebe und all die Erfahrungen, die damit verbunden sind.
Gott, ich danke dir für all die Geschenke des Sehens und Begreifens dessen, was wir „Leben“ nennen. Gott, ich danke dir.
Danke, Danke, Danke!

Nun, die Zeit bei und mit Eva war eine starke Begegnung mit Naturwesen, uralten Verstrickungen und Besetzungen. Wir haben viel gearbeitet und ich durfte viel lernen, erfahren, begreifen.
Jede Sekunde, die ich an diesem Ort verbrachte, war ein Geschenk. Und dieses Gefühl zu Hause zu sein, erfüllte mich tief in meinem Herzen.
Wie Frau Kugel mir später mitteilte, habe ich mich an manchen Orten in meiner Wahrnehmung geirrt. Das ist OK. Ich bin eine Lernende. Ich darf „Fehler“ machen, denn sie zeigen mir auf, was fehlt. Aus heutiger Sicht weiß ich, dass es wichtig ist, immer wieder die Motive für „Heilungsrituale, Heilungsarbeit“ zu prüfen, und wenn sie sich nicht wirklich authentisch anfühlen, lieber die Finger von ihnen zu lassen.

Handle ich in Liebe, reinen Herzens, geführt durch Gott Göttin, so wird der göttliche Wille geschehen. Werden die Handlungen aus meinem Schattenego geboren, so kann ich mich sehr schnell im Bereich der „Scheinheiligkeit“ verlieren.
Da ich als menschliches Wesen wirke, ist es natürlich, dass mein Wirken auch von Unvollkommenheit geprägt ist. Auch Heilen will gelernt sein und bedarf vieler Übungen. Daher ist es ausgesprochen wichtig, dass ich das Gesetz der Achtsamkeit und Aufmerksamkeit immer wieder in mein Blickfeld rücke.
Nur einige wenige Menschen waren jemals in der Lage, im absoluten Einklang mit der göttlichen Quelle zu heilen und zu Sein. Sie waren und sind die reinste Verkörperung der göttlichen Energie, die auf Erden möglich ist.
Nun, meine Zeit mit Eva und Kai neigte sich dem Ende. Schweren Herzens verließ ich die altvertrauten Orte.
Hätte ich damals eine Wohnung dort gefunden, ich glaube, ich wäre ohne zu zögern eingezogen.
Aber, es sollte nicht mein Weg sein und so kehrte ich nach Berlin, in mein Lebens-, Lern- und Arbeitsfeld, zurück.

05.06.2001
Guten Morgen, Göttin.
- Guten Morgen, Iona. -
Göttin, ich will das nicht mehr. Ich will diese Abhängigkeit von Drogen nicht mehr.
- Nun, du weißt um die Arbeit, die damit verbunden ist, noch scheinst du nicht bereit, dieses „Problem“ in aller Konsequenz anzugehen.
Dein Thema, liebe Iona, ist, dass du zwar um die Zusammenhänge weißt, dich jedoch weigerst, alte Muster loszulassen und konsequent deinen lichten Weg zu gehen.
Was kann dir passieren, wenn du Abschied nimmst von diesen negativen Begleitern? -
Nichts, nur Gutes.
Ich werde bewusster, sehender…
Das ist ja der springende Punkt.

- Und willst du bewusster werden? -
Natürlich.
- Und willst du sehender werden? -
Aber ja doch.
- Warum hinderst du dich dann immer wieder daran, diesen Schritt zu machen?
Warum gestattest du den dunklen Mächten diesen Zugriff auf dich, wider besseren Wissens, wieder und wieder!?
Du kannst deine Süchte beleuchten und wenn du in Versuchung kommst, ins Gebet gehen.
Du weißt um die Macht, die hinter göttlichen Anrufungen steht.
Liebes Kind, letztlich ist es deine Entscheidung, welchen Weg du wählst.
Sei dir bewusst, dass du meine vollgütige Unterstützung hast, dass ich immer bei und mit dir bin.
Du weißt, um die Gratwanderung, auf der du dich befindest, wenn du immer wieder Alkohol und Zigaretten in dich einlässt.
Wenn es dein freier Wille ist, wenn du dich wirklich von deinen „Begleitern“ trennen willst, loslässt, dann werden sich viele andere scheinbare Probleme in deinem Leben wie von selbst lösen.
Noch bist du nicht bereit, „Meinen Willen geschehen zu lassen“. Noch stellst du deinen Willen über meinen Willen. Versuche herauszufinden, warum. Das ist ein ausgesprochen wichtiger Aspekt der Erforschung deiner Abhängigkeit. -
Nun, wenn ich mich auf diese Sicht einlasse, gibt es unendlich viele gute Gründe, meine Drogen „zum Teufel zu jagen“, wo sie ja auch hingehören.
Ich könnte mich frei bewegen, statt Orte zu meiden, an denen nicht geraucht oder getrunken werden darf.
Ich würde nicht mehr gen Himmel stinken.
Ich würde ausreichend Geld haben.
Ich hätte endlich wieder alle meine Sinne beisammen…
Warum also, fällt es mir so „verdammt“ schwer, diese Hemmschuhe auszuziehen?
- Weil es Bleischuhe sind? -

Welche Funktion hat meine Weigerung?
- Es sind die Widerstände, Iona. Widerstände in deinem Leben. Du kämpfst seit vielen Leben mit deinen Widerständen.
Sie sind so etwas wie dein irdisches Lebenselixier, nur dass du in diesem Fall einer Täuschung unterliegst.
Dieses scheinbare Elixier hat einzig und allein die Aufgabe, dich an und in die Materie zu binden. Was könnte geschehe, wenn du dich auf den Weg in die lichten Gefilde der Wahrheit machst? -
Entzug? Oh Gott, ich habe keine Ahnung.
- Bisher hast du dich immer erfolgreich dagegen gesträubt, dein göttliches Lebenselixier zu suchen. Du weißt, dass es weit über die auf der Erde verfügbare materielle Essenz hinausgeht? -
Ja!
- Seit vielen Leben befindest du dich im Zwiespalt zwischen dem Verweilen in der Materie und der Rückkehr zu deinem göttlichen Sein. Übrigens, damit bist du nicht allein. Der größte Teil der Menschheit lebt mit diesem Konflikt im Nacken.
Nun, in diesem Leben wird dieser Gegensatz offensichtlicher denn je und damit auch lösbarer denn je.
Das sind doch wunderbare Aussichten und Chancen, finde ich? -
Schon, aber!!!???
- Genau dieses „ABER“ hat deine Lebensflamme schon des Öfteren zum Erlöschen gebracht. Dein letztes Hier-Sein war ein wunderbarer Spiegel für ein exzessives, schöpfungswidriges Sein.
Jetzt, mit zunehmendem Bewusst-Werden bietet sich dir erneut die Chance, diesen „Mause-Rad-Kreislauf“ zu beenden und aus dem Kreis der ewigen Wiederkehr auszusteigen.
Das ist der Impuls für dein Hier-Sein, Sternenkind.
So viele Leben hast du benötigt, um dich von deinem Licht zu entfernen und dich in die Dunkelheit zu begeben.
Nun ist es hohe Zeit, aus der Dunkelheit herauszutreten und wieder ins Licht zu schreiten.
Du hast viele Erfahrungen mit den dunklen Mächten gesammelt. Nun, das war ein wichtiger Schritt auf dem Pfad in die nächste Stufe deiner Entwicklung. Du weißt jetzt um die Versuchung und ihre Tücken und

erkennst die Dunkelheit, auch wenn sie sich noch so verkleidet. Den dunklen Mächten gegenüber gefeit zu sein, bedeutet frei zu sein, frei von den Ketten der Anhaftung an die materielle Welt.
Die Erde ist ein Planet, auf dem sowohl Licht, als auch Dunkelheit existieren, deshalb ist das Wissen um die Beschaffenheit und das Einfühlungsvermögen in das Wesen der Dunkelheit eine wichtige Voraussetzung dafür, den Weg ins Licht und damit nach Hause zu finden. Dieses Wissen, gepaart mit all den Erfahrungen deiner unzähligen Erdenleben, ermöglicht es dir, eine höhere Stufe des Bewusstseins zu erreichen und in der Folge eine wichtige Lernphase deiner Seelenevolution zu beenden.
Lange Zeit hast du dich in einem Stillstand bewegt und bist auf der Stelle getreten, ein Zustand, in dem sich momentan die Mehrheit der Menschen übt.
Jetzt ist es an der Zeit, diese Schule zu verlassen und an der Universität weiter zu studieren. Bist du bereit, dieses Studium anzutreten? -
Ja!
- Gut, dann beginnen wir jetzt mit der Immatrikulation.
Noch haftest du an der Dunkelheit, doch mit jedem Tag der Erkenntnis deines Ursprunges, wirst du dich mehr aus ihren Verstrickungen befreien können und erkennen, dass du deine Realität erschaffst.
Erinnerst du dich an deine irdische Studienzeit, als du „Tapsi“ genannt wurdest, weil deine Tollpatschigkeit stadtbekannt und offensichtlich war? -
Oh ja, ich bin aus Betten gefallen, auf Röcke getreten, habe Stühle umgeworfen …
Was hat das mit heute zu tun?
- Nun, ist dir schon mal aufgefallen, mit welcher Sicherheit du dich inzwischen durch viele Bereiche bewegst. Ähnlich ist es mit dem Auf-der-Erde-Wandeln.
Du Bist in der Dualität, dennoch bewegst du dich sicher, im Gewahrsein deiner göttlichen Herkunft, sowohl in dunklen, als auch in lichten Bereichen. Die dunklen Mächte flößen dir keine Angst mehr ein, denn du bist dir bewusst, dass du nicht von dieser Welt bist und sie eines

Tages wieder verlassen wirst.
Die dunklen Mächte finden keinen Einlass in mein Reich, das ist ihnen klar.
Das ist einer der Gründe, warum sie versuchen, Menschen an sich zu binden, denn ohne Menschen, die der Dunkelheit dienen, lösen sie sich auf in das, was sie sind, dunkle Nebel, erschaffen vom menschlichen Geist.
Du bist ein Gefäß, Iona, und du entscheidest, ob du dieses Gefäß mit Dunkelheit füllst oder mit Licht.
Was meinst du, welches Gefäß leichter ist? -
Das lichtgefüllte.
- Ja, Licht ist leichter als Dunkelheit und es kann gen Himmel aufsteigen. Der wichtigste Wesenszug der Dunkelheit ist die Verhaftung mit der Materie. Ohne Materie kann diese Form der Dunkelheit nicht existieren.
Licht existiert seit Urzeiten ohne Dunkelheit und ohne Materie, das ist ein wesentlicher Aspekt in der Betrachtung beider Pole. -
Und in beiden erfährst Du Dich?
- Genau. Ich werte und beurteile nicht, sondern genieße. Alles was auf der Erde geschieht, unterliegt letztendlich dem göttlichen Plan, auch wenn der menschliche Geist das im Augenblick nicht zu erkennen vermag. -
Was geschieht mit jenen, die sich Leben um Leben der Dunkelheit verschreiben?
- Du weißt die Antwort, Iona? -
Sie kehren Leben um Leben auf die Erde zurück, solange, bis sie es kapieren.
- Was kapieren? -
Dass sie die Schöpfer ihres Lebens sind und dass sie hier sind, um ihr Bewusstsein zu entwickeln, um zu lernen. Natürlich können sie auf der Erde auch vor sich hin dümpeln. Nur die Frage ist dann, wie erfüllt und glücklich sie sich fühlen. Ich glaube, früher oder später erkennt jeder Mensch seinen wahren Ursprung, egal wie viele Leben er hier verbringt.
- So ist es. -

Was geschieht, wenn die Erde mal nicht mehr ist und es noch Menschen gibt, die genau diese Erfahrung der Dualität noch brauchen.
- Dann wird es andere Orte geben, die ihnen zur Verfügung stehen, um ihren Weg zu vollenden.
Ich möchte noch einmal auf euer Erdengefäß zurückkommen. Jeder Mensch entscheidet freiwillig, womit er sein Gefäß füllt. Das ist umfassender, als es zunächst scheint.
Dieses „Füllen" bezieht sich sowohl auf den Körper, als auch auf den Geist, was dann wiederum bestimmt, welche Unterscheidungsfähigkeit der Verstand entwickelt.
Füllst du dein Gefäß ausschließlich mit Zigaretten, Alkohol, anderen Drogen, dazu gehören auch Menschen, Arbeit, Sport, Konsum, ..., dann tankst du dunkle, schwere, undurchlässige Energie.
Es ist, als ob ein dunkler zäher Brei durch deine Adern fließt, der regelrechte Lähmungserscheinungen hervorruft, vergleichbar mit einem Auto, das, ständig mit falschem Sprit betankt, in der Folge kaputt geht. Kaum ein Mensch würde mit seinem Auto so umgehen, wie er es oft mit sich und seinem Körper tut.
Solange du deinen Süchten frönst, ihnen keinen Einhalt gebietest, werden sie die Kontrolle über deinen Körper, Geist, Verstand übernehmen und dich ihren Wünschen unterwerfen.
Das ist gemeint mit „klarer Geist, klarer Verstand, Reinheit des Körpers".
Ein verschmutzter Körper bringt zwangsläufig auch Unreinheiten des Geistes und Verstandes mit sich.
Dazu gehört auch die Unsitte, Tiergeschwister zu essen, obwohl es dafür keinerlei existentielle Notwendigkeit gibt, zumindest nicht im Gros der Länder.
Die Menschheit hat sich in ihrer Ausformung auf sehr heikle Ebenen begeben und ein Energiefeld erschaffen, das geprägt ist von Leid und Schmerz.
Jeder Schmerz, den Mensch erschafft, fällt auf ihn zurück.
Verstehst du jetzt, warum es so wichtig ist, Erkenntnisse und erworbenes Wissen konsequent in deiner Wirklichkeit umzusetzen und zu leben? -

Ja, ich kann mein ganzes Leben über dieses Wissen reden, solange ich es nicht in mein Leben integriere, ist es nutzlos. Nutzlos im Sinne einer Weiterentwicklung, ich trete auf der Stelle, bin trotz Bewegung im Stillstand.

Es gilt in die bewusste Handlung zu gehen, genau zu prüfen, was meine Gedanken, Handlungen... bewirken können, wem sie dienen und vor allem, ob ich andere schädige.

Wenn ich rauche, füge ich anderen Menschen, Mutter Erde, den Elementen Schaden zu, das Gleiche gilt für Alkohol, Tiere essen, Auto fahren...

Wir Menschen haben uns untertan gemacht, was nur untertan zu machen ging, und sind dabei Sklaven unserer Schöpfungen geworden.

Es ist ein Bumerangeffekt, den wir uns erschaffen haben.

Achtsamkeit, Aufmerksamkeit, Mitgefühl und andere Tugenden können uns helfen, zu erkennen, wo wir von unserem Pfad abgewichen sind. Sie sind wichtige Wegweiser.

Es gilt, sich dem zarten Pflänzchen „Menschlichkeit" zuzuwenden, das sich inmitten der Unmenschlichkeit behauptet. Ihm gilt mein Hauptaugenmerk und meine Fürsorge.

Wir haben uns auf eine sehr merkwürdige und grausame Art und Weise von unserem wahren Mensch-Sein entfernt, in einem Ausmaß, das alles, was auf diesem Planeten ist, „niederschlägt".

Das ist einer der Gründe, warum sich immer mehr Menschen niedergeschlagen fühlen.

Was wir verursachen, wirkt sich zwangsläufig auch auf uns aus, denn wir sind untrennbar mit Mutter Erde und allem, was hier geschieht, verwoben. Insofern ernten wir jetzt die Früchte dessen, was wir vor unzähligen Jahrtausenden aussäten.

„Was ihr säet, erntet ihr" ist eine Wahrheit, die keines Kommentars bedarf.

Es geht tatsächlich um „Be Sinn ung". Es ist hohe Zeit, dass wir Menschen zur Besinnung kommen, dass wir uns besinnen auf Liebe, Güte, Mitgefühl mit allen Wesen und diese menschlich-göttlichen Eigenschaften endlich in unser Dasein umsetzen.

Licht zu Sein in Gedanken, Wort und Tat, ist das Einzige, was uns und Mutter Erde heilen kann.

Der erste Schritt aus der A-Humanität und A-Sozialität ist, mir mein unmenschliches Verhalten vor Augen zu führen, mir bewusst zu machen, was wahres Mensch-Sein beinhaltet.
Das bedeutet spirituelle Arbeit.

Jede Veränderung beginnt in mir!

Die Auseinandersetzung mit mir und meinem Sein öffnet neue, alte Wege, die es mir ermöglichen, den göttlichen Pfad zu beschreiten, um mich aus meinem hartherzigen, schöpfungswidrigen Seins-Zustand herauszubewegen.
Das ist ein mitunter schwerer, langwieriger und anstrengender Prozess, der zwangsläufig Umgestaltung mit sich bringt.
In diese „Genesung" wird sowohl mein unmittelbares Umfeld, als auch Mutter Erde mit ALLEM WAS IST einbezogen.
Bestimmte Aspekte dieser Entwicklung laufen vorerst noch auf der unbewussten Ebene ab. Und das ist auch gut so, denn so manches Aufspüren würde uns an die Grenze der Erträglichkeit treiben.
Unser Dasein im Gewahrsein Gottes zu erleben und zu gestalten, setzt einen gewissen Grad an Bewusstheit voraus. Je mehr Menschen diesen Weg beschreiten, desto leichter wird sich der „Aufstieg" von Mutter Erde gestalten.
Die Umkehrung trifft ebenso zu. Je mehr Menschen in der Verweigerung kleben, desto anstrengender wird dieser Prozess.
- Gut erkannt, Iona. Wie du weißt, ist euch die Unterstützung aus der geistigen Welt gewiss, so ihr darum betet.
An dieser Stelle gehe ich auf die Bedeutung des Wortes Ge-Bet ein.
„Ge" bedeutet Gott.
„Bet" bedeutet Betten.
Also, liebes Kind, du kannst dich getrost in Gott betten.
Das sind doch wahrhaft wunderbare Aussichten, sich in Gott zu betten, oder? -

Ganz ohne Frage!
- Am leichtesten bettest du dich in Mich, indem du dich gelassen zurücklehnst, das was du verändern willst, klar und weise betrachtest und es dann an Mich weiterleitest mit den Worten:
„Gott, Göttin, Dein Wille geschehe!“ -
Ich diene Dir, indem ich mich Deiner Führung anvertraue?
- Nun, ja, das ist es, was ihr leichthin „Gottvertrauen“ und „göttliche Führung“ nennt. -
Ich lasse mich von Dir führen und geleiten?
Warum bin ich dann Hier?
- Nun, vielleicht um zu erfahren, wie es sich anfühlt, wenn du geführt bist, und wie es sich anfühlt, wenn du selbst die Führung übernimmst. Ein höchster Grad der Meisterschaft ist, „geführt zu führen", was ja viele Avatare, Aufgestiegene Meister und andere Lichtwesen in ihren Inkarnationen vorlebten.
Was jedoch die Frage deiner göttlichen Führung anbelangt, nun, in vielerlei Hinsicht lässt du dich bereits von Mir führen.
Sich Mir anzuvertrauen, sich von Mir führen zu lassen, bedeutet, sich zu fügen, demütig zu sein.
Diese Eigenschaften sind momentan auf der Erde nicht sonderlich beliebt. Wem das falsche Verständnis und die Zerrbilder von Demut und einem herrschenden Gott dienen, ist mittlerweile offensichtlich.
Auch ich verstand lange nicht, was damit gemeint sei. Heute erlebe ich täglich, wie Widerstände sich auflösen, Barrieren fallen, Türen sich öffnen...
Es ist eine Kapitulation, die sich gut anfühlt.
Hat das etwas damit zu tun, dass ich in so manchem Leben, dieses eingeschlossen, dem Irr-Glauben „unterlag“, ich sei mächtiger als du?
- Was für eine geniale Erkenntnis! -
Nun, es gibt schon noch einiges, was ich aus dem Weg zu räumen habe, Bockbrocken, Aufmüpfsteine, Querfelsen und so was alles.
Das gehört zu meinem Weg.
Und ich mache die Erfahrung, dass sich in meinem Leben vieles leichter gestaltet, seit ich „Dein Wille geschehe!“ auch so meine, wie ich es sage.

- Ihr lebt in einer interessanten, überaus intensiven Zeit, die es euch ermöglicht, in einer relativ kurzen Zeitspanne, Anhaftungen, die ihr euch Leben um Leben erschuft, zu erlösen und euch aus der niedrig schwingenden Materie zu befreien, um dann authentisch und bewusst eurer wahren, göttlichen Bestimmung zu folgen - im Einklang mit ALLEM WAS IST. Was für ein Geschenk.
Eine Vielzahl von Möglichkeiten kann euch in diesem Prozess der „Wahrheitsfindung" unterstützen und begleiten. Ich möchte einige davon benennen.

- Meditieren
- Mantren singen, sprechen, denken
- Yoga
- Schreiben, Malen, Musizieren...
- Beten / Gebete in die Welt senden
- Dienen, in Demut leben, sich in Tugenden üben
- Dialoge mit Mir, aufgestiegenen Meistern und anderen Lichtwesen führen
- Lichtwesen aller Couleur um Unterstützung, Führung, Heilung... bitten -

Das alles bedarf jedoch einigen Wissens und so mancher Übung?
- Natürlich, es ist eine Entwicklung, diese Entfaltung als menschliches Wesen in all seiner Schönheit und Größe.
Jede Schöpfung hat ihre ureigenste Schöpfungsgeschichte und Dynamik.
Wenn du dich ent wickelst als irdisch göttliches Menschenwesen, so ist dies eine Kreation, die nur in dieser Raum-Zeit-Struktur möglich ist. Also, Iona, du bist bereits mittendrin, in deiner Menschwerdung. -
Es ist seltsam und ich kann es nicht erklären. Aber gerade in diesem Augenblick werde ich begleitet von „Nambdu, der großen Schlange". Manchmal erlebe ich sehr irrationale Momente, die mich verwirren.
- Das gehört zu deinem Prozess und ist normal. Dir werden zunehmend Situationen begegnen, die irdisch rational nicht erklärbar sind.

Nimm sie einfach liebevoll an. Es sind Schätze.
Du bist auf dem Weg in die Fülle, auch wenn du noch an deinen Drogen festhältst. Nun, es gilt noch einige Schritte zu gehen. Dein Gang ist schon wesentlich sicherer als noch vor ein paar Monaten. -
Danke.

06.06.2001

Guten Morgen, Danu.
Ich möchte an unser Gespräch von gestern anknüpfen, aber ich habe keine Lust zu schreiben.
- Liebe Iona, worüber wir gestern sprachen, will erst mal verarbeitet werden. -
Bis später.
- Bis später, Iona. -

In der folgenden Nacht wurde ich wieder mit einer Reise beschenkt, die mich in andere Dimensionen führte und in eine andere Zeit.
Alles war mir sehr vertraut und das höchste Wesen wurde an diesem Ort „Danu“ genannt.
Die Gespräche berührten mich auf seltsame Weise. Damals wusste ich nicht, woher der Name „Danu“ kam.
Danu war plötzlich bei mir, in meinem Herzen.
Als ich vor kurzem mit einer Freundin im Antiquariat stöberte, entdeckte sie ein keltisches Wörterbuch. Ich schlug das Buch auf und mein Blick fiel auf „Danu“. Ich war fassungslos und mir stand der Mund vor Staunen offen.
„Danu“ ist eine uralte keltische Göttin.
Nun, so kann's gehen, wenn altes Wissen aus der „Versenkung“ auftaucht.
Übrigens ist eine phantastische Begleiterscheinung meines zunehmenden Erwachens, dass mir inzwischen fast täglich Wunder begegnen. Ich wundere mich ausgesprochen gern und bin dankbar für jedes Wunder, das du mir schenkst.

07.06.2001

Guten Morgen, Gott.

- Guten Morgen, Iona. Ich sehe, es geht dir gut. Das freut mich außerordentlich. Iona, heute Nacht hast du deutlich gespürt, wohin dich deine Süchte nicht bringen können, wohin du gelangen kannst, wenn du klar bei dir bleibst. -

Ja, ich war heute Nacht auf Reisen. Es war schön dort. Freundliche, mir wohlgesonnene Wesen begegneten mir. An mehr erinnere ich mich jedoch nicht.

- Noch nicht, Iona. Sei geduldig, beobachte aufmerksam, sei voller Licht. -

Danu, geliebte Freundin.

- He, Iona, du hast mich gerade Freundin genannt. Es kam tief aus deinem Herzen. Diese Innigkeit berührt mich tief.

Iona, das ist eine wunderbare Basis für unsere weitere Zusammenarbeit. Aber, ich wollte dich nicht unterbrechen. -

Danu, die Ereignisse überschlagen sich. Ich muss mich und das Geschehene erst einmal sortieren und ordnen.

- Tu das, es ist wichtig, die Ereignisse zu verstehen und einordnen zu können.

Wobei es immer wieder „Dinge“ geben wird, die du nicht verstehst. Mitunter tritt ein Begreifen bestimmter Erfahrungen erst Jahre später in dein irdisches Bewusstsein. Oft reift eine Erkenntnis im Verborgenen heran an geistigen Orten und wenn sie reif ist, tritt sie in dein Bewusstsein und du kannst sie in dein Sein integrieren.

Du weißt ja, ein Jegliches braucht seine Zeit. -

Im Zusammenhang mit Irrationalität kam mir immer wieder die Zeit in Mecklenburg in den Sinn. Seltsamerweise tauchten Eva und Kai in keinem der Gespräche auf, die ich während meines Besuches bei ihnen schrieb.

Im Nachhinein wundert mich diese „Nicht-Präsenz“, denn ich weiß, dass wir viel Zeit miteinander verbrachten und ich kaum allein war. Immerhin weilte ich eine Woche im Haus der beiden.

Es fühlt sich an, als wäre dieser Zeit-Raum aufgespalten, als hätten

sich Aspekte meines Seins in verschiedenen Zeiträumen und an verschiedenen Orten bewegt.
Dieses Phänomen, bei Menschen zu sein und doch nicht bei ihnen zu sein, habe ich nie wieder so intensiv wie in diesen Pfingsttagen erlebt. Ich war da und ich war nicht da, eine Tatsache, die ebenfalls für Eva und Kai galt. „Merkwürdig" ist das einzige Wort, was mir dazu einfällt.

Ich habe die sechs Tage, die ich bei Eva und Kai verbrachte, rekonstruiert in der Hoffnung besser zu verstehen.

- *Am Donnerstag spürte ich die Bewegung von Mutter Erde. Es war als würde Strom durch mich fließen.*
- *Am Freitag kochte ich eine phantastische Hokkaido-Gemüsesuppe und sammelte mit Eva Wildkräuter. Wir haben die Lieblingsstellen von Eva besucht und abends bei Lisa gesessen.*
- *Samstag kauften wir im Nachbarort ein. Danach arbeiteten wir energetisch im Garten. Wir testeten jeden Baum und jeden Strauch. Dabei entdeckten wir Priesterinnen und Priester, deren Geister in den Bäumen wohnten. Abends gab es Heiduckenkraut, danach war Party.*
- *Am Sonntag fuhren wir zur Burg „Spitz" und arbeiteten in einem uralten Eichenkreis.*
- *An diesem Tag entdeckten wir viele Kraftorte, Plätze an denen geheimes Wissen ruht. Abends saßen wir am Lagerfeuer und reinigten mit Hilfe der Feuerkraft negative Energien und Orte. Wir genossen ein wunderbares Essen und huldigten der Mondin.*
- *Am Montag fuhren wir zu einer Motorradrennbahn, wo Kai mit seinem Krad einen Unfall baute.*
- *Danach ging es um Heilung, sowohl von Kai als auch einer Patientin von Eva.*
- *Am Dienstag fuhr ich nach Hause, nach Berlin.*

Ich erinnere mich an die Aktivitäten, aber es scheint so, als gehörten sie nicht zu mir.

Da bin ich wieder. Danu, wo war ich, als ich Eva und Kai besuchte?
- Iona, du warst nicht präsent. Du hast dich von deinem Schattenego als Werkzeug gebrauchen lassen. -
Warum?
- Weil du unaufmerksam und unachtsam warst. Du hast nicht auf deine innere Stimme geachtet. Du hast wichtige Impulse ignoriert, wie z.B. vor der Zeit nach Hause zu fahren.
Eva benutzte dich, um etwas zu erledigen, von dem sie meinte, es aus eigener Kraft nicht zu schaffen. Sie meinte nicht wirklich dich, nicht in Liebe.
In deiner Sehnsucht nach Anerkennung deiner Fähigkeiten warst du gern bereit, dich zur Verfügung zu stellen.
Die Motivation jedoch war unklar und entsprang niederen Motiven. Das ermöglichte deinem Schattenego, die Zügel in die Hand zu nehmen.
Liebe Iona, du kannst dich getrost auf deine Intuition verlassen. Da du dich nicht bewusst geschützt hast und auch nicht reinen Herzens um göttlichen Schutz und Führung batst, konnten Schattenwesen dich zu besetzen. Dir wurden Energien abgezogen.
Es geschah genau das, wovor Frau Kugel euch immer wieder warnte. Einen Teil der Besetzungen habt ihr nicht verabschiedet, sondern angezogen, da ihr nicht immer in höchster göttlicher Anbindung wart.
Das ist die Quelle für deine nachfolgende Schwäche.
Eva geht ihren eigenen Weg und sie hat ihre ganz spezielle Art entwickelt, andere Menschen einzuspannen. Natürlich ist es schwer, dieses Spiel zu durchschauen, was übrigens auch für deine Spiele gilt, wenn du sie spielst.
Mit etwas mehr Achtsamkeit und Innehalten hättest du in dein „Unbehagen“ hinein spüren können und wärst dir mit Sicherheit auf die Schliche gekommen.
Diese Zeit war geprägt von einem Aufenthalt in einer Scheinwelt. Mit göttlicher Heilung hatte das wenig zu tun. Es ging um Kontrolle. Die dunkle Macht war in einer Präsenz anwesend, die du schon lange nicht mehr erlebt hast.
Dazu kamen die vielen Medikamente und die Energie einer kranken

schwachen Person, die meint „alles im Griff zu haben“ und „heil“ zu sein. -

Ich habe mich immer gefragt, wieso es in diesem Haus, in dem junge Menschen leben, so alt und nach Krankenhaus riecht. Auf dem Ofen standen Kolonnen von Medikamenten und es standen Ausdünstungen in der Luft, die mich anwiderten.

Meine Wahrnehmung war jedoch so getrübt, dass ich meiner Beobachtung nicht traute.

- Nun, liebe Iona. Deine Wahrnehmung ist eines der wichtigsten Werkzeuge, die dir zur Verfügung stehen. Beobachtung und ein möglichst neutraler Blick ermöglichen dir, nicht in den Sog der Manipulation gezogen zu werden.

Das sind die Voraussetzungen für erfolgreiche Heilarbeit.

Euer „Tun“ brachte allerhand seltsame Wirkungen mit sich, im seltensten Fall jedoch wirkliche Heilung.

In deinem Herzen weißt du, dass Eva und dich Lichtjahre voneinander entfernen. In deiner Sehnsucht nach Gleichgesinnten und Gemeinschaft, hast du diese Stimme jedoch wieder und wieder überhört.

Die Krankheit, der Krebs, der an dieser jungen Frau nagt, hat viel zu tun mit dem Ausbeuten und Ausnutzen anderer Menschen, nur dass ihr diese Ursache nicht bewusst ist.

Die Verleugnung der eigenen Unzulänglichkeiten und die Ablehnung jeglicher Selbstkritik ist ein großes Hindernis auf dem Weg zur wahren Heilerin.

Und auch hier gilt das göttliche Prinzip, sich erst der eigenen Heilung zu widmen, bevor du dich der Heilung anderer Menschen zuwenden kannst. Das hat viel mit Selbstliebe und Selbstwertschätzung zu tun.

Unklare Heilungskanäle haben schon viel Unheil angerichtet und Vorurteile gegenüber wahrhaftiger Geistheilung erschaffen.

Es war keine Heilung, die hier stattfand, sondern ein Egotrip, der als freundliche Begleiterscheinung einige wenige Aspekte berührte, die dann heilten.

Ist es das, was du suchst Iona, eine Bestätigung deiner Fähigkeiten? - Nein!

- Nun, dann verabschiede Eva, lass sie los, schick ihr Licht und bitte

sie um Verzeihung für den falschen Zauber, den du veranstaltet hast. Dann wende dich wieder dir zu. Es gibt viel zu tun. Und es war eine sehr wichtige, wenn nicht sogar die wichtigste Erfahrung zu dem Thema, was und wie du nicht mehr leben willst.
Der Oberton heißt Dünkel, Aufgeblasenheit, Überheblichkeit und spirituelle Arroganz.
Was ist für dich die Lernaufgabe dieser Reise in die Unterwelt? -
Was? Bitte hilf mir zu verstehen. Es fällt mir schwer den Kern dieser Erfahrung zu erkennen.
- „Un entbehrlich Sein“, kannst du damit etwas anfangen? -
Ja, ich bin ent behrlich?
- Ja und Nein. Du bist ein Teil des Ganzen.
Nur ist es nicht dein Part, die Arbeit für andere zu erledigen, unabhängig davon, dass das nicht funktioniert. Solche Aktionen berauben dich deiner Kraft. Zurzeit ist es enorm wichtig, dass du alle deine Kraft sammelst und bündelst, um mit dieser Kraft dich zu heilen. -
Das was ich vorgestern mit Jana erlebte, das war wirkliche Heilung. Diese Nacht gestern, diese heilsame Reise war göttliche Heilung. Wirkliche Heilung ist göttliche Heilung?
- So ist es, Iona, so ist es.
Wichtig ist, dass ihr unter dem Schutz und der Führung von Christus, Gott, Buddha, welchen Namen auch immer ihr dieser lichten Energie gebt, arbeitet.
Seid ihr im Kontakt mit eurem Herzen, mit euerer Intuition, wird die Heilung von göttlichen Liebeslichtenergien unterstützt.
So ihr jedoch unachtsam mit eurer göttlichen Anbindung umgeht, gewährt ihr dunklen Energien Einlass in euer Feld. Das schließt ein, dass ihr euch und anderen Schaden zufügen könnt.
Liebe Iona, wie du und andere Heiler / innen sich nach einer sogenannten Heilung fühlen, zeigt euch sehr deutlich, wie göttlich die Heilung wirklich war.
Als du vorgestern bei Jana warst, warst du mit deinem ganzen Herzen dabei und hast intuitiv die richtigen Saiten zum Klingen gebracht. Du warst in höchster göttlicher Anbindung. -
Ich war ein Kanal. Ich hatte abgegeben und bin dem gefolgt, was kam.

Dein Wille geschah?
- Genau, Iona. Unabhängig vom Wissen, das für eine Heilerin wichtig ist, geht es vor allem um Vertrauen in die heilende göttliche Kraft des Universums. Manchmal ist es wichtig, jegliches Wissen abzugeben, einfach zu lauschen und der göttlichen Weisung zu folgen.
Das ist es, was auch Jana mit ihrer heilsamen Massage macht. Sie gibt die Botschaften, die sie erhält, durch ihre Hände an dich weiter und ermöglicht so, dass die negativen Energien abfließen, abgegeben werden.
Das ist die wunderbarste Form der Heilung, das sind die Wunder die geschehen. -
Göttin, ich danke dir für dieses wunderbare Gespräch. Bis bald.
- Bis bald, mein Kind, bis bald. -
Mein ständiges Hin und Her zum Thema Süchte brachten meine Aura und mein gesamtes Energiefeld immer wieder in Konfusion. Mal stand ich neben mir, mal Kopf, mal konnte ich keine Balance finden und obwohl mir die Gründe klar waren, war ich „noch" außerstande, mein Leben auf den Kopf zu stellen, um so in mein göttliches Gleichgewicht zu gelangen.
Heute verstehe ich, dass ich nicht einfach „Schnipp" machen konnte und vorbei wäre mein Drogenspuk. Ich musste mich diesem Prozess hingeben, was ich auch tat.
Frau Kugel schlug mitunter die Hände über dem Kopf zusammen, wenn sie erlebte, was ich mir antat. Dem ungeachtet war dieser Weg mein Weg und jeder Zwang hätte lediglich eine Verstärkung meiner Süchte, jedoch keine Auflösung bewirkt.
Ich war dankbar für die Korrekturen, die Frau Kugel vornahm, und es sollte noch einige Zeit dauern, bis ich ein stabiles Energiefeld in und um mich aufbauen und halten konnte.

11.06.2001

Guten Morgen, Göttin. Das war ein wundervolles Wochenende, gespickt mit Auf und Abs, Erkenntnissen und Einsichten über mein Leben heute und die Verbindungen zu alten Zeiten.
Als ich gestern meine ersten Gespräche mit dir las, wurde mir meine

Entwicklung der letzten Monate so richtig bewusst.
Es fühlt sich an, als trüge ich Siebenmeilenstiefel.
- Guten Morgen, Iona. Du trägst Siebenmeilenstiefel, auch wenn dein Gang in diesem Schuhwerk manchmal noch recht holprig und unsicher ist. -
Göttin, ich versteh das nicht. Heute Nacht konnte ich kaum schlafen. Allerdings habe ich gestern auch keinen Alkohol getrunken. Hängt das damit zusammen?
- Iona, deine Sprunghaftigkeit ist erstaunlich.
Du weißt um das Licht, dass du Geistführer hast, dass du beschützt bist, dass es dunkle Mächte gibt, die deiner gern wieder habhaft würden. Worüber wunderst du dich?
Jedes Mal, wenn du die Entscheidung fällst, dir eine Flasche Wein zu kaufen, stellst du deine Welt wieder auf den Kopf und dich daneben. Dass deine Aura letztens Kopf stand und du neben dir, hängt damit zusammen. Dein Geist, dein Körper, deine Seele sträuben sich gegen die Verabreichung der Gifte Alkohol und Nikotin. Du aber übergehst diese Warnsignale und schüttest dich wider besseren Wissens zu.
Ist es da ein Wunder, dass die Wesenheiten, die mit dir zu tun haben, zuweilen verwirrt sind? Immer wenn du Alkohol trinkst, entziehst du dich den Lichtwesen, schlägst ihnen die Tür vor der Nase zu.
Immer wieder spielst du mit den Dunkelmächten und gewährst ihnen Einlass in dein Reich. Natürlich wähnen sie dich dann erneut in ihrer Mitte.
Mal springst du wie die Kälbchen ins Licht, dann wiederum wälzt du dich in der Dunkelheit. Iona, du schwankst noch, welchen Weg du beschreiten willst, den des Lichtes oder den der Dunkelheit. Du wandelst zwischen den Welten, ein überaus anstrengender Balanceakt.
Allerdings bist du damit nicht allein. Es gibt etliche Menschen, deren Entscheidungskraft ebenfalls getrübt ist, was die Wahl ihres Weges betrifft.
Dieser Tanz zwischen den Welten bringt viel Unklarheit und energetische Schwierigkeiten mit sich und ist eine enorme Anstrengung für Körper, Geist und Seele. Außerdem kann er dich in Sackgassen führen und dich so für lange Zeit in die irdische Materie binden. Und damit

meine ich keineswegs die irdische Zeit.
Dein Geist, deine Seele, dein Körper sehnen sich nach Liebe und Licht. Aber da gibt es auch diesen sehr mächtigen Sog, der dich in die Machtbereiche der Dunkelheit zieht. Das sind die Momente, die du als „etwas treibt dich, Alkohol zu kaufen“ erlebst.
Liebe Iona, sich diesen negativen Kräften entgegenzustellen, erfordert enorm viel Kraft, eine Kraft, die dir zur Verfügung steht, wenn du es wirklich willst.
Natürlich kannst du dich der Verführung widersetzen. Noch wählst du den einfacheren Weg der Passivität und gibst dich der Betäubung hin. -
Was kann ich tun?
- Iona, du befindest dich in einer wichtigen Phase deines Prozesses.
Erinnere dich, jedes Mal, wenn du dem Alkohol entsagtest, gab es ein, zwei unruhige Nächte, in denen der Schlaf fernblieb.
Das ist der Kampf, das Ringen um dich und der Versuch, dich von deinem Vorhaben, ohne Alkohol zu leben, abzubringen.
Die Macht, dich diesen Kräften zu widersetzen, ihnen zu trotzen, liegt allein in dir und du weißt, wie es sich anfühlt, nach einigen Tagen ohne „Stoff“ wie ein Baby zu schlafen. Mit Alkohol im Blut können verschiedenste Besetzungen bei dir andocken, denn du befindest dich in einem Zustand der „Bewusst losigkeit“.
Ohne Alkohol ist das schwieriger. Du kannst dunkle Aktivitäten demaskieren und sie dir vom Leib halten. Dein Bewusst Sein ermöglicht dir, zu fühlen, wenn zweifelhafte Kräfte im Anmarsch sind.
Diese Aufmerksamkeit hilft dir, dich über Gebete, Mantren, Rituale, Gespräche mit mir… zu schützen.
Es ist nicht möglich, gänzlich besetzungsfrei zu sein. Darum geht es auch nicht.
Besetzungen nähren sich von Energie. Ihr lebt auf der Erde, in einem Energiefeld, in dem sich mannigfaltige Seinsformen bewegen. Der Mensch in seiner heutigen Ausprägung und Engstirnigkeit ist nicht in der Lage, bestimmte Lebensformen, die sich ebenfalls auf und um Mutter Erde befinden, zu erblicken. Ihm ging die Gabe verloren „zwischen den Zeilen zu lesen“.

Das erklärt auch, warum viele Menschen Besetzungen jeglicher Art verdrängen, verleugnen, ignorieren, eine Tatsache, die der Heilung nicht förderlich ist. Es geht darum, Okkupation zu erkennen und zu „befreien".

Letztendlich möchte jede Besetzung „errettet" werden, denn sie sind gefangen und können sich aus eigener Kraft nicht helfen. Die mit einer „Erlösung" einhergehende Reinigung der ätherischen Ebene ist von einer Bedeutung, die oft unterschätzt oder banalisiert wird.

Nun, es gibt noch viele andere Seiten dieses facettenreichen Themas, auf die wir zu gegebenem Zeitpunkt noch näher eingehen werden.

Momentan lebst du in einem ziemlichen Wirrwarr.

Auf der einen Seite gibt es diese Tage, in denen du dich ohne Alkohol im Blut durch dein Leben bewegst.

Diese Zeiträume des Wachseins dienen dazu, dich zu reinigen. Sind die Gifte zum großen Teil aus deinem Körper entsorgt, ist die Verbindung mit Mir und den lichten Wesen leichter und die dunklen Wesen meiden dich zunehmend. Sie vermitteln dir einen Eindruck, wie es sich anfühlt, einfach zu sein. Du bist bei Besinnung und von Klarsicht beseelt.

Auf der anderen Seite passiert es, dass du kippst, urplötzlich dem „Ist doch egal" folgst und dich zudröhnst, auf den Wegen der Trunkenheit vor dich hin schlingerst.

Es ist ein Tanz zwischen den Welten.

An einem Tag bist du voller Licht und Herzensliebe, am nächsten begibst du dich in Regionen, in die dir Lichtwesen nicht folgen können und wollen.

Oft stehen sie am Rande des Geschehens und beobachten dich, da deine Handlungen häufig spontan und unberechenbar erscheinen.

Für Wesen des Lichts kann es ausgesprochen gefährlich werden, wenn sie an „Nahtstellen" zwischen den Welten geraten. Denn ein Schritt in die falsche Richtung birgt große Gefahren in sich, wie z.B. von der Dunkelheit verschlungen zu werden.

Die Lichtwesen stürzen dann in einen Abgrund, über den nachtschwarze Schatten gelegt werden, so dass ihr Licht nicht nach außen dringen kann und sie gefangen sind.

So ist es schon einigen Lichtwesen ergangen, die Menschen Beistand leisten wollten, und es ist schwierig, sie aus dieser misslichen Lage wieder zu befreien. Eure Märchen sind voll davon und die meisten enthalten tatsächlich einen wahren Kern.
Nun, Iona, jetzt wird dir vielleicht klar, wie wichtig es ist, dass du dich entscheidest.
Die lichte Seite kannst du in aller Konsequenz nur betreten, wenn du dem Alkohol entsagst, dich von ihm verabschiedest. Das ist der erste Schritt deiner Bewusstwerdung, hin zu der, die du wirklich bist.
Es gibt noch einen anderen guten Grund, eine Wahl zu treffen.
Das Wandern zwischen den Welten ist gefährlich und kann dich zerreisen. Deine Seele wäre dann in den Zwischenwelten gefangen, ein Zustand, der überaus beunruhigend sein kann.
Viele Wesen, die sich ebenfalls auf schmalen Graten bewegten, stürzten ab und fielen tiefer, als sie es je für möglich hielten. Einige von ihnen haben ihr Zuhause, ihren Heimatplaneten verloren, andere ihren „Wagemut" und „Absturz in die Materie" unterschätzt.
Nur mit göttlicher Hilfe können sie aus diesen Welten geholt werden.
Das ist es, was Johann Kössner in seinem Buch „Der letzte Akt der Dunkelmächte" als „Rückholung verwaister Seelen" bezeichnet.
Du stehst in diesem Leben vor deiner wichtigsten Entscheidung seit undenklichen Zeiten.
Du hast die wunderbare Chance, deinen Ursprung zu erkennen, zu heilen und nach Hause zu gehen. Es ist an dir zu handeln. -
Oh, das ist viel. Ich fühle, dass ich hier bin, um genau diese Entscheidung zu treffen. Natürlich kann ich wiederkommen, viele Male, nur das will ich nicht mehr, zumindest nicht so.
Bitte, Gott Göttin, führe mich durch die Versuchung, weise mir den Weg.

18.06.2001

Guten Morgen, Göttin.
Ich hab den Kanal voll.
- Im wahrsten Sinne des Wortes!
Liebe Iona, ich grüße dich. -

Warum nur muss ich mir immer wieder das gleiche Elend verabreichen? Ich verabscheue mich für meinen Wankelmut. Ich bin ausgelaugt, ohne Kraft, schutzlos und voller Besetzungen. Warum tue ich mir das immer wieder an?

- Liebe Iona, es ist wichtig, dass wir heute über einige Hintergründe deiner „Knechtschaften" reden, bevor du dich in Selbstzerfleischung und Selbstmitleid verlierst.

Nun, dieses Thema begleitet uns schon geraume Zeit oder anders gesagt, schon seit etlichen Leben. In dieser Inkarnation wirst du dir bewusst über das Ausmaß deiner Süchte, darüber, wie du dich in deinen evolutionären Prozessen behinderst.

Bevor du etwas ändern kannst, gilt es klar zu erkennen, was willst du ändern und warum.

Was veranlasst dich, deine Süchte loszulassen?

Wie gehst du mit der gewonnenen Freiheit um?

Wie willst du den Versuchungen standhalten, die dich tagtäglich umgeben und dich vor ihnen schützen?

Was kannst du tun, wenn dich der Impuls greift zu flüchten, da du deine Gegenwart kaum erträgst?

Wie gestaltest du dein Leben, Freundeskreis, Arbeit... ohne diese „Zuflucht"?

Fragen über Fragen...

Es ist kaum möglich, einen derartig intensiven Prozess von einem Tag auf den anderen zu vollziehen. Zumal sich vieles in deinem Leben einschneidend verändern wird, wenn du „nicht mehr süchtig" bist.

Das bedarf einer gewissen Vorbereitung, bevor du zur Tat schreitest. Sonst ist dieser wichtige Schritt möglicherweise zum Scheitern verurteilt.

Halbherzigkeit, offene Hintertürchen und Schleichwege können deine Bemühungen „clean" zu sein, in Sekunden zunichtemachen. Die Rückfallquoten sprechen Bände.

Deshalb ist es so wichtig, eine stabile Basis zu erschaffen, die es dir ermöglicht, auch in schwierigen Zeiten frei und klar zu bleiben.

Wie dir bekannt ist, wird es in den nächsten Jahren heftig zur Sache gehen und die Herausforderungen für jeden Einzelnen sind enorm.

Um dieser Zeit ohne Drogen begegnen zu können, brauchst du Stabilität, Gottvertrauen, Selbstbewusstsein und noch einiges mehr.
Also, liebes Kind, es ist völlig in Ordnung, dass wir uns seit Monaten immer wieder diesem Thema widmen, denn es ist der wichtigste Bestandteil deiner Heilung. Sei geduldig mit dir und deinen Ängsten, die sich noch viel Raum nehmen. Das ist OK.
In einigen Jahren wirst du erstaunt diese Zeilen lesen und dich fragen, warum so viel Ungeduld in dir war, denn du hast begriffen, wie gigantisch das Heraustreten aus der „Sucht" ist und dass es alles andere als leicht ist.
Es gibt so etwas wie einen „Zeit Punkt", eine Schnittstelle, auf der der Abschied, die Entgiftung und der damit einhergehende Heilungsprozess gut getragen werden kann, sowohl von menschlichen Helfern, als auch von göttlichen Wesen.
Bis dahin gilt es, dir immer wieder zu vergegenwärtigen, dass du dich bereits auf dem Weg in die Freiheit befindest, zwar noch orientierungslos, aber auf dem Weg in die Freiheit.
Wertschätze das Erreichte. Betrachte, wie sich die Art deiner Sicht ändert, wie du dich und deinen Umgang mit den Drogen zunehmend hinterfragst.
Du ekelst dich vor diesem „Stoff", du wirst dir bewusst, welche „Wesensfremdheit" er mit sich bringt, du ärgerst dich über dich. Du begreifst, „was" du da in dich aufnimmst.
Das sind enorme „Fort-Schritte" weg von der Untugend.
Das Wichtigste jedoch ist die innere Entscheidung, der Wunsch die Sklaverei zu verlassen und in die Freiheit zu gehen.
Noch traust du weder dem Licht noch der göttlichen Macht und dem inneren Frieden, von der Liebe ganz zu schweigen. Die Zweifel sind tief gesät. Es gilt, sie mit der Wurzel auszureisen. Nur so kann Raum für den zarten Keim der Liebe entstehen. Du trägst das Pflänzchen bereits in deinem Herzen.
Lange hast du dich in schöpfungsfeindlichen Energiefeldern aufgehalten und wurdest von ihnen geprägt. Sie haben dir ihren Stempel aufgedrückt. Das Bild beginnt zu verblassen und bald wird nur noch eine Narbe an deine einstige Gefangenschaft erinnern, eine Gefangen-

schaft, die dich in tiefste Tiefen und Abgründe der Materie führte und dich erfahren ließ, wie es sich anfühlt, wenn du dich von der Liebe und dem Licht Gottes abwendest.
Wird dir über diese „Einsichten“ klar, dass der Akt des Ausstieges aus dem Alkohol mehr bedeutet, als nur nicht mehr zu trinken? -
Ja.
- Etwas in dir, dein Lichtkern, dein wahres Selbst sagt dir, dass Alkohol dich zerstört und von der Quelle abschneidet, dass du dich in Regionen von Leid und Schmerz bewegst.
Das trifft übrigens auf alle Drogen zu, auf alles, was euch in Abhängigkeiten führt, euch entmündigt und unfrei leben lässt. Ihr wählt dieses Elend „frei willig“.

Niemand kann dich zwingen, dich zu vergiften, dich deiner Kraft, deines Lichtes zu berauben, außer du selbst.

Das bedeutet „Freier Wille“. Ihr könnt euch gegen euch und die Schöpfung richten, ihr könnt im Einklang mit der Schöpfung sein. Ihr habt immer die Wahl und es liegt in eurer Hand, wie ihr euch entscheidet.
Euch von Gott abzuwenden, bedeutet, sich der „Verblendung“ anheim zu geben. Das ist es, was in der Bibel als „Versuchung“ bezeichnet wird.
Heute ist die Versuchung eines der facettenreichsten Gebilde, das die materielle Welt erschaffen hat. Das menschliche Wesen hat sich weit entfernt von seiner wahren Natur.
Schau dir an, wie clever die Fangleinen ausgelegt werden über Medien, Politik, Wirtschaft, Werbung, Konsum... Und all das hat nur eines zum Ziel, dem Mammon zu dienen, sich ihm zu unterwerfen.
Fühlt es sich gut an, in diesem Sumpf zu verweilen? -
Nein!
- Jeder Mensch, der klaren Sinnes und bewusst durch dieses Leben geht und seine Handlungen danach ausrichtet, dass sie dem Wohle aller dienen, wird zu einer echten Gefahr für die derzeitigen Machthaber. Inzwischen greifen sie zu recht rabiaten Mitteln, was die Blockie-

rung der Lichtenergien und Lichtwirker anbelangt.
Ich weiß vom „Index“ für Bücher, die Machenschaften aufdecken, von Versuchen der Einschüchterung über Militärhubschrauber, die über Orten, an denen Licht gewebt wird, „bedrohlich“ kreisen, von Versuchen, Existenzen zu vernichten, um jeglichen Lichtwillen im Keim zu ersticken.
Nun, es gäbe da einiges zu berichten. Aber ich will dem nicht zu viel Raum geben, sondern lediglich darauf hinweisen.
All diese Drohgebärden geben Zeugnis von der zunehmenden Ohn Macht der dunklen Kräfte.
Ihr „Untergang“ ist besiegelt, auch wenn sie verzweifelt versuchen, ihre Macht zu erhalten und zu verneinen, was offensichtlich ist:

Die Erde wird aufsteigen in die 5. Dimension und dort gibt es keinen Raum für jedwede Form „negativer Energie“.
Die Erde erhebt sich in die Lichtreiche und alle, die willens sind, haben JETZT die Chance, in dieses „Boot“ einzusteigen.

Die Dunkelmächte werden nichts unversucht lassen, so viele Menschen wie möglich zu binden, geht es für sie doch ums nackte Überleben.
Je aufmerksamer ihr das „Weltgeschehen“ wahrnehmt, desto durchschaubarer wird dieser Todeskrampf, diese letzten Zuckungen, dieses Aufbäumen, das von einer Kraft zeugen soll, die nicht mehr verfügbar ist. Letztlich sind es Täuschungen, Illusionen, die euch weismachen sollen, alles wäre noch beim Alten und unabänderlich.
Aber seid getrost, nichts ist mehr beim Alten und alles verändert sich, und das ist auch gut so.
„Heitere Gelassenheit“, die Suche nach göttlicher Wahrheit und ein Da-Sein, das sich des Mensch-Seins als würdig erweist, das sind Bereiche, auf die keine Macht dieser Welt Zugriff hat, auch wenn sie sich noch so wild und blutrünstig gebärdet.
Also, Freunde, lasst euch nicht entmutigen oder verwirren. Ihr braucht keine Angst zu haben, denn ihr befindet euch in einem Zeitalter, in dem eine lange währende Tyrannei beendet wird und jeder den Weg

in die Freiheit beschreiten kann, der dies will.
Nun, das Licht wird die Dunkelheit bezwingen, das ist gewiss. Die Frage ist, wie viele Menschen diesen „Segen“ erleben werden. Nur wer die „Versuchung“ durchschaut, kann ihr widerstehen.
Iona du hast ja das Gebot „und führe uns nicht in Versuchung“ umgewandelt, was ich sehr spannend finde, denn warum sollte Gott euch in Versuchung führen? -
Das stimmt, bei mir heißt es: „und führe uns in der Versuchung“ oder „und führe uns durch die Versuchung“.
Die ursprüngliche Weisheit der Schriften, die durchaus dem Wohl der Menschheit und Mutter Erde hätte dienen können, wurde verzerrt, verfälscht und den fragwürdigen Zielen der Kirche angepasst. Und damit meine ich nicht nur die Bibel, sondern auch andere sogenannte heilige Bücher, die den Verhaltenskodex ganzer Völker bestimmen.
Das ist meine persönliche Sicht der „Entgöttlichung“ unseres Planeten.
Gottes Güte, Weisheit und Liebe sind nicht die Obertöne der Kirche. Ein strafender Gott ist besser als jede Peitsche und bringt viel Frongeld in die Kassen der „Diener Gottes“. Das gilt in der heutigen Zeit ebenso wie vormals.
Dieses „Zurechtstutzen“ der Wahrheit, bis sie kaum mehr als Wahrheit erkennbar ist, führte zu einer Entfremdung von Gott Göttin, die uns bis in die Gegenwart verfolgt. Fälschungen und das Bild eines nachtragenden, bösen Gottes dienen einzig und allein der Unterdrückung und dem Machtmissbrauch, der Herrschaft einiger Weniger über die „Kinder Gottes“.
Die Hölle auf Erden und Gott im Himmel - als trennendes Element - tun das ihrige.
In meiner Wahrnehmung sitzt Gott tagtäglich bei mir und hält meine Hand. Sie ist die Blume, die sich aus der Erde reckt, er ist der Baum, der mich anlächelt, sie ist das Neugeborene, das erstaunt die Welt betrachtet... Gott IST.
Ich fühle mich sehr zwiespältig gegenüber so mancher Aussage, die Christus oder anderen Heiligen zugeschrieben wurden.
Den meisten dieser „gepriesenen“ Wahrheiten begegne ich misstrau-

isch, obschon sich in allen das berühmte „Körnchen Wahrheit" finden lässt. Es lohnt sich nach diesen Körnchen zu suchen, nach den Krumen der Wahrheit Ausschau zu halten.
Und ich finde es wichtig, jede Aussage, die als gottgegeben verbreitet wird, aufmerksam zu prüfen und nicht als gottgegeben hinzunehmen. Zuviel ist menschgemacht und hat als Paten Habgier, Machtsucht und Selbstherrlichkeit. Von göttlichen Tugenden sind die Taten jener, die von sich behaupten, sie seien die „Vertreter Gottes" oft weit entfernt, wie unsere Welt uns jeden Tag neu lehrt.
Auch hier scheint mir die allumfassende Frage „Wem dient es?" überaus angebracht.
Es ist ein großer Unterschied zwischen „gottgegeben" und „menschgemacht".
Mein Seismograph ist mein Herz, und mein Herz sagt mir, dass Gott die Güte und Liebe in „Person" ist.
Und deshalb geleitet mich Gott auch, wenn ich in Versuchung gerate, was auf der Erde nicht schwer ist.
- Liebe Iona, wenn du meinst, dass du der Versuchung noch nachgeben musst, weil dir die Erfahrung damit noch nicht reicht, dann tu es. Denn es ist offensichtlich, dass die Zeit noch nicht reif ist, um dich endgültig von deinen „Begleitern" zu verabschieden. -
Nein, Göttin, ich will das nicht mehr. Ich will aus diesem Sumpf klettern und mich endlich in die Freiheit begeben. Wenn ich trinke, fühlt es sich so an, als griffen tausende Arme nach mir und wollten mich in die Tiefe ziehen.
- Das ist tatsächlich so, Iona. Sie entziehen dir das Licht und dich dem Licht. Danach benötigst du jedes Mal enorm viel Energie, um ins Leben zurückzukehren.
Früher hast du diesen Abstieg und die Anstrengung des Herauskletterns nicht bewusst wahrgenommen. Heute ist das anders.
Iona, mein Kind, du spielst mit dem Feuer und das weißt du. -
Ja.
- Betrachte die Versucher liebevoll und teile ihnen immer wieder mit, dass du ihre Welt verlassen wirst. Sprich das Verzeihensgebet und sei gnädig mit ihnen und dir.

Der liebevolle Aspekt bei der Betrachtung und dem Umgang mit dunklen Kräften ist ausgesprochen wichtig. Nur so kann ein Verständnis dafür geweckt werden, dass auch sie dem göttlichen Raum entstammen.
Ihr alle seid tief hinabgestiegen, weit weg von der Quelle, und viele haben sich in ihr Los gefügt, da sie vergessen haben, wie es sich anfühlt, in meiner Obhut zu Sein.
Lass dein Mitgefühl und deine Liebe zu diesen Schattenwesen fließen, schließe sie in deine Gebete ein. Viele von ihnen möchten erlöst werden, wollen zurückkehren ins Licht, nur sie wissen nicht wie. Du kannst ihnen dabei behilflich sein.
Ihr seid die Zeuger dieser „dunklen Energien“. Euch verdanken sie ihre Existenz. Sie sind eure Geschöpfe, eure Kinder. Es ist hohe Zeit, dass ihr die Verantwortung für diese Schöpfungen übernehmt und ihnen helft, aus dieser „Verdammnis“ erlöst zu werden.
Viele Leben hast du gebraucht, um deiner Versuchung auf die Schliche zu kommen. Jetzt, da du ihr gegenüberstehst, hat sie Gestalt angenommen. Du kannst ihr begegnen, dich positionieren, dich verabschieden.
Du hast heute, hier und jetzt die phantastische Chance, über diesen Abgrund zu springen und die Versuchung ein für alle Mal hinter dir zu lassen. Diese Lektion kann dir niemand abnehmen.
Zwar stehen dir viele Lichtwesen hilfreich zur Seite, aber springen musst du allein.
Iona, es ist die wichtigste Prüfung, seit du in dieses jetzige Leben inkarniert bist.

Erinnere dich, wer du wirklich bist. Erinnere dich deines göttlichen Ursprungs.
Iona, die Leuchtende, die Lichte.
Vormals pulsierte in dir göttliches Licht und dich umgab eine herrliche Lichtaura.
Es war dir gegeben, mit Licht zu heilen und zu erhellen.
Erinnere dich und erwecke dein Licht zu neuem Leuchten, bring es zum Pulsieren.

Du bist Licht.
Nutze deine Gabe im Namen der Liebe. -
Danke, Göttin, danke.

Justament, als ich den folgenden Abschnitt korrigierte und wichtige Erkenntnisse zum Thema „Luzifer“ einfügte, die sich sehr golden anfühlten, geschah etwas, was ich noch nie erlebt hatte.
Meine liebevolle Berührung mit Luzifer löste eine merkwürdige Aufruhr in meinem Computer aus. Es schien, als hätte er ein Eigenleben, und mich packte eine leise Panik.
Seltsame Anzeigen erschienen, und das Synonym „Luzifer“ existierte nicht, obschon ich es zu anderen Zeiten bereits vor meinen Augen hatte. Die Zeilen krümmten sich, als hätten sie eine Last zu tragen, und manche Buchstaben schienen in sich zusammenzusinken.
Textstellen verschwanden und obwohl ich versuchte, sie wieder zu finden, gelang es mir nicht. Alles, was ich geschrieben hatte, war bis auf wenige Sätze gelöscht.
Jede meiner Bemühungen zum Auffinden des goldenen Fadens misslang und auch später konnte ich diese wahrhaft göttlichen Sätze nie wieder in dieser Vollkommenheit rekonstruieren. Es war wie ein Versteckspiel, nur dass ich das Versteck nicht entdecken konnte.
Was blieb mir anderes übrig, als mich in Gelassenheit zu üben. Und so bat ich um göttlichen Schutz und ließ die „Sätze“ los, die sich auf so merkwürdige Weise von dannen gemacht hatten oder geholt worden waren.
Nun, es war ein Zu-Fall und es machte Sinn.
Eine liebevolle Sicht auf Luzifer ist mit Sicherheit nicht im Interesse bestimmter Wesen. Ich kann mir gut vorstellen, dass sie einigen Aufruhr verursacht und so manche „Sehnsucht“ weckte.
Nach dieser „Attacke“ konnte ich wieder ganz normal nachschlagen und fand, als sei nie etwas gewesen, was ich wissen wollte.
Bis heute kann ich mir diesen Zwischenfall nicht erklären, aber das muss ich ja auch nicht.
„Gott sei Dank“, weiß ich um die Existenz unsichtbarer und unerklärlicher Phänomene, um die Existenz mannigfaltiger Wesen und kom-

plexer Energiegebilde.
Nun, dieser Akt wird mich nicht abhalten, weiter zu spinnen. Ich werde unsere Gespräche über Luzifer fortsetzen, auch wenn die Worte andere sein werden. Ich werde sie niederschreiben, egal was geschieht. Nichts und niemand wird mich daran hindern.

19.06.2001

Guten Morgen, Göttin. Es ist wunderbar, in Licht eingebettet zu schlafen.
- Guten Morgen Iona. Wohl wahr. Es ist die Kraft des Lichtes, die dich nährt. Anders als jene dunklen Nächte, die dich deiner Kraft berauben. Ich freue mich für dich, mein Kind. Es sind wichtige Schritte, die du gehst.
Du übernimmst die Verantwortung für dein Sein. Mit Wohlgefallen sehe ich, wie du dich bewegst, entwickelst, selbständig wirst.
Und dennoch tust du dich ganz schön schwer in diesem Leben. Musst du denn alles bis zum bitteren Ende kosten? -
Na ja, das scheint in diesem Leben „noch" eine meiner Lieblingsübungen zu sein.
- Nun, zu diesem Prozess gehört auch, dass du hin und wieder hinfällst, strauchelst, dir die Knie aufschlägst. Aber deine Sicherheit nimmt täglich zu und schon bald wirst du frei laufen, frei von Krücken und Stützen. -
Was war mit den dunklen Mächten, die versuchten, an mir zu ziehen, sich dann aber von dannen machten?
- Iona, du bist ein starkes Wesen. Meinst du, die Dunkelmächte geben dich so ohne Kampf frei? -
Nein.
- Es gilt, diese Attacken zu durchschauen, ihnen liebevoll zu begegnen, dich in Licht zu hüllen. Dann sind sie machtlos. Allerdings funktioniert das nur, wenn du klar bist.
Sie wissen sehr genau, dass jeder Mensch, den sie verlieren, ihre Macht schwächt und andere Menschen mit sich zieht. -
Göttin, gibt es höherentwickelte Wesen, so wie uns, auf anderen Planeten?

Wobei ich mit dem hoch gepriesenen Stand unserer „Zuviel lisation", so meine Schwierigkeiten habe.
Ich sehe uns als entwicklungsfähige Wesen, die bei weitem nicht dem gerecht werden, was sie sein könnten. Aber dafür gibt es ja bekanntlich tausende von Gründen.
- Natürlich gibt es höherentwickelte Wesen im Universum und der göttliche Teil in dir weiß darum. Du stehst mit etlichen von ihnen in Verbindung, vor allem nachts.
Zurzeit beobachten sie mit großem Interesse und Mitgefühl die Entwicklung auf Gaya. Sie schicken euch unentwegt Botschafter und Energien.
Viele von ihnen haben ähnliche Prozesse, wenn auch mit der Erde nur begrenzt vergleichbar, erlebt. Sie kennen Gier, Manipulation und andere negative Erscheinungen und fanden Wege aus diesem Dilemma. Heute sind sie im Einklang mit ihrer göttlichen Bestimmung.
Andere wiederum haben ihre Macht so gravierend missbraucht, dass sie der Selbstzerstörung anheimfielen, ein Problem, das im Augenblick auf der Erde hoch präsent ist.
Die Vielfalt der Schöpfung ist unbeschreiblich und zeigt sich in all ihren Facetten, die auch überaus merkwürdige, schöpfungsferne Ziele verfolgen kann.
Etliche davon schwirren momentan auf eurem Planeten herum und treiben ihr Unwesen. Sie brauchen niedrige Schwingungen, um existieren zu können.
Das ist einer der essentiellen Gründe für ihre verzweifelten Versuche, die alte Ordnung stabil zu halten. Sie wissen, dass sie beim Aufstieg der Erde in eine höhere Dimension zurückbleiben, und nichts mehr so sein wird, wie es war.
Sie werden vergehen, denn ihnen wird zunehmend die Nahrung entzogen.
Aus dieser „Existenzangst" resultieren die Gnadenlosigkeit und Gewalt, mit der sie vorgehen.
Es geht um ihr Überleben. Nun, vielleicht wird es möglich sein, dieses Überleben noch ein wenig zu verlängern. Dem ungeachtet wird die Erde aufsteigen, das steht fest.

Viele eurer Brüder und Schwestern im Universum habe sich aus einem Dasein des Getrenntseins und der Abgeschiedenheit in ein Dasein der Ganzheit und des All-Eins-Seins entwickelt.
Sie wissen um eure Ängste, Nöte und die Schwere eures Seins und sind in großer Liebe mit euch. Sie haben ebenfalls heftige Prozesse der Wandlung erlebt und senden Mutter Erde und euch unentwegt ihr Mitgefühl.
Seid gewiss, dass ihr nicht allein im Universum seid und dass dieser „kleine Himmelskörper“ Erde zurzeit im Zentrum der Aufmerksamkeit vieler Sternengeschwister steht. -
Göttin, in „Gespräche mit Gott“ von Donald Nil Walsch sagst du, dass es eine Hölle und Luzifer, so wie es uns immer wieder suggeriert wird, nicht gibt.
- Das ist richtig. Es ist keineswegs so, dass nur ein Mensch, der „gut“ ist, Eintritt ins Paradies, sprich zu Mir, zur göttlichen Quelle, findet. Das ist menschgemacht und dient der Unterdrückung und Beherrschung der menschlichen Spezies. Es ist das Hauptwerkzeug der Manipulatoren und Machthaber.
Wohl wahr ist, dass der Mensch durch seine Handlungen bestimmt, ob er erneut auf der Erde inkarniert oder seine irdische Evolution beenden kann. Karma, Ursache und Wirkung entscheiden letzten Endes, wie lange Mensch sich im Erdenkreis bewegt.
Was die Erde kennzeichnet ist die Polarität. Wo Licht ist, ist auch Dunkel und mein Geschenk an euch Menschenkinder war der „Freie Wille“, der euch einen abenteuerlichen Gestaltungsspielraum eröffnete. Dieser „Freie Wille“ ermöglicht Erfahrungen, die es in dieser Form nirgends sonst im Universum gibt.
Nun, viele Menschen haben sich entschieden, vorerst noch im Dunklen zu tappen. In der Regel ist das eine Folge vorheriger oder aktueller Handlungen.
In gewissem Sinne verkörpern die Menschen genau das, wofür Luzifer steht, in die niedrigste Schwingung gestiegene oder gefallene Lichtwesen, die oft meinen, sie seien Gott oder, was nur eine andere Form ist, sie verleugnen Gott und jegliche Existenz außerhalb ihres Gesichtskreises.

Luzifer ist ein wunderbarer Spiegel für das, was mit euch Menschen geschah, was ihr durch den „Abstieg“ in die tiefste Materie erschaffen habt, und für das, was ihr durch genau diesen Abstieg verloren habt und was es wiederzufinden gilt, das Wissen um euere göttliche Herkunft.
Luzifer ist euer Kind und es ist an euch, ihn zu erlösen, frei zu lieben.
Luzifer wurde und wird benutzt und im „Außen“ installiert als manifeste Drohung an alle, die es wagen, sich gegen bestehende Systeme zu wenden oder gar eine eigene Geisteshaltung zu entwickeln.
Oder meinst du, die Erschaffung eines strafenden Gottes, des Fegefeuers, des Bösen... sei im Sinne der Liebe und des Lichtes? -
Nein!
- In ihrem Versuch, sich über Gott zu erheben, ist die Menschheit gefallen, gefallen in einen Zustand, dessen „Schöpfungsferne“ augenscheinlich ist. Verbote, die Hölle, Kirche, Staat, Vorgesetzte... dienen vielfach dazu, zu verhindern, dass die Idee sich Raum nimmt, euch wäre die Macht gegeben, den Himmel auf Erden zu erschaffen.
Der Ehrgeiz und die daraus abgeleiteten Privilegien gewisser „Geistlicher“ und „Politiker“, als „rechte Hand Gottes auf Erden“ zu fungieren, dienen ausschließlich dem Machterhalt kirchlicher und staatlicher Instanzen. Unterdessen sind einige dieser selbst ernannten „Vertreter Gottes“ so geprägt von der Überzeugung, dass sie die einzig wahren „Vertreter Gottes“ oder „Gott selbst“ seien, dass sie nicht einmal der Hauch eines Zweifels erreicht.
Diese Besessenheit, andere Menschen zu knechten und zu versklaven, erschuf Hierarchien, die mit göttlichen Gesetzen und Prinzipien nichts zu tun haben.
Sie dienen einzig und allein der Gier, Macht und dem Anhäufen materieller „Werte“.
Der Missbrauch, der mit dieser Willkürherrschaft einhergeht ist offensichtlich, die Saat der Unwissenheit und Geistesarmut aufgegangen.
Für die meisten Menschen geht es schon lange nicht mehr um das Wohl anderer, geschweige denn, um das Wohl aller Wesen und Mutter Erde.
Die Auswirkungen dieser „Irreführung“ erlebt ihr tagtäglich. Vielleicht

öffnet euch diese Sicht einen Einblick in den Versuch dunkler Kräfte, all das Grausen, die ganze Palette selbstsüchtiger Schöpfungswidrigkeiten, Luzifer in die Schuhe zu schieben.
Nicht etwa Menschen haben die Erde zu dem gemacht, was sie ist, nein, es war Luzifer und seine Gefolgschaft. Er ist der Buhmann, der Gehörnte, der Sündenbock, der, der Schuld hat, dass die Welt so ist, wie sie ist. Es ist ein durchschaubarer Akt, der lediglich zum Ziel hat, sich aus der Verantwortung zu stehlen und die Zuständigkeit an ein scheinbar im Außen existierendes Wesen zu delegieren.
Es wird nicht funktionieren, aber das sei nur am Rande erwähnt.
Hinter „Luzifer ist das Böse“ und „Gott wird euch richten“ verbirgt sich die Illussion, dass die wirklichen Akteure unerkannt ihr dunkles Unwesen treiben können. Nun, das Märchen vom Rumpelstilzchen ist ja weitgehend bekannt, was mir weitere Erläuterungen erspart.
Der Tanz ums goldene Kalb könnte dann von dem Gekrächze begleitet werden: „Ach wie gut, dass niemand weiß, wie Luzifer denn wirklich heißt.“ Nun, Luzifer hat ganz konkrete Namen und Menschengestalt. Sie zu enttarnen und den Schleier der Scheinheiligkeit von ihren Häuptern zu nehmen, ist möglich.
Denn es gibt etwas, das alle Machthaber „wie der Teufel das Weihwasser“ scheuen: Göttliches, wahres, reines, lichtvolles Wissen und Handeln.
Im Strahlenkranz göttlichen Lichtes fallen die Masken und zeigen das wahre Gesicht. Das ist gemeint mit „Stunde der Wahrheit“.
Und da dieses Thema von höchster Bedeutung für eure Menschwerdung ist, möchte ich an dieser Stelle noch detaillierter auf euren sogenannten „Abstieg“ in die Materie eingehen.
Im Laufe der Entwicklung, nach eurer Entscheidung, in die tiefste Materie hinabzusteigen, geschah es, dass sich luziferische Energien verselbständigten und Formen annehmen konnten. Das hatte zur Folge, dass sie vor allem die Kreise der Macht, Wirtschaft, Politik, Wissenschaft… „besetzten“ und ihre Einflüsse geltend machten. Eine luziferische Prägung der Erdbewohner begann.
Nur so war es möglich, dass die Erde mit ALLEM WAS IST in einen derart schöpfungswidrigen Zustand geriet. Es gibt personifizierte Luzi-

fere, die einen Grad der Dunkelheit erreicht haben, der sie von „normalen“ Menschen gravierend unterscheidet. Sie sind allem Göttlichen, Lichten gegenüber blind und scheu, ähnlich Vampiren, und sie zeichnen sich durch eine absolute Perfektion aus, was Energieraub anbelangt, denn sie sind nicht mehr in der Lage, sich von Licht zu nähren, im Gegenteil.

Alle Menschen sind überbewusst in Träumen und durch ihren Lebensfaden mit der göttlichen Quelle verbunden.

Luzifere haben sich so verdunkelt, dass ihre Verbindungsschnur zu Mir derart verschmutzt ist, dass sie „kaum erreichbar“ sind. Sie haben eine Art Dunkelschild um sich aufgebaut, das es den lichten Kräften erschwert, zu ihnen durchzudringen. Einzig in der Nacht, in den seltenen Momenten, in denen die Kontrolle „ruht“, ist es möglich, in Kontakt zu gehen und sie an ihren wahren Ursprung zu erinnern.

Allerdings verblassen bei den meisten diese Erinnerungen sofort mit dem Beginn des Tagwerkes. Sie wenden diesen Appellen kaum mehr Aufmerksamkeit zu als dem Stich einer Mücke.

Nun, auch das wird sich ändern.

Das macht es auch so schwer für euch, zu ihnen durchzudringen und deshalb versickern Appelle an den menschlichen Verstand, an die Vernunft, an Mitgefühl, denn diese menschlichen Eigenschaften haben schon lange keine Bedeutung mehr im Raum der Macht und des vom Schattenego gesteuerten Seins.

In dem Augenblick, in dem ihr beginnt, den Luzifer in euch zu erlösen, erlöst ihr auch die damit verbundenen Energien und löst eine Kettenreaktion aus, die nicht mehr zu stoppen ist. Es ist eine Spirale, die sich sowohl nach oben als auch nach unten bewegt.

Der Akt der Befreiung vom dunklen Zeitalter hat bereits begonnen und nimmt sich unaufhaltsam Raum.

Das ist gemeint mit „im Augenblick tritt alles ans Tageslicht“. Die Dunkelmächte werden zunehmend enttarnt, ihre Tarnmäntel und -kappen haben Löcher bekommen, da ihre Energiequellen täglich weniger werden.

Das ist es auch, wovor die Dunkelmächte Angst haben und was sie mit einer Verzweiflung um ihr Dasein kämpfen lässt, die mitunter be-

ängstigend wirken kann.
Lasst euch nicht täuschen von der vermeintlichen Stärke! Ihre Existenz und ihre Existenzberechtigung lösen sich bereits auf ins Nichts.
Ihr befindet euch im Fluss der Reinigung. Je mehr sich die dunklen Energien sträuben zu gehen, sich aufbäumen, desto heftiger werden die Prozesse auf Mutter Erde.
Deshalb ist es so wichtig negative Energien frei zu lieben, statt sie zu verdammen.
„Verflucht und verdammt" ihr, so zieht ihr luziferische Energien magisch an und festigt sie erneut, denn sie finden bei euch Nahrung, da sie euch besetzen können.
Seid ihr hingegen in höchster Anbindung mit der göttlichen Quelle, im Licht, so haben sie keine Macht über euch und keinen Zugriff auf euch, denn „sie scheuen das Licht".
Nun, geliebte Freunde, es ist an euch, dieses Spiel der Herrschaft einiger weniger zu durchschauen und zu beenden. Nur ihr besitzt die Macht, euch aus der Täuschung dieser selbst erschaffenen „Hölle" zu befreien und den „Höllenqualen" ein Ende zu setzen.
Immer seltener werden Versuchungen euch behelligen, so ihr in der Lage seid, sie sofort zu erkennen und ihnen zu widerstehen.
Begebt euch auf die abenteuerliche Reise in eure inneren göttlichen Gefilde, durchschreitet das Labyrinth menschlichen Seins, das ihr in ungezählten Jahren mit unglaublicher Akribie auf Mutter Erde erschuft.
Das ist der Pfad, der euch zu eurem wahren Wesen führt, zu dem „spirituellen Wesen, das irdische Erfahrungen macht". Jeder von euch ist ein Funke Gottes, ein Kind Gottes, Luzifer und „Konsorten" eingeschlossen.
Jeder von euch kann der „Versuchung luziferischer Energien" widerstehen und sich läutern und reinigen. Das liegt sehr wohl in eurer Macht und vor allem in euren Händen. Wichtig ist, dass dieser Akt der Reinigung in Liebe geschieht. Kein „Luzifer dieser Erde" hat es verdient, verdammt zu werden, und auch für „Luzifere" gibt es Erlösung und Rückkehr ins Licht.
Nur durch Liebe wird es möglich, den Luzifer in euch zu erlösen, eure

Seelenräume zu reinigen und zu heilen. Erst dann werdet ihr fähig sein, die Räume der Liebe in euch zu erschaffen, euren göttlichen Ursprung zu erkennen und in Liebe zu Sein.
Wie viel Licht kann in und durch euch strömen, wenn ihr „eures göttlichen Seins bewusst“ lebt und handelt.
Lasst eurer Phantasie freien Lauf und stellt euch eine Erde vor, die frei ist von luziferischen Energien.
Seht, wie ihr mit den goldenen Fäden des Lichtes spielt, sie um den ganzen Planeten webt und einen Raum erschafft, der glühend vor Liebe in einem Leuchten erstrahlt, wie ihr es noch nie gesehen habt.
Es gibt bereits heute Orte auf Mutter Erde, an denen diese Energiefelder existieren und auf die „luziferische Energien“ keinen Zugriff haben, was sie natürlich sehr wütend macht.
Der Grund dafür ist, dass dunkle Energien diese lichten Felder nicht wahrnehmen können. Sie sehen sie einfach nicht, auch wenn sie unmittelbar danebenstehen. Für die goldenen Menschen, die diese Felder erschaffen, ist das zurzeit noch ein großer Kraftakt, da ihre Energie sehr rein ist und sie sich extrem konzentrieren müssen, um die Energiefelder zu halten.
Je mehr Menschen jedoch beginnen, ihre luziferischen Energien zu erlösen und aufmerksam und achtsam ihren Lebensfokus auf das Licht zu richten, desto mehr Goldfäden umweben die Erde und erschaffen das wunderbare Lichtgespinnst, das ihr braucht, um euer Lichtkleid anzulegen und gemeinsam mit Mutter Erde in die göttlichen Gefilde aufzusteigen.
In den Büchern von James Redfield „Die Prophezeiungen von Celestine“ wird dieser Prozess wunderbar beschrieben.

Und nun zurück zu dir, Iona.
Auch du erschufst dir Leben um Leben deine eigene Hölle, die natürlich auch einige „Teufelchen“ beherbergt. Ein Teufel ist ein Höllenbewohner und solange es auf Erden noch Höllen gibt, wird es auch Teufel geben.
Wobei ich an dieser Stelle noch einmal sehr eindringlich betone, dass sowohl Teufel, Luzifer, Satan, Beelzebub als auch die Hölle mensch-

liche Schöpfungen sind, die sich in gewisser Weise verselbständigt haben.
Ihr wisst eine Menge über die Hölle und nur wenig über das Paradies.
Nun, wäre euch das Paradies als Reich Gottes auf Erden gegenwärtig und bewusst, kämt ihr wohl kaum auf die Idee, euch in der gegenwärtigen Hölle einzurichten.
Aus dem Paradies habe angeblich ich euch vertrieben, was ja so nicht stimmt. Der Himmel wurde als unerreichbar deklariert. In den kommt ihr nur, wenn ihr tot seid.
Voraussetzung dafür ist allerdings, dass ihr „gute" Menschen wart, ansonsten gibt es als Alternative nur noch das Fegefeuer.
Nun, das ist eine ziemliche Misere, in der ihr da steckt.
Die Hölle jedoch habt ihr täglich vor Augen und die Mär vom „guten Menschen" geht völlig am Sinn eures Daseins vorbei.
Immerhin hat die Erschaffung von Himmel und Hölle bewirkt, dass eine willige Menschheit von dunklen Kräften beherrscht werden kann.
Der Schlüssel, der euch die Tür öffnet, um aus diesem Dilemma herauszufinden, führt durch die Hölle ins Paradies und letzten Endes zu Mir.
So wie ihr euch eure Hölle erschaffen habt, so könnt ihr euch auch euer Paradies erschaffen. Die Frage ist nur, ob ihr es wirklich wollt? - Wie?
- Wandle auf dem göttlichen Pfad, indem du in Liebe und Mitgefühl fühlst, denkst, handelst, im Einklang mit ALLEM WAS IST.
Wichtig im Prozess der Selbsterkenntnis, und das kann ich gar nicht oft genug betonen, ist, dass du schöpferisch, zum Wohle aller Wesen und nicht schöpfungswidrig zum Schaden anderer handelst.

Alles was du tust, strahlt auf dich und in die Welt. Was ihr säet, erntet ihr.

Wenn du Liebe säst, wirst du Liebe ernten.
Wenn du Leid säst, wirst du Leid ernten. -
Es scheint eine so simple Wahrheit und sie ist so göttlich. Was macht es so schwer, sie zu leben?

- Ignoranz! Da sich die Dunkelheit auf der Erde so viel Raum genommen hat, suchen viele Menschen gar nicht mehr nach dem Licht, Paradies. Sie haben sich in ihrer Hölle eingerichtet.
Die Frage ist, wie glücklich und zufrieden sie damit sind. Jedes menschliche Sein hat seine Berechtigung und jeder Mensch hat die Freiheit, sein Leben zu leben. Die Stagnation in der ihr euch derzeit befindet, wird nicht ewig währen, auch wenn es momentan so scheint. Leben ist Bewegung und Dynamik und es wird die Zeit kommen, in der viele Menschen erwachen, sich die Dunkelheit aus ihrem Haupt schütteln und sich fragen werden, was sie hier eigentlich tun.
Das wird die Zeit sein, in der die Menschheit ihre Identität, ihre göttliche Herkunft wiederentdeckt und aufsteht, um ihrer wahren Bestimmung als göttliche Wesen zu folgen.
Die Erfahrung dessen, wer ihr nicht seid, ist wichtiger Bestandteil eures Reifeprozesses. Etliche von euch haben sich verirrt, Umwege gewählt, sind eingeschlafen.
Seid jedoch gewiss, eines Tages werden alle nach Hause zu Mir heimfinden und ich werde euch mit Freude empfangen, denn ihr habt es gewagt, euch der Erfahrung des Menschseins zu stellen. Ihr seid in die Welt gezogen um zu wachsen. Ihr habt euch auf Wege begeben, die mehr von Dornen, denn von Rosen gesäumt sind.
Viele „Aufgestiegene Meister" der Weisen Bruderschaft gingen durch die Hölle, bevor sie ins Licht schritten. Erst die Erd-Erfahrung befähigte sie für den Aufstieg in die nächste Ebene, von der aus sie heute wirken. Auch sie durchliefen den Prozess der Menschwerdung. Auch sie liefen in göttlichen Kinderschuhen über die Erde und wuchsen im Laufe ihres Seins in die Schuhe des göttlichen Meisters.
Nun, zum besseren Verständnis möchte ich für das Wort Hölle „Gefängnis" verwenden und noch ein Thema anschneiden, das ebenfalls spiegelt, wie euer Verhältnis zu euch und allen Mitgeschöpfen ist.
Viele Tier- und Pflanzengeschwister, Kristallwesen... habt ihr in Gefängnisse gepfercht, fernab von ihrer schöpferischen Bestimmung. Dort fristen sie unter großen Qualen ein Dasein, das den Namen Leben nicht verdient, weit entfernt von euren Wohnungen und Häusern, so dass ihr nicht vom Schreien und Stöhnen dieser gemarterten Krea-

turen belästigt werdet.
Ihr seid taub geworden und diese Taubheit ist ein dunkler Punkt, der euch zu Gefängniswärtern werden lässt in einem Gefängnis, in dem ihr selbst Insassen seid.
Die Starken unterdrücken die Schwachen, die Schwachen unterdrücken die noch Schwächeren... Diese Gesinnung bewirkte, dass sich die hierarchischen Strukturen innerhalb der Gefängnisse verstärken und sich Zwangsherrschaft Raum nimmt, die in noch tieferes Elend führt. In solchem „Überlebenskampf" finden Gedanken an Freiheit kaum Platz.
Selbst das Vorgaukeln von „Demokratie" wird für bare Münze genommen, obschon ihr euch mitten in einer weltweiten Diktatur, verstanden als Alleinherrschaft, befindet.
Wie gesagt, Euer Gefängnisbewusstsein hat sich verselbständigt und schließt mittlerweile euren gesamten Planeten ein.
Ein heikler Aspekt ist, dass viele Menschen ihr Gefängnis gar nicht als solches empfinden, da es mit gewissen Annehmlichkeiten ausgestattet ist, die einzig und allein dazu dienen, die Tatsache des „Freiheitsentzuges" zu kaschieren und euch mit materiellen Drogen ruhig zu stellen.
Viele Wesen verlassen derweil euren Planeten, Tiere, Pflanzen, Mineralien, unsichtbare Wesen. Andere sterben unter größten Qualen. Manche liegen angekettet in schöpfungswidrigen Orten und brüllen nach Freiheit. Wieder andere können nicht einmal mehr brüllen, da sie zerbrochen sind an dem, was Mensch ihnen antut.
Das ist die Hölle, nur dass ihr sie nicht nur für euch, sondern auch für andere erschaffen habt.
Es ist hohe Zeit, die eigenen Frevel zu erkennen und ihnen Einhalt zu gebieten. Die Mehrzahl der Menschen ist jedoch noch nicht bereit, dem Leid, das sie verursachen, ins Auge zu blicken und die Verantwortung für ihr Tun zu übernehmen.
Solange Menschen ihre Verantwortung für den Zustand von Mutter Erde mit allem, was auf ihr ist, verleugnen, werden sie sich weiterhin im Energiefeld des Unheils aufhalten. Eine Einkehr ist dringend geboten, da dieser Weg in den Untergang führt.

Evolution bedeutet Entwicklung, nicht Stagnation.
Bewegung ist ein göttliches Axiom.
Ich überlasse es eurer Phantasie, euch auszumalen, wohin die permanente Abkehr von schöpferischen Prinzipien führt.
Jede Umgestaltung erwächst aus dem Erkennen, aus der Einsicht, dass Veränderung notwendig ist. Verdrängung und Verleugnung verhindern das Erkennen des eigenen lebensfeindlichen Tuns und damit den Wandel solange, „bis der Krug zerbricht“.
Dieser gegenwärtige Zustand ist vergleichbar mit einem Vulkan, der bereits Feuer und Asche ausspuckt, aber immer noch als harmlos eingestuft wird. Offensichtliche Flammenschriften werden in den Wind geschlagen.
Etwas Ähnliches läuft im Augenblick auf der Erde ab. Alle Zeichen stehen auf Sturm. Was jedoch viele Menschen nicht daran hindert, so zu tun, als sei alles wie immer.
Das Gefährliche daran ist, dass der Ausbruch tatsächlich immer näherkommt, ungeachtet der Verharmlosung und Ignoranz, die „Normalität“ vortäuschen soll. Es ist ein Spiel auf Zeit.
Urplötzlich kann es zu einem gigantischen Ausbruch kommen, der das ganze Ausmaß gestauter, negativer Energie vor Augen führt. Für viele Menschen kann das ein sehr heftiges Aufrütteln mit sich bringen.
Die schöpfungswidrigen Taten der Menschen finden ihren Niederschlag im gesamten irdischen Sein.
Was ihr säet, erntet ihr.
Die Weigerung vieler Menschen zur Umkehr und Einsicht kann zu überaus schmerzlichen Prozessen führen, die auf eindringliche Weise vor Augen führen, dass die Rückbesinnung auf euren göttlichen Ursprung unausweichlich ist.
Krankheiten, Naturkatastrophen, Sinnlosigkeit, Orientierungslosigkeit sind nur einige Symptome, die sehr deutlich darauf hinweisen, dass die Menschheit in einer Sackgasse gelandet ist, die sie nur durch eine Umkehr verlassen kann. Mittlerweile wird die Gasse immer enger und der Stau führt zu einer Art Kollaps. Noch besteht die Möglichkeit, dieses Sackgassen-Dasein aufzulösen. Es liegt in euren Händen.
So ihr die Verantwortung übernehmt und eure Untugenden sucht, in

Tugenden zu wandeln, habt ihr die Chance, diesen Prozess sanfter zu gestalten. Es gibt viele Möglichkeiten, diesen Schritt zu tun.
Beginnt in euch, nehmt euch Raum für Selbsterkenntnis, für Besinnung auf eure wahre Herkunft, dafür, warum ihr hier seid.
Das Entdecken eures schöpferischen Ursprungs befähigt euch zu verzeihen, zu vergeben, sowohl euch als auch anderen. Das ist es, was Johann Kössner mit „frei lieben" meint. Der Weg in die Freiheit führt durch die Liebe und wo sich die Liebe Raum nimmt, heilt, was es zu heilen gilt.
So gestaltet ihr einen wahrhaft göttlichen Wandel zum Wohle von ALLEM WAS IST. Ihr entscheidet mit jedem Tag, den ihr auf der Erde seid, ob ihr im Gefängnis verhaftet sein wollt oder ob ihr den Weg in die Freiheit und damit den Weg der Heilung wählt. Es liegt in eurer Macht. So ist es. -
Mögen unserer Gespräche dazu beitragen dieses Bewusstwerden zu fördern.
Danke, Göttin, ich bin sehr berührt von diesem Gespräch. Danke!

Vor einigen Wochen war ich Kamel wieder begegnet und wir hatten Sex. Ich war völlig betrunken und mir war egal, ob wir verhüten oder nicht. Der Sex mit Kamel war schrecklich und schmerzte mich.
Es war die Krönung dessen, was ich mir seit meiner Pubertät immer wieder antat, gierige, lieblose Männer, die sich in mir „entleerten". Das mag brutal klingen, kommt aber der Wahrheit sehr nahe.
Ich hatte nie gelernt, was Sexualität ist oder sein kann. In meiner Familie ist dieses Thema tabu und auch die Gesellschaft geht nicht frei damit um. Meine Informationsquellen waren das Fernsehen, Kino, Bücher, Gespräche mit Freundinnen und das jämmerliche Geschrei und Gestöhne, das aus so manchen Schlafzimmern drang.
Als kleiner Mensch hatte ich große Angst vor dieser unheimlichen Geräuschkulisse. Für mich fühlte sich das oft an, als ob da jemand verprügelt würde und schreckliche Schmerzen leidet.
Später in meiner Pubertät fiel ich mitunter in eine Art „Angst-Starre", wenn in meiner Nähe „harter Sex" praktiziert wurde.
Diese Prägungen werden oft unterschätzt. Ein Kind nimmt den

Schmerz wahr und versteht nicht, warum das so sein muss. Wieso tun sich Mama und Papa weh? Denn wehtun muss es ja, sonst würden sie nicht so schreien.
Ich kompensierte später meine Ängste, indem ich sie ins Gegenteil umkehrte und selbst tat, was mir Angst machte. Ich wurde Herrscherin und Beherrschte zugleich.
An dieser Stelle möchte ich betonen, wie außerordentlich wichtig es für jedes Menschenwesen ist, in einer liebvollen einfühlsamen Weise auf Sexualität vorbereitet zu werden. Die Realität sieht da leider traurig aus.
Unser Körper ist ein großes Geschenk, wir aber ignorieren ihn und seine Funktionen und würden ihn am liebsten manchmal ausstellen.
Scham und Peinlichkeit, die uns oft „überfallen", wenn es darum geht, Mädchen und Jungen auf ihre „Geschlechtlichkeit" vorzubereiten, beeinträchtigen die Entwicklung einer gesunden, lustvollen, liebenden Sexualität gravierend.
Die Auswüchse einer Jahrtausende währenden Tabuisierung erfahren wir in all den Abartigkeiten, mit denen wir heute täglich konfrontiert werden.
Wem das wohl dient?
Es liegt mir fern, den Stab über männliche oder weibliche Wesen dieses Planeten zu brechen.
Wir alle sind hier, um zu lernen. Männer sind weder besser noch schlechter als Frauen und Frauen weder besser noch schlechter als Männer.
Auch ich war und bin in diesen „Kampf und Krampf der Geschlechter" verwickelt, mehr als mir lieb ist.
Ich kann jedoch nicht verhehlen, dass ich ausgesprochen froh bin, als Frau inkarniert zu sein.
Ich weiß, dass wir alle männliche und weibliche Aspekte in uns tragen und mehr oder weniger ausleben.
Ich weiß auch, dass es darum geht, männlich und weiblich in die Balance zu bringen. Aber bevor ich zu diesem Verständnis gelangte, musste ich viele qualvolle und erschütternde Erfahrungen machen.

Als ich ungefähr 10 Jahre war, tauchte der Verdacht eines Missbrauches durch einen taubstummen Mann auf. Er war mein erwachsener Freund. Ich weiß bis heute nicht, was damals wirklich geschah. In meiner Erinnerung wollte er „nur" unter mein Kleid schauen und wissen, wie ein Mädchen aussieht. Ich weiß aber auch, dass er mir niemals wehgetan hätte, zumal wir uns an einem Ort befanden, an dem viele Menschen anwesend waren.
Bis heute fühlt sich dieses Erlebnis mit diesem Mann weder gefährlich noch bedrohlich an. Es war ein Spiel.
Nur, diese Sicht des Kindes wollte niemand wissen.
Möglich, dass ich bagatellisiere und es einem erwachsenen Mann nicht zusteht, einem kleinen Mädchen unter den Rock zu schauen. Allerdings glaube ich, dass auch er, ähnlich wie ich, von jedem natürlichen Verständnis für den männlichen und weiblichen Körper abgeschnitten war.
Prüderie und Verbote weckten eine Neugier, die alles andere als gesund war. Es war schwierig, mit etwas umzugehen, das als namenloses Phänomen durch unser Leben geisterte. Kein Erwachsener wollte uns klare Antworten auf unsere Fragen geben. Also ließen wir unserer Phantasie freien Lauf.
Zu Zeiten, als die Menschen ihre Körper noch nicht „versteckten", hatte jede / jeder die Chance, alle Entwicklungen mit eigenen Augen wahrzunehmen, auch die des anderen Geschlechtes.
Heute beziehen viele junge Mädchen ihre Bilder vom anderen Geschlecht aus Zeitschriften oder anderen Medien. Es gibt kaum Mädchen, die auf ihre Mensis, kaum Jungen, die auf ihren ersten Samenerguss vorbereitet werden.
Ich war erschüttert, als mich ein Junge von 11 Jahren fragte, ob er von einer Ejakulation Aids kriegen kann. Er verstand nicht, woher so plötzlich die „weiße Flüssigkeit" kam, wenn er mit seinem Penis spielte. Seine Eltern hatten ihm eingeredet, wenn er sein „Ding" berührt, bekommt er Aids.
Vormals galt die Zeit der Geschlechtsreife als freudiges Ereignis. Viele Kulturen würdigten diese Zeit des Übergangs mit Ritualen. Feste wurden gefeiert zu Ehren der jungen Menschen, die in eine neue

Lebensphase eintraten. Sie erfuhren Respekt und Wertschätzung. Heute ist Geheimniskrämerei der Oberton unserer wunderbaren Körperlichkeit, unserer Trennung in Mann und Frau. Als Gegenpol sind überall nackte Körper zu sehen und Pornographie ist mittlerweile ein lukratives Geschäft, das kaum noch Grenzen kennt.
Dieser armselige Umgang mit unserem stofflichen Selbst und der mangelnde Respekt für das Geschenk der Fortpflanzung der menschlichen Spezies hat zu Missachtung und Missbrauch der Sexualität geführt.
Im Laufe der Zeit haben wir eines der größten Geschenke der Schöpfung „Frau und Mann" deformiert.
Die Folgen dieser „Entmenschlichung" erschüttern alle Bereiche unseres Lebens und erzeugen viel Leid und Schmerz.

Aber zurück zu meiner persönlichen Erfahrung.
Ich hatte also meiner Mutter erzählt, dass „mein taubstummer Freund" mir unters Kleid geschaut hatte. Sie erstattete sofort Anzeige, was ich aus heutiger Sicht für eine durchaus verständliche Reaktion halte.
Ich weiß nicht, ob die Bedrohung, die meine Mutter so gern auf den Plan rief, tatsächlich existent war. Es ist nicht wichtig. Denn die schrecklichste Erinnerung an das Erlebnis war nicht „mein Freund". Viel schlimmer als die Doktorspiele erlebte ich die anschließenden Befragungen und Untersuchungen. Die Polizei und der Arzt, allesamt männliche (!) Personen, untersuchten meinen intimsten Bereich, belächelten mein Schamgefühl und machten Witze darüber.
Ich hatte nicht die geringste Chance, mich ihnen zu entziehen. Mein Körper gehörte ihnen.
Niemand beschützte mich vor der mehr als merkwürdigen Befragung und dem plumpen Eindringen in meine Genitalien.
Das waren die eigentlichen Verletzungen - sowohl physisch, als auch psychisch. Das war das eigentliche Trauma.
Es wurden keinerlei äußere Verletzungen festgestellt, nicht einmal die kleinste Schramme.
Trotz meines Widerstandes wurde „mein Freund" verurteilt und ich war schuld daran. Denn, hätte ich geschwiegen, wäre alles beim Alten

geblieben. Der Ruf meines Freundes und seiner alten Eltern wurde so geschädigt, dass sowohl diese kleine Familie, als auch unsere Freundschaft zerbrach.

Ich glaube, danach habe ich meiner Mutter nie wieder vertraut.
Als ich mit 20 Jahren von einem Olympiateilnehmer der DDR-Ruder-Mannschaft in Magdeburg vergewaltigt wurde, nahm die Polizei meine Anzeige nicht auf, denn ich hatte keine Beweise. Auf die Idee, zu einer Ärztin zu gehen, kam ich in meiner Verzweiflung gar nicht. Die Polizisten grinsten nur hämisch. Irgendwann glaubte ich, dass ich die Vergewaltigung provoziert hätte.
Ich sollte mich noch viel sexueller Gewalt aussetzen, denn ich glaubte lange, nichts anderes verdient zu haben. Ich kannte nur diese Form „mir Schmerz zuzufügen, um zu spüren, dass ich lebe".
Nachdem ich bei einigen Frauenärzten in Behandlung war, wurde mir schnell klar, dass Männer in meinem Intimbereich, zumindest als Arzt, nichts zu suchen hatten
Als ich mir dessen bewusst wurde, wählte ich ausschließlich Frauenärztinnen.
Ich finde es pervers und überhaupt nicht nachvollziehbar, dass Männer sich anmaßen, einen Körper zu kennen, der so verschieden zu ihrem eigenen ist.
Wenn ich Sendungen über „Frauen-Krankheiten" höre, Berichte lese, sind es in der Regel Gynäkologenmänner, die den Frauenkörper besser kennen als ihre eigene Westentasche oder sollte ich sagen Hosentasche.
Aus meiner Sicht ist das eine Missachtung der weiblichen Intimität, die kaum Beachtung findet - weder in der Gesellschaft noch bei Einzelwesen.
Das bringt mich auf die Palme und in diesem Bereich fehlt mir bis heute jede Gelassenheit. Für mich sind das Zeichen der Übergriffigkeit männlicher Energien, mit dem Ziel des Beherrschens.
Es ist an der Zeit, dass sich die männlichen und die weiblichen Menschen ihrer Identität und ihrem Körper zuwenden und von- und miteinander lernen.

Meine damaligen Erlebnisse, die mangelnde Präsenz von Vater und Mutter bei den Befragungen, die ungenügende Vorbereitung auf mein Frau-Sein und verschiedene andere Gründe trugen dazu bei, dass ich mich zu einer ausgebufften, cleveren Männerhasserin entwickelte, ohne dass ich mir dessen bewusst war.
Ich trug meine Feindseligkeit nicht offen zur Schau. Ich suchte mir das Mäntelchen der Sexualität, um Männer zu beherrschen.
Oft hörte ich den Satz: „Ilona, du machst mir Angst.“, was ich gut verstehen konnte. Denn es gab Augenblicke, vor allem unter Alkohol, da wurde ich zur Xanthippe. Nun, ich kannte unendlich viele Stellungen, wusste, was Männer wollten, und das Letzte, woran ich interessiert war, war meine eigene Sexualität. Mir ging es „unbewusst“ darum, Männer fertig zu machen, sie zu erniedrigen.
Die Meisten glauben vermutlich bis heute, dass sie mir den „besten“ Orgasmus aller Zeiten „besorgten“.
Liebe Männer, bitte verzeiht mir meinen Sarkasmus.
Noch bin ich nicht frei von meinem unheilen Verhältnis zum männlichen Geschlecht und zu mir. Ich arbeite daran. Dennoch glaube ich, dass noch viele Jahre ins Land gehen werden, bevor ich fähig bin, Männer als Brüder und gleichwertige Wesen zu akzeptieren.
Ich erinnere mich nicht, wie Frauen im Matriarchat mit Männern umgingen, aber ich beobachte, dass mit dem Einzug des Patriarchats eine Zerstörung Einzug hielt, die mich erschüttert.
Mir geht dieses Thema „an die Nieren“. Daher kann es gut sein, dass ich mitunter „grimmig“ klinge.
Auch das ist ein Teil von mir. Ich werde und will mich nicht verbiegen, geschweige denn etwas vorheucheln, das ich im Herzen nicht empfinde.
Dieses „Unheilsein“ gilt es, noch näher zu beleuchten und zu heilen. Manchmal zeigt sich ein ganzer Rattenschwanz von Aspekten, die dieses Thema hinter sich her zieht, und mir wird deutlich, dass diese Herausforderung wirklich groß ist. Ich stelle mich ihr und dennoch habe kaum Ahnungen, wie sich diese Heilung gestalten wird.
Nun, ich glaube, dass das Thema „Mann Frau“ uns noch oft begegnen und für Furore sorgen wird.

Heute ist mir bewusst, dass ich in diesem Prozess der Entmachtung weiblicher Energie meinen Part spielte und mitverantwortlich bin, für unsere „Entgleisungen".
Mir werden Zusammenhänge klar, die ich, bevor ich meine göttliche Herkunft entdeckte, nicht erkennen konnte. Inzwischen prüfe ich geschichtliche Informationen. Ich drehe und wende sie und versuche, sie zuzuordnen in das Geflecht, aus dem das wuchs, was uns gegenwärtig umgibt.
Ein Beispiel ist die widernatürliche Geburt, die heute als „selbstverständlich" gilt und sehr deutlich spiegelt, wohin die Lebensferne einzelner führen kann.
Meines Wissens wurde die Geburt im Liegen eingeführt, da ein König oder Kaiser sich „diesen Vorgang" anschauen wollte. Und so ertragen Frauen und Kinder bis heute eine qualvolle, unnatürliche Geburtsstellung, nur weil ein „geiler Bock" sehen wollte, wie „Frau gebärt".
Welch ein Zeugnis verheerender Eitelkeit.
Es geht mir nicht um „Verdammung". Jedes Leben ist eine Essenz aller Leben.
Mein respektloser Umgang mit dem männlichen Geschlecht war meine Form der Rache für einen unbekannten Vater, einen fremden Stiefvater, eine Mutter, die mich nichts über das Frau-Sein lehrte, und einen Geliebten, der mich verließ, als ich schwanger war.
Spannenderweise gebar ich ein männliches Wesen. Mein Sohn ist der einzige „Mann", den ich aus ganzem Herzen liebe, obschon auch er unter meinen Eskapaden litt und ich ihm in seiner Kindheit viele Wunden zufügte, die bis heute nicht geheilt sind.
Interessant finde ich, dass es mir gelang, über Jahrzehnte ein Bild aufrecht zu erhalten, in dem ich Stärke und Selbstsicherheit vorgaukelte.
In meinem Innersten dagegen fühlte ich mich hässlich, dick, ungenügend, ungeliebt, die ganze Palette der Abwertung. Ich lebte ein Kontrastprogramm, das viel Energie kostete.
Es war mir nicht bewusst, was ich für ein Spielchen mit den Männern trieb und welche Männer ich mir aussuchte, um an ihnen zu leiden oder sie zu quälen.

An Kamel litt ich, denn ihn interessierte lediglich seine „Ejakulatione", wie er es nannte, wenn er brüllend auf mir zusammenbrach.
Mit Glück, geschweige denn mit kosmischer Vereinigung hatte dieser brutale Akt nichts zu tun. Jeder vollzog seinen Rachefeldzug am anderen, ohne es zu wissen.
Nun, ich bin weit abgeschweift von Kamel, um den es in etlichen Gesprächen noch gehen wird. Er war der letzte Mann, mit dem ich lieblosen Sex hatte. Der Preis dafür war hoch und seltsamerweise begegnen mir seitdem keine Männer, die in mir das Bedürfnis wecken, ihnen nahe zu sein. Ich habe nie verstanden, wenn Frauen davon berichteten, dass sie seit Jahren keinen Sex hatten. Heute kann ich das nachvollziehen, denn auch ich hatte schon lange keinen Sex mehr mit einem anderen Menschen.
Manchmal wache ich morgens traumtrunken auf und erlebe einen wunderbaren Orgasmus, der mich wie ein Lichtblitz durchfährt. Wenn ich Lust fühle, befriede ich mich selbst, und das ist, als ob ich für Augenblicke aus meinem Körper schlüpfe und in ein Feuerwerk der Lust eintauche.
Einen Mann werde ich erst wieder in mein Leben einlassen, wenn ich die nötige Wertschätzung für mich und das männliche Geschlecht erlernt habe.
Jeder Kompromiss würde mich zurückführen in meine jahrzehntelange Barbarei im sogenannten „Verkehr der Geschlechter", ein sehr merkwürdiger Ausdruck, wie ich finde. Die Unfallquote ist recht hoch, sowohl was Tote, als auch schwer Verletzte anbelangt.
Inzwischen weiß ich um die Wunder, die sich in der Sexualität verbergen und gelebt werden wollen.
All das hat nichts zu tun mit Gier, Macht und Missbrauch, dem allgemeinen Verständnis von Sex. Unterstützt werden diese falschen und schadvollen Bilder vor allem von den Medien.
Es gibt wenige Orte auf unserer Erde, an denen gelehrt wird, dass die körperliche Vereinigung der höchste göttliche Akt, im Sinne des Wortes, zwischen Menschen ist, dass er sozusagen ein Kristallisationspunkt menschlicher Beziehung ist.
Was wird uns gelehrt über die „Beschaffenheit" des weiblichen Orgas-

mus und der männlichen Ejakulation, über Erregung und die Formen der körperlichen Liebe.
Dieses Thema unterliegt einem der stärksten menschlichen Paradoxe bei gleichzeitiger Tabuisierung.
Einerseits wird es verleugnet, verteufelt, verschwiegen, andererseits werden über die Werbung Vorstellung erschaffen, die mit göttlicher Liebe nichts gemein haben.
Ver rückt, wie ich finde!
Es ist ein Teufelskreis, in dem auch ich lange verhaftet war.
Das Wesen der Sexualität zu verstehen, erscheint mir ausgesprochen wichtig. Das gilt für alle Menschen, nicht nur für jene, die sich für einen spirituellen Weg entschieden haben.
Gerade im Bereich zwischenmenschlicher Beziehungen gibt es unbeschreiblich viele Missverständnisse, Verrohung und Gewalt. Es ist eine Form des Beherrschens, die mich in ihrer Dimension mit tiefem Schaudern erfüllt. Viel Karma, das heute aufgelöst werden will, entstammt dem Missbrauch unserer sexuellen Gaben.
Für mich gibt es einen klaren Zusammenhang zwischen der zunehmenden Verrohung und Gier der menschlichen Rasse und der immer perverseren sexuellen Begierden bis hin zur Kinderpornographie.
All das, was an Missbrauch, in welcher Form auch immer, ans „Tageslicht“ steigt, zeigt uns sehr deutlich und eindringlich, wie weit wir uns von unserem Mensch-Sein und von der Liebe entfernt haben.
Wir sind tatsächlich in der Lage, immer noch eins „drauf zu setzen“, statt uns an die Auflösung zu machen.
Ein Prüfen des eigenen sexuellen Verhaltens könnte für viele Menschen als Schlüssel für ihr Leiden dienen.
Ich glaube nicht an Askese, es sei denn sie geschieht aus wirklicher höchster göttlicher Motivation. Das ist jedoch selten so. In der Regel wird das „Zölibat“ von der Kirche verordnet als „Gott gewollt“, was natürlich bei Menschen eine Verlagerung in widernatürliche Bereiche provoziert.
Ich will damit nicht rechtfertigen, was in dieser Welt unter den Kutten von Geistlichen geschieht, aber es steht mir auch nicht zu zurichten. Jeder, der sich in dieses sexuelle Unrecht, in diese Form der Ausbeu-

tung und Unterdrückung, der Gewalt und des Mordes begibt, erzeugt sein eigenes karmisches Feld und erschafft ausgleichende Folgeleben.

Das, was ich an Reaktion auf meine Handlungen erlebe, sprich mein gegenwärtiges Leben auf dieser Erde, zeigt mir in seiner ganzen Heftigkeit, was ich anderen Wesen zufügte.

Im Bereich der Sexualität finde ich eine Differenzierung, was ist die Auflösung alten Karmas und was ist die Erschaffung neuen Karmas, mitunter schwierig.

Die Brutalität, die unsere Welt im Bereich der Sexualität zeichnet, spiegelt sehr deutlich die Ebene des Bewusstseins, in dem wir uns bewegen, oder sollte ich besser sagen des Un bewusst Seins.

Wir sind nicht wie Tiere, denn Tiere haben klare Regeln, die den Gesetzen der Natur entstammen. Menschen sind in der Lage, Gesetzlosigkeiten zu erschaffen, die jede Vorstellung von Wahnsinn übertreffen.

Gott Göttin fordert kein Zölibat, keine Askese. Gott Göttin hat uns Sexualität geschenkt, um unsere Göttlichkeit in dieser höchsten Vereinigung zu fühlen, unser EinsSein.

Nun die meisten Menschen, mich eingeschlossen, haben dieses Geschenk bisher ausgeschlagen und in die Ecke geworfen.

Schade, wie ich finde.

Es geht schon lange nicht mehr um Liebe, darum, göttlich zu handeln und zu sein. Es geht um Macht, Besitz, Gewalt, darum, andere in ein Gefängnis zu sperren und sich je nach Lust und Laune an ihnen zu vergehen. Für viele Frauen und Mädchen ist diese Zeit ein Martyrium und selten gab es eine derart vernichtende Missachtung des Weiblichen wie heute.

Die Weiblichkeit in ihrer ursprünglichen Energie muss viel Angst und Schrecken in bestimmten Kreisen und bei bestimmten Menschen hervorrufen. Mittlerweile schrecken Menschen nicht einmal mehr vor der Vernichtung der Mütter, die sie gebaren, zurück.

Auf der anderen Seite gibt es auch Mütter, die ihre Söhne und Töchter in den Tod schicken im Namen von „ich weiß nicht was“, Politikerinnen, die lebensfeindliche Gesetze unterstützen und verschiedene an-

dere Bereiche, in denen sich Frauen gegen die Schöpfung richten. Unsere „Schöpfungsferne“ ist also kein männliches Problem, sondern ein menschliches.
Nirgendwo sonst ist die Tragik des menschlichen Abstieges in die niedrigsten Energien des Seins so deutlich sichtbar wie im Bereich der Sexualität. Viele Menschen haben als einzige Identität nur noch ihr Äußeres, sie identifizieren sich mit Vorgaben der Modeindustrie, Prominenter oder anderen „Vor Bildern“.
Eher würden sie sterben, als „nicht zeitgemäß und jung“ zu wirken. Tatsächlich sterben viele Menschen am „Zeitgeist“.
Bestimmte Krankheiten, Beschwerden, psychische Probleme resultieren aus genau diesem Perfektionswahn, der ein Heer von Marionetten erschafft, das nach der Pfeife ganzer Industriezweige tanzt und sich Verstümmelungen unterzieht, die sowohl Körper, Geist, als auch die Seele erheblich beeinträchtigen.
Eine Schönheits-OP bedeutet, dass ich mit Gottes Schöpfung nicht einverstanden bin. Und so wird manipuliert was der OP-Tisch hergibt, bis von dem ursprünglichen Menschen kaum noch etwas sichtbar ist. Die Frage ist nur, ob sich mit diesen äußeren Veränderungen auch das Innere des Menschen verändert.
Nun, ich glaube, dass der Zugang zur Intuition, zum Herzen, zu sich, durchaus zugenäht werden kann.
Wir Menschen haben uns so weit von Gott und von unserer ursprünglichen Bestimmung entfernt, dass nur noch Gewalt, Manipulation und Unterdrückung ablenken können von dem eigentlichen Schmerz, der tief in unserem Inneren schreit. Und wir tun alles, um die mahnenden Stimmen nicht zu vernehmen.
Eines Tages jedoch wird jede(r) von uns mit seinem Erdenleben, so wie er / sie es gestaltete konfrontiert und dann werden sich neue Chancen auftun, jene Taten auszugleichen, mit denen wir gegen die Schöpfung und gegen uns handelten.
An diesen kosmischen Gesetzen kommt kein Mensch vorbei, auch wenn viele der irrigen Ansicht sind, ihr Tun und Handeln hätte keine weitreichenden Folgen, oder wie Johann Kössner so sinnreich erkennt: „Nach uns die Sintflut“.

Jedes Tun hat seine Folgen, dessen kann jedes menschliche Wesen gewiss sein. Und wer hier und heute die Hölle erschafft, wird morgen die Hölle erleben.
Wir alle leben im Sumpf des Vergessens, das sollte uns jedoch nicht daran hindern, uns auf den Weg zu machen und das Sumpfgebiet zu verlassen, Ausschau zu halten nach Orten, an denen wir unsere Erinnerung wiederfinden können und in das Gewahrsein unserer Herkunft gelangen.
Und wieder gilt es einen Bogen zu schlagen zum Ausgangspunkt meiner Ausführungen. Nun, die existentielle Substanz dieses Themas verführte mich, einige Abzweigungen einzuschlagen in Gefilde, die ich ursprünglich erst später berühren wollte.
An dieser Stelle möchte ich meine Ausschweifungen in das weite Feld der Sexualität beenden und die Verbindung zu jenem Satz herstellen, mit dem ich begann:
Vor einigen Wochen war ich Kamel wieder begegnet und wir hatten Sex. Kamel, jener „heißblütige" Mann, mit dem ich einige Jahre verheiratet war, lehrte mich in dieser letzten Stunde brünstiger Gier, dass ich Tantalusqual im Sex nicht mehr will. Doch bevor ich zu dieser Erkenntnis gelangte, hatten wir dieses letzte Mal Sex miteinander.
Offensichtlich beinhaltet mein irdischer Lehrplan einige Knacknüsse, die an Herausforderung kaum zu übertreffen sind.
Ich wurde schwanger.
Was für ein Zeichen.
Ich fuhr nach Königs-Wusterhausen zu Frau Kugel und klagte ihr mein schwangeres Leid. Sie sagte mir, dass es die Möglichkeit einer Seelenrückführung gäbe, was im Klartext bedeutet, dass die „kleine" Seele mit göttlicher Hilfe zur Quelle „zurück" geführt werden kann.
Wichtig sei allerdings, dass ich „Gottes Wille" akzeptiere. Wenn mein Vertrauen da sei, solle ich getrost um diese „geistige Heimführung" bitten, bevor ich Gedanken an eine manifeste Abtreibung erschaffe.
Sie berichtete auch, dass in alten Zeiten, als wir noch in tiefer Anbindung mit dem Ursprung Allen Seins waren, Frauen die Göttin anriefen, um „nicht willkommene" Seele zurück in die Einheit zu geleiten. Sie wussten um die Macht des göttlichen Willens und darum, dass Seelen

im Einklang mit dem göttlichen Willen zurückgeführt werden konnten. Heute haben wir diese Gnade vergessen. Wir Frauen begeben uns voreilig unters Messer, ohne auszuloten, welcher göttliche Beistand uns zur Verfügung stehen könnte.
Zu jenem Zeitpunkt war ich im dritten Monat schwanger. Oft sah ich die kleine Seele vor meinem geistigen Auge. Sie war schwach und zart und hatte weibliche Ausprägungen. Ich nannte sie „kleines Seelchen".
Natürlich spielte ich auch mit dem Gedanken, dieses Kind „in die Welt zu setzen" oder es zur Adoption frei zu geben. Nun, möglicherweise hätte ich diese Möglichkeiten einer physischen Abtreibung vorgezogen. Gott sei Dank blieb mir jede weitere Spinnerei in diese Richtung erspart.

29.06.2001
Guten Morgen, Gott. In den letzten Tagen war bei mir die „Hölle" los.
- Sei gegrüßt, mein Kind. Ich freue mich, dass du das auch so siehst. -
Wieso auch?
- Nun, Iona, es ist bereits 10 Tage her seit unserem letzten Gespräch auf dieser Ebene.
Oft hast du mir in den letzten Tagen die Tür vor der Nase zugeschlagen. Für die Dunkelmächte hast du sie weit geöffnet.
Die damit verbundenen Erfahrungen sind ausgesprochen wichtig, denn sie spiegeln dir noch einmal in aller Deutlichkeit, wie weit du dich von der, die du wirklich bist, entfernt hast.
Es war ein spiritueller Rückfall. -
Gott, ich fühle mich jämmerlich. Ich bitte dich aus ganzem Herzen um Deinen Schutz und Deine Führung. Dein Wille geschehe.
Ich ließ mich verführen?
- Ja. -
Gott, mir ist bewusst, dass sich diese kleine Seele anhaftete, als ich auf der dunklen Seite war. Gibt es auch dunkle Seelen?
- Nein, Iona. Es gibt nur Seelen, die sich bestimmte Menschen suchen für ihre Inkarnation.
Etliche Seelen erlebten während ihrer Inkarnation schmerzliche,

dunkle Erfahrungen, erfuhren das Gesetz des Karmas und andere Erscheinungsformen menschlichen Seins auf der Erde. Sie „landeten" in Zwischenwelten aus Gründen, auf die wir später noch eingehen werden.

Diese „verlorenen Seelen" sehnen sich danach, endlich heimzufinden.

Manche Seelen irren schon sehr lange umher und solch eine Anhaftung ist eine wunderbare Gelegenheit, den Weg zur Quelle zu finden. Diese kleine Seele hat ihre Chance erkannt und genutzt.

Dass deine Episode mit Kamel eine höhere Bedeutung hat, ist dir ja seit geraumer Zeit bewusst. Ihr habt uralte Verstrickungen miteinander und ihr seid euch bereits in verschiedenen Leben wieder begegnet, was jedoch wiederholt in Zerstörung endete.

Jetzt hast du die Chance, Kamel zu verzeihen und ihn um Verzeihung zu bitten. Dadurch kannst du dieses alte Karma auflösen, unabhängig davon, wie Kamel sich entscheidet.

Die kleine Seele konnte sich anhaften, weil du viel Alkohol getrunken hattest und nicht bei Sinnen warst. Normalerweise hättest du Sex mit Kamel vermieden oder verhütet. Beides war dir in diesem Zustand nicht mehr möglich. -

Aber wenn es für die kleine Seele gut ist, was ist dann schlimm an dieser Situation?

- Nichts ist schlimm an dieser Situation. Es war nicht vorgesehen.

Ich sehe deine Klarheit, wenn du nicht trinkst.

Ich sehe, wie dich die Dunkelheit einhüllt, wenn du trinkst. Du trinkst dich geradewegs aus deinem Lichtkreis und fällst in die Dunkelheit. Deine Eigenmächtigkeit verschwindet.

Du bist lahmgelegt, narkotisiert und der Akt der Fremdbestimmung und Manipulation nimmt sich Raum. Du kennst das Spiel.

Dein Herz weiß, dass du der dunklen Seite den Rücken kehren willst, aber deine Mitsprache ist ausgeschaltet. Nur, wie ich bereits sagte, du hast die Wahl.

Warte, Iona, lass mich zu Ende bringen, was ich dir zu sagen habe.

Diese kleine Seele ist tatsächlich schwach, denn sie kam in Dunkelheit und Gewalt zu dir wie ein Dieb in der Nacht. Deine innere Weisheit

hätte ihr keinen Einlass gewährt, denn es war so nicht vorgesehen in deinem Seelenplan.
Nun, dank des „freien Willens“ habt ihr die Freiheit, eure eigene Schöpfung zu kreieren.
Deshalb hast du Kamel erlaubt, dein Tor gewaltsam zu öffnen, und die Seele konnte in dich schlüpfen.
Wären deine Sinne klar gewesen, dein Geist und Verstand bei dir, so hättest du unverkennbare Signale gesendet, dass in diesem Leben kein Raum ist für eine neue Seele aus welchen Gründen auch immer.
Jede Seele versteht und respektiert solche eindeutigen Botschaften.
Das ist ein kosmisches Gesetz.
Nur wenn die Bereitschaft da ist, eine Seele zu behausen, kann die Seele Raum nehmen. -
Was ist mit dem göttlichen Plan und den Seelen?
- Hier handelt es sich nicht um die Inkarnation einer Seele, so wie es bei deinem Sohn war, sondern um eine außerordentliche Heimholung, obschon alles bereits im göttlichen Plan steht. Allerdings steht diese Tatsache hier nicht zur Debatte.
Du hast doppeldeutige Botschaften ausgesandt und so hat sich diese kleine Seele in großer Verwirrung zu dir verirrt.
Für sie ist das ein Segen, wie sich noch zeigen wird.
Für dich ist es eine heftige Lernaufgabe, die es zu lösen gilt. -
Was ist mit Kindern, die aus Vergewaltigungen entstehen?
- Das sind oft alte, karmische Ausgleichungen und die Chance für beteiligte Seelen, zu inkarnieren, um endlich frei zu werden. Dieses Thema werden wir zu einer anderen Zeit besprechen.
Liebe Iona, diese kleine Seele will nach Hause und sie weiß, dass du sie weder liebevoll empfangen, noch eingeladen hast. Sie ist traurig.
Du kannst ihr helfen ins Licht heimzukehren. -
Wie?
- Nimm sie liebevoll an, erzähl ihr von dir und warum sie bei dir gelandet ist. Geleite sie zurück ins Licht, wenn es an der Zeit ist, sonst wird sie noch lange als verirrte Seele umherkreisen. Du brauchst keine Abtreibung. Ich werde dir Schutz und Führung gewähren, denn ich spüre, dass du offenen und ehrlichen Herzens bittest. -

Gott Göttin, Dein Wille geschehe. Ich werde mich in tiefer Demut Deinem Willen hingeben.
- Das ist gut Iona, das ist gut. -

Was ich in den folgenden Tagen erlebte, sprengte all meine Vorstellungen von dem, was möglich ist.
Ich begab mich in göttliche Obhut, bat um Schutz, Führung und Informationen, wie ich diese geistige Rückführung der kleinen Seele gestalten könne.
Ich spürte die Verlorenheit des „Seelchens“ bis in mein Herz und musste so manches Mal weinen, so berührte sie mich.
Ich bat meine Freundin Jani um Beistand und Unterstützung. Gemeinsam bereiteten wir das Ritual der Seelenheimführung vor. Tagelang.
Natürlich fühlte ich mich ungläubig, unsicher, voller Zweifel, ob so etwas überhaupt möglich sei.
Dann nahte der Tag, den wir für diesen göttlichen Akt, natürlich aufgrund der göttlichen Empfehlung, vorgesehen hatten. Der Ort des Rituals war der Regenbogensee, jener Kraft- und Feen-Platz, den ich seit vielen Jahren bis heute besuche und zu dem ich eine ganz besondere, innige Beziehung habe.
Wir hatten uns ausgiebig und gründlich vorbereitet und befolgten alle göttlichen Instruktionen.
Am Morgen jenes Tages zogen wir beladen mit Wasser, Blumen, Speisen, Steinen und vielen anderen Utensilien zum See. Wir waren ein seltsames Gespann. Zwei Frauen, gekleidet wie Zigeunerinnen, beladen mit seltsamsten Dingen, zogen mit ernster Miene in Richtung Regenbogensee.
Ich fühlte mich still und aufgeregt zugleich und auch Jani stand die Besonderheit dieser Situation ins Gesicht geschrieben.
Der Weg vom Bahnhof zum See dauert ungefähr eine dreiviertel Stunde. Als wir die Hälfte der Strecke hinter uns hatten, geschahen mit mir urplötzlich seltsame Veränderungen. Ich spürte, wie sich mein Körper umformte.
Plötzlich existierte die lineare Zeit, so wie wir sie kennen, nicht mehr. Es war, als würde ich in eine Zeitbeschleunigung katapultiert, um alle

Tage dieser Schwangerschaft innerhalb dieses Zeitraumes zu erleben. Mit jedem Schritt, den ich lief, wurde ich „schwangerer". Sechs Monate zogen im Schnelldurchlauf durch mich hindurch.
Ich wurde rund, kugelrund und konnte mich kaum noch bewegen. Innerhalb einer Stunde verwandelte ich mich in eine Frau, die ein Kind in sich trägt und kurz vor der Geburt steht. Ich war im neunten Monat und fühlte mich entsprechend.
Nun, ich hatte ja bereits ein Kind geboren und wusste daher bestens, wie es ist, schwanger zu sein.
Als wir am See ankamen, ging nichts mehr. Es war mir unmöglich, mich zu bücken, um aus Hölzern und Steinen einen rituellen Kreis zu erschaffen, aus dem sich dann der Lichtkanal erheben würde, in dem die kleine Seele nach Hause gehen konnte.
Jani war ebenso erstaunt wie ich. Dank ihrer Hilfe trafen wir alle Vorbereitungen und fühlten den Zeitpunkt des Aufstieges nahen.
Eine unbeschreibliche Traurigkeit überkam mich. Ich nahm Abschied vom Seelchen und spürte, wie sehr es mir in dieser kurzen Zeit ans Herz gewachsen war.
Am Wegesrand hatten wir noch Johanniskraut gesammelt. Und nachdem wir unsere Vorbereitungen beendet hatten, setzte sich Jani an den See, die Blumen im Schoß, und wartete. In einem Akt der Liebe hatten wir für die kleine Seele bereitgestellt, was sie als „Wegzehrung" benötigte. Der Platz war geschmückt mit allerlei Gaben, den Elementen, Kristallen, Blumen…
Eine eigentümliche Schwingung umgab uns und der Ort fühlte sich an wie nicht von dieser Welt.
Es war alles getan, was in unserer Macht stand. Wir fühlten beide sehr deutlich, dass der Zeitpunkt des Abschieds gekommen war.
Keine Sekunde länger sollten wir mehr warten. Diese Information traf uns beide gleichzeitig, obschon wir uns in einiger Entfernung voneinander befanden.
Jana und ich nickten uns zu und dann begannen wir zu beten, ich in meinem Kreis, Jana unweit von mir am Ufer des Sees.
Ich weiß bis heute weder, was ich tat, noch welche Worte aus mir strömten. Meine Hände folgten Bewegungen gen Himmel. Tränen

flossen über mein Gesicht und ich sah die kleine Seele vor mir.
Ich fühlte eine starke Präsenz göttlicher Energie, Aufgehobenheit, Schutz und Führung. Ich fühlte, dass ich ein Teil dessen war, was hier passierte, und dass ein Wille geschah - größer, als ich es mir in meinem menschlichen Kleid vorstellen konnte. Ich spürte die Allmacht Gottes.
Es schien mir eine Ewigkeit, die ich in meinem Kreis verweilte. Ich sah die kleine Seele aufsteigen, nach Hause gehen, ankommen. Es ging ihr gut. Sie schien, glücklich zu sein.

Plötzlich wurde es still um mich und ich begriff, es war vollbracht.
Ich erwachte und kehrte in die Realität zurück. Ich fühlte mich nicht mehr schwanger, ich war nicht mehr schwanger und ich war traurig. Die kleine Seele hatte mich verlassen. Der Abschied war vollzogen. Sie hatte sich von mir abgeschieden.
Jani und ich waren lange Zeit sprachlos. Auch später redeten wir nur wenig. Jani berichtete, dass die kleine Seele kurz vor ihrem Aufstieg bei ihr war, sich kurz in ihren Schoß legte und sie dann wieder verließ. Für einen kurzen Augenblick hatten sich die Schleier zwischen den Welten gehoben.
Ich fühlte mich unendlich dankbar für dieses göttliche Gnadengeschenk. Und dieser Akt der Barmherzigkeit berührte mein Herz in einer Art und Weise, wie ich es noch nie erlebt hatte.
Einige Tage später bekam ich meine Menstruation und mit meinem Blut wurde die körperliche Reinigung eingeleitet. Als ich Frau Kugel von unserer Reise berichtete, war auch sie sichtlich berührt von der Gnade, die wir erfahren hatten.
Sie erzählte, dass es zunehmend Frauen gibt, die sich dieses alten Rituals erinnern und Gott Göttin um Unterstützung bitten, bevor sie sich in die Hände der Schulmedizin begeben. So Gottes Wille geschieht und die Seele auf diesem Weg nicht „geht“, entscheiden einige Frauen, der Seele doch eine Behausung zu geben und sie in Liebe willkommen zu heißen.
Seit diesem Ereignis habe ich keine Fragen mehr, was die Liebe und Allmacht Gottes angeht, und mir wird einmal mehr deutlich, dass letzt-

endlich der göttliche Wille über allem steht.
Als Menschen haben wir die Möglichkeit, unseren „Freien Willen" auf der Erde zu leben - mit allem Für und Wider.
An jenem Tag jedoch begriff ich, dass alles, und damit meine ich wirklich alles, eingebunden ist in den höchsten göttlichen Plan, auch wenn wir in unserer Begrenztheit die Dimension des Absoluten nicht erfassen können.
Gottes Wille ist unendlich und universell und auch wenn ich mich noch sträube, eines Tages werde ich mich tief vor Gott verneigen und seinem Willen dienen. Mein Gottvertrauen hat seit jenem Tag eine Basis, die unzerstörbar in mir ruht.
Auch Jani hatte inzwischen eine Seelenrückführung und so blieb ihr die Bitterkeit und Kälte einer oftmals traumatisierenden, schulmedizinischen Abtreibung erspart. Ihr Seelchen wurde ebenfalls in göttliche Gefilde geleitet und Janis Freude und Dankbarkeit war unaussprechlich.
Allerdings durfte ich schon kurze Zeit später erfahren, dass eine „Seelenheimführung", die nicht dem Göttlichen Willen entspricht, nicht sein wird.
Eine Frau aus meiner Umgebung, der ich von meinem Erlebnis berichtet hatte, bat mich eines Tages um Unterstützung. Sie war „ungewollt" schwanger. Nun, obschon wir uns aus ganzem Herzen Ritual und Gebet widmeten, sollte sie diese Gnade nicht erfahren.
Es war nicht Gottes Wille und so begab sie sich in ein Krankenhaus zur Abtreibung. Ich glaube, sie hielt mich für eine Scharlatanin, obwohl ich ihr klar und eindringlich mittelte, dass weder mein Wille noch ihr Wille geschehen werde, sondern ausschließlich der Wille Gottes.
Ich glaube, jenes Seelchen, das sie damals „abtrieb", ein schreckliches Wort für einen schrecklichen Vorgang, kehrte auf seltsamen Wegen zu ihr zurück. Diesmal hatte es die Chance zu inkarnieren.
Oft verbergen sich hinter einer „Verweigerung Gottes" wichtige Lektionen, auch wenn es erstmal so scheinen mag, als richte sich Gott gegen uns. Das ist der Widerschein der irdischen Sicht.
Den göttlichen Willen zu respektieren, statt mit Gott zu hadern, bedeutet für mich Demut.

Gott weiß, während ich nicht weiß. Das ist ein gravierender Unterschied.

30.06.2001

Ich grüße dich, Gott. Ich danke dir aus ganzem Herzen, dass es Dein Wille war, die kleine Seele zurück ins Licht zu geleiten. Ich danke dir für alles, was ich in diesem Leben erfahren darf, um zu lernen und mich zu entwickeln.

Gott, ich danke dir für Deine göttliche, liebevolle Unterstützung, für Deinen Schutz und Deine Führung.

Gott, Allmächtige, sei bedankt.

- Hallo, liebe Iona, nun, übertreib mal nicht. Es ist ja ganz schön, dass du mich lobpreist, aber bleib einfach bei dir und deiner Wahrnehmung von Mir. Du musst dich nicht verbiegen.

Ich liebe dich so, wie du bist.

Mir gefällt deine schlichte und ehrliche Art, wie du mit mir kommunizierst, deine Unbefangenheit und Natürlichkeit.

Du bist nicht geprägt, zumindest nicht in diesem Leben, von kirchlichen „Dogmen, Geboten, Verboten…“ und anderen religiösen Zwängen. -

Mir fällt auf, dass in den Ge- und Verboten das Wort Bote und Botschaft steckt.

- Ja, das entspricht dem göttlichen Ursprung, als die Menschen noch fähig waren, Meine Botschaften wahrzunehmen und Meine Boten zu erkennen.

Im Zuge der Devolution wurden aus den Boten und Botschaften die Ge- und Verbote. Nur so war es möglich, die Menschen aus ihrer direkten Verbindung und Bindung zu und mit Mir zu reißen, um sie zu manipulieren und zu knechten.

Mittlerweile sind diese menschgemachten Zwänge, Einschränkungen und Lähmungen so manifest, dass viele Menschen sie weder hinterfragen, noch nach der höheren Bedeutung suchen. Ge- und Verbote sind ein wichtiger Bestandteil des „gott-losen“ Lebens geworden.

Nun, du hast dich auf den Weg gemacht, die Wahrheit zu suchen, und das ist gut so.

Übrigens lässt das Seelchen, wie ihr es nennt, grüßen. Es geht ihm gut und dank eurer Hilfe ist sie wohlbehalten zu Hause angekommen. Es war mir eine große Freude, bei euch zu sein, als ihr das Ritual der Seelenheimführung praktiziert habt. Mit Wohlgefallen habe ich euren Glauben und eure leisen Zweifel beobachtet.
Es erfordert viel Mut, in einer derart fremdgläubigen Zeit in so tiefes Vertrauen einzutauchen und meinen Willen bedingungslos zu respektieren
Jetzt verstehst du sicher, dass es Dinge gibt, die es nicht gibt, und dass es Dinge nicht gibt, die es gibt. -
Ja! Danke.

03.07.2001
Guten Morgen, Gott, Freund und Vertrauter. Es ist wirklich ein großes Geschenk zu glauben. Vieles in meinem Leben ändert sich.
Was mich in meinem Glauben zu dir sehr bestärkt, ist das Erlebnis der „Rückführung des Seelchens“, obwohl ich gestehen muss, dass ich ebenfalls noch zweifle. Auch mit meinem Pendel frage ich fast stündlich nach, ob sein kann, was ich erlebte. Es ist ein spannendes Kontrastprogramm.
Auf der einen Seite glaube ich und auf der anderen Seite kann ich kaum glauben, was ich erlebte.
- Ich grüße dich, Iona, mein Kind. Ich sehe das Leuchten in dir, weiß um deine Traumbegegnungen und erlebe deine Veränderungen.
Nun, es wäre „unglaubwürdig“, wenn du nicht auch Zweifel hättest. Es war ein gigantischer Liebesakt in dem das “Seelchen“ heimkehrte und dieser ist mit der derzeitigen menschlichen Begrenzung kaum zu erfassen, geschweige denn zu glauben.
Sei geduldig mit dir und deinem Glauben. Du glaubst mehr, als du ahnst, sonst wäre dieser wundervolle Akt nicht möglich gewesen.
Mit jedem Tag, den du auf dieser Erde verbringst, wirst du deinem Glauben, deinem Wissen, deinem göttlichen Ursprung näherkommen.
Gemach, gemach, Iona, zügle deinen Spirit.
Nun, deine Süchte kannst du ja auch nicht sofort aufgeben, also sei gnädig mit deiner Entwicklung, ich bin es auch.

Die Idee von Jani, Christus um Schutz und Führung in der Dunkelheit zu bitten, finde ich wunderbar. Es ist wichtig, dass ihr, unabhängig vom aktuellen sichtbaren Stand eurer Seelenentwicklung, immer wieder um den Beistand des Lichts bittet. Es ist euer gutes Recht und viele Lichtwesen stehen euch voller Liebe und Freude zur Verfügung. Ganz konkret helfen dir diese Bitten in der Vorbereitung deines Abschiedes vom Rauchen, Trinken und diversen anderen suchtgeprägten Anhaftungen und dienen der Schaffung eines Fundamentes, auf das du bauen kannst.
Außerdem wird um dich herum ein unsichtbares Auffangnetz gespannt, dessen Bedeutung dir noch verborgen ist. -
Gut zu wissen, danke.
- Iona, mein Kind, dein Weg wird immer leichter und liebevoller, sehr zu meiner Freude. -

In den folgenden Tagen fuhr ich mit mehreren Frauen an die Ostsee. Vor Jahren hatten wir einen wilden Zeltplatz am Meer entdeckt und immer, wenn wir Zeit hatten, packten wir das Auto und rauschten los. Damals hatte ich Urlaub und wir blieben 11 Tage.
Schlafsack, Zelt für Regen und eine minimale Ausrüstung an Klamotten reichte uns.
Das Einzige, was ich tonnenweise dabei hatte, waren Zigaretten. Unweit von unserer „Schlummerkuhle" befand sich ein offizieller Zeltplatz, der uns als Einkaufsort und sanitäres Zentrum diente. Dort beobachtet ich das Tun und Treiben der Camper und Dauercamper. Es war eine faszinierende und zugleich abstoßende Welt, die an Bürgerlichkeit kaum zu übertreffen war, bis hin zu kleinen gepflegten Vorgärten mit Gartenzwergen.
Der Platz an dem wir schliefen, war ein magischer Ort, nur das Meer und wir. Hinter uns ein wundersamer Eichenwald und Moor. Zu jener Zeit gab es noch nicht viele Menschen, die hier „wohnten" und jeder achtete darauf, möglichst unauffällig zu sein.
Natürlich gab es Kontrollen, aber wenn kein Zelt stand, war die Toleranz groß.
Diese Zeit war von einem Zauber beseelt, der mich ahnen ließ, wie es

sich anfühlt, mitten in der Natur zu leben. Es war eine Zeit des Seins. Abends saßen wir am Lagerfeuer, nachts deckten uns die Sterne zu und am Morgen weckte uns das Rauschen des Meeres.
An manchen Morgen wachte ich unmittelbar am Meer auf. Wie von magischer Hand gezogen, war ich in der Nacht in Richtung Wasser gehuschelt. Die Frauen lachten sich oft kringelig, wenn ich am Morgen, fernab der Gruppe, einsam am Strand vor mich hin lag.
Wir waren nahe der Zivilisation und zugleich fernab von jeglicher Zivilisation. Es war eine sehr glückliche Zeit, die ich aus ganzem Herzen genoss. Unsere Gemeinschaft war friedlich und harmonisch, jede konnte so sein, wie sie war.
Am Tag stromerte ich oft durch die Wälder, die Urwäldern glichen. Ich konnte nie am Strand braten, dazu bin ich viel zu ungeduldig. Nach ein paar Tagen hatte ich die gesamte Umgebung ausgekundschaftet, bis hin zu der Stelle, an der immer wieder schöne oder auch weniger schöne Männer auf mysteriösen Wegen im Wald verschwanden.
Eine ortskundige Frau berichtete mir, dass das ein ostseebekannter Schwulentreff für One-Day-Stands sei. Nun, das erklärte auch, warum an „unserem Strand" so außergewöhnlich viele gutaussehende Männer promenierten.
Es war ein Elend, diese göttlich gebauten Gestalten zu sehen, ihre Silhouette, die vom Meer in hauchdünnes Licht gehüllt, majestätisch männlich vor sich hin schritt, und gleichzeitig zu wissen, dass sie für die Frauenwelt unerreichbar waren.

Guten Morgen, Gott. Dieser Planet ist wahrhaftig ein Geschenk.
Und das Meer, das Meer Gott, ich kann es dir kaum beschreiben, es ist beseelt.
Sag mal Gott, magst du mit mir reden?
- Ach Iona, lass es, du magst doch jetzt gar nicht schreiben oder reden.
Wir hören uns später. -
Gott, ich erlebe die Menschen hier auf dem „offiziellen Zeltplatz" und finde sie einfach nur spießig, blöd und dumpfbackig. Ich bin im Augenblick so was von arrogant und halte mich für etwas Besseres.

Gott, das alles, was ich hier auf diesem Zeltplatz sehe und erlebe, ist auch ein Teil von mir?
- Du sagst es, Iona. In jedem Augenblick, in dem ihr andere Menschen, Wesen, Dinge beurteilt, abwertet, bewertet, zieht ihr negative Energien an, die sogenannten dunklen Wolken.
Du hast die Gelegenheit, wie übrigens jeder von euch, in dieser Zeit der Transformation diese negativen Energien loszulassen, umzuwandeln.
Übe dich darin, liebevoll, freudig und voller Neugier wahrzunehmen. Sei belustigt, denn Humor hat eine wunderbare Wandlungskraft. Wertschätze alles und jeden. Dann können dich lichte Wolken umge ben und du strahlst in göttlichem Licht. -
Genau das finde ich ja so schwer. Die negativen Gedanken bemächtigen sich meiner, ohne dass ich sie haben will. Sie beißen sich förmlich an mir fest, fallen mir vor die Füße, kleben mir am Hacken.
- Etwas in dir will sie noch haben, sonst hätten sie keine Chance anzudocken. Das ist OK so, denn sie sind wichtige Lernhelfer. Biete diesen Gedanken Einhalt. Schicke sie in „Mein Gnadenlicht“, wo sie umgewandelt werden können. Sprich das Verzeihensgebet, denn es hat seinen Grund, dass sie bei dir auftauchen. Mit der Zeit wirst du spüren, dass die negativen Gedanken weniger werden.
All diese Gedanken sind eine Anhäufung von Energien, die du und die Menschheit erschaffen haben und erschaffen.
Wie du weißt, ist es möglich, Energie umzuwandeln und in andere Formen zu führen.
Nichts ist wirklich von Bestand. Auch wenn die Welt der Illusionen euch das immer wieder vorgaukelt. -
Gott, kannst du mir mal sagen, warum ich mir immer wieder Sorgen um Geld mache, obschon ich genug davon besitze?
- Das kann ich, Iona. Da geht es dir nämlich ganz ähnlich wie den meisten Menschen. Du hältst am Geld fest in der irrigen Annahme, es könnte dir Sicherheit vermitteln, und wenn du nur genug davon hast, kann dir nichts passieren.
Nun, dieser Irrglaube wird in den kommenden Jahren gründlich in Frage gestellt werden. Es ist gut, wenn du dich darauf vorbereitest,

indem du dich von diesem Sicherheitsaspekt, den Geld vermitteln soll, löst und es als das betrachtest, was es ist, Energie. Liebe Iona, vertraue einfach darauf, dass alles in deinem Leben deinem Wohl dient und dass immer für dich gesorgt ist. -
Danke Gott.

07.07.2001

Als ich eines Morgens in einen Eichenwald wanderte, packte mich das kalte Grauen. Die Bäume sprachen mit mir und es war viel Schmerz, den ich spürte. Später kamen „zufällig" an jener Stelle vorbei. Die Kinder fühlten ebenfalls, dass sich an diesem Platz Zerstörung ereignet hatte.
Die Wesen des „Blauen Volkes" waren geflüchtet und der Raum fühlte sich seltsam leblos und verlassen an. Es war ein Schmerz präsent, den ich fast mit den Händen greifen konnte. Meine Tränen flossen und manchmal musste ich aus tiefster Seele stöhnen angesichts dessen, was sich mir hier offenbarte.
Unbewusst bat ich Devas, Christus, Lichtwesen, Baumwesen herbei, mit der Bitte um Heilung, um Heimführung verwirrter oder getöteter Wesenheiten, um die Führung jener, die ihr Zuhause verloren hatten, an einen sicheren Ort.
Seit dieser Zeit rufe ich, wo immer ich Ungleichgewicht und Zerstörung fühle, Lichtwesen herbei mit der Bitte um Unterstützung und Heilung, so z.B. wenn ich erlebe, dass Bäume gefällt werden.

Gott, ich bin bei den Eichen. Es ist ein Schlachtfeld, ein Schlachtfeld, das wir Menschen angerichtet haben, ein Eichenmassaker ohnegleichen. Ich spüre den Schmerz und die Verletzungen meiner Baumbrüder und -schwestern. Es tut einfach nur weh. Ich höre die stummen Schreie der Bäume und aller Wesen, die hier vormals lebten und ihrer Behausung beraubt wurden. Und all das für Profit, Geld, Mammon.
Es ist ein unglaublich hoher Preis, den wir für unseren Einstieg in die niederen Welten der Materie zahlen.
- Nun, Iona, was derzeit auf eurem Planeten geschieht, kann schon sehr betroffen machen. -

Gott, alles, was wir der Erde, anderen Menschen, anderen Wesenheiten antun, kehrt zu uns zurück?
- Ja! -
Wie kann ich dienen?
- So wie du soeben gedient hast. Zeige dein tiefes Mitgefühl und deine Liebe für alles, was dir begegnet. Zeig deine Trauer, lass dich berühren und bitte die Lichtwesen herbei. Sie können solche Orte heilen und verwaiste Wesen an sichere Plätze führen. Sprich Lichtgebete, bitte um Verzeihung.
Alle Wesenheiten spüren dein Mitgefühl und den Wunsch der Heilung. -
Danke, Gott

Als die Rückkehr nach Berlin und in die „Zuviel lisation" nahte, ereilte mich eine schwere Krise. Es war heftig und ich brauchte etliche Wochen, um einigermaßen klarzukommen. Ich erlebte den Irrsinn der Großstadt und fand Berlin einfach unerträglich.
Es sollte der letzte Sommer sein, den wir am Strand verbrachten.
Unsere Wege trennten sich und wir sollten nie wieder gemeinsam an diesen bezaubernden Ort fahren.
Einige Frauen bekamen Kinder, andere hatten Beziehungen, in denen „unter freiem Himmel zu schlafen", undenkbar wurde, wieder andere vergruben sich in der Arbeit.
Jahre später erfuhr ich, dass „unser Platz" zu einer Art Wallfahrtort geworden war und
manche Leute dort Bierzelte aufstellten, in denen „Big Partys" gefeiert wurden.
Ich bin sehr dankbar für diese Zeiten der Stille und des Einklangs, die ich erleben durfte.

In der folgenden Zeit gab es immer wieder Gespräche mit anderen Menschen, in denen ich um Rat gefragt wurde. Offenbar gibt es so etwas wie eine Lichtstrahlung, die selten sichtbar, dennoch anziehend wirkt. Wobei ich an dieser Stelle auf die Bedeutung des Wortes „Rat Schlag" hinweisen möchte.

Nun, Gott sei Dank, werden meine Ratschläge immer seltener und das fühlt sich gut an.

12.07.2001

Guten Morgen, Gott.

- Guten Morgen, Iona. -

Gott, was geschieht mit mir. Ich fühle Licht in mir und um mich und erhalte so viele Gaben, Geschenke.

- Liebe Iona, wenn du deinem Herzen folgst, wirst du das immer und immer und immer wieder erleben. Du bist gesegnet, mein Kind, und du hast meine Gnade, wie übrigens auch alle anderen Menschen und Wesenheiten.

Da du offenen Herzens dienen willst, wird dir auch gewährt, was du dir offenen Herzens wünschst. -

Und das Alles ohne Anstrengung und ohne Kampf?

- Iona, du kennst meine Meinung zum Kampf. Er behindert den „Freien Energiefluss". -

Gott, war das OK mit Gabriela und Simone. Sie lauschten mir, als wäre ich eine Heilsbringerin?

Manchmal ist mir meine eigentümliche Weisheit unheimlich.

- Iona, höre ich da leise Zweifel? -

Ja.

- Liebe Iona, du brauchst meine Zustimmung nicht. Ich verstehe, dass dir vieles neu erscheint und deshalb noch nicht selbstverständlich ist. Du hast dich reinen Herzens für den Weg der Liebe entschieden.

Ja, es ist OK, so wie alles OK ist, was in Liebe geschieht, und so wie auch alles OK ist, was nicht in Liebe geschieht.

Wichtig ist, dass du im Einklang mit dir handelst und immer wieder prüfst, ob sich störende Energien einmischen.

Für alles, was du mit und für andere Menschen tun willst, ist sowohl dein, als auch das Einverständnis aller Beteiligten von Nöten.

Bewegst du dich im Licht und dienst reinen Herzens, so werden weder dein Schattenego noch andere eigennützige Aspekte greifen, denn du befindest dich außerhalb ihrer Reichweite. Sie haben sozusagen keinen Zugriff auf dich.

In den letzten Tagen hast du viel gelernt und begriffen. Jetzt ist es an der Zeit, sich dem nächsten Schritt zuzuwenden, der deiner Höherentwicklung dient. -
Ja, ich weiß, Zigaretten und Alkohol. Nun, es ist hohe Zeit und ich bitte Dich um Deine vollgütige Unterstützung. Mir ist bewusst, dass ich mit meinen Drogen lichte Energien vertreibe, und ich will diesen Rufen der dunklen Seite nicht mehr folgen.
Unterstützt du mich, Gott?
- Natürlich. Der Punkt ist, dass in diesem Bereich dein „Freier Wille“ noch Oberhand hat. Solange du dich unbewusst gegen Meinen Willen auflehnst, und das tust du mit jedem Augenblick, in dem du Drogen konsumierst, kann „Mein Wille“ nicht in deine Realität durchdringen. Nur wenn du freiwillig deinen Konsum beendest, wird es eine Erlösung geben, die dich ein für alle Mal befreit. Alles andere sind halbherzige Versuche, die letztendlich immer wieder in die Verkettung der Sucht führen.
Auch wenn du im Außen immer wieder signalisierst, du seist bereit, deine Süchte aufzugeben, so ist doch vor allem die innere Bereitschaft entscheidend.
Bist du dir dessen wirklich bewusst? -
Nein!

13.07.2001

Hallo, Gott, geht es dir gut?
- Hallo, Iona, na klar. Und wie ich sehe, sind auch deine Stimmungsscheiben glasklar. -
Stimmt. Sag mal, mein Freund und Beschützer, ist es vermessen zu fragen, ob du mich momentan mit der Nase auf mein Schattenego stupst?
- Iona, du Witzboldin, das ist einer jener Augenblicke, die von deiner Scharfsinnigkeit geprägt sind.
Ja, genau das tue ich.
Nun, da ich erlebe, dass du dich entschieden hast, den wunderbarsten aller Wege zu beschreiten, den Weg der Heilung, und du endlich auch kapierst, welche Rolle ich in diesem Spiel spiele, ist es nur na-

türlich, dass dein Schattenego versucht, sich dir in den Weg zu stellen.
Es kommt dir in die Quere, baut Barrieren und erschafft Hürden, die es zu überwinden gilt. Das bedeutet, es hat nicht wirklich Lust, aus deinem Leben zu verschwinden.
Das wiederum bedeutet Konfrontation und die phantastische Chance, es liebevoll zu verabschieden.
Das ist dein Part.
Ich weise dich lediglich mit Zeichen und anderen „göttlichen Direktiven“ darauf hin, dass Veränderungsbedarf besteht und es gut wäre hinzuschauen. Im „Zeichen erkennen“ oder wie es auch benannt wird, den „Zu fall“ wahrnehmen, wirst du übrigens immer besser.
Nun und im Augenblick richtet sich mein göttlicher Zeigefinger auf dein Schattenego. Zwar duckt es sich und versucht, sich hinter deinem starken Rücken zu verstecken, aber du weißt ja um meinen alles durchblickenden Blick. -
Oh ja! Ich habe es ja auch anständig gefüttert. Ich bin ja sozusagen seine Ernährerin. Es hatte bei mir gute, fette Jahre, in denen ich es ordentlich herausgepäppelt habe.
- Wohl wahr, aber in der letzten Zeit ist es richtig mager geworden und bibbert ganz schön um seine Existenzberechtigung.
Weißt du, Iona, die meisten Menschen sträuben sich, den persönlichen und direkten Kontakt mit ihren Schattenwesen aufzunehmen, sie lehnen sie ab, was lediglich eine enorme Stärkung dieser Wesen mit sich bringt.
Sie wagen nicht, ihrem „Widersacher“ oder besser „Behinderer“ ins Angesicht zu sehen, und daher wissen sie oft nicht, mit welchen Kräften sie es zu tun haben. Das ist sehr schade, denn es ist immer gut, zu erkennen, mit wem man es zu tun hat.
„Inaugenscheinnahme“ heißt das Zauberwort.
Seinem Schatten ins Antlitz zu blicken, bedeutet Licht auf ihn zu werfen. Nun, was geschieht, wenn du deinen Schatten belichtest, kannst du dir ja in deinen Lieblingsfarben ausmalen.
Nur so wird es möglich, die eigene Bestimmung zu entdecken und zum Ursprung des Seins zurück zu finden. -

Zu dienen?
- Dienen ist ein wichtiger Aspekt und letztendlich die Göttlichste aller Formen, um seine Seele zu entwickeln. Bedeutet es doch, sich meinem Willen hinzugeben, so dass ich frei durch Mensch wirken kann. Allerdings ist der Weg recht beschwerlich und mühselig, der zum Dienen, zu Demut, Mitgefühl, bedingungsloser Liebe… führt. -
Konkret bedeutet das für mich, Deinen Willen geschehen zu lassen, auf Dich zu vertrauen, mich Deinem Schutz und Deiner Führung zu überlassen und immer wieder zu üben, meinen kleinen, menschlichen Willen loszulassen.
- So ist es. -
Gott, stehe ich in deiner Schuld?
- Nein, Iona, du stehst in Niemandes Schuld. Du bist weder mir noch anderen etwas schuldig.
Du anerkennst endlich die Lebensflamme, die dir und anderen Wesen gegeben ist, die Macht der Liebe und des Lichtes.
Schuld, Angst und schlechtes Gewissen sind Werkzeuge der dunklen Mächte. Mittels dieser Suggestionen lässt sich ein Großteil der Erdbevölkerung manipulieren und beherrschen.
Durchschaust du dieses Spiel und kannst es beenden, dann öffnen sich die Türen zu deiner ursprünglichen Kraft, jener Kraft, welche geboren im Licht „Freiheit" verheißt, Freiheit von Angst, Kampf, Zweifeln…
Du durchschaust die Illusion und wirst frei, frei von jeder Form der Anhaftung an die Materie. Das ist der Augenblick, in dem das Licht in dir Raum nimmt, bis du strahlend und erwacht den Erdenkreislauf verlassen kannst und nur noch zurückkehrst, um zu dienen. -
Das sind phantastische Aussichten, Gott. Ich danke dir aus ganzem Herzen. Danke.
- Gern geschehen, Iona.
Und nun zum Thema Heilung. Immer wieder fragst du, ob es OK ist. Was OK? -
Nun, Dich um Heilung zu bitten?
- Ich verstehe. Heilung in direkter Verbindung mit Mir ist immer OK. Es geht um etwas anderes.

Wichtig ist, dass du deiner Intuition folgst und vor allem in der „Anfangszeit“ immer wieder nachfragst, wer sich da gerade zu Wort meldet, in wessen Namen du handelst.
Wenn du das mit OK meinst, dann ist es OK.
Schwinge dich vor jeder Heilung auf die Frequenz des Lichtes ein. Wähle den göttlichen Kanal und prüfe deine göttliche Anbindung. -
Genau!
Frau Kugel weist uns immer wieder darauf hin, dass wir nicht zwangsläufig mit Dir verbunden sind, sondern dass es durchaus zu Täuschungen kommen kann.
- Das ist der Grund, weshalb eine genaue Prüfung deiner Anbindung, sprich mit welchen Kanälen du wirklich verbunden bist, so unabdingbar ist.
In den Zwischenwelten existiert ein Sammelsurium verschiedenster Energien, die nicht unbedingt göttliche Ziele verfolgen.
Aufgrund dieser „Artenvielfalt“, die nicht zwangsläufig im Sinne der Schöpfung wirkt, kann es leicht geschehen, dass deine Leitung manipuliert wird bzw. andere Wesen versuchen, sich einzuklinken. Auch euer Schattenego mischt hier gern mit. -
Warum?
- Um ihre Spielchen zu spielen.
Daher kann es leicht passieren, dass du auf einem „gottfernen“ Kanal landest, dich aber auf dem „Göttlichen“ Kanal wähnst.
Die Unterscheidung ist ziemlich schnell gelöst mit der Frage: „Bist du ein Wesen des Lichtes?“
Wobei das Wort „Licht“ im Universum eine absolut göttliche Bedeutung hat, anders als auf der Erde.
Demzufolge muss, den universellen Gesetzen entsprechend, eine klare Antwort auftauchen. Als Wesen des Lichtes dürfen sich „nur“ göttlich angebundene Wesen bezeichnen.
Jeder, der nicht im Sinne der Schöpfung wirkt, sondern eigene Ziele verfolgt, muss diese Frage mit „Nein“ beantworten.
Leider beachten viele Heiler / innen diesen wichtigen Grundsatz nicht und glauben im Lichte Gottes zu wirken. In Wahrheit dienen sie jedoch anderen Energien bzw. ihrem Schattenego.

Diese folgenreiche Unachtsamkeit verhindert den Durchlass göttlicher Heilenergien.
Das Resultat solcher Querbindung sind Irrtümer, Fehldiagnosen, Fehlbehandlungen, Stagnation.
Daher möchte ich noch einmal sehr eindringlich darauf hinweisen, dass es ausgesprochen wichtig ist, zu prüfen, wen ihr anruft.
Die Frage „Luzifer, gibst du dich als Gott Göttin aus?“ ist sehr klar und muss eindeutig mit „Ja“ oder „Nein“ beantwortet werden.
Wir werden dieses wichtige Thema in späteren Gesprächen noch näher betrachten und entsprechende Gebete einfließen lassen. -
Ich bin noch immer mit Luzifer verbunden?
- Luzifer ist ziemlich sauer, dass du dich aus dem Kreis seiner Jünger verabschiedet hast, dass du nicht mehr bereit bist, den Heerscharen der Dunkelheit zu folgen, sondern von deinem „Freien Willen“ Gebrauch machst.
Allerdings ist mir wichtig, zu betonen, dass Luzifer lediglich die andere Seite der irdischen Medaille ist, die geprägt wurde mit dem Siegel der Dualität.
Wie du bereits mehrfach signalisiert und gezeigt hast, führt dein Weg ins Licht. Du hast für dich die Entscheidung getroffen in das Licht Gottes einzutauchen und in tiefer Liebe sowohl deiner Heilung, als auch der Heilung anderer zu dienen.
Liebe Iona, das zeigt mir deutlich, dass du erkannt hast, warum du hier bist und was für ein Geschenk dein irdisches Sein bedeutet.
Erinnerst du dich an unser Gespräch über das Geschenk des Lebens? -
Ja.
- Dir wurde das Leben geschenkt. Jetzt hast du begonnen, dein Geschenk auszupacken, und entdeckst all die wunderbaren Erfahrungen, die sich im Geschenkpapier verbergen. Du kannst es so sehen, dass das Leid das Papier ist und die Liebe der Inhalt. Macht das Sinn für dich? -
Oh ja. Kann ich das Geschenk des Lichtes und des Glaubens weitergeben an andere, z.B. an meinen Sohn?
- Nein und Ja. Natürlich kannst du Licht und Liebe schenken.

Die Frage ist nur, ob dieses Geschenk gewollt ist, ob es angenommen wird oder ob es verschwindet, weil der Beschenkte nichts mit diesem Geschenk anfangen kann, weil er es sich nicht wünschte.
Es kann auch geschehen, dass der Beschenkte das Geschenk gar nicht auspackt, sondern achtlos in eine Ecke legt. Es gibt unendlich viele Möglichkeiten mit dem Geschenk des Lebens umzugehen.
Das ist ein wichtiges Thema, Iona, dem wir uns etwas länger widmen sollten.
Da du das Geschenk der Liebe, des Lichtes, des Wissens um Mich erlebst, entsteht in dir der natürliche Wunsch, dieses Geschenk mit anderen zu teilen, und da wird es schwierig.
Es ist eine Erwartung, die sich dahinter verbirgt, die Erwartung, dass andere dieses Geschenk würdigen, wertschätzen, erkennen.
Erinnere dich, wie lange es bei dir dauerte, bis du fähig warst, das Geschenk des Lebens und deinen Ursprung zu erkennen. Hättest du es früher ausgepackt, wäre es unter Umständen im Müll gelandet, weil es dir sinnlos erschien.
Niemand muss ein Geschenk annehmen. Jeder hat das Recht, es „in die Tonne zu treten“, wie du immer sagst.
Um das Geschenk des Lichtes empfangen zu können, muss eine innere Bereitschaft da sein, sonst erlischt es und kann nicht erkannt werden. Das nennt ihr dann „verlorene Liebesmüh“.
Wenn ein Mensch im Dunkel leben will und sich darin bewegt, warum sollte er ein Geschenk annehmen, das Licht in sein Dunkel brächte. Ihm würde vermutlich eine Schwarzlichtlampe mehr dienen, denn damit könnte er etwas anfangen.
Wenn jemand sich nicht bewusst ist, dass am Ende eines jeden Tunnels ein Licht wartet, dann bist du wieder dabei, „Perlen vor die Säue zu streuen“, statt die Perlen aufzuheben für jene, die wissen wollen.
Manche Menschen sind ein ganzes Leben lang damit beschäftigt, anderen Geschenke aufzudrücken. Sie reden sich ein, dass sie aus reinen Motiven in guter Absicht handeln.
Unabhängig von den Beweggründen, die oft zweifelhaften Ursprungs sind, bewirken sie häufig, dass die Zwangsbeschenkten sich unend-

lich genervt fühlen und Abstand nehmen, ja mitunter sogar Reißaus vor diesen „Heilsbringern", die die Frage „Wollt ihr das?" nicht einmal in Betracht ziehen.
Sie maßen sich an, zu wissen, was gut für andere ist.
Das ist auch eine Form der Unwissenheit, die mitunter gefährliche Auswüchse annehmen kann, wie eure menschliche Geschichte aufzeigt.
Deshalb, liebes Kind, Vorsicht mit vermeintlichen Geschenken, um anderen „Gutes zu tun".
Nehmen wir einmal deinen Sohn, der ja aus deiner Sicht zurzeit alle deine Geschenke vehement ablehnt. Das ist sein gutes Recht, denn deine Geschenke passen ihm nicht, sie gefallen ihm nicht, sie nerven ihn.
Er ist an einem Punkt, wo er von dir nichts geschenkt haben will. Er will derjenige sein, der sich seine Geschenke aussucht und bestimmt, was er haben will und was nicht.
Ob er in diesem Leben das Geschenk des Lichtes will oder nicht, liegt in seiner und nicht in deiner Hand, auch wenn du es dir noch so sehr wünschst. -
Das schmerzt mich. Ich kann nichts, aber auch gar nichts für meinen Sohn erledigen oder ihm etwas abnehmen. Darum geht es?
- Ja. -
Aha, Johann Kössner nennt das, was ich hier als „Geschenk" beschreibe, „Zwangsbeglückung". Es funktioniert nicht?
- Nein. -
Nun gut, dann werde ich mich auch nicht weiter damit beschäftigen.
- Iona, etwas sollten wir uns diesem Thema noch widmen - vor allem, um deine „Schleichwege" aufzudecken. Ihr Menschen seid sehr clever in der Suche nach Auswegen, wenn der Hauptweg schwer zugänglich ist, auch wenn es sich dabei um gigantische Umwege handelt.
Oftmals ist es einfacher, einen Weg begehbar zu machen, die Hindernisse aus dem Weg zu räumen und seines Weges zu ziehen, als über lange Zeit nach Auswegen zu suchen. Der Clou ist, dass die vermeintlichen Auswege letztendlich alle wieder in den Hauptweg münden.

Nun, viele Menschen haben sich für die Aus- und Umwege entschieden, warum auch immer.
Zurück zu deinem Sohn und deinen Schleichwegen. Hör auf, ihm ständig Geld zu borgen. Damit bindest du ihn an dich und dich an ihn. Er ist ein ausgesprochen cleverer Bursche, der sehr genau weiß, wie er sein Mütterlein kriegt. Nun, er hat viel bei dir gelernt.
Allerdings bringen ihn deine „ewigen" Zugeständnisse nicht weiter, sie hindern ihn sogar daran, seinen Weg zu gehen, denn er hängt noch immer finanziell an deinem Rockzipfel.
„Schlechtes Gewissen und Wiedergutmachung" sind zwar nicht wirklich existent, bilden aber als Illusion ein phantastisches Druck- und Manipulationsmittel. Nun, es gilt, auch dieses Spiel zu durchschauen und zum Ende zu bringen.
Also, deine Schuldgefühle und die daraus resultierende Wiedergutmachung über Geld hindern deinen Sohn an seiner Entwicklung. So du dich und dein Verhalten deinem Sohn gegenüber aufmerksam und kritisch beobachtest, wirst du mehr und mehr erkennen, wie sich eure Verstrickungen gestalten, und du wirst sie zunehmend auflösen können.
Loslassen ist eine besondere Form der Heilung, die einer gewissen Reife bedarf und viel Geduld erfordert.
Es ist wichtig, immer wieder zu prüfen, ob du im Einklang mit der Quelle Allen Seins bist, da sich ansonsten Verblendung Raum nehmen kann.
Luzifer, und damit meine ich sowohl die luziferische Energien, als auch den „Form gewordenen Luzifer", liebt es, sich als Lichtwesen auszugeben, was bei vielen Menschen zu Irritationen führt.
Und an dieser Stelle möchte ich noch einmal betonen:
Auf die Frage: „Luzifer, gibst du dich als Gott Göttin, als göttliche Quelle, als ALLES WAS IST aus?" oder „Bist du ein Wesen des Lichtes und der Liebe?", muss jede Wesenheit klar mit „Ja" oder „Nein" antworten. Das ist Kosmisches Gesetz.
Leider ist dieses Wissen in Vergessenheit geraten. So mancher Heiler meint im Namen Gottes zu wirken und ist sich nicht bewusst, dass da andere Kräfte am Werk sind. Diese unwissentliche Verbindung mit

dunklen Mächten dient nicht dem Heil, sondern dem Unheil.
Diesem Dilemma kannst du aus dem Weg gehen, indem du wieder und wieder deine göttliche Anbindung prüfst. Im Laufe der Zeit wirst du ein Gefühl dafür entwickeln, wann sich „fremde“ Energien einklinken wollen. Du wirst lernen, zu fühlen, ob du in Anbindung bist. Aber bis dahin prüfe, prüfe, prüfe!
Gevatter „Hinkefuß“ hat derzeit ziemliche Schwierigkeiten mit seinem Verein, da ihm etliche Menschlein davonlaufen. Das wiederum bedeutet eine Schwächung seiner Macht, was er allerdings gut zu kaschieren vermag, indem er blendet, was das Zeug hält.
Nun, mit diesem Thema werden wir uns später noch genauer beschäftigen. -
Was geschieht mit den so berühmten zwei Seiten, die so notwendig für die Polarität, das dualen Sein auf der Erde sind? Was ist, wenn die Dunkelmächte keine Macht mehr haben und sich auflösen, verabschieden müssen?
- Nun, Iona, du sagst es ja bereits, dann wird keine „Not wendigkeit“ mehr bestehen für die Existenz der Polaritäten.
Je mehr Menschen sich ins Licht bewegen, desto weniger Menschen geben sich Leid und Not anheim. Ein Ende der Dualität zeigt eine bestimmte Evolutionsphase. Das kann für einige Menschen zutreffen, möglicherweise auch für die gesamte Menschheit. Noch ist alles offen.
Allerdings wird der Eintritt der Menschheit in die paradiesischen Zustände noch ein wenig dauern, denn es gilt noch einiges zu bearbeiten und zu transformieren. Ihr seid mittendrin, auch wenn das so manchem Erdenbürger nicht bewusst ist.
Mutter Erde wird sich in paradiesische Zustände begeben und im Paradies existiert keine Dualität.
Das Paradies ist göttliches, pures Licht.
Also, an die Arbeit, geliebtes Licht. -
Danke, Gott.

Oh, an diesen Tag erinnere ich mich gut. Es war einer jener Tage, die wie gemalt, fast unwirklich erscheinen, und da ich frei war, beschloss

ich zu meinem geliebten Liepnitzsee zu fahren, mir beim Fährmann ein Boot auszuleihen und über den See zu gondeln.
Es ging mir gut, sehr gut, ich war eins mit mir und der Welt und fuhr singend mit meinem Fahrrad Paula durch den Wald. Der Fährmann, der in seinem Leben Millionen Besucher auf die kleine Insel verfrachtet hatte, grüßte mich freundlich. Wir kennen uns seit Jahren und ich mag diesen alten Wasserbrummbär und er mich offensichtlich auch.
Ich lieh mir also ein Boot aus und lies mich durch diesen goldenen Tag treiben.
Die Wellen spielten mit mir, Wasservögel sangen Lieder, die mein Herz berührten, der Himmel lächelte auf mich hernieder und die Sonne heilte meinen zivilisationsgestressten Körper. Ich war im Paradies.
Plötzlich schrillten Hilferufe durch die Luft. Ich schreckte aus meinen Träumen und sah mich um. Ich konnte nichts orten. Da tönten erneut Hilferufe über den See.
Und dann erblickte ich einen Menschen, der verzweifelt im Wasser ruderte und um Luft rang. Er konnte sich kaum noch an der Oberfläche halten und schrie sich die Lunge aus dem Leib.
Wie ein Wilde ruderte ich los. Mein Herz bummerte und ich rief ihm zu, dass ich komme, so schnell ich kann.
Es war eine ziemlich weite Strecke und der Schweiß schoss aus all meinen Poren. Langsam näherte ich mich dem Menschen, dessen Kräfte sichtlich schwanden. Er stöhnte und obwohl am Ufer viele Menschen standen, sprang niemand ins Wasser, um zu helfen.
Die Meisten glotzten mit verschränkten Armen auf die Szene, so als ob sie ein Theater oder ein Kino besuchten.
Endlich erreichte ich ihn. Es war ein junger Mann, der sich verzweifelt an mein Boot klammerte und um Atem rang. Das Boot neigte sich stark zur Seite, so zog er, vermutlich noch immer in Todesangst gefangen.
Ich brüllte den Gaffern am Ufer zu, dass ich Hilfe brauche und doch endlich mal jemand seinen Arsch ins Wasser bewegen möge, um mich zu unterstützen und den jungen Mann sicher ans Ufer zu bringen.

Nur einer folgte meiner Aufforderung. Gemeinsam schafften wir den Jugendlichen in Richtung Ufer und dann geschah etwas, was mich zutiefst erschütterte.

Der Junge wollte an einem Privatsteg an Land, da es keinen anderen Ausstieg gab. Dort standen jedoch die Eigentümer mit verschränkten Armen und fetten Bäuchen und schubsten ihn immer wieder ins Wasser. Kaum noch bei Kräften versuchte er ans rettende Ufer zu gelangen. Aber die Eigentümer kannten keine Gnade.

Es war ein ungleicher Kampf, der mich ausgesprochen wütend und sprachlos machte. Ich saß machtlos in meinem Boot und mir war hundeelend.

Nebenan am Ufer standen die Freunde des Jungen und brüllten immer wieder: „Nun lasst ihn doch endlich raus." Es dauerte eine Weile, bis die Stegbesitzer ihr unmenschliches Verhalten aufgaben und der völlig erschöpfte junge Mann ans Ufer kroch.

Es war widerlich und ekelerregend, diese blutgierige fette Masse Mensch zu erleben.

Bis heute fällte es mir schwer, neutral zu bleiben, wenn ich an dieses Erlebnis denke.

Ich erfuhr, dass der Junge Drogen genommen hatte und aufgrund einer Wette den See durchqueren wollte. Als er zum anderen Ufer schwamm, verfing er sich in Schlingpflanzen, die in diesem See an bestimmten Stellen reichlich wachsen, und konnte sich nicht losreißen.

Seine Panik und die Drogen raubten ihm fast den Verstand.

Die Leute am Ufer, auch seine Freunde erkannten nicht, dass es todernst war. Sie glaubten, er mache Spaß. Fast hätte es ihm das Leben gekostet.

Was mich jedoch wirklich erboste, war die Gnadenlosigkeit mit der die Zuschauer dem Ertrinkenden begegneten. Keiner half, alle waren wie paralysiert von der Möglichkeit, zu erleben, wie jemand ertrinkt.

Das ist ein Verhalten, das ich nicht nachvollziehen kann und auch nicht gutheiße.

Nachdem der Junge wohlbehalten bei seinen Freunden gelandet war, drehte ich mein Boot und ruderte in Richtung Insel. Ich zitterte am

ganzen Leib, mir war zum Kotzen und für einen Augenblick hasste ich die Menschheit.
Ich hörte noch, wie ein wüster Streit zwischen den Jungen und den Alten entbrannte und sie sich gegenseitig „auf die Fresse hauen wollten". Erschöpft dachte ich: „Das ist nicht mehr mein Part." Weinend trat ich den Rückweg an.
Es war ein völlig surreales Bild: eine wunderschöne Landschaft, blauer Himmel, ein See, wie gemalt und am Ufer tobten streitende, wütende Menschen.
Als ich auf der Insel anlegte, fragte mich der Fährmann, was geschehen sein. Ich erzählte es kurz und dann ging ich ins Café und trank erst einmal ein Bier.
Dieses Erlebnis war sehr prägend, zumal ich an diesem See schon häufiger erlebt habe, dass sich Dauercamper und Stegbesitzer tyrannisch und egoistisch gebärden, sich aufführen, als gehöre sowohl die gesamte Natur, als auch jeder einzelne Wassertropfen ihnen.
Ich habe selten mit diesem Menschenschlag zu tun und muss gestehen, dass ich den Kontakt auch nicht suche. Bisher blieb es immer bei einem Geplänkel, denn etliche dieser „Seeanwohner" kannte ich, da der Liepnitzsee mein zweites Zuhause ist.

Meine göttliche Gelassenheit hatte sich, nach diesem Erlebnis, für einige Zeit von dannen gemacht. Ich brauchte Wochen, um dieses unmenschliche Verhalten zu verarbeiten.
Es nahm viel Raum ein und warf mich in meiner Menschentoleranz um einiges zurück.

14.07.2001
Göttin, ich zittere am ganzen Leib und in der Seele.
- Zu Recht, Iona, was auch immer mit dem Jungen war, er brauchte Hilfe. Er hatte jegliche Orientierung verloren und wäre beinahe ertrunken. Es war kein Spiel, auch wenn es für die Menschen am Ufer den Anschein hatte. Ich rede hier nicht von guten Taten, Iona.
Du hast auf dein Herz gehört, bist deiner Intuition gefolgt und konntest so ein Menschenleben retten.

Was danach folgte, war eine Skizze, wie Kriege entstehen, wie es sich anfühlt, wenn sich Wut und Hass Raum nehmen. Es war ein Kleinkrieg zwischen Campern und Jugendlichen.
Oft beginnen große Kriege ebenfalls im Kleinen.
Die Jugendlichen wollten in Ruhe gelassen werden. Die Erwachsenen meinten, die Jugendlichen belehren zu müssen, um ihnen zu zeigen, wo es im Leben lang geht. Das ist eine gefährliche Kombination. Statt Verständnis und Toleranz entbrannte ein schlagkräftiger Streit.
Das Aufeinanderprallen junger ungestümer Menschen und besserwisserischer, älterer Menschen ist in der Tat ein hochexplosiver Sprengstoff. Es gab Zeiten, da lernten die Jungen von den Alten und die Alten begegneten den Jungen mit Respekt und Wertschätzung. Heute haben sich Jugend und Alter als Gegensätze verselbständigt. Junge Menschen erfahren nicht mehr die Weisheit der Alten, denn die Alten sind oft nicht mehr weise, sondern kindisch und stur.
Und so gibt es eine einsame, alleingelassene Jugend und einsame, alleingelassene Alte, während die Mitte damit beschäftigt ist, ihre materielle Existenz zu sichern.
Du hättest die Energien nicht brechen können und das wäre auch nicht deine Aufgabe gewesen. Beide Seiten waren involviert und es gibt alte karmische Verbindungen, die diese emotionale Entgleisung deutlich machte. In diesem Feld hattest du tatsächlich nichts mehr zu suchen und es war gut, dass du dich geschützt hast, nachdem der Junge, „im Trockenen“ war.
Die karmische Saat, die solchen Auseinandersetzungen entspringt, wird ihre Früchte tragen. Das ist eine sehr wichtige Erfahrung.
Es gibt Augenblicke, in denen es sinnvoll ist, aus einem Energiefeld herauszutreten, es zu verlassen.
Und Karma ist ja ein Saatgut, das nicht mehr in deinen Garten gehört. Mehr Handlung war von deiner Seite nicht möglich. -
Habe ich manipuliert?
- Nein! Iona, du hast im Namen des Lichtes gehandelt und gedient. -
Ohne darüber nachzudenken.
- Nun, zum Nachdenken ist dir ja wohl kaum Zeit geblieben, oder? -
Nein.

War das eine Prüfung?
- Ja mein Kind. Weißt du Iona, manchmal ist es wichtig, einzugreifen, auch wenn man nicht weiß warum. Der Anlass ist unwichtig, Entscheidend ist, was dein Herz dir sagt, was du fühlst, das du tun solltest. -
Ist die negative Energie, die auch ich abbekommen habe, zu ihrem Ausgangspunkt zurückgekehrt?
- Ja. -
Hat diese Begebenheit etwas mit den Kriegern des Lichtes zu tun?
- Ja. -
Bin ich noch auf der lichten Seite, bei dir Gott?
- Ja. -
Das ist wunderbar. Ich bin ganz schön durch den Wind.
- Verständlicherweise, Iona. -
Danke, Gott, danke für deinen Schutz und deine Führung.

15.07.2001
Ich grüße Dich Gottvater, ich grüße Dich Mutter Erde, ich grüße Dich Großvater Sonne, ich grüße Dich Großmutter Mondin.
- Sei gegrüßt, Iona. -
Gottvater, noch vor einigen Wochen hätten sich mir die Haare gesträubt dabei, Dich „Gottvater" zu nennen. Bisher habe ich „diesen Namen" nie in den Mund genommen, geschweige denn ihm Raum in meinem Sprachschatz gegeben.
Nun, so ändern sich Vorurteile. Dein Wille geschehe.
- Tja, Iona, der Mensch ist ein faszinierendes entwicklungsfähiges Wesen. -
Wohl wahr, wie Du immer zu sagen pflegst.
- Sieh mein Kind, du begreifst jetzt mit dem Herzen, dass Namen Schall und Rauch sind, Erfindungen der Menschen, die oft als Werkzeug dienen, um zu manipulieren, dass dies und jenes in meinem Namen geschehe. Unwissende Menschen brauchen etwas, an dem sie sich festhalten können, sonst würde ihr Leben auf diesem Planeten für sie kaum Sinn machen. Die wenigsten Menschen erkennen die enorme Entwicklungschance, die ein Erdendasein bietet. Und noch weniger Menschen leben diese Ent wicklung. -

Wird deshalb die Erde immer voller mit Menschen?
- Natürlich, denn je mehr Karma erschaffen wird, auch von „neuen Erdlingen", desto mehr Menschen kommen zu den „alten Erdlingen", die ihr Karma nur begrenzt erlösen, hinzu. Das Karma und die Unwissenheit führen dazu, dass die Erde aus allen Nähten platzt und diese Menschenmassen kaum noch „tragen" kann.
Da ständig neues Karma erschaffen wird, kaum das altes ausgeglichen wurde, entsteht ein Ungleichgewicht, dass die Erdenbevölkerung explodieren lässt. -
Das kann dann zu einer Implosion führen?
- Möglicherweise. Allerdings erkennen zunehmend mehr Menschen den Zusammenhang zwischen ihrem Hier-sein und ihrer Bewusstseinsentwicklung, die sogenannte menschliche Evolution. -
Gott, ich möchte dich Liebeslicht nennen.
- Dann tue es, Iona, ein schöner Name, der einen wirklichen Eindruck von meiner glanzvollen Erscheinung spiegelt. -
Ich danke dir, Liebeslicht.
- Dank auch dir, Iona, denn nur, wenn du wirklich bei mir bist im höchsten göttlichen Vertrauen, kannst du mich hören. Das gilt übrigens auch für Zeiten höchster Not und scheinbarer Ausweglosigkeit. Wenn Menschen aufgegeben haben, fügen sich Begegnungen mit Mir, die diese Menschen nie für möglich gehalten hätten und dann geschehen Wunder. -
Jetzt verstehe ich plötzlich die Botschaften, begreife, dass ich in Liebe leben kann, Sorgen nicht benötige, dass ich mit diesem Leben eine phantastische Entwicklungschance habe.

Ich danke Dir, Liebeslicht,
ich danke meiner irdischen Familie,
ich danke meiner Lichtfamilie,
ich danke Mutter Erde,
ich danke mir, Iona.

Ich danke aus ganzem Herzen
für das Geschenk dieses wunderbaren Lebens.

16.07.2001

Guten Morgen, Liebeslicht.

- Guten Morgen, Iona. Ach, ich sehe schon, dir geht es heute nicht berauschend. -

Vielleicht hängt das damit zusammen, dass ich ab Freitag nicht mehr rauchen und trinken will und werde?

- Ja, mein Kind. Das ist ein großes Vorhaben und die dunklen Kräfte verlieren langsam an Boden unter den Füßen, zumindest was dich betrifft.

Sie verlieren dich, denn du bist wie die Kälbchen im Nebel, die da hüpfen und springen, um das Licht zu erhaschen. -

Liebeslicht, ich fühle so viel Druck im Kopf.

- Iona, ich bin bei dir, halte stand und bitte Mich immer wieder um Schutz und Führung, gib an mich ab, bitte um Licht.

Wobei ich an dieser Stelle auf die Symptome hinweisen will, die mit dem Aufstieg von Mutter Erde einhergehen.

Die Bewegung in höhere Dimensionen, die Energieeinstrahlungen auf die Erde, die Frequenzerhöhung, die Veränderungen auf allen Ebenen einschließlich der Machtkämpfe und -krämpfe wirken sich auf euren biologischen Körper aus.

Es kommt verstärkt zu Erscheinungen, die weltweit signalisieren, dass ihr auf die neue Schwingung auch körperlich vorbereitet werdet.

Dazu gehören Kopfschmerzen, Druck im Kopf,

Müdigkeit und Erschöpfung (in Amerika ist seit einigen Jahren Chronisches-Müdigkeits-Syndrom CMS als Krankheitsbild anerkannt), Rückenschmerzen, Sensibilisierung aller Sinnesorgane…

All das braucht euch nicht zu ängstigen. Es gehört zum Prozess.

Ich beschreib es mal so:

Es ist, als würde einem Brillenträger die Brille weggenommen, um ihn, ohne diese Krücke, zu seiner natürlichen Sehschärfe zurückzuführen.

Die Brille würde ihn auf seinem weiteren Weg nur behindern und desorientieren, da in diesen Räumen andere Sichtweisen und Sehschärfen existieren.

Allerdings ist es eine große Erleichterung, um die Zusammenhänge zu wissen und bestimmte physische „Schwierigkeiten“ zuordnen zu

können. Hinzu kommt, dass urmenschliche Potentiale, die aus welchen Gründen auch immer, schliefen oder ausgeschaltet waren, wieder wachgerufen werden und zur Verfügung stehen.
Viele Menschen wissen nicht, wie und was ihnen geschieht, deshalb haben sie Angst.
Je mehr du erkennst, um die Prozesse weißt, desto weniger wirst du körperlich leiden. Deine Einschwingung auf höhere Energiefelder geschieht allmählich, nicht so abrupt, wie sie manche Menschen erleben.
Es ist besonders wichtig, dass du dich und dein Erdenkleid beobachtest. Sei achtsam und aufmerksam für jede Veränderung, die du fühlst, und suche Parallelen zwischen deiner Befindlichkeit und der anderer Menschen. Du wirst feststellen, dass an Tagen, an denen dich Kopfschmerzen plagen, auch eine Reihe anderer Menschen ihr Leid damit haben.
Dies alles dient eurer Vorbereitung und Einschwingung auf eure ursprüngliche Bestimmung, auch im biologischen Bereich. Wenn du diese Phasen bewusst wahrnimmst, wirst du sie immer weniger als hinderlich oder schmerzhaft erleben.
Je höher dein Bewusstsein schwingt, desto sanfter wird der Prozess des Hinübergleitens auf die „Neue Erde“ und der Menschwerdung im göttlichen Sinne
Also, Iona, sei achtsam und weise jene Menschen auf die Begleiterscheinungen dieser Zeit hin, die wissen wollen. -
Das werde ich tun. Danke!

In jenen Jahren hatte ich eine unglaubliche Sehnsucht nach Gemeinschaft, vor allem nach Frauengemeinschaft und Austausch. Mir fiel eine Gruppe zu, in der ich mich recht wohl fühlte und die für eine längere Zeit mein Bezugspunkt wurde. Wir trafen uns jede Woche für einige Stunden und es gab Zeiten, da war diese Gruppe meine Rettung.
Ich lernte viel durch die Spiegel, die mir die Frauen vorhielten und die ich den Frauen vorhielt. Es war spannend. Allerdings erlebte ich auch Hierarchien und Regeln, mit denen ich nicht konform ging, was mit-

unter zu enormen Spannungen und teilweise regelrechten Wutausbrüchen mir gegenüber führte. Ich wusste, dass diese Gruppe ein Übergang war, und ahnte, dass auch diese Erfahrung sich ihrem Ende nähern würde, um Raum für anderes zu schaffen.
Ich erlebte kein Mitschwingen für meinen spirituellen Weg und stieß zunehmend auf Widerstand.
Damals war ich von einem ziemlichen Missionierungswahn besessen, was nicht unbedingt förderlich für meinen Stand in der Gruppe war. Allerdings kannte ich die Hintergründe für mein zwanghaftes „Bekehren wollen" noch nicht. Erst Jahre später entdeckte ich, dass ich in anderen Leben an verschiedenen Feldzügen teilgenommen hatte.
Immer „Im Namen Gottes".
In der Zeit der Kreuzzüge zog ich mordend, brandschatzend und vergewaltigend durch die Lande, wohl wissend, dass es schon lange nicht mehr um Gott ging.
Später missionierte ich, was das Zeug hergab, mit einer Scheinheiligkeit, die ihresgleichen suchte.
Etliche dieser gewaltvollen Inkarnationen lebte ich nach Christi Geburt.
Nun, es gilt, mir zu vergeben und jene um Vergebung zu bitten, denen ich Schaden zufügte.
Ich bin sehr dankbar, dass ich diese Leben erinnere. So wird es mir möglich, Zwanghaftigkeiten, die mich bis heute verfolgen, nachzuvollziehen und zu verabschieden.
Ich will weder missionieren noch belehren, und dennoch sind all diese Wesenszüge so tief in mir verankert, dass es unglaublich schwer scheint, dieses „falsche Verhalten" loszulassen und anderes tugendhafteres Verhalten zu üben. In den folgenden Jahren durfte ich erkennen, dass ich seit Anbeginn an diesem wunderbaren Experiment Erde teilnahm, auch wenn es zwischenzeitlich zu entgleiten drohte.
Aus uralten Erinnerungen schöpfe ich das Wissen, wie es sich anfühlt, im göttlichen Einklang mit Mutter Erde und ALLEM WAS IST zu sein. Das menschliche Wesen ist weder grundsätzlich schlecht noch böse, und es gab vormals Zeit und Raum, wo wir als achtungs- und respektvolle Geschöpfe auf dieser Erde mit allen anderen Wesen lebten.

Es gibt Momente tiefster Erinnerung an diese Zeiten und oft verweile ich tränenüberströmt in diesen gnadenvollen „Augenblicken".
Allerdings ist mir auch bewusst, dass wir durch unseren „Freien Willen" einen Handlungsspielraum haben, der uns in jene „Gott-Ferne" geführt hat, die wir heute leben. Für mich birgt der „Freie Wille" die Chance in sich, Gott auf einer anderen, freiwilligen Ebene zu begegnen. Das verstehe ich unter dem Aspekt der Seelenevolution.
Wir sind göttlichen Ursprungs, ob uns das bewusst ist oder nicht, und wir werden zu genau diesem göttlichen Ursprung heimgehen, die einen früher, die anderen etwas später.

17.07.2001
Guten Morgen, Liebeslicht.
- Guten Morgen, Iona. -
Ich bin traurig. Es steht Abschied von der Frauengruppe an.
- Ja, Iona? -
Die letzten beiden Gruppenabende haben mir viel deutlich gemacht. Nun, etliche Frauen sind genervt von meinem Missionieren. Es ist tatsächlich so.
Auch ich erlebe mich als Missionarin, obschon ich diese Rolle nicht einnehmen will. Oft verhalte ich mich belehrend und besserwisserisch, Wesenszüge, die ich verändern will. Ich missioniere im Namen des Lichtes, was nur die Kehrseite anderer Formen „missionarischen Unwesens" ist.
Wie viele Kriege führten wir im Namen Gottes. Die Kreuzzüge, die Vernichtung alter Religionen und Kulturen, die Industrialisierung, die Zivilisation schlechthin.
Statt Fortschritt schreiten wir zunehmend fort von unserer göttlichen Bestimmung und einem Sein im Einklang mit der gesamten Erde.
Ich will nicht missionieren und dennoch kann ich es noch nicht lassen. Ich fühle mich als „Missionarin des Lichts", ein gefährliches Spiel, denn auch das ist eine Form von Fanatismus, die dazu dient, andere zu reglementieren.
Jeder Mensch muss seinen Weg selbst wählen. Ich kann lediglich Impulse geben und das auch nur, wenn Mensch wissen will. Stattdessen

manipuliere ich oft ungefragt und stoße „Gott sei Dank“ damit auf Widerstand.
- Nun, Iona, neben dieser Selbstkasteiung gibt es natürlich auch noch jede Menge edler Motive, die dich so handeln lassen. Es ist ein überaus menschliches Anliegen, andere an wunderbaren Erfahrungen teilhaben zu lassen.
Da du jedoch oft übergriffig wirst, löst du eher Abwehr als Interesse aus. Letztlich handelst du wider besseren Wissens, denn du vergisst, deine Erfahrungen zu beachten und einzubeziehen.
Es reicht nicht aus, nur die aktuelle Erkenntnis an die Hand zu nehmen, in die Welt zu ziehen und sie zu verkünden.

Zu diesem Prozess gehört, und das ist ausgesprochen wichtig, jede Erkenntnis in diesem Bewusstsein zu verankern. Nur so wird es möglich, wahre Erkenntnis, wahres Wissen in schöpferisches Handeln umzusetzen.

Alles andere sind Halbwahrheiten, Theorien, unausgegoren und gefährlich, denn sie sind formbar. Das ist der Nährboden für Missbrauch und schöpfungswidrige Handlungen. Es gibt nicht mehrere Wahrheiten, so wie es nicht mehrere Quellen des Ursprungs gibt.

Es existiert eine absolute Wahrheit und diese eine Wahrheit entspringt der göttlichen Einheit, der Quelle Allen Seins, ALLEM WAS IST.

Wenn du Wahrheit verkündest, um der Anerkennung willen, so missionierst du.
Wenn du Wahrheit lebst um der Wahrheit Willen, so bewegst du dich auf dem Pfad der göttlichen Schöpfung.
Erst dann wird es möglich, die Wahrheit, die du erinnerst und in deinem Herzen fühlst, auch an andere Menschen weiterzugeben.
Jede Wahrheit, die im Herzen geboren wird, kann andere Herzen erreichen. Deshalb ist es so wichtig, dass du immer prüfst, was du „verkündest“.

Die Unglaubwürdigkeit vieler sogenannter „Vertreter Gottes", vor allem im Bereich bestimmter Sekten, hat viel Misstrauen gesät und unglaubliches Leid verursacht, ganz zu schweigen von dem Unheil, das auch heute noch auf der Welt liegt.
Liebe Iona, erinnere Dich, wie lange du in der Dunkelheit lebtest, wie viele Leben du im Kerker der Unwissenheit gefristet hast. Hättest du damals geglaubt, wenn dir jemand prophezeit hätte, dass du schon bald dein Licht entdecken würdest? -
Nein! Ich glaube, das hätte ich gar nicht gewollt. Es wäre mir unheimlich, weil unbekannt gewesen. Licht, Liebe, Mitgefühl waren für lange Zeit aus meinem Sprachschatz, aus meinem Sein verschwunden.
- Vielen Frauen aus der Gruppe bist du unheimlich und suspekt mit dem, was du von dir gibst. Sie haben Angst vor dir. Daher kommt diese vehemente Abwehr und negative Wertung gegenüber deiner Person. Versuche zu verstehen, respektiere und wertschätze die Frauen, bitte um Verzeihung für deine Übergriffe.
Im Augenblick jedoch sinnt dein Schattenego auf Rache.
Nun, über genügend Erfahrung mit diesem fragwürdigen Ratgeber verfügst du ja. Sei kritisch, sei misstrauisch, sei achtsam.
Manchmal erschreckst du andere Menschen zutiefst mit den machtvollen Energien, die dir zu eigen sind. Sie verstehen nicht, was passiert. Dass die Frauen dir vorwerfen, du seist eine Sekte, und dass sie nicht mehr mit dir arbeiten wollen, weil sie glauben, dass du sie „verhext", entspringt ihrem eigenen Irrglauben.
Du bist lediglich der Auslöser, wie so oft. Nimm dich zurück und erkenne die Lernhelfer. Der Unterton heißt „missionieren".
Ich weiß, dass du nicht manipulieren willst, Iona. Daher empfehle ich dir noch einmal, deinen eigenen Weg bis heute zu vergegenwärtigen. Schau sie dir an, all diese Umwege, Auswege, Schleichwege, Irrgärten, die du durchlaufen hast, bevor du endlich diesen Weg betreten konntest.
Sie alle waren „not wendig", um aus dem Dunkel herauszufinden und ins Licht schreiten zu können.
Gerade weil du um die Schwere dieses Weges weißt, ist es besonders wichtig, dass du behutsam und gnädig mit anderen Menschen um-

gehst, dass du mitfühlend und einfühlsam handelst, denn du erkennst den göttlichen Pfad.
Weißt du, Iona, Herzensarbeit bedeutet Behutsamkeit, Innehalten, Achtsamkeit und Respekt und nicht, wie eine Dampfwalze über die anderen hinwegzugehen. Demut und Wohlwollen gegenüber allen Wesen und ein dienendes Herz, darüber kannst du Menschen erreichen, nicht über besser Wissen oder Angst.
Das gilt es zu üben, Iona.
Du hast die Gabe einer Lichtheilerin und das weißt du auch, Iona. Aber nicht jeder Mensch wünscht Heilung und das hast du zu respektieren.
Mitunter muss ein Unheil sehr deutlich werden, um überhaupt auch nur den Gedanken oder den Wunsch nach Heilung zu wecken.
Geh vorsichtig mit deinem Wissen um, prüfe ständig, ob dein Schattenego sich Raum nehmen will, werde hellhörig, wenn du dich ereiferst. Wenn du in Liebe handelst, wirst du sehr genau spüren, wo Grenzen sind und sie achten und respektieren.
Du brauchst nicht zu missionieren, sei einfach du und handle im Einklang mit deinem Herzen.
Mehr ist nicht nötig -
Weißt du Liebeslicht, ich spür oft so viel Begeisterung in mir, dass ich dann über die Stränge schlage. Anderseits kann ich unglaublich bockig und verletzend sein. Dafür bin ich bekannt.
- Nun, liebe Iona, du kannst dir getrost zugestehen, dass du über bestimmte Verhaltensweisen hinausgewachsen bist. -
Das fällt mir schwer. Hat das mit Wertschätzung zu tun?
- Ja. -
Ich überspiele so manches?
- Ja. -
Es sind Extreme, „entweder oder"?
- Ja. -
Was kann ich tun?
- Nun, Iona, es gilt, in das „Sowohl als auch" zu gelangen. -
Danke, Liebeslicht, danke.

Immer wieder bin ich verblüfft, während ich diese Gespräche in meinen Computer tippe. Mich erstaunt, welche Erkenntnisse mich bereits 2001 ereilten und beglückten.
Einmal mehr wird mir deutlich, dass der Prozess, Erkenntnisse in bewusste Handlung und damit ins alltägliche Leben umzusetzen, seine Zeit braucht.
Die meisten Themen aus dieser Zeit begegnen mir auch heute noch. Immer wieder erhalte ich Hinweise, die den soeben beschriebenen sehr ähnlich sind.
Und dennoch gibt es einen großen Unterschied zwischen damals und jetzt. Heute bewege ich mich auf einer höheren Ebene und bin in meiner Mitte. Die Qualität meines Seins hat sich gravierend verändert und auch ich habe mich verändert.
Ich glaube, dass diese wunderbaren Erkenntnisse mein „Lebens Inhalt" sind und dass ihre Gültigkeit zeitlos ist. Es sind Themen, an denen ich zu arbeiten habe, und mit jeder Sekunde meines Seins nähere ich mich der, die ich wirklich bin, Ilona, die Leuchtende.
Es ist Arbeit, spirituelle Arbeit, Licht in meine Dunkelheit zu bringen, mein schöpfungswidriges Handeln zu beleuchten und zu belichten. Vielen Aspekten werde ich solange begegnen, bis sie transformiert sind.
Solange jedoch noch „dunkle Schatten" auf mir liegen, werden mich Zufälle, Begegnungen, Zeichen auf das „stupsen", was ich noch nicht zu sehen vermag.
Zunehmend gelingt es mir, viele dieser göttlichen Erkenntnisse in mein Leben zu integrieren, was meiner Verblüffung über dieses Gespräch immer noch keinen Abbruch tut.
Themen, von denen ich meinte, sie seien neu und erst 2007 sichtbar, hörbar und fühlbar geworden, tauchen hier bereits mit einer unglaublichen Klarheit auf. Es scheint, als liefen verschiedene Prozess parallel.
Nun, Zeit ist relativ, das wird mir immer deutlicher.

Als mich das folgende Gespräch ereilte, war es wieder Zeit für unsere alljährliche Ferienfahrt zur Ostsee. Dieses Mal hatte mein Kollege

einen anderen Ort als sonst gewählt.
Es war in der Nähe von Timmendorf, ein altes Armeegelände, das als eine Art Ferienlager eingerichtet worden war. Mir gefiel dieser Ort, der einsam und abgelegen und ziemlich nah am Meer war.
Die neuen Besitzer hatten begonnen, das Gelände liebevoll umzugestalten. Eine Mammutaufgabe, die sie peu à peu angingen.
Der Klang einer wundervollen Windorgel bezauberte mich immer wieder, und wenn die Situation entglitt, legte ich mich in dieses Klangbett und gesundete. Oder ich stromerte über das Kräuterbewachsene Land und spielte Flöte. Ich liebte diesen Ort und zum ersten Mal, seit wir diese gemeinsamen Fahrten machten, gelang es mir, Freiräume zu erschaffen und bei mir zu bleiben.

23.07.2001
Guten Morgen, Liebeslicht.
Gott, es gibt kein schöneres Geschenk, als bei Sonnenaufgang am Meer zu sitzen und ein Tagebuch zu beginnen.
Mein altes Tagebuch ist prall gefüllt mit unseren Gesprächen. Ich bedankte mich für diese reiche Ernte und begrüßte das neue Buch, dass die nun folgenden Dialoge aufnehmen wird.
- Guten Morgen, Iona. -
Diese Fahrt ist phantastisch. Sie ist so anders als die letzten Ferienfahrten. Erinnerst du dich an letztes Jahr, an diese „Einrichtung", wo wir die Zeit verbrachten?
Mir ist, als seien tausend Jahre vergangen, dabei war es nur ein Jahr.

- Natürlich mein Kind, sehr gut sogar. Ich sehe dein Unglücklichsein, deine Traurigkeit, deine Überheblichkeit noch vor mir. Spürst du, wie viel leichter dein Leben geworden ist? Auch für Karin und Rolf hat sich einiges verändert, vor allem im „Zusammen Sein" mit dir.
Plötzlich könnt ihr miteinander lachen und habt viel Spaß. Und auch den Kindern geht es gut mit dieser relativ entspannten Situation. -
Liebeslicht, ich bin glücklich.
- Ich sehe es, Iona, und es erfüllt mich mit einer tiefen Freude. -
Ich bin ein Kind der Natur?

- Ja, Iona, wie alle anderen übrigens auch, nur dass es den meisten Menschen nicht bewusst ist. Allerdings hast du in Berlin noch einiges zu erledigen.
Aber ich spüre auch deutlich, dass du mit der Stadt nicht mehr so haderst wie noch vor ein paar Monaten, dass du dein Leben mit all seinen Erfahrungen mehr annimmst und akzeptierst.
Es ist gut, dass du hier keinen Alkohol trinkst. Du hörst auf dein Herz, öffnest du dich dem Leben und das Leben öffnet sich dir. -
Liebeslicht, gestern kam mir folgendes:
„Wenn ich mein Herz öffne, kann ich alles in Liebe tun, und alles, was in Liebe geschieht, ist gut und öffnet die Herzen anderer, erschafft Licht in dieser unserer Welt, auf unserem Planeten Erde.“
- Ja, Iona, und ich sehe deine Hinwendung zum Licht und es freut mich zutiefst.
Ich sehe, wie du erkennst, dass Licht nicht gezwungen werden kann, dass es „erscheint“, wenn die Zeit reif ist.

Ein Jegliches hat seine Zeit, sowohl das Licht, als auch die Dunkelheit.

Beide Aspekte bedingen einander. Wo Licht und Liebe sind, da kann die Dunkelheit nicht sein, und wo die Dunkelheit regiert, ist es für die Liebe und das Licht schwer, sich Raum zu nehmen.
Iona, ich sehe deine Lebensfreude und ich sehe dein Lebenslicht wachsen. Du grollst nicht mehr mit dir und der Welt und begreifst immer mehr, dass Alles Eins Ist, ALL EINS. Das ist wunderbar und ganz im göttlichen Sinne.
Aber jetzt geh erst einmal heiß duschen, du hast ja Gänsehaut. Genieße die Annehmlichkeiten dieser Reise. Wir hören uns später. Im nächsten Gespräch möchte ich mit dir über „Dienen“ und „Gnade“ reden. Bis später. -
Bis später, Liebeslicht.

Nun, es ist schon witzig, jetzt sitze ich hier am Meer. Draußen fährt ein Fischkutter, ich höre sein Radio und die Schlagerschnulzen bis

hierher, was mich früher „tierisch" aufgeregt hätte. Nun, Friede sei mit dem Fischer, der das Meer und mich beschallt.
Die Schwalben umfliegen mich und ich fühle mich ruhig und gelassen.

Hallo, Liebeslicht, Karin und Rolf können mit meiner Gelassenheit schwer umgehen und versuchen alles, um mich auf die dunkle Seite zu ziehen. Sie sind mit den Kindern essen gefahren zu Mac Donalds und ich habe mich entschieden, mit einigen Kindern hier zu bleiben, mich zu schützen.
Zum Glück ist hier diese himmlische Windorgel. Der Klang des Windes, der sich in diesem Spiel Raum nimmt, schwingt die negativen Schwingungen einfach weg. Ich liege darunter, sehe die Wolken ziehen und fühle mich behütet.
- Gut, dass du hiergeblieben bist, denn nur so kannst du üben, bei dir zu bleiben und dem dunklen Ziehen nicht nachzugeben. Es war eine weise Entscheidung.
Natürlich wird das nicht immer so leicht gehen, aber da du immer wieder fragst und bittest, und vor allem, da du dich zunehmend im Vertrauen übst, ist es mir ein Vergnügen, mit dir in diesen „Freizeiten" zu plaudern.
Sei meiner Unterstützung gewiss, meines Schutzes und meiner Führung.
Du befindest dich in einer Zeit des Übergangs.
Du hast deine Herzensentscheidung getroffen, im Licht zu Sein.

Liebe Iona, das, was du jetzt erlebst, ist der Sinn deines Hierseins. Du willst nach Hause, du willst zu Mir, zur göttlichen Quelle. Nun, das bringt mit sich, dass du dich dem Licht in allen Lebensbereichen zuwendest und dein Leben zunehmend von Licht durchdrungen wird. Ich vermute, dass du den dir nur allzu bekannten Zustand des Unglücklichseins auflösen willst? -
Ja, mit Deinem Willen! Ich fühle mich wie neu geboren.
- Iona, als du die Entscheidung trafst, mir zu vertrauen und mich zu bitten, das Seelchen nach Hause zu führen, da war der Zeitpunkt, als du der dunklen Seite den Rücken gekehrt hast.

Damals hast du dich entschieden, die zu gebären, die du wirklich bist. Es war die Geburt deines göttlichen Selbst und die Heimkehr der kleinen Seele.

Luzifer ist ziemlich sauer, dass schon wieder ein Menschenkind im irdischen Labyrinth den Weg nach Hause findet. -

Magst du Luzifer?

- Nun, auch er ist mein Geschöpf und die andere Seite der Medaille. Iona, du weißt, für mich gibt es kein Gut und Böse. Diese Wertung habt ihr erschaffen. Es ist eure Schöpfung, die ihr benötigt, um Erfahrungen zu machen und euch zu erinnern, wer ihr wirklich seid.

Nun, du hattest noch eine ganze andere Frage? -

Ich erinnere mich. Können Menschen mit Hunden Karma haben?

- Und du hast sie bereits wunderbar beantwortet. Ja, denn alle Wesen sind miteinander verbunden, ALL EINS. -

Was du jetzt sagen willst, ist mir unheimlich.

- Nun, ich sage es trotzdem. Das Gänseblümchen, das du gerade anschaust, war in einem anderen Leben vielleicht einmal dein Blumengefährte. -

Ich dachte immer, der Mensch ist die höchste Stufe der Entwicklung?

- Typisch Mensch. Nichts ist höher oder niedriger. Alles ist Energie!

Allerdings gelten die universellen Gesetze der Evolution.

Auf dieses Thema kommen wir später noch zurück. -

Spannend, mir steht der Mund offen.

- Dann mach ihn zu, Iona. -

Ich möchte mich jetzt von dir verabschieden, Liebeslicht. Ich danke dir für dieses Gespräch.

- Ich danke dir auch, Iona. Geh dein Buch lesen und genieße diese Zeit. Bis bald. -

Jener Sommer war besonders heiß.

Zum ersten Mal sah ich die Wolkentänzer, die am Himmel entlang zogen und in ihrer grazilen Art eine wunderbare Tanzschrift in die Luft zauberten. Es war eine ganz besondere Zeit und mir offenbarten sich viele Zeichen, die sich in den folgenden Jahren noch verstärken sollten.

Am Morgen weckte uns die Sonne und am Abend erfreute sie uns mit Farben, die in ihrer Intensität kaum zu übertreffen waren.
Die Hitze machte mir und einigen Kindern zu schaffen und wir waren es leid, täglich am Strand zu liegen, ganz im Gegensatz zu Karin und Rolf, die vom Ehrgeiz der „Urlaubsbräune“ angetrieben stundenlang schmorten.
Und so marschierte ich mit einigen Kindern ins Hinterland. Wir entdeckten Vogelschutzgebiete, wundersame Landschaften, kleine Weiher. Es war ein Abenteuer.
Ich ignorierte die egoistische Brüterei von Karin und Rolf und schnappte mir täglich wanderlustige Jungs und Mädels und ab ging's in die Prärie.
Nun, ich erfuhr, dass Sonne nicht gleich Sonne ist. Und wenn der Abend nahte, hatten Karin und Rolf oft einen Grad an Aggressivität erreicht, der nicht nur mir auf den Magen schlug.
Alles in allem gelang es mir, in dieser Zeit schon recht gut, bei mir zu bleiben, und dennoch war ich gegen unterschwellige Angriffe nicht gefeit.

24.07.2001

Hallo, Liebeslicht, guten Abend. Mein Gott, war das ein Tag. Ich habe das Gefühl, dass die negativen Energien mich einkreisen.
- Hallo, Iona, das kommt deiner Realität ziemlich nahe. Du hast keinen geschützten Raum, so wie in deinem Berliner Zuhause und du beginnst bereits, wieder zu kämpfen.
Iona, denk daran, nichts ist von Belang, von wirklicher Bedeutung. Sei liebevoll zu den Kindern, zu Karin und Rolf. Biete Alternativen zu diesem Strandwahnsinn. Ich bin bei dir. -
Es fällt mir unglaublich schwer, mich zu konzentrieren.
- Iona, mein Kind, du bist Tag und Nacht mit Menschen zusammen, die ein völlig anderes Leben führen. Dich umgeben Energien, denen du normalerweise ausweichen würdest.
Du lernst, damit umzugehen. Das ist ein großer Schritt in die Freiheit. Du kannst negativen Energien nicht immer entgehen und du kannst lernen, ihnen zu begegnen - nicht in Konfrontation, sondern gelassen.

Der nächst Schritt ist, dass es in deiner Macht steht, sie zu transformieren - natürlich unter Respektierung des „Freien Willens“ der beteiligten Menschen und zum Wohle von ALLEM WAS IST.
Karin, Rolf, du und die Kinder, ihr seid alle miteinander verbunden, Brüder und Schwestern, Erdenkinder.
Auch wenn euer Geist verschiedene Wege einschlägt, so gibt es mehr, als du ahnst, was euch verbindet.
Iona, denk an das vergangene Jahr, an deinen Kummer, deine Verzweiflung, deine Hilflosigkeit.
Ich habe dich in diesem Jahr nicht einmal verzweifelt erlebt, du trinkst keinen Alkohol, verbringst die Abende nicht mit Karin und Rolf. Du distanzierst dich. Und du öffnest dein Herz mehr und mehr.
Spare dir das Nachdenken über Karin und Rolf und darüber, warum sie so sind, wie sie sind. Das raubt dir nur Energie.
Sei für die Kinder da, heute zur Nachtwanderung, morgen im Vogelschutzgebiet. Und wie du ja weißt, es gibt für alles eine Lösung.
Wir reden ein andermal. Jetzt widme dich den Kindern. -
Danke, Liebeslicht, danke!

Fast jeden Abend veranstaltete ich mit den Kindern Nachtwanderungen. Dafür hatte ich ausgehandelt, dass der Sonnenaufgang mir gehört. Es war wundervoll, am Morgen nackt ins Meer zu springen und der Sonne entgegen zu schwimmen. Karin und Rolf waren auf sich zurückgeworfen, da ich ihre Spiele nur noch selten mitspielte.
Es gab Augenblicke, in denen ich körperlich spürte, wie sie an mir zogen, versuchten, mich als Spielball zu benutzen, sich langweilten und nicht wussten, was sie miteinander anfangen sollten.
Diese Momente fühlten sich leer und leblos an und ich war froh, dass ich meine Rolle in diesem Spiel durchschaute.
Ich begann, mein eigenes Spiel zu spielen. Voller Interesse beobachtete ich die sich ständig wiederholenden Muster. Es war nicht wichtig, welche Vorschläge die Kinder oder ich hatten. Sie wurden abgeschmettert.
Etliche Kinder zogen sich Sonnenbrände zu und Karin und Rolf näherten sich dem Farbton von Bitterschokolade.

Es war eine spannende Ferienfahrt, reich an Erfahrungen und Erkenntnissen und ich möchte keine Sekunde dieser Zeit missen.

Ich akzeptierte meine Ohnmacht und begriff zum ersten Mal den tieferen Sinn des Gelassenheitsgebetes.

Gebet für Gelassenheit

Gott Göttin,
gib mir
die Gelassenheit,
Dinge hinzunehmen,
die ich nicht ändern kann,
den Mut,
Dinge zu ändern,
die ich ändern kann,
und die Weisheit,
das eine vom anderen
zu unterscheiden.

(Verfasser unbekannt)

Mit diesem Gebet endet der erste Band der Himmelsleiter „Gespräche mit Gott Göttin".

Ausschwingung

Fast sieben Jahre sind seit der ersten handschriftlichen Zeile meiner Dialoge mit Gott Göttin vergangen und dennoch haben die Gesprächsinhalte nichts an Aktualität eingebüßt, im Gegenteil.

Als ich am 06.10.2007 begann, die Gespräche „endlich" in Form zu gestalten, ahnte ich nicht, welche Intensität dieser Prozess mit sich bringt und wie er mich verändern würde.
Seitdem sind fast auf den Tag genau vier Monate vergangen und ich möchte keine Sekunde dieses Zeit Raumes missen.
Jedes Mal, wenn ich diese Zeit an mir vorüberziehen lasse, fühle ich den Wandel, der in mir und um mich geschah und geschieht.

Während des Schreibens ent deckte ich, dass alles einem höheren Sinn folgt und dass es einen Plan gibt, den ich in meiner menschlichen Begrenzung nicht zu erkennen vermag.
Nun, unsere Welt verändert sich in einem rasanten Tempo und mitunter fällt es, schwer Schritt zu halten.
Dank dieser Gespräche wurde es mir jedoch möglich, ein tieferes Verständnis für Zeit und Raum und insbesondere für die gegenwärtigen Ereignisse zu entwickeln. Das ist ein wahrhaft göttliches Geschenk.

Dieses Buch ist ein Geschöpf, eine Kreation, ein wörtliches Wesen und ich bedanke mich aus ganzem Herzen bei Gott Göttin, meiner irdischen Familie, meiner Lichtfamilie und bei Allen, die zum Gelingen dieser wundervollen Schöpfung beitrugen.

Es ist mir eine hohe Ehre, diese Gespräche, die offenkundig himmlischer Natur sind, in die Welt zu senden.

Ich danke Gott Göttin, ALLEM WAS IST, für diese wundervolle Chance der Seelenevolution in menschlicher Gestalt.

Sei bedankt, Gott Göttin, sei bedankt!

Ich fühle eine tiefe Dankbarkeit in meinem Herzen, vor allem für unsere Mutter Erde, die uns in ihrer immerwährenden Liebe Obhut und Gastfreundschaft gewährt.

Sei bedankt Mutter Erde, sei bedankt!

Und so möchte ich den ersten Band unserer Gespräche abrunden mit einer Geschichte, die erst vor kurzer Zeit zu mir geflogen kam und mich sehr berührt mit ihrer Aussage und dem göttlichen Reichtum, der ihr innewohnt.

Nun, liebe Leser, ich wünsche viel Vergnügen!

„Lehrjahre im wörtlichen Sinne“

„Bericht einer Suchenden, die fand, was sie suchte“

„Am Anfang war das Wort.“ Nun, ich würde sagen: „Am Anfang war der Ton, aus dem sich Klänge webten, die mit ihrem Gesang die Welt erschufen“.
Für mich sind Worte Elemente dieser Urklänge und oft vernehme ich auch heute noch die Melodien der Schöpfung, Worte, vormals in Sprache gewoben, heute tausendfältig über die Erde verstreut, Urstoff menschlicher Evolution.

Auf der Suche nach meisterhaftem Wortmaterial begab ich mich in fruchtbare Regionen, in welchen die Sprache reich gesät war, durchquerte Wüsten, die mir nur zaghaft ihre Sprachblüten zeigten, kletterte auf Berge, wo ich jubelnd die Krönung der Sprache entdeckte.
Meine Reise führte mich auch zu jenen Tempeln, in denen das göttliche Wissen beheimatet ist. Dort ließ ich mich für lange Zeit nieder. Voller Ehrfurcht lauschte ich dem Klang der Erkenntnis. Ich verneigte mich tief vor den Weisen, die dieses Wissen hüteten und hüten.
Mit jedem Augenblick, den ich an diesem Ort verbrachte, nahm sich das Wissen mehr Raum in meinem Herzen. Und so sehr ich mir auch wünschte, bis in alle Ewigkeit an diesem Ort zu verweilen, so war es doch an der Zeit weiterzuziehen, meinem Schicksal folgend.

Im Traumland fand ich Impulse für wunderbare Bilder, die in Wortkleider schlüpften und mir kichernd lustige Begebenheiten ins Ohr säuselten. Oft führten sie mich in fremde Welten und unbekannte Universen. Ich lauschte Klängen, die nicht von dieser Welt waren, und traf zahllose Wanderer, die ebenso wie ich in unserer Galaxie unterwegs waren.

Natürlich begegnete ich hin und wieder Versuchungen und Verlockungen, die mich von meinem Weg wegführten. Aber zum Glück konnte ich mich aus deren Fangstricken immer wieder befreien und auf meinen Weg zurückfinden.

Meine Suche führte mich auch in das Land der Wahrheit und ich musste feststellen, dass die Quellen, die dort in allen Regenbogenfarben aus der Erde sprudelten, mitunter einen bitteren Beigeschmack hatten. So manches Mal spuckte ich das Wasser einer Wahrheitsquelle aus, so furchtbar schmeckte es.
Erst viele Jahre später sollte ich den Wohlgeschmack dieses köstlichen Elementes Wahrheit schätzen lernen.
Und so walzte ich durch die Lande und sammelte Worte, Worte, aus denen ich ein Buch flechten wollte.

Viele Jahre zogen ins Land und ich hatte phantastische Begegnungen mit Wortsuchern, Wortfindern, Wortsammlern, Wortspinnern, solchen, die ganze Gebäude aus Worten erschufen, und anderen, die nur wenige Worte durch ihr Leben trugen.
Es gab sogar Wortsüchtige, die an keinem Wort vorbeigehen konnten, ohne dessen tiefere Bedeutung zu ergründen.
Nun auf dem Gebiet der Worte tummelt sich eine gigantische Schar unterschiedlichster Individuen.

Eines Tages jedoch begegnete mir ein Buch, in das viele der Worte, nach denen ich suchte, bereits eingeflochten waren. Ich bewunderte die vollkommene Arbeit des Meisters, der die Kunst des Worte-Flechtens vortrefflich verstand, und ich weinte vor Freude angesichts dieser Entdeckung.
Der Jüngling, welcher im Besitz dieses Buches war, teilte mir mit, wo ich besagten Meister finden könne. Schnurstracks machte ich mich auf den Weg.
Und so stand ich eines Tages klopfenden Herzens vor der Tür des Meisters und bat um Einlass.
Was für eine Erscheinung. Die Worte standen ihm buchstäblich ins Gesicht geschrieben und aus seinen Augen strahlten die Farben des Regenbogens. Ich war bezaubert und verneigte mich in tiefer Ehrer-

bietung vor dieser lichten Gestalt.
Mit leiser Stimme bat ich den Meister, mich die hohe Kunst der Wortflechterei zu lehren.
Sein Lächeln und ein leichtes Nicken, mit dem er meine Frage beantwortete, ließ mein Herz jubelnd gen Sonne hüpfen.

Und so fügte es sich, dass ich Schülerin eines wahrhaft göttlichen Meisters der Wortflechterei wurde.
Nun, meine Lehre war eine echte Herausforderung, denn auch damals lagen die Worte nicht einfach so in der Gegend herum. Sie schwirrten durch die Luft, ruhten sich am Wegesrand aus oder schwammen wie Seerosen auf dem Ozean, der das Land meines Meisters von allen Seiten umgab.
Staunend beobachtete ich meinen Lehrer, wenn er sich mit einem für mich noch unsichtbaren Wort-Wesen angeregt, mitunter sogar überaus amüsiert unterhielt.
Nun, diese Treffen verfügten über eine Eigendynamik, deren Beherrschung einem Bumerang ähnelte, der in die Luft geworfen seine Kreise zog. Mein Meister sandte eine Frage aus und der Bumerang kehrte mit einer ganzen Wolke voller Antwortwesen zurück.
Die Freude über diese Begegnungen ließ seine vollkommene Erscheinung erstrahlen und oft bekam er vor lauter Begeisterung und Vergnügen ganz rote Wangen und leuchtende Augen.

Nun, das war der Zeitpunkt, an dem die eigentliche Arbeit begann.
Diese Worte waren ja nicht einfach nur irgendwelche Wortwesen.
Es waren wahre Worte, eine Tatsache, die ihnen auch ihre charakteristische Leuchtkraft verlieh.
Selbst in den dunkelsten Nächten konnte ich ein verloren gegangenes Wort auch im verborgensten Winkel der Hütte finden. Es war phantastisch.
Was mich jedoch am meisten beeindruckte, war der Umgang meines Meisters mit diesen Geschöpfen.
Liebevoll nahm er sie auf, betrachtete sie von allen Seiten, streichelte sie und fügte jene, welche zueinander passten, zusammen.

Geschöpfen, die aus diesem Akt der Liebe geboren wurden, wohnte ein Zauber inne, der nicht von dieser Welt schien. Bisweilen strahlten sie hell und licht, im nächsten Augenblick konnten sie jedoch dunkel und mahnend sein.
Die Botschaften, die ihnen entsprangen waren glasklar. Und das war es auch, was die Besonderheit dieser Wortflechtwerkstatt ausmachte, diese außerordentliche göttliche Klarheit.
Natürlich gab es auch andere Wortwerkstätten. Viele von ihnen widmeten sich ebenfalls liebevoll und ernsthaft der Wortschöpfung. Auch sie erschufen wunderbare Wortgeflechte, die in der ganzen Welt bekannt wurden.
Mein Herz jedoch gehörte der Flechtkunst meines alten Meisters und ich wusste, eines Tages würde ich sein Werk fortsetzen und ebenfalls Worte flechten.
Viele Jahre verbrachte ich in seiner Werkstatt, lauschte dem Schwirren des Bumerangs, weinte, wenn ein Wortgeflecht mich tief im Herzen berührte, lachte, wenn die Worte kribbelnd um meine Ohren flogen und ihren Schabernack mit mir trieben.
Mitunter saß ich tief ergriffen vor der Bedeutung eines Wortgeflechtes, das mein Meister kreiert hatte, offenen Mundes und wohl wissend, dass in dieses Netzwerk alle Wahrheit dieser Erde eingeflochten war. Er hatte sozusagen einen Wahrheitswortkern erschaffen.
Dieser Wahrheitswortkern fand später scharenweise Anhänger und wurde zur Grundlage für viele künftige Lehren und Schulen der Wortflechtkunst.
Seltene Wahrheitsmuster und das ihnen innewohnende Licht waren es, die mich magisch anzogen und bewogen, nach ihnen zu suchen. Mein Lehrer sandte mich immer öfter ins Land mit der Aufgabe, genau diese Substanz zu besorgen und in die Werkstatt zu bringen. Und so zog ich wieder und wieder hinaus in die Welt auf der Suche nach der Essenz der Wahrheit.
Es war nicht immer erquicklich, die Wahrheit zu suchen. Nun, es brachte mir sogar viel Ungemach und Ärger ein.
In meinem Bestreben nach Wahrheit stieß ich so manchen Menschen vor den Kopf.

Viele wollten von Wahrheit nichts wissen und jagten mich davon. Einmal bezog ich sogar Prügel und wurde als Lügnerin bezeichnet. Als ich mich todesmutig mit meiner Wahrheit in eine Männerdomäne begab, wurde ich fast gelyncht. Aber all das konnte mich nicht an meiner Suche nach der Wahrheit hindern.
Lange Zeit hatte ich geglaubt, dass die Erforschung der Wahrheit, um aus ihr Worte zu flechten, ein elementares menschliches Bedürfnis sei.
Nun, ich wurde eines Besseren belehrt und lernte auch jene zu respektieren und zu achten, die von der Wahrheit nichts wissen wollten und in Unwissenheit verharrten.
Ich begriff, dass jeder seine Erdenkreise zog auf seine ureigenste Art und Weise, und dass meine Suche nach Wahrheitsstoff lediglich eine der unendlichen Möglichkeiten auf diesem Planeten darstellt.

Die Jahre gingen ins Land und meine Lehre näherte sich dem Ende. Mein Meister war bereits sehr alt und wusste, dass er in Kürze diesen Planeten verlassen würde.
Die Freude auf seine Heimkehr war nicht zu übersehen.
Eines Tages rief er mich zu sich.
Ich ließ mich zu seinen Füßen nieder, wie ich es bereits so viele Male getan hatte, und lauschte seinen Worten, die den salzigen Beigeschmack des Abschiedes hatten:

„Geliebte Schülerin, ich habe dich alles gelehrt, was ich über das Wahrheitflechten weiß.
Nun ist es an dir, diese Fäden weiterzuspinnen und deine eigenen Wahrheiten einzuflechten. Das ist der Lauf der Dinge. So entwickelt sich die Welt.
Meine Zeit auf dieser wunderbaren Erde neigt sich dem Ende und so gebe ich dir noch eine uralte Wahrheit mit auf den Weg, die mich während meiner gesamten Lebenszeit begleitete.

Alles was du tust, tu in bedingungsloser Liebe, voller Mitgefühl und Achtsamkeit, dann werden die Wahrheitsworte wie von selbst zu dir

finden und dich einhüllen in das pure Licht des göttlichen Wissens. Eines Tages wird der Zeit-Punkt aufscheinen, an dem du keine Fragen mehr hast. Du selbst wirst die Verkörperung der Wahrheit sein, und wenn du diese Wahrheit verkörperst, wird es nichts mehr geben, wonach es dich gelüstet.
Das ist der göttliche Augenblick, in dem du erkannt hast:

„ALLES IST WAHRHEIT UND ALLES IST ALL EINS".

Deine Existenz auf dieser Erde wird sich ihrem Ende zuneigen und du wirst heimkehren in die Gefilde der Unendlichkeit. Dort werden wir uns wiederbegegnen.
Adieu, geliebte Schülerin.

Mögen dich Liebe, Licht und Friede auf deinem Weg zur Meisterschaft begleiten.

SO SEI ES!"

Mein geliebter Meister übergab mir seine komplette Werkstatt, ließ seinen Blick ein letztes Mal durch den Raum schweifen, in dem er so viele Jahre verbracht hatte und ein Leuchten ging durch seinen alten gebrechlichen Körper.
Damals wusste ich bereits, dass dieses Leuchten Boten waren, Jenseitige, die ihm den Weg weisen würden zu jenem Ort, der ihn voller Liebe erwartete.
Er schenkte mir ein wissendes Lächeln und verwandelte sich vor meinen Augen in einen wunderschönen Regenbogen, der gen Himmel stieg und sich allmählich im Licht der untergehenden Sonne auflöste. Ich winkte ihm zum Abschied und meine Tränen kullerten auf den Boden der Werkstatt, wo sie sich zusammenkuschelten und einen kleinen Tränensee bildeten.

Nun und so geschah es, dass ich in der Werkstatt meines Meisters begann, meine eigenen Wahrheitswortgeflechte zu erschaffen und in die Welt zu senden. Eine dieser wundervollen Schöpfungen ist hier, in diesem Augenblick, und es ist mir eine große Ehre, sie an euch weiterzugeben.

Ich wünsche allen bei der Begegnung mit diesen wunderbaren Wortwesen viel Vergnügen und Erkenntnis. Mögen sie euch verzaubern mit ihrer Vielfalt und Weisheit.
Nun es ist an euch, diesen Schatz zu genießen, der uns Menschen in unendlicher Güte geschenkt wurde, dieser Schatz der menschlichen Sprache, einmalig, grandios und beseelt, der uns befähigt, unserem göttlichen Sein Ausdruck zu verleihen.
Möge die Wahrheit mit euch sein und sich Raum nehmen auf dieser unserer einzigartigen wunderbaren blauen Erde.

Und nun kringeln sich die Wortwesen und hüpfen ungeduldig von einem Buchstaben auf den anderen, denn sie sind hoch erfreut und aufgeregt, dass sie euch demnächst wieder Auge in Auge begegnen werden.

„Wir sind alle eins“

In diesem Sinne, bis zum nächsten Buch.

Eure Iona

Der 24.07.2001 entsprach im Maya Kalender (Johann Kössner), IK, dem Weißen Wind, Oberton „Kommunizieren“.
Der Ton, der diesen Tag begleitete, war der Resonante Ton 7.

Das Jahr 2000 / 2001 der mayanischen Zeitrechnung (Johann Kössner) war geprägt von CAUAC, dem Blauen Sturm, Oberton „Erneuerung“, Galaktischer Ton 8.

Ich danke allen Menschen, Wesen, Energien, Mutter Erde, Gott Göttin, ALLEM WAS IST für diese wundervolle, aufregende, spannende Zusammenarbeit.
Wir waren ein super Team und ich freue mich schon auf den nächsten schöpferischen Akt.

Seid aus ganzem Herzen bedankt.

Liebe, Licht und Frieden sei mit Allem!

In Liebe

Ilona Si Moussa

Berlin, Montag, der 04.02.2008

Dieser Tag bedeutet nach dem Maya-Kalender (Johann Kössner):
KIN 247 Manik, die Blaue Hand „Heilen, Wissen...“, Kosmischer Ton 13 „Kraft der Transformation“

Einschwingung zweites Buch

Einschwingend möchte ich Worte in den Raum fließen lassen, die mich sehr nachdenklich stimmen und gleichzeitig ein Ausklang sind für das hier Gesagte.

Es gibt nur eine Großmacht auf Erden,
das ist

DIE LIEBE.

Pflicht	ohne Liebe macht	*verdrießlich*
Wahrheit	ohne Liebe macht	*kritiksüchtig*
Erziehung	ohne Liebe macht	*widerspruchsvoll*
Klugheit	ohne Liebe macht	*gerissen*
Verantwortung	ohne Liebe macht	*rücksichtslos*
Gerechtigkeit	ohne Liebe macht	*hart*
Freundlichkeit	ohne Liebe macht	*heuchlerisch*
Ordnung	ohne Liebe macht	*kleinlich*
Sachkenntnis	ohne Liebe macht	*rechthaberisch*
Macht	ohne Liebe macht	*gewalttätig*
Ehre	ohne Liebe macht	*hochmütig*
Besitz	ohne Liebe macht	*geizig*
Glaube	ohne Liebe macht	*fanatisch*

Wehe denen, die in der Liebe geizen!

Sie tragen Schuld daran, wenn schließlich die Welt
an Selbstvergiftung zugrunde geht.

Wozu lebst Du, wenn Du nicht lieben kannst?
Lasst uns die Erde durch LIEBE erlösen!

Laotse

Buchempfehlungen

- Aliti, Angelika: Die weise Macht
- Aliti, Angelika: Die wilde Frau. Rückkehr zu den Quellen weiblicher Macht und Energie
- Andrews, Lynn: Stimmen der Steine
- Arnold-Dinkel, Priska: Der Mahatma-Prozess“
- Bornemann, Ernest: Das Patriarchat. Ursprung und Zukunft unseres Gesellschaftssystems
- Jackson, Adam: Die 10 Geheimnisse der Liebe
- Jurtz, Christel und Kugel, Hannelore: Im Licht der Feuerflammen¬sonne
- Kössner, Johann: Die Schleier lichten sich
- Kössner, Johann: Der letzte Akt der Dunkelmächte
- Onken, Julia: Feuerzeichenfrau. Ein Bericht über die Wechseljahre
- Panto, Heyoka: Wie ich eine Medizinfrau wurde
- Redfield, James: Die Prophezeiungen von Celestine
- Risi, Armin und Zürrer, Ronald: Vegetarisch leben, Vorteile einer fleischlosen Ernährung von
- Ruland, Jeanne: Die Gegenwart der Meister - Einweihungen in höhere Welten auf dem Pfad der Selbstmeisterung
- Ruland, Jeanne: Traum und Wirklichkeit. Träume als Boten der Seele
- Shuttle, Penelope und Redgrove, Peter: Die weise Wunde Menstruation
- Smith, Tom H. und Risi, Armin: Das Kosmischen Erbe. Einweihung in die Geheimnisse unserer Her- und Zukunft
- Summer Rain, Mary: Der Phoenix erwacht
- Treben, Maria: Kräuter aus der Apotheke Gottes
- Voss, Julia: Das Schwarzmond-Tabu. Die kulturelle Bedeutung des weiblichen Zyklus
- Walsch, Nil Donald: Gespräche mit Gott

Hinweis: Alle Gedichte ohne Quellenangabe erschuf die Autorin selbst oder empfing sie als Botschaft.

Zur Autorin

Geboren wurde Ilona Si Moussa am 04.12.1954 in der DDR.

Bereits mit 10 Jahren begann sie Tagebuch zu schreiben. Worte in Sprache zu kleiden, war ihr immer ein Bedürfnis.

Ihr Beruf als Begleiterin von Kindern und Jugendlichen war gleichzeitig auch ihre Berufung.

Als ihr Sohn 1977 geboren wurde, veränderte sich ihr Leben. Mutter zu sein, war eine kostbare und herausfordernde Erfahrung.

In all den Jahren ihres mitunter sehr bewegten Lebens waren eine ungestillte Sehnsucht und die Frage nach dem Sinn des Lebens allgegenwärtig.

Heute wirkt Ilona als Kräuterweib, Geschichtenerzählerin, Wortweberin in tiefer Verbundenheit mit Mutter Erde und der Schöpfung.

Infos unter www.ilonasimoussa.de